HEYNE BÜCHER

Das Buch

Nach einem tragischen Fehler, der zum Tod eines Unschuldigen führte, hat Dismas Hardy den Polizeidienst quittiert und führt seitdem eine Bar in San Francisco. Als sein früherer Kollege Ingraham bei ihm auftaucht, holt die Vergangenheit auch »Diz« Hardy ein: Der Gangster Louis Baker hat geschworen, tödliche Rache an ihm und Ingraham zu üben, die ihn einst hinter Gitter brachten. Am Tag nach Bakers Haftentlassung ist Ingraham verschwunden. Für Diz beginnt ein Kampf auf Leben und Tod. Je länger er ermittelt, desto undurchsichtiger scheint der Fall zu werden. Schließlich macht er eine furchtbare Entdeckung ...

Der Autor

John T. Lescroart lebt in Los Angeles. Mit seinem ersten Roman *Sunburn* gewann er den begehrten Joseph Henry Jackson Award. Der vorliegende Roman setzt die erfolgreiche »Dismas-Hardy«-Reihe von John T. Lescroart fort. Als Heyne-Taschenbuch liegt außerdem vor: *Der Deal* (Bd.-Nr. 01/9538).

JOHN T. LESCROART

DIE RACHE

Roman

Aus dem Englischen
von Petra Dudas und Oliver Neumann

Deutsche Erstausgabe

WILHELM HEYNE VERLAG
MÜNCHEN

HEYNE ALLGEMEINE REIHE
Nr. 01/9682

Titel der Originalausgabe
THE VIG

5. Auflage

Redaktion: Dr. Andreas Gößling

Printed in Germany 1996
Umschlagillustration: William Low
Umschlaggestaltung: Atelier Ingrid Schütz, München
Satz: (2291) IBV Satz- und Datentechnik GmbH, Berlin
Druck und Bindung: Elsnerdruck, Berlin

ISBN 3-453-09202-3

Für Al Giannini

1

Um 2 Uhr 15 an einem Mittwoch nachmittag im späten September saß Dismas Hardy an der Theke des *Little Shamrock* auf einem Barhocker und bearbeitete die Spitzen seiner Dartpfeile mit einer feinen Sandblattfeile. Ein Krug Guinness, vor einer Viertelstunde gezapft, hatte längst seine Schaumkrone verloren und stand unberührt auf der Theke. Hardy pfiff leise vor sich hin, so glücklich wie seit zehn Jahren nicht mehr.

Er hatte die Bar um Punkt eins geöffnet und Tommy, einem Stammkunden, eine Flasche *Miller Draft* serviert. Tommy war ein ehemaliger Lehrer, der vor ein paar Jahren pensioniert worden war und inzwischen die meisten Nachmittage vor dem großen Aussichtsfenster verbrachte und mit jedem sprach, der ihm Gehör schenkte. Aber heute erzählte er Hardy, er habe eine Verabredung, und ging nach einem Bier. Tommy war in Ordnung, doch alleingelassen zu werden, brach Hardy nicht das Herz.

Als er einen Pfeil fertig bearbeitet hatte, blickte er auf, nahm das Guinness und nippte daran. Durch das Fenster über Tommys Tisch sah er auf den Lincoln Way, wo nur wenig Verkehr herrschte. Auf der anderen Straßenseite bewegten sich an der Grenze zum Golden-Gate-Park Immergrün und Eukalyptusblätter schimmernd im schwachen Wind. Heute morgen hatte es keinen Nebel gegeben, und Hardy vermutete, der Wind würde noch warm sein. Wenn du einen Sommer in San Francisco erleben willst, plane deine Ferien für den Herbst...

Ein Bus bog um die Straßenecke und hielt an. Als er weiterfuhr, blieb an der Ecke ein Mann zurück, der sich verloren umsah.

Eine Minute später flogen die Doppeltüren auf. Hardy raffte die Pfeile zusammen und schwang sich um das

Ende der Theke herum. Hinter den porzellanenen Zapfhähnen blieb er stehen und nickte dem Kunden zu.

Falls es ein Kunde war.

Auf den ersten Blick erweckte der Mann nicht gerade den Anschein nach Banknotenbündeln und Limousinen – ob er das Geld für ein Bier übrig hatte, schien fraglich. Sein Hemdkragen war offen und ziemlich abgetragen, und die Hose, die ihm um die Beine schlotterte, brauchte dringend ein Bügeleisen. Die Augen unter der flachen Stirn blinzelten, um sich an das gedämpfte Licht der Bar zu gewöhnen, obwohl das *Shamrock* nun wirklich keine Höhle war. Er hatte eine Rasur nötig.

»Kann ich Ihnen helfen?« fragte Hardy und betrachtete den Mann genauer. Plötzlich begannen die Teile sich zu einem Bild zu fügen. »Rusty?«

Der Mann rang sich ein mattes Lächeln ab, das ihn Mühe zu kosten schien. »Zehn Punkte.« Er streckte die Hand über die Theke, und Hardy ergriff sie. »Wie geht's dir, Diz?« Die Stimme wirkte ruhig und sicher, kultiviert.

Hardy fragte ihn, was er trinken wolle, und sagte, es gehe auf seine Rechnung.

»Dasselbe wie immer.«

Hardy schloß die Augen und versuchte sich zu erinnern, dann griff er ins oberste Regal und nahm eine Flasche *Wild Turkey*. Er warf einen kurzen Blick auf den Mann, mit dem er das Büro geteilt hatte, als sie beide für die Staatsanwaltschaft gearbeitet hatten.

Rusty Ingraham war gealtert. Vor allem an den Haaren war das zu sehen, oder besser: an dem Mangel an Haaren. Mit fünfundzwanzig hatte er einen dichten Schopf orangeroter Haare und einen gewaltigen Schnurrbart gehabt. Jetzt, wo im Gesicht nur noch die Bartstoppel wucherten, der Schädel kahl und die Schläfen grau waren, wirkte er alt. Noch immer gutaussehend, aber alt.

Hardy schenkte ihm einen Doppelten ein.

»Erstaunlich«, sagte Rusty Ingraham und nickte seinem Glas zu.

Hardy zuckte mit den Schultern. »Wenn du jemanden wirklich kennst, vergißt du nie, was er trinkt.«

»Na, dann hast du wohl deine Berufung gefunden.« Rusty hob das Glas, Hardy seinen Bierkrug, und beide sagten »Skól«.

»Und?« Hardy setzte sein Glas ab. »Bist du noch Anwalt?«

Ingrahams Lippen bewegten sich leicht und zeigten eine Sanftmut, die Hardy früher nie an ihm gesehen hatte. Als sie zusammen für den Generalstaatsanwalt gearbeitet hatten, mochte Ingraham wohl einige Empfindsamkeit besessen haben, aber sicher keine Sanftmut. Jetzt war da dieses halbe Lächeln eines Mannes, der nur noch zurückschaute. Die guten Zeiten – welche auch immer – würden niemals zurückkehren.

Rusty nippte gemächlich an seinem Whisky. »Du mußt schon eine Weile aus der Branche raus sein, wenn du sie immer noch Anwälte nennst.«

Hardy grinste. Es war ein alter Scherz. »Dann eben Staatsanwalt – bist du noch Staatsanwalt?«

Wie eine Flamme, die versucht, einen Docht zu erwischen, flackerte das Lächeln wieder auf. Hardy beschlich das Gefühl, daß Ingraham seit langer Zeit mit keiner Menschenseele mehr gesprochen hatte.

»Ja, ich habe dieses ehrwürdige Amt noch inne.« Rusty machte eine Pause. »Obwohl man mich in meiner Korrespondenz nur selten ›Esquire‹ nennt und ich, wie du siehst...« – er wies auf seine Kleidung –, »zur Zeit nicht praktiziere.« Wieder trank er. Wie ein Gewohnheitstrinker, dachte Hardy, aber ohne Gier, nicht wie ein Alkoholiker. Es gibt einen Unterschied, und den kannte Hardy gut.

»Du machst das hier den ganzen Tag?« fragte Rusty.

Hardys Augen schweiften durch den Raum und über die Einrichtung. »Seit neun Jahren jetzt. Ein Viertel der Kneipe gehört mir.«

»Das ist großartig. Und du bist noch mit Jane zusammen?«

»Nun, wir haben uns scheiden lassen, aber wir sind dabei, es noch mal zu versuchen.« Hardy zuckte mit den Schultern. »Ich bin zuversichtlich, aber vorsichtig.«

»Ja, das warst du immer.«

»Und wie steht's mit dir? Ich habe gesehen, daß du mit dem Bus gekommen bist.«

Für einen Augenblick trafen sich ihre Blicke, dann erlosch die Flamme in Rustys Lächeln. »Mir ist vor einem Monat das Auto gestohlen worden. Es ist noch immer verschwunden. Ein ziemlicher Ärger. Also verbringe ich einen Haufen Zeit damit, auf den N-Bus zu warten, als wäre er Godot.«

Das gefiel Hardy. Der N-Bus, der hinter dem *Shamrock* entlang fuhr, war für seine notorische Verspätung bekannt.

»Und den Rest siehst du ja, Diz – ich hänge durch. Ich wohne auf einem Lastkahn, unten im China Basin. Alle ein bis zwei Monate bekomme ich einen Notfall, setze dann und wann auf ein gutes Pferd. Ich habe noch immer einen ordentlichen Anzug. Ich putze meine Schuhe, und für ein, zwei Tage komme ich durch.« Er setzte das Glas ab und fragte, ob er Hardy einen ausgeben könne, dann legte er einen Zehn-Dollar-Schein auf den Tresen. Hardy schenkte ihnen beiden nach. Den Schein nahm er nicht.

»Übrigens, Diz, bin ich aus einem bestimmten Grund gekommen. Erinnerst du dich an Louis Baker?«

Hardy runzelte die Stirn. Er erinnerte sich an Louis Baker. »Acht Jahre, verlängert auf dreizehn?«

»Neuneinhalb kamen im Endeffekt raus.«

»Neuneinhalb«, wiederholte Hardy. »Kaum der Mühe wert.«

»Weniger als kaum«, sagte Rusty.

Hardy nahm einen Schluck von seinem Bier, setzte das Glas ab und fluchte. »Ich muß gut hundert Kerle hinter Gitter geschickt haben. Und du auch«, sagte er.

Ingraham nickte. »Insgesamt habe ich zweihundertvierzehn Arschlöcher aus dem Verkehr gezogen.«

Hardy pfiff durch die Zähne. »Du warst ganz schön scharf, was?«

»Ja. Aber es gab nur einen Louis Baker.«

Baker war schon während der ersten zwanzig Jahre seines Lebens ein Geschwür in Hunter's Point gewesen. Er hatte einen großen Kopf, einen wohlfrisierten Afro-Schnitt und die Statur eines Bodyguards. Obwohl sein Sündenregister von kleinen Anfängen als Teenager – Vandalismus, Autodiebstahl, Einbruch und Straßenraub – bis zu schweren Delikten als Erwachsener reichte, war er davon überzeugt, nie in wirklich ernsthafte Schwierigkeiten geraten zu können. Und das nicht ohne Grund.

Die Staatsanwaltschaft mußte zwei Verfahren gegen ihn wegen Mordes und vier wegen Vergewaltigung einstellen. Er war ein Meister darin, keine Beweise zu hinterlassen und Zeugen zum Schweigen zu bringen.

Einmal stand er wegen versuchten Mordes vor Gericht, weil er mit dem Messer auf einen Mann losgegangen war, der in einem Bus der Linie 7/11 zu lange mit seiner Freundin geredet hatte. Am Ende weigerte sich der Mann, ihn zu identifizieren. Er ging den ganzen Weg bis zum Zeugenstand, dann sah er zu Baker auf der Anklagebank und überlegte wohl, daß er nicht lange genug leben würde, um seine Enkelkinder kennenzulernen, wenn er mit dem Finger auf Baker zeigen würde. Also wußte er plötzlich nicht mehr genau, ob Baker wirklich der Mann war, der ihm am hellen Nachmittag die Ohren abgeschnitten und das Messer in den Bauch gerammt hatte. Hardy war der Vertreter der Anklage.

Am Ende hatte die Staatsanwaltschaft – diesmal Rusty Ingraham – ihn aber doch drangekriegt und seine erste Verurteilung bewirkt, wegen bewaffneten Raubes in vier Fällen. Doch das bedeutete, daß er in den Augen der Justiz nicht als Schwerverbrecher, sondern als resozialisierbar galt. Der Richter ließ Milde walten und gab ihm acht Jahre. Als das Urteil verkündet wurde, senkte Baker gelassen für einen Moment den Kopf und sah dann zum Tisch der Anklagevertretung hinüber. Hardy war zur Urteilsverkündung gekommen, weil er sehen wollte, wie dieser Bursche endlich hinter Gittern landete, und saß neben Ingraham. Baker sah in ihre Richtung, direkt auf Ingraham. Er schien sich seine Züge einzuprägen. Dann sagte er laut: »Du Schweinehund bist ein toter Mann.«

Der Richter ließ den Hammer niedersausen. Ingraham stellte den Antrag, Bakers Strafe wegen dieser Drohung zu verschärfen, und der Richter schlug an Ort und Stelle noch fünf Jahre drauf.

Der Gerichtsdiener, unterstützt von zwei Beamten, zerrte den kräftigen Mann hoch und führte ihn durch den Gerichtssaal. Baker starrte noch immer auf Ingraham.

Da beging Hardy eine Dummheit.

Bakers Blick, sein Gehabe, sein Auftreten als harter Bursche amüsierten ihn eine Sekunde lang – nur eine Sekunde. Aber das war genug. Ein zwanzigjähriger Irrer, der für lange Zeit hinter Gittern verschwand und dachte, sein Ghetto-Blick würde dem Mann, der ihn dorthin geschickt hatte, eine Höllenangst einjagen ... Als Baker, der mit seinen Handschellen kämpfte, auch Hardy einen tödlichen Blick sandte, schürzte der die Lippen und warf ihm einen Abschiedskuß zu.

In diesem Moment wurde Baker wirklich rasend. Er riß sich von dem Gerichtsdiener und den beiden Beamten los und hatte den Tisch der Anklagevertretung schon fast erreicht, als er mit Gummiknüppeln niedergeschlagen wurde.

Monatelang geisterte diese Szene durch Hardys Träume. Der Brief, den er von Baker nach dessen erster Woche im Gefängnis erhalten hatte, hatte die Sache nicht besser gemacht. Der Kerl wußte von seinem Anwalt, wer Hardy war, und er hatte geschrieben, wenn er wieder auf freiem Fuß wäre, würde er auch ihn töten.

Hardy schickte Kopien des Briefes an den Gefängnisdirektor und den Richter, der Baker verurteilt hatte, aber in dieser Angelegenheit war das letzte Wort gesprochen. Der Richter hatte Bakers Strafe bereits wegen einer Drohung verschärft und war nicht bereit, das ein zweites Mal zu tun. In dem Brief, den Hardy als Antwort vom Gefängnisdirektor erhielt, hieß es, viele Häftlinge seien direkt nach der Verurteilung verbittert, aber die meisten kämen zur Vernunft und führten sich gut, um vorzeitig entlassen zu werden.

Die meisten vielleicht.

Aber Baker? Hardy war da nicht so sicher gewesen.

»Er ist also draußen?«

Ingraham schob die Manschette zurück und warf einen Blick auf seine Armbanduhr. Hardy konnte es nicht mit Gewißheit sagen, aber das Ding sah verdammt nach einer Rolex aus. »Wenn sie pünktlich sind, in ungefähr zwei Stunden.«

»Wie hast du davon erfahren?«

»Ich habe einen Freund im Bewährungsamt. Er hat mich angerufen. Und ich habe es bei der zuständigen Polizei überprüft. Niemand holt ihn am Tor ab. Wer sollte das auch tun? Vermutlich nimmt er den Bus zurück in die Stadt.«

Hardy pfiff durch die Zähne. »Du hast es wirklich überprüft.«

»Dem Kerl gehört meine ganze Aufmerksamkeit.«

»Und was wirst du unternehmen?« fragte Hardy.

Sein alter Bürokollege nippte an seinem Drink. »Was kann ich schon tun? Irgendwann erwischt es jeden von uns. Vielleicht sorgfältiger absperren.«

»Hast du eine Waffe?«

Ingraham schüttelte den Kopf. »Das ist was für euch harte Jungs. Wir Gentlemen, die an die Macht des Gesetzes glauben, sollten solche schweren Geschütze nicht nötig haben.«

Hardy war nach seiner Stationierung in Vietnam und mehreren Jahren bei der Polizei bei der Staatsanwaltschaft gelandet, während Ingraham über Stanford und die juristische Fakultät Hastings dorthin gelangt war.

»Hast du vor, mit Louis Baker zu verhandeln?«

»Ich habe nicht vor, ihm zu begegnen.«

»Was ist, wenn er kommt, um dir zu begegnen?«

»Ich habe den Gefängnisdirektor angerufen, nachdem ich von der Sache erfahren hatte. Er hat mir gesagt, Louis sei ein vorbildlicher Häftling gewesen, habe zu Gott gefunden und den höchstmöglichen Straferlaß wegen guter Führung bekommen, und es gebe offenkundig keinen Anlaß zur Sorge für mich. Für uns.«

Hardy beugte sich über die Theke. »Warum bist du dann hier?«

Endlich kehrte Ingrahams Lächeln zurück. »Weil sich das für mich wie totaler Mist anhört.« Er lehnte sich auf dem Barhocker zurück. »Ich finde, es wäre keine schlechte Idee, wenn du und ich für ein paar Wochen in Verbindung blieben.«

Hardy wartete. Er verstand nichts.

»Wir könnten einander jeden Tag um die gleiche Zeit anrufen oder etwas in der Richtung.«

»Was würde das nützen?«

»Zum Teufel, Diz, Polizeischutz werden wir nicht bekommen. Niemand heftet sich an Louis' Fersen, um zu sehen, ob er sich in unserer Nachbarschaft herumtreibt. Auf diese Weise hätten wir, wenn einer von uns nicht anruft, zumindest eine Ahnung, was passiert sein könnte. Einer von uns beißt vielleicht ins Gras, aber der andere ist dann wenigstens gewarnt.«

Hardy nahm sein Guinness und trank den Rest aus. »Du glaubst, daß er es wirklich versuchen wird, nicht wahr?«

»Ja, ich fürchte, das glaube ich.«

»Jesus...«

»Und noch was...«

»Ja?«

»Ich dachte, du könntest mir eine Schußwaffe empfehlen.«

Jane war in Hongkong, um Kleider für *I. Magnin* zu kaufen, und würde am Wochenende zurückkommen.

Offiziell lebten sie eigentlich nicht wieder zusammen, auch wenn einige von Janes Kleidern in Hardys Schlafzimmerschrank hingen. Sie hatte noch immer das Haus – ihr früheres gemeinsames Haus – in Jackson und blieb dort von Zeit zu Zeit, wenn sie bis spät nachts in der Stadt arbeitete. Aber drei- oder viermal pro Woche hatte sie während der letzten drei Monate hier geschlafen, draußen in den Avenues bei ihrem Ex-Mann.

Während er von Zimmer zu Zimmer ging, wurde Hardy klar, wie sehr er sie wieder brauchte. Nun, brauchen vielleicht nicht. Man brauchte nicht wirklich jemanden, um zu überleben. Aber wenn man das Überleben erst einmal gemeistert hatte, brauchte man jemanden, um sich vollständig zu fühlen, lebendig ... Oder was immer es auch sein mochte, das einem half, sich auf Dinge zu freuen, statt sich vor ihnen zu fürchten.

Nachdem er seine Schicht im *Shamrock* beendet hatte und Moses McGuire gekommen war, um ihn abzulösen, hatte er an der Dartwand fünf- oder sechsmal *301* gespielt, um sein Auge scharf zu halten. Die frisch gespitzten Pfeile flogen gut, und er hielt seinen Platz in der Rangliste, bis er keine Lust mehr hatte. Er ging ungeschlagen.

In der Dunkelheit fuhr er nach Hause. Er parkte den Suzuki Samurai, den er seinen *Seppuku* nannte, am Straßenrand vor dem einzigen weißen Lattenzaun im ganzen Block. Drinnen briet er sich in einer schwarzen, gußeisernen Pfanne ein Steak und aß es mit einer Dose Erbsen. Er fütterte den tropischen Fisch in dem Aquarium im Schlafzimmer, las hundert Seiten Barbara Tuchman und stellte wieder einmal fest, daß die Welt schon immer so wundervoll gewesen sein mußte, wie sie es auch heute noch war.

Er ging in sein Büro, öffnete den Safe und musterte seine Schußwaffen.

Er hatte Rusty empfohlen, eine .38er *Police Special* zu kaufen. Es war eine gute, schnörkellose Waffe für Hohlraumgeschosse. Wenn man damit einem Kerl ins blühende Leben schoß, wirbelte er wie eine Ballerina herum und knallte auf den Boden.

Hardy nahm seine *Special* aus dem Safe. Der .44er Colt daneben war mehr eine Vorführwaffe, außerdem schwer, und die .22er Zielpistole könnte eine angreifende Bisamratte stoppen, aber das war auch alles.

Die *Special* war die richtige.

Als er die Waffe sorgfältig mit Patronen aus dem Safe geladen hatte, wurde er plötzlich nervös, ging ins Schlafzimmer, öffnete eine Schublade im Nachttisch und legte die *Special* hinein.

Es war zwölf Minuten vor zehn. Er beschloß, sich an den Schreibtisch zu setzen, auf Rustys Anruf um zehn zu warten, danach im Fernsehen *L. A. Law* anzuschauen und sich hinzulegen – eine ruhige Nacht.

Er zog die drei Dartpfeile aus dem Brett über dem Schreibtisch und begann, leicht und locker zu werfen. Er versuchte, weder an Louis Baker noch an Jane, noch an Rusty Ingraham zu denken.

Jemand hatte ihm irgendwann mal erzählt, man könne Wasser zu Gold machen, wenn man ins Innere des Dschungels gehen, dort ein Feuer anzünden und einen Topf Wasser zum Kochen bringen würde. Verstanden? Der Trick: Denk eine halbe Stunde nicht an die Tiger. Nimm deinen Topf voller Gold und geh nach Hause.

Hardy warf einen Blick auf die Uhr, die auf dem Schreibtisch stand: Viertel nach zehn. Vielleicht hatte er ihn falsch verstanden, und sie würden erst morgen um zehn mit den Anrufen beginnen. Und doch...

Er nahm das Stück Papier, das Rusty ihm gegeben hatte, und wählte die Nummer. Achtmal klingelte das Telefon, dann legte Hardy auf. Rusty sollte ihn am Abend anrufen und er ihn am Morgen, es sei denn, einer von ihnen war nicht zu Hause. An solchen Tagen würden sie einfach tauschen. Zwei Wochen wollten sie es so halten.

Um fünf nach halb elf versuchte er es noch einmal.

Wahrscheinlich hatten sie doch gesagt, sie würden erst am nächsten Morgen anfangen.

Hardy war nicht müde. Nichts von alldem schien besonders realistisch, aber als er sich aufs Bett legte, nahm er die *Special* aus der Schublade. Er knipste das Licht aus und zog eine Decke über sich. Die Kleider hatte er noch an, die Pistole hielt er in der Hand. Er sah auf die Uhr neben seinem Bett. Eine Minute nach elf.

Kein Anruf.

2

Es war dunkel, als das Telefon in der Küche klingelte. Hardy erwachte mit der Waffe in der Hand aus einem kurzen, unruhigen Schlaf, schaltete das Licht in der Küche ein und nahm den Hörer ab, noch bevor es zum zweiten Mal klingelte.

»Rusty?

»Wer ist Rusty?«

Die Stimme einer Frau, von weither, drang mit einiger Verzögerung und begleitet von einem Rauschen aus dem Hörer.

Ihr Klang ließ Hardy schlagartig wach werden. »Bei Gott, es ist schön, deine Stimme zu hören.«

»Hast du geschlafen?«

Die Uhr über dem Herd zeigte zehn nach drei. »Hier ist es drei Uhr morgens«, antwortete er. »Ich bin gerade um den Block gejoggt, als ich das Telefon klingeln hörte.«

»Drei Uhr morgens? Ich komme damit einfach nicht zurecht.«

»Ist schon gut.«

»Ich weiß nicht einmal, was für ein Datum heute ist. Bei euch drüben, meine ich.«

»Das macht nichts. Ich bin hier und weiß auch nicht, was für ein Datum wir haben.«

»Und wer ist Rusty?«

Jane war auf der anderen Seite der Erdkugel, und es gab keinen Grund, sie zu beunruhigen. »Ein alter Bürokollege. Ich glaube, ich habe von ihm geträumt.«

Er hielt den Hörer in der einen Hand und bemerkte plötzlich die Waffe in der anderen. Flüchtig spielte er mit dem Gedanken, es ihr zu erzählen. Schau, Schätzchen, ich stehe hier in der Küche mit einer geladenen .38er *Special* und ziehe die Möglichkeit in Betrag, daß jemand, der sich vermutlich darauf versteht, versuchen wird, mich zu erschießen. Aber mach dir keine Sorgen. Hab eine schöne Zeit in Hongkong. Denk nicht an Tiger.

Statt dessen fragte er sie, wie die Reise verlief.

»Gut, abgesehen davon, daß es so aussieht, als müßte ich eine Woche länger bleiben. Oder sogar zehn Tage.«

»Mist.«

Schweigen.

»Dismas?«

»Ich bin noch da. Ich habe nur gerade ein paar Purzelbäume geschlagen.«

»So was passiert, das weißt du.«

»Ich weiß, tut mir leid. Ich würde dich gern sehen.«

»Ich dich auch.« Sie begann, ihm etwas von Problemen mit den Warenlieferungen zu erzählen. Schiffe, die Tausende Ballen Stoff aus den billigen Fabriken auf den Philippinen, in Thailand und Korea transportierten, kamen nach Hongkong, wo die Ballen von den – relativ – billigen Schneidern zu Designerkleidung verarbeitet wurden.

»Aber wir können das wirklich nicht machen, ich meine, kaufen, ohne daß wir die Farben gesehen und die Qualität des Stoffes gefühlt haben.«

»Ich weiß«, sagte Hardy. »Fühl die Qualität...«

»Und zwei der Schiffe haben Verspätung. Vielleicht kommen sie bald, aber selbst dann wird es ein paar Tage dauern, die Ballen durchzusehen.«

»Ich habe verstanden, wirklich.« Hardy legte die Waffe auf den Küchentisch. »Ich bin nicht begeistert, aber ich werde es überleben.« Armer Dismas. »Und sonst, wie ist die Reise?«

»Nun, die Leute fangen an, wegen 1997 nervös zu werden. Überall spürt man das. Niemand will über langfristige Angelegenheiten sprechen... Als könnten nächstes Jahr irgendwelche neue Pläne auftauchen und die Briten plötzlich weg sein. Es ist unheimlich.«

»Es ist besser so«, erwiderte Hardy. »Die Leute sollten sich daran erinnern, daß jeder nächstes Jahr weg sein könnte.«

Jane machte eine Pause. »Mein amüsanter Ex-Mann.«

»Na, so Ex nicht...«

»Auch nicht so amüsant. Nächstes Jahr weg! Wie kann man mit so einer Einstellung leben?«

Hardy wollte sagen, daß es nicht schlecht wäre, wenn jeder so denken würde, und daß ein Jahr sogar ziemlich optimistisch war. Er war versucht, sie daran zu erinnern, daß ihr Sohn nicht einmal dieses eine Jahr lang gelebt hatte... Aber er unterließ es. Sie mußte nicht daran erinnert werden. »Du hast recht«, sagte er. »So kann man nicht leben.«

»Dismas, bist du in Ordnung?« fragte sie. »Tust du irgendwas, das dir Spaß macht?«

»Ich mache die Stadt unsicher. Ich würde es nur vorziehen, das mit dir zu tun.« Ihm wurde klar, daß er ziemlich viel Blödsinn sagte. »Es tut mir leid. Es ist drei Uhr am Morgen, und du erzählst mir, daß du noch eine Woche lang wegbleibst. Ich bin ein bißchen durcheinander, das ist alles. Es ist ein bißchen der Fall von *vu jadé*.«

»*Vu jadé*?«

»Ja. Das Gegenteil von *déjà vu*. Das Gefühl, daß du noch nie irgendwo gewesen bist.«

Jane lachte. »Du scheinst in Ordnung zu sein.«

»Ich bin in Ordnung.«

»Ich liebe dich«, sagte sie.

»Wir könnten über langfristige Angelegenheiten sprechen, wenn du nach Hause kommst, was hältst du davon?«

Ein Moment der Stille verstrich, aber es konnte auch an der technisch bedingten Verzögerung liegen. »Ja, vielleicht tun wir das«, sagte sie.

Frank Batiste war nicht mehr sicher, ob er glücklich darüber war, Lieutenant geworden zu sein. Es bedeutete mehr Geld, und das war in Ordnung, aber den ganzen Tag hier im Büro zu sitzen, während Beschwerden und Anordnungen reinkamen und rausgingen, machte ihn fertig.

In alten Zeiten hatte man den Überbringer schlechter Nachrichten umgebracht, und allmählich verstand er, warum. Vielleicht lösten sich die Nachrichten dann in Luft auf oder mußten nicht zur Kenntnis genommen werden.

Aber er konnte sich nicht einfach den ganzen Tag hier verstecken. Er zwang sich aufzustehen, spürte einen Anflug von Rückenschmerzen und öffnete die Tür.

Das Morddezernat bekam immer mehr das Ambiente eines Golfclubs – an einigen der Schreibtische lehnten Golftaschen.

Er ging durch den Raum nach hinten, nickte den Männern zu und erntete eisige Blicke. Himmel, es war doch nicht seine Schuld. Er verstand die Männer sogar. Vielleicht sollte er als Lieutenant zurücktreten und jemand anderen sich mit dem Kram herumschlagen lassen. Aber was würde das ändern? Dann würde jemand anderes dort sitzen, einer, der weniger Verständnis für das Team hatte.

Wenn nur die Stadtverwaltung, die doch sonst immer so gut Bescheid wußte, eine gottverdammte Ahnung hätte. Jetzt wußte sie nicht einmal, wie sie sich den eigenen Hintern wischen sollte. Und das wurde nirgendwo so deutlich wie hier im Morddezernat. Diese vierzehn Männer – komisch, aber leider wahr – stellten die Schutztruppe gegen die übelsten Elemente der Stadt dar. Niemand gelangte ins Morddezernat, ohne zehn Jahre lang solide Polizeiarbeit geleistet zu haben, ohne eine Menge Stolz und eine spezielle Mischung aus Killerinstinkt, Dickköpfigkeit und Cleverneß. Diese Männer waren die Elite, und wenn man ihre Moral in Frage stellte, bekam man Probleme.

Aber letzte Woche, zum ersten Mal seit sieben Jahren, hatte die Staatsanwaltschaft gegen zwei Männer der Truppe Anklage erhoben. Vor einem Monat hatten diese beiden Beamten – Clarence Raines und Mario Valenti – Fred Treadwell, einen Angestellten der Telefongesellschaft, wegen Mordes an seinem Geliebten und dessen neuem Freund verhaftet. Treadwell widersetzte sich der Verhaftung – er trat ein Fenster in seiner Wohnung im zweiten Stock ein, verletzte sich beim Hinausspringen am Kopf, fiel hinunter auf die Straße, brach sich einen Knöchel, stieß sich den Kopf noch einmal beim Aufprall auf irgendwelche Mülltonnen und floh zu Fuß ins Büro seines Anwalts.

Da Treadwell und die anderen Beteiligten dieser Dreiecksbeziehung schwul waren, berief der Anwalt umgehend eine Pressekonferenz ein und führte den armen Fred mit all seinen Wunden, Brüchen und Prellungen vor – als Opfer willkürlicher Polizeigewalt. Valenti und Raines, zwei Männer der Elitetruppe mit makellosen Karrieren, hätten allem Anschein nach plötzlich ihre Vorurteile gegen Schwule nicht länger beherrschen können (vielleicht als Ergebnis ihrer eigenen unterdrückten Homosexualität) und Fred fast zu Tode geprügelt. Danach hätten sie ihn in der Straße vor seiner Wohnung sich selbst überlassen.

Irgend jemand nahm Freds lahme Geschichte – oder den berechtigten Zorn der homosexuellen Kreise – ernst genug, um Raines und Valenti in Schwierigkeiten zu bringen und eine förmliche Untersuchung einzuleiten.

Zu allem Überfluß wurden, als die Anklage gerade erhoben worden war, die neuesten Budgetkürzungen bekannt. Mit sofortiger Wirkung wurden keine Überstunden mehr für ›Routinearbeit‹ angeschrieben, was vor allem Konsequenzen für die Erstellung der Berichte und die Übermittlung der Vorladungen hatte.

Eine bedeutende Zahl der zu bearbeitenden Mordfälle trug die Bezeichnung ›KMB-Fälle‹ – *keine Menschen beteiligt*. Vorsichtig formuliert hieß das, daß Opfer, Verdächtige und Zeugen mindestens Kleinkriminelle waren.

Diese Leute waren Polizisten nicht gerade wohlgesinnt und während der üblichen Arbeitszeit in der Regel schwer aufzufinden. Vorladungen mußten daher meist in den frühen Morgenstunden oder spät in der Nacht präsentiert werden, und die Polizisten, die ihre Zeugen auf diese Art zusammensuchten, nahmen Überstunden in Kauf, weil sie wußten, daß sie so am besten mit ihrer Arbeit vorankamen. Jetzt hatte die Stadt beschlossen, sie dafür nicht länger zu bezahlen.

Das führte zu den Golfclubs. Die Männer gingen um acht oder neun Uhr aus dem Büro, klopften an die Türen ihrer Zeugen, trafen niemanden an, spielten eine Runde Golf, kehrten zu den Türen zurück, versuchten es wieder, trafen erneut niemanden an, kamen ins Büro zurück und schrieben Berichte über ihren Tag im Außendienst.

Es machte sie fertig, und jeder wußte das.

Jess Mendez nickte dem Lieutenant zu und rief über die Schulter. »Hey, Lanier! Wann bist du frei heute?«

Batiste drehte sich nicht um. Er hörte Lanier hinter sich: »Ich habe noch Vorladungen. Sagen wir, um halb zehn.«

Abe Glitskys Tisch stand neben dem hinteren Fenster mit Ausblick auf die Straße und die Innenstadt dahinter. Heute morgen aber, um zehn vor acht, gab es überhaupt keinen Ausblick, denn der Tag war grau.

An Glitskys Tisch lehnte keine Tasche mit Golfschlägern. Er war außerdem einer der beiden einzigen Männer des Kommandos, die ohne Partner arbeiteten. Er und Batiste waren im gleichen Jahr ins Morddezernat gekommen, und keiner von beiden hatte sich einen Dreck um seine Zugehörigkeit zu einer Minderheit geschert – Glitsky war Halbjude und Halbschwarzer, Batiste hatte einen spanischen Nachnamen. Das hatte eine Art Band zwischen ihnen geschaffen.

Batiste zog sich einen Stuhl heran. »Hast du deine Schläger vergessen, Abe?«

Glitsky schrieb gerade. Er sah auf. »Eben wollte ich zu dir kommen.«

»Um Quartett zu spielen?«

Abe verzog sein Gesicht zu einer Grimasse, die er wohl für ein Lächeln hielt. Er hatte eine Adlernase und eine Narbe, die sich quer über die Lippen zog. Sein Lächeln hatte schon den übelsten Gesellen Geständnisse entlockt. Er mochte irgendwo in seinem Inneren ein netter Kerl sein, aber er sah nicht wie einer aus. »Es freut mich, daß du das lustig findest«, sagte er.

»Ich finde es nicht lustig.«

Abe legte den Stift nieder. »Flo und ich denken darüber nach umzuziehen.«

»Wovon sprichst du?« Das war schlimmer als Golfclubs.

»Los Angeles sucht Leute. Ich muß vielleicht noch mal beim Einbruchsdezernat anfangen, aber das ginge schon in Ordnung.«

Batiste beugte sich vor. »Was sagst du da? Wie lange bist du hier – neunzehn Jahre?«

»Fast, aber das meiste rechnen sie mir an.« Abe deutete auf seinen Schreibtisch. »Ich war gerade dabei, nach den richtigen Formulierungen für den Antrag zu suchen. ›Grund für die Kündigung‹... Soll ich ›Unglaublicher Pferdescheiß‹ schreiben oder es mit ›bürokratischer Unsinn‹ bei einer anständigen Sprache belassen?«

Batiste zog sich mit seinem Stuhl näher zum Schreibtisch. »Abe, warte eine Minute.« Er hatte nicht vor, Abe zu sagen, daß er nicht kündigen dürfe – natürlich durfte er kündigen –, aber irgend etwas mußte er sagen. Er legte die Hand über das Papier. »Kannst du nicht eine verdammte Minute warten?«

Abes Blick war ausdruckslos. »Sicher«, sagte er, »ich kann den ganzen Tag warten.«

»Du weißt, daß es sich wieder ändern wird.«

Abe schüttelte den Kopf. »Nein, das weiß ich nicht,

Frank. Nicht mehr. Es ist die ganze Stadt. Sie braucht uns nicht, und ich brauche sie nicht.«

»Sie braucht uns...«

»Kein Streit jetzt. Ruf mich einfach an, wenn sie es gemerkt hat.« Abe nahm sich das Papier zurück und betrachtete es noch einmal. »›Unglaublicher Pferdescheiß‹«, murmelte er. »Das sagt mehr aus, findest du nicht?«

Hardy parkte am Ende der Allee und stellte die Heizung höher. Der Samurai war luftdurchlässig, durch das Stoffdach pfiff der Wind. Zu beiden Seiten erhoben sich vierstöckige Gebäude, und vor ihm verschwammen der Kanal und die Anlegestellen der Boote im Nebel.

Kurz vor halb neun. Die Waffe lag – noch geladen – im Handschuhfach. Sie war eingetragen und wahrscheinlich eine der wenigen angemeldeten privaten Schußwaffen in ganz San Francisco. Hardys ehemaliger Schwiegervater, Andy Fowler, war Richter, und als Hardy bei der Polizei aufgehört hatte, hatte er eine Erlaubnis für eine private Waffe beantragt, die auf normalen Wegen in San Francisco niemals zu bekommen war. Aber Richter Fowler war nicht ohne Einfluß, und der Gedanke, seine Tochter könnte zur Witwe werden, hatte ihm nicht gefallen. Nicht, daß es unbedingt einen Unterschied machte, ob man eine Waffe trug oder nicht. Aber er hatte Hardy zugeredet, und das war nun die erste Gelegenheit, bei der Hardy das Ding spazierentrug.

Okay, hatte er gedacht, er würde es also legal mit sich herumschleppen, auch privat, wenn er Lust hatte.

Er stellte den Motor ab. Langsam drehte er den Zylinder der .38er herum, um sich noch einmal zu vergewissern, daß sie geladen war, dann trat er hinaus in den wirbelnden Nebel und schlug den Kragen seiner Windjacke mit der linken Hand hoch. Die Waffe in der rechten fühlte sich an, als wäre sie fünfzig Pfund schwer.

Er zögerte. »Albern«, sagte er laut.

Aber er ging weiter.

Die Allee mündete in einen Gehweg, der den China-Basin-Kanal säumte. Auf der linken Seite ragte ein gewaltiges Industriegebäude auf, das sich – aus Hardys Perspektive – über dem Kanal immer weiter nach oben zu schrauben schien, bis es schließlich im Nebel verschwand. Der Kanal schwappte unter seinen Füßen über das Pflaster, die Flut hatte ihren höchsten Pegel erreicht.

Es gab keine sichtbare Strömung. Das Wasser war grünlich-braun, an manchen Stellen glänzte es vom Öl auf der Oberfläche wie Quecksilber.

Hinter Hardy ächzte die Third Street Bridge unter dem fließenden Verkehr. Irgendwo vor ihm gab es noch eine Brücke. Ingraham hatte ihm erklärt, sein Kahn liege an der dritten Anlegestelle zwischen der Third Bridge und der nächsten Brücke.

Mit eingezogenem Kopf marschierte Hardy durch den Wind. Die Waffe hielt er auf den Boden gerichtet.

Die erste Anlegestelle – wenig mehr als ein paar Stricke um einen Pfahl am Rand des Kanals und eine Steckdose für elektrische Anschlüsse – war leer. Ein Mann und eine Frau, Chinesen, näherten sich Hand in Hand. Sie gingen schnell und nickten, als sie an Hardy vorbeikamen. Falls sie die Waffe gesehen hatten, ließen sie es sich nicht anmerken.

An der zweiten Anlegestelle, vielleicht sechzig Meter von der ersten entfernt, lag ein Schlepper, der verlassen wirkte. Das nächste Schiff war eine Hochseejacht, eine Schönheit, zehn Meter lang, wie Hardy vermutete. Sie hieß *Atlantis*.

Er war nicht sicher, ob er ein Boot nach etwas hätte benennen wollen, das im Ozean versunken war.

Ingraham hatte sein Zuhause als ›Lastkahn‹ bezeichnet, und das war eine zutreffende Beschreibung: eine lange, flache, abgedeckte Kiste, die, ein paar Meter weiter, gegen die Reifen des Pontons gedrückt lag. Das Dach befand sich etwa in Höhe von Hardys Knien.

Als er endlich vor dem Kahn stand und sah, daß die elektrischen Leitungen angeschlossen waren, kam ihm die ganze Sache wieder verrückt vor. Er war einfach paranoid. Er sah auf die Uhr. Zwanzig vor neun.

Rusty müßte wach sein.

Er beugte sich hinunter. »Rusty?«

Irgendwo dröhnte ein Nebelhorn.

Hardy steckte die Waffe in die Tasche und betrat das Deck des Kahns. Drei verwitterte Drehstühle waren vor dem Eingang aufgebaut. Grünpflanzen und eine volle Tomatenstaude, die abgeerntet werden mußte, fristeten ihr Leben auf dem Vorderdeck.

Ein zwei Pfund schwerer Lachsköder war als Klopfer in der Mitte der Tür befestigt. Hardy hob ihn, ließ ihn niedersausen, und die Tür schwang auf. Drinnen gab es keine Regung, kein Geräusch außer dem Schwappen des Kanals und dem Verkehr, der durch den Nebel nicht mehr sichtbar war.

Das Holz des Türpfostens war zersplittert.

Hardy steckte die Hand in die Tasche, tastete nach der Waffe, nahm sie heraus. Er zog den Kopf ein, trat durch die Tür und stieg drei hölzerne Stufen hinunter ins Innere.

Eine Reihe schmaler Fenster an den Wänden hätte vermutlich Licht hereingelassen, aber auf beiden Seiten waren Vorhänge vorgezogen worden. Es war kalt, kälter als draußen.

Soweit man dies in dem trüben Licht erkennen konnte, das durch die offene Tür fiel, schien alles in Ordnung zu sein. Vor einer schicken, niedrigen Couch stand auf einem ebenfalls niedrigen Tisch das Telefon. Hardy nahm den Hörer ab, hörte das Freizeichen und legte wieder auf.

Dann entdeckte er die Tischlampe, die auf der anderen Seite des Zimmers auf dem Boden lag. Er streckte sich und zog den Vorhang zurück, um ein bißchen mehr Licht hereinzulassen. Der Schirm der Lampe war in fünf oder sechs Stücke zerbrochen, die über den Boden verstreut lagen.

Dort, wo Rück- und Seitenwand aufeinandertrafen,

führte eine Schwingtür in die Kombüse. Eine andere Tür in der Mitte der Rückwand stand angelehnt. Hardy trat sacht dagegen. Sie öffnete sich zur Hälfte, dann blockierte sie. Ein breites Rinnsal von etwas Schwarzem lief unter der Tür hindurch zur Wand.

Hardy stieg darüber und drückte sich an der Tür vorbei. Sein Magen bäumte sich auf, als wäre er seekrank. Er lehnte sich gegen die Wand.

Der Arm einer Frau hatte die Tür blockiert.

Nackt und ausgestreckt lag sie da, als würde sie nach etwas greifen, als wäre sie gekrochen, vielleicht beim Versuch hinauszukommen. Etwas metallisch Glänzendes lag um ihren Hals und hielt ihren Kopf in einem unnatürlichen Winkel zurückgebogen – eine Halsstütze.

Hardy sah sich um. Der Boden war in Blut getaucht.

Als er das Geräusch vom Vordeck hörte, kniete er nieder, umfaßte die Pistole mit beiden Händen und zielte auf den Eingang des Vorzimmers.

»Hier ist die Polizei«, hörte er. »Werfen Sie die Waffe weg, und kommen Sie mit gehobenen Händen raus.«

3

Wie die anderen Sozialwohnungsprojekte in San Francisco war Holly Park anfangs einmal ein schöner Platz zum Leben gewesen. Die zweigeschossigen Einheiten waren leicht und luftig, Anstrich und Putz frisch gewesen. Mieter, die ihre Gärten nicht so in Ordnung hielten wie in der Nachbarschaft üblich, konnten theoretisch belangt werden, aber solche Vorfälle kamen damals kaum vor, denn die Leute waren stolz auf ihre Häuser.

1951 waren die Siedlungen begrünt worden, um sie abwechslungsreicher und freundlicher zu gestalten – mit Eukalyptus, Zypressen, Magnolien. In dem Block um den Holly Park befanden sich drei öffentliche Gärten und ein

Spielplatz mit Schaukeln, Kletterstangen und Rutschen. Vor den blankgeputzten Fenstern hatten zu jener Zeit Vorhänge gehangen. Auf den vier Rasenanlagen zwischen den Gebäuden, die jetzt ödes Niemandsland waren, das nach dem Mäher schrie und von Crack-Dealern beherrscht wurde, hatten die Leute einst Wäsche aufgehängt und Fahrräder repariert.

Einhundertsechsundachtzig Menschen über achtzehn Jahre waren jetzt als Mieter in Holly Park eingetragen. Dazu kamen einhundertsiebzehn Kinder und Jugendliche. Alle bekannten Bewohner waren Schwarze. Einhundertneunundfünfzig der Erwachsenen hatten Vorstrafenregister, von den Jugendlichen zwischen zwölf und achtzehn hatten achtundsechzig Prozent schon einmal Kontakt mit dem Jugendrichter gehabt, meistens wegen Vandalismus, Ladendiebstahls, Drogenbesitzes, einige wegen Straßenraubs, Einbruchs und Vergewaltigung, und drei wegen Mordes.

Es gab vier richtige Familien – also Ehemann, rechtmäßig angetraute Ehefrau und ihre Kinder – in Holly Park. Der Rest war eine wechselnde Masse von Frauen mit Kindern.

Da Holly Park von Stadt und Verwaltungsbezirk für die Fürsorge reserviert war, lebte per definitionem jeder Einwohner von der Wohlfahrt, aber zweiundzwanzig Frauen und dreißig Männer hatten ›reguläre‹ Jobs. Das offiziell registrierte Pro-Kopf-Einkommen aller Erwachsenen in Holly Park betrug zweitausendneunhundertdreiundfünfzig Dollar und dreizehn Cent jährlich und lag damit weit unter der Armutsgrenze.

Das Einkommen aus dem Verkauf von Kokain wurde vom Polizeipräsidium San Francisco auf einen Betrag zwischen eineinhalb und drei Millionen Dollar pro Jahr geschätzt, das bedeutete umgerechnet im Schnitt zwischen fünfzig und fünfundsiebzig Dollar pro Stunde – vierundzwanzig Stunden am Tag, sieben Tage in der Woche.

Bisher waren in diesem Jahr – es war September – sechsundneunzig Prozent der Einwohner von Holly Park, die über sieben Jahre alt waren, Opfer, Täter oder Augenzeugen eines Gewaltverbrechens geworden.

Bis die Polizei auf einen Notruf aus Holly Park reagierte, vergingen einundzwanzig Minuten. Zum Vergleich: In dem wohlhabenden Viertel St. Francis Wood dauerte es dreieinhalb Minuten, eine Zeitspanne, über deren Länge Polizeichef Rigby sich ärgerte.

Manche Leute waren der Meinung, eine Lösung für die Drogen- und Verbrechensprobleme in den Sozialwohnungsanlagen bestünde darin, eine Mauer darum zu bauen und die Bewohner einander abschlachten zu lassen.

Es gibt alle möglichen Arten von Mauern.

Louis Baker fror.

Er war jetzt wach, öffnete die Augen und wußte nicht, wo er sich befand. Es war dunkel im Zimmer, aber ein schmaler Strahl grauen Lichts drang durch den Spalt, wo der Holzladen schief vor dem Fenster hing. Der Matratze, auf der er geschlafen hatte, haftete ein vertrauter Geruch an. Er setzte sich auf und zog die Armeedecke um seine mächtigen bloßen Schultern.

Wenigstens war er nicht im Knast, dachte er. Dem Himmel sei Dank.

Er stand auf, schauderte, weil er barfuß war, und schlüpfte in die Anzughose, die sie ihm bei seiner Entlassung am Vortag gegeben hatten. Er ging zu dem Loch im Fenster und sah hinunter in einen der Höfe.

Noch immer wie früher. Graue Gebäude, grauer Nebel, beständiger Wind. Keine Bäume, kein Gras, kein Platz, um zu entfliehen, kein Platz, sich zu verstecken. *Martha Reeves and the Vandellas*. Jetzt spielten sie überall Rap, er kam schon aus drei oder vier Wohnungen. Das war gut. Gesichter wechselten, Musik wechselte, sogar die Menschen wechselten manchmal. Aber es war dasselbe Revier, sein altes Revier. Revier, Gebiet. Wenn man es kontrollierte, konnte man sich glücklich schätzen. Auf Dauer.

Er zog die Decke fester um sich und richtete den Blick wieder auf das Loch im Fenster, sah über den Hof. Ein paar Jugendliche standen herum. Vielleicht platzte gerade irgendein Geschäft.

Mama rief von unten. »Bist du wach, Junge? Schon aufgestanden?«

Sie war nicht seine Mutter, er nannte sie Mama. Er war nicht sicher, ob sie mit ihm verwandt war. Sie war einfach immer da gewesen, und sie war immer Mama gewesen.

»Ich komm' runter«, sagte er.

Mama zog sich noch genauso an wie früher. Hier in Holly Park gab es keine Mode. Es gab auch keine Politik. Nichts von draußen würde die Dinge hier ändern. Louis wußte das. Alles spielte sich innerhalb von Holly Park ab, er kannte es nicht anders.

Mama war fett. Sie saß an ihrem Klapptisch und schlürfte Instantkaffee. Ihr Haar wurde von Nadeln zusammengehalten und zum größten Teil von einem Tuch bedeckt. Sie trug ein weites Flanellhemd lose über einer verblichenen Jeans, die an den Säumen auf ihren ausladenden Hüften aufzuplatzen drohte.

Louis küßte sie, löffelte etwas Kaffeepulver in einen Becher, goß kochendes Wasser darüber und setzte sich.

»Es ist gut, zu Hause zu sein.«

»Was wirst du jetzt machen?«

Er zuckte die Achseln und blies in seinen Becher. »Mir einen Job besorgen. Irgendwas. Eine Arbeit.«

»Und vorsichtig sein, ja?«

Er langte hinüber und berührte ihr Gesicht. »Mach dir keine Sorgen, Mama. Vorsicht ist eines der wenigen Dinge, die ich gelernt habe.«

Er fragte sich einen Moment, ob das der Wahrheit entsprach – als sie ihn entlassen hatten, hatte er keinen Gedanken an Vorsicht verschwendet. Aber daß er Ingraham wiedergesehen hatte, kaum daß er draußen war, hatte alles in ihm wieder lebendig werden lassen. Auf der Straße mußte er in jeder Minute vorsichtig sein.

Er hatte sich schon wieder um seine Geschäfte gekümmert, noch bevor er zu Mama gekommen war. Da hatte er Ingraham wiedergesehen, und sein Blut hatte gekocht. Der Zorn war noch immer da. Den Zorn zu beherrschen, darum ging's.

Er umklammerte seinen Becher mit beiden Händen und führte ihn zum Mund.

Aber das war Schnee von gestern. Es war jetzt zu Ende, hoffte er. Er würde keinen Grund haben, noch einmal darüber nachzudenken. Das war erledigt.

»Denn hier draußen, weißt du...« Mama wies nach der Hintertür.

Louis folgte ihrer Geste. Dann ließ er den Blick durch die Küche schweifen. Über dem Herd blätterte die weiße Farbe in Stücken ab. Ein Poster von Muhammed Ali neben einem Kalender mit religiösen Motiven. Er bemerkte den leidenden Christus.

Mama hielt die Wohnung ziemlich sauber, aber sie war alt. Warum sollte sie über dem Spülbecken eine Scheibe einsetzen? Das Sperrholz würde nicht brechen – und es hielt den Wind ab. Es machte die Küche dunkel, aber Dunkelheit war sicherer. Das ganze Haus war dunkel.

»Ich weiß Bescheid über draußen, Mama. Ich sage dir, was ich vorhabe, also mach dir keine Sorgen. Ich treffe mich mit diesem Mann, und der hat was für mich zu tun oder nicht. Dann komm' ich zurück und tu' hier was.«

»Was zum Beispiel?«

Er stand auf und lehnte sich hinüber, um sie zu küssen. »Das Haus, Mama. Wir machen das Haus sauber.«

»Hardy in Ketten«, sagte Glitsky. »Das gefällt mir.«

»Es ist ein Vergnügen«, stimmte Hardy zu. Er war aufgestanden, als Glitsky den Wohnraum betreten hatte. Einer der Streifenbeamten nahm ihm die Handschellen ab.

»Verdammt, diese Dinger erfüllen ihren Zweck.« Hardy öffnete und schloß die Finger, rieb seine Gelenke, versuchte, die Blutzirkulation wieder in Gang zu setzen.

»Wenn das irgendeine Auswirkung auf meine Leistung beim Dart hat, verklage ich die Stadt.«

Glitsky ignorierte ihn. Er bat den Streifenbeamten Thomas, draußen zu warten und dem Team vom Morddezernat den Weg nach unten zu zeigen, sobald es eingetroffen war.

Als Thomas gegangen war, sagte Ling, der andere Beamte: »Die Leiche ist da drüben.«

Glitsky nickte. »Was machst du hier?« fragte er Hardy.

»Lange Geschichte.«

»Mit einer geladenen Waffe?«

»Das macht sie noch länger.« Hardy zuckte die Achseln. »Die Waffe ist eingetragen. Ich habe einen Waffenschein.«

Ling stand auf. Glitsky überlegte, daß er wahrscheinlich der kleinste Polizeibeamte war, den er je gesehen hatte. Als er angefangen hatte, war eine Mindestgröße von einssiebzig vorgeschrieben gewesen. Dann hatte irgendein Gericht festgestellt, daß viele Asiaten kleiner waren, und beschlossen, die Vorschrift diskriminiere daher einen Teil der Bevölkerung und habe folglich zu verschwinden.

Ling war keine Einssechzig groß. Aber weil man ihn hier unten gelassen hatte, damit er sich um Hardy kümmerte, falls dieser aufsässig werden würde, nahm Glitsky an, daß er auf sich aufpassen konnte.

»Kann ich die Pistole sehen?« fragte er.

Ling gab ihm Hardys Waffe. Er prüfte den Zylinder und stieß einen mißbilligenden Laut aus. »Sie ist geladen«, sagte er zu Hardy.

»Sie funktioniert besser, wenn sie geladen ist.«

Glitsky ließ den Zylinder aufschnappen und die Kugeln einzeln in seine Handfläche fallen. Er steckte sie in die Tasche seines blauen Parkas und roch an der Waffe. »Sie ist nicht abgefeuert worden.«

»Nein, Sir«, erwiderte Ling. »Das habe ich bemerkt.«

»Mach einen Punkt, Abe«, sagte Hardy. »Ich habe niemanden erschossen.«

»Mein Freund hier verfügt über eine rege Fantasie«,

entgegnete Glitsky und gab Ling die Waffe zurück. »Glaubst du, wir sind in Dodge City, oder was? Du kannst sie dir bei der Verwaltung abholen.«

»Abe, es ist eine eingetragene Waffe.«

»Und das hier ist ein Ort, an dem ein Mord begangen wurde, Diz. Es kann nicht schaden, den Waffenschein zu überprüfen.«

Hardy wandte sich an Ling. »Und was hat euch Jungs hier herausgeführt?«

»Das Paar, das auf dem nächsten Boot wohnt, war spazieren und ist Ihnen begegnet, als Sie mit der Waffe in der Hand herumliefen. Sie haben Sie hier reingehen sehen, sind auf ihr Boot zurückgekehrt und haben die Sache gemeldet.«

»Die einzigen anständigen Bürger von San Francisco, und ausgerechnet denen laufe ich bei ihrem Morgenspaziergang über den Weg.«

»Von anständigen Bürgern wimmelt es in dieser schönen Stadt«, bemerkte Glitsky.

»Sie sind Chinesen«, sagte Ling, als wäre das die Erklärung.

»Na gut. Gehen wir und sehen uns die Leiche an.«

»Ich hoffe, du hast schon gefrühstückt«, sagte Hardy.

Aufgrund des Ausweises, der in der Tasche neben dem Bett gefunden worden war, wurde die Frau als Maxine Weir identifiziert, dreiunddreißig Jahre alt. Ihre Adresse war 964 Bush Street.

Nach der Blutspur zu schließen, war das erste Mal auf sie geschossen worden, als sie nach dem Duschen aus dem Bad gekommen war. Dieser erste Schuß war durch das Handtuch gegangen, das sie um sich geschlungen hatte.

An der Wand neben der Tür zum Bad war ein Blutfleck, als wäre sie entweder durch den Schuß herumgewirbelt worden oder hätte die Hand auf die Wunde und dann gegen die Wand gelegt, um sich abzustützen.

Es war unmöglich, die Reihenfolge der übrigen Schüsse zu rekonstruieren. Einer war hoch über der rechten Brust eingedrungen und nicht wieder ausgetreten. Möglicherweise hatte er das Schlüsselbein gestreift und war nach unten abgelenkt worden. Ein zweiter war durch die Seite ihres Unterleibs gegangen und am Rücken ausgetreten. Ein weiterer hatte sie im rechten Schenkel getroffen. Sie war vor dem Badezimmer zu Boden gegangen und ein paar Minuten lang still liegengeblieben – vielleicht, um sich totzustellen. Eine Blutlache hatte sich dort gebildet. Dann war sie durch den Raum in den Gang gekrochen, wo sie gestorben war und wo Hardy sie gefunden hatte.

Glitsky kehrte mit glasigem, konzentriertem Blick von der Leiche zurück. Er hatte Ling angewiesen, im Wohnraum zu warten und die Spurensicherung reinzuschikken. Hardy saß auf einem gepolsterten Stuhl in der Ecke, die Ellbogen auf die Knie gestützt, die Hände gefaltet.

»Was ist mit dem Bett?« fragte er.

»Bin gerade dabei.«

Eine zweite Blutspur begann auf dem gemachten Bett. Jemand hatte auf der Decke gelegen, als geschossen worden war. Die Spur führte wie ein dünnes Rinnsal Sirup durch den Raum zur hinteren Tür. Glitsky öffnete sie.

Dahinter lag ein Laufsteg von etwa einem Meter Breite, der hauptsächlich als Lagerfläche benutzt worden sein mußte. Farbdosen, Pappkartons, ein Fahrrad und anderes Garagengerümpel füllten den Platz links von Glitsky bis zur Reling. Die rechte Seite des Laufstegs war zum Teil mit Kunstrasen bedeckt, und nahe bei der anderen Tür nach hinten raus, die in die Kombüse führte, stand ein großer Steingrill. Geräte zum Kochen im Freien hingen an der Wand neben der Tür.

Das Blut zeichnete eine Linie in die Mitte dieses Vorplatzes, kam dann vom Kunstrasen ab, bildete eine Lache vor der Reling und verschwand über die Bordseite des Kahns.

Glitsky kam wieder rein, fröstelnd trotz des Parkas. Hardy stand neben dem Bett.

»Ein laufender Toter«, sagte Glitsky.

»Sieh dir das an.« Hardy wußte Bescheid und hatte nichts berührt, er war einmal ein guter Polizist gewesen. Ein kleines Loch befand sich in der Mitte eines Blutflecks auf dem Bett, etwa auf Schulterhöhe, falls der Kopf des Opfers auf dem Kissen gelegen hatte.

»Rusty war der erste, vermute ich«, sagte er. »Er lag auf dem Bett und hat vielleicht geschlafen. Sie war unter der Dusche, als sie den Schuß hörte, kam heraus und hat ihren Teil abbekommen.«

Glitsky steckte die Hände tiefer in die Taschen. »Wovon zum Teufel sprichst du? Rusty *Wer*?«

»Das weißt du nicht?«

»Nein.«

Hardy atmete tief aus. »Ingraham. Rusty Ingraham. Er wohnt... wohnte hier. Louis Baker hat ihn erschossen.«

Glitsky sah über Hardys Schulter, in keine bestimmte Richtung, und setzte die Teile zusammen. »Louis Baker.«

»Und ich bin der nächste.«

»Ich hätte gern einen Cheeseburger mit allem Drum und Dran zum Mitnehmen.«

Der junge Mann hieb auf seine Kasse ein. »Möchten Sie Zwiebeln und Gurken?«

Glitsky nickte. »Alles, bitte.«

»Zum Hieressen oder zum Mitnehmen?«

»Zum Mitnehmen, bitte.«

»Also ein Cheeseburger zum Mitnehmen.« Der junge Mann betätigte noch ein paar Knöpfe, wartete, bis die Maschine aufhörte zu rattern, und blickte erleichtert auf. »Das macht zwei siebenundsechzig.«

Hardy hatte eben dasselbe Spiel mit einer noch schwierigeren Bestellung durchgestanden – zwei Fischsandwiches, Pommes frites und Cola light. Er verdrehte die Augen. »Willst du das hier essen oder mitnehmen, Abe?« fragte er, als der Junge gegangen war, um die Bestellung zu holen.

Glitskys Gesicht blieb unbewegt.

Sie setzten sich an einen kleinen gelben Tisch auf dem schmalen Streifen Bürgersteig zwischen der Third Street Bridge und der Southern Pacific Station. Alle paar Minuten ertönte schrill und von weither das Signal eines Zuges.

Es war früher Nachmittag. Der Nebel hatte sich völlig aufgelöst, und es war warm geworden. Sie hatten den Vormittag auf Rusty Ingrahams Lastkahn verbracht und gewartet, während die Leute von der Spurensicherung fotografiert, eingesammelt und gepudert hatten und der Polizeiarzt die Leiche Maxine Weirs untersucht und mitgenommen hatte und Vorbereitungen getroffen worden waren, den Kanal abzusuchen.

Hardy öffnete seine Tüte. »Nach diesem ganzen Hin und Her habe ich Zwiebelringe bekommen. Habe ich Pommes frites gesagt, oder was?«

Glitsky biß in seinen Burger. »Zweimal, glaube ich, vielleicht sogar dreimal.«

»Was für ein Dummkopf«, sagte Hardy.

»Auch nicht dümmer als einer, der in der Öffentlichkeit mit einer geladenen Waffe herumläuft. Du hättest mich vorher anrufen sollen.«

»Und du wärst gekommen, ja?« Hardy hatte Abe erzählt, warum er auf dem Kahn gewesen war, und ihm die telefonische Verabredung mit Rusty erklärt.

Abe kaute etwas heftiger. »Wahrscheinlich nicht.«

»Nein, wahrscheinlich nicht.«

Glitsky griff hinüber und nahm sich Hardys Getränk. »Darf ich?« Er sog an dem Strohhalm. »Louis Baker, was?«

Hardy nahm den Becher. »Louis Baker macht mir angst, Abe. Das ist kein Scherz.«

»Verstehe ich. Es würde mich auch nervös machen. Weiß Baker, wo du wohnst? Seit du bei der Staatsanwaltschaft ausgeschieden bist, bist du umgezogen, oder?«

»Rusty auch.«

Glitsky kaute und schluckte. »Wie hat er ihn dann gefunden?«

»Vielleicht ist er angemeldet. Er ist praktizierender ... er war praktizierender Anwalt.«

»Hör auf, in der Vergangenheit von ihm zu sprechen, in Ordnung?«

»Er ist tot, Abe. Du weißt es, und ich weiß es auch.«

»Ich weiß es nicht. Maxine Weir ist tot. Ansonsten suchen wir den Kanal ab, überprüfen das Blut auf dem Bett, sehen nach, ob es Rustys Blut sein könnte, und versuchen, ihn zu finden. Ich sage dir Bescheid, wenn ich glaube, daß er tot ist.«

»Er ist tot«, erwiderte Hardy.

Glitsky zuckte mit den Schultern. »Wie du meinst.«

»Was soll ich also tun?«

»Ich weiß nicht. Wovon sprichst du?«

»Von diesem verdammten Louis Baker.«

»Reg dich nicht so auf, Diz. Wir beenden unser Mittagessen, dann organisiere ich mir Louis' Adresse, fahre hin und unterhalte mich ein bißchen mit ihm.«

»Und was ist, wenn er längst mit einem Schießeisen vor meinem Haus sitzt oder sogar darin?«

Glitsky antwortete mit unbewegter Miene: »Dann würde er gegen die Bewährungsauflagen verstoßen.« Er biß in seinen Burger, griff erneut nach Hardys Becher und nahm durch den Strohhalm einen letzten, schlürfenden Schluck. »Du tust am besten gar nichts, Diz. Wir haben was gegen Privatpersonen, die sich gegenseitig erschießen.«

»Schön. Und ich hab' was dagegen, abgeknallt zu werden. Sollte ich ihn in der Nähe meines Hauses sehen, werde ich zuerst schießen.«

Glitsky lehnte sich über den Tisch. »Tu mir einen Gefallen: Laß ihn einmal schießen. Vergewissere dich, daß er bewaffnet ist.«

»Die Vorschriften, wie?«

Glitsky nickte. »Die Vorschriften.« Er stand auf.

»Ich glaube nicht, daß Louis Maxine die Vorschriften erklärt hat«, sagte Hardy. »Und Rusty auch nicht.«

Glitsky nahm Hardys Becher und kippte sich ein paar Eiswürfel in den Mund. »Ich vermute, das hat er vergessen«, erwiderte er. »Er hatte andere Dinge im Kopf.«

»Wann bekomme ich meine Waffe zurück?« fragte Hardy.

4

»Sie müssen daran denken, Sergeant, daß alle, mit denen wir hier zu tun haben, vorbestraft sind. Nicht ein paar, nicht die meisten – alle.«

Die Leiterin der Abteilung war eine füllige Frau, der es trotz ihrer strengen Miene irgendwie gelang, Wärme auszustrahlen. Vielleicht lag es an der *Oliver-Peoples*-Brille mit den winzigen Gläsern, die ihre Augen – rötlich und rund wie die Eier von Rotkehlchen – stark vergrößerten. Das kleine Schild an der Tür wies sie als Miß Hammond aus, und Glitsky mochte sie vom ersten Augenblick an. Sie hatte ein Eckbüro im Hafengebäude mit Blick über das Wasser nach Treasure Island, hinüber zur Bay Bridge und bis nach Alcatraz. Es gab Leute, die drei Tausender pro Monat für ein Ein-Zimmer-Apartment mit einer solchen Aussicht bezahlten. Vielleicht war das einer der Reize ihres Jobs – er wußte, sehr viel verdiente sie nicht.

Das Büro war sauber und funktional eingerichtet und bekam durch den Ausblick und einen kleinen Wald von Topfpflanzen eine gemütliche Note. Einundzwanzig Bewährungshelfer waren ihr unterstellt.

»Nun, ich habe nur gemeint, daß...«

»Nein, nein, schon gut. Es hilft einfach nur, sich daran zu erinnern, wo diese Leute herkommen. Und was sie draußen erwartet.«

»Gut, aber es ist möglich, daß unser Mann – Louis Baker – gerade mal eine Stunde draußen war, bevor er wieder jemanden umgebracht hat.«

Miß Hammond seufzte schwer und nickte. »Ja, auch so etwas kommt vor, fürchte ich.« Sie rollte mit dem Stuhl von dem zerkratzten grünen Schreibtisch nach hinten zu einem zerkratzten grünen Aktenschrank, blätterte eine Minute lang in irgendwelchen Unterlagen und seufzte dann erneut. »Sie werden sich an Al Nolan wenden müssen.«

»Ist das eine schlechte Nachricht?«

Sie sah auf die Uhr. »Es ist halb drei. Wenn er wie alle um zwölf zum Mittagessen gegangen ist, müßte er inzwischen zurück sein.«

Glitsky fragte sich, ob die gesamte Bürokratie dem Untergang geweiht war, wenn beinahe jede Abteilung in Mißtrauen und ähnlichem Mist versank. Miß Hammond sah ihn an und zuckte die Schultern. Schulterzucken und Seufzer. Vielleicht war es ihr nicht einmal bewußt.

»Manche brauchen mehr Überwachung als andere. Kommen Sie, ich zeige Ihnen den Weg.«

Sie führte ihn durch einen langen Korridor, der ihn an die Korridore des Justizgebäudes erinnerte, und in ein Großraumbüro, das in kleinere Einheiten unterteilt war.

Al Nolan, ein Weißer Ende Zwanzig, öffnete gerade eine Imbißtüte von *Wendy's* und kippte den Inhalt auf seinen Schreibtisch. Er trug ein Sporthemd, auf dessen rechter Brusttasche der Name *Ralph* eingestickt war. Sein langes braunes Haar wirkte nicht allzu sauber und war zu einem Pferdeschwanz zurückgebunden.

»Al«, sagte Miß Hammond, »das ist Inspektor Abe Glitsky...«

Nolan hob eine Hand. »Ich habe gerade Mittagspause. Stört es Sie?«

Glitsky hörte, wie Miß Hammond tief Luft holte. »Ihre Mittagspause sollte zwischen zwölf und halb zwei liegen. Irgendwann in dieser Zeit, Al.«

»Schon, aber um zwölf mußte ich mein Auto in die Werkstatt bringen, und der Bursche dort hatte nicht die leiseste Ahnung, wo der Schaden lag. Also mußte ich es dortlassen und mit dem Bus zurückfahren. Sie kennen ja die Busse.« Auch er zuckte die Schultern.

»Wissen Sie, Al, das klingt für mich nach zweieinhalb Stunden Freizeit.«

»Schon möglich, aber zu essen habe ich bisher noch nichts bekommen.«

»Werden Sie dafür bezahlt?« mischte sich Glitsky ein. »Bitte entschuldigen Sie«, sagte er zu Miß Hammond.

»He, was heißt denn das? Soll ich vielleicht nichts essen? Wir haben ein Recht auf ein Mittagessen.«

Miß Hammond verlor allmählich die Geduld. »Und was, glauben Sie, fordert der Staat Kalifornien dafür als Gegenleistung von Ihnen?«

Nolan kaute ein paar Pommes frites. »Als Gegenleistung für was?«

»Als Gegenleistung für Ihre Mittagspause.«

»He, ich arbeite mindestens genausoviel wie jeder andere hier.«

Glitsky wartete einfach.

Miß Hammond lächelte dünn. Ihre Wärme war verschwunden. »Sie wissen, Al, daß das nicht wahr ist.« Sie legte eine Hand auf Glitskys Arm. »Mr. Nolan hat jetzt keine Pause, Sergeant. Wenn es Sie stört, daß er ißt, wird er seine...« – sie hielt kurz inne – »...seinen Nachmittagssnack wegwerfen.« Sie wandte sich um und ging.

Nolan verdrehte die Augen. »Hat ihre Tage«, sagte er und forderte Glitsky mit einer Handbewegung auf, sich einen Stuhl heranzurücken. »Um wen geht's?«

Glitsky war versucht, etwas zu erwidern. Derlei Benehmen machte ihn rasend. Er fragte sich, ob nicht Miß Hammonds reizende, großmütterliche Art schuld war. Vielleicht sollten die, die was zu sagen hatten, gleich zu Beginn harte Seiten aufziehen, um die Dinge in die richtige Ordnung zu rücken. Leuten in den Hintern treten und über alles Buch führen. Kerle wie Al Nolan an die Luft setzen. Dann erinnerte er sich daran, daß niemand an die Luft gesetzt wurde, der für die Regierung arbeitete. Bring deine Nachbarn um, komm betrunken zur Arbeit, mach dreißig Tage krank... Aber jemandem kündigen, ihm den Arbeitsplatz nehmen? Nein. Das wäre ein Angriff auf seine Menschenwürde.

Glitsky ertappte sich bei einem Seufzer. »Louis Baker«, sagte er. »Es geht um Louis Baker.«

»Ach ja, hab' ihn heute morgen erst gesehen. Schien okay, ganz netter Kerl.«

»Nun, wir meinen, er hat gestern nacht vielleicht jemanden umgebracht.«

Nolan nahm einen Bissen von seinem Burger. »Im Ernst? Na ja, diese Burschen gehen mit manchen Dingen ganz schön locker um.«

»Mit Mord, meinen Sie.«

»Was auch immer. Wissen Sie, sie reden nicht mit uns. Sie tanzen hier an, erzählen Lügen über eine Arbeit oder ein Angebot, das sie haben, und dann hauen sie wieder ab.«

»Hat Louis Baker gesagt, er habe eine Arbeit?«

»Jetzt, wo Sie es erwähnen – nein.« Nolan schien einen Moment nachzudenken. »Immerhin ist er erst einen Tag draußen. Hat sich noch nicht zurechtgefunden.«

Glitsky beugte sich vor. »Also – worüber haben Sie geredet?«

»Vor allem über die *Giants*, glaube ich.«

Glitsky hätte selbst darauf kommen können. Die *Giants* befanden sich mitten in den Punktspielen.

»Ich glaube, sie bleiben zu Hause.«

»Wer?«

»Über wen sprechen wir, Mister? Die *Giants* natürlich. Ich meine, wir brauchen einen Punkt. Keine Chance, nach San José zu kommen, wenn wir nicht noch einen Punkt machen. Das Team ist hinüber. Wen hat Baker umgebracht?«

»Wir wissen nicht, ob er überhaupt jemanden umgebracht hat. Er steht unter Verdacht, das ist alles.«

»Wahrscheinlich hat er es getan.«

»Warum sagen Sie das? Gerade eben haben Sie gesagt, er sei ein ganz netter Kerl.«

Nolan zuckte die Schultern, und Glitsky fragte sich, ob die Leute hier nicht alle Probleme mit den Schultern und dem Rücken bekommen mußten vom dauernden Heben und Senken.

»Ja, er ist ein netter Kerl. Das heißt, daß er sich zu benehmen weiß. Ich meine, alle sagen, Ted Bundy war der netteste Kerl, den sie je getroffen haben, und wie viele Leute hat er abgemurkst? Zwanzig, dreißig?«

»Also nehmen Sie an, Baker hat jemanden umgebracht. Warum? Hat er Ihnen gegenüber die letzte Nacht erwähnt?«

»Diese schwarzen Kerle bringen sich immer gegenseitig um.«

»Das Opfer war kein Schwarzer, Mr. Nolan.«

»War nur eine Vermutung.«

»Es war eine weiße Frau.«

»Na schön, vielleicht hat er nur Dampf abgelassen nach all der Zeit hinter Gittern.« Nolan warf Glitsky einen eindeutigen Blick zu. »Sie wissen schon.« Er deutete auf seine Hoden. »Kein Sex während der Besuchszeit. Die Kerle kommen raus, und das ist das erste, was sie tun.«

Glitsky, der sich plötzlich unendlich müde fühlte, schüttelte den Kopf. »Nein, das war es nicht.«

Nolan kaute nachdenklich. »Na schön. Manchmal bringen sie auch Weiße um.«

Es war noch früh am Nachmittag und mild. Ein leichter Wind wehte. Glitsky hatte beide Fenster des Plymouth heruntergekurbelt und fuhr die Mission Avenue hinunter, um auf den Freeway Richtung Süden nach Holly Park zu gelangen, denn er wollte versuchen, ein paar Worte mit Louis Baker zu wechseln.

Aber Al Nolan saß ihm in den Knochen – der junge, flippige Al Nolan mit dem Pferdeschwanz und dem *Ralph*-Sporthemd im Stil der fünfziger Jahre, der wahrscheinlich tatsächlich dachte, er arbeite ernsthaft und sei ein besonders schlauer Kopf. Der über den Dingen stand mit seiner Drecksansicht, all die schweren Jungs würden nur ein bißchen Zeit vertrödeln, bevor sie zurück in den Knast wanderten, und sich über die *Giants* verbreitete. Einen Moment lang spielte Glitsky mit dem Gedanken, Al mit aufs Präsidium zu nehmen und wegen Behinderung einer Morduntersuchung einzubuchten. Mal sehen, ob er das auch lustig finden würde.

Er trommelte mit den Fingern auf das Armaturenbrett. Und dann gab es da noch Marcel Lanier und all die anderen Beamten im Morddezernat mit ihren verdammten Golfclubs... Was hatte das Ganze für einen Sinn?

Er versuchte, seine Gedanken wieder auf Louis Baker zu konzentrieren. Auf die Frage, warum er jetzt zu Baker unterwegs war. Gewiß, Hardy hatte seine Gründe... Aber waren das nicht die gleichen Gründe, aus denen Al Nolan Baker für schuldig hielt – weil er ein schwarzer Exsträfling war?

Es gab keinen schlüssigen Hinweis, der ihn zu einem Verdächtigen machte. Es gab nur Hardys Verdacht und Hardys Furcht. Hardy, durch und durch weiß, zeigte mit dem Finger auf Baker, durch und durch schwarz, und Abe Glitsky – ein bißchen weiß, ein bißchen schwarz – sprang auf den weißen Zug auf. Verdammter Mist, warum tust du das, Abe?

Halt dich an die Tatsachen. Gut, Hardy ist ein Freund von dir und ein ehemaliger Polizist. Auch ehemalige Polizisten bringen Leute um. Und Hardy – vergiß das nicht – ist am Tatort mit einer geladenen Waffe verhaftet worden. Er hatte gute Gründe, dort zu sein, klar, aber warum verdächtigte Glitsky ihn nicht? Okay, er kannte Hardy. Außerdem war aus Hardys Waffe nicht geschossen worden. Und doch...

Fang von vorn an, Abe. Wie du es schon hundertmal zuvor gemacht hast. Sieh dir das Opfer an. Noch gibt es keine zwei Opfer, trotz Hardys Aussagen und Vermutungen. Vorläufig gibt es nur ein Opfer – Maxine Weir, 964 Bush Street.

Louis Baker und Holly Park konnten warten – sehen wir, wohin die Fakten führen.

Er beschleunigte, fuhr an der Auffahrt auf den Freeway vorbei und wendete bei Van Ness Richtung Bush Street.

Hardy fühlte sich nicht einmal im Justizgebäude sicher.

Seit Mittag war er dort und versuchte, seine Waffe zurückzubekommen. Er hatte Moses McGuire zu Hause angerufen, um die Schichten im *Shamrock* zu tauschen. Dann war er zum Verhandlungssaal von Richter Andy Fowler, dem Vater von Jane, gelaufen, aber dort waren Gerichtsferien, und der Richter befand sich nicht in seinen Räumen.

Sie stellten sich verdammt kleinlich an wegen der Waffe. Glitsky war sich nicht zu schade gewesen, seinem Freund eine kleine Lektion über buchstäbliche Gesetzestreue zu erteilen, und hatte die Pistole der zuständigen Behörde übergeben. So konnte Hardy sie nur auf dem Amtsweg zurückbekommen, und sie konnten die Lizenz überprüfen. Vielen Dank, Abe.

Aber die Waffe war noch nicht einmal amtlich aufgenommen worden, und niemand schien es eilig zu haben, die Formalitäten zu erledigen, damit Hardy sie bald zurückbekäme.

Als ihm schließlich klar wurde, daß er kein Glück haben würde, nahm er den Fahrstuhl hinauf in den dritten Stock, wo die Mitarbeiter des Generalstaatsanwalts ihre Büros hatten.

Er spürte, wie er entspannter atmete, als er die langen Flure entlangging, und er hoffte, jemanden wiederzuerkennen, der ihm vor sich selbst eine Ausrede dafür verschaffen würde, daß er hier drinnen war und weg von der Straße. Hier oben trug beinahe jeder Mantel und Krawatte oder eine Uniform, und fast alle waren weiß. Hardy nahm nicht an, daß Louis Baker sich verkleiden würde, um ihn abzuknallen. Unten hatte sich jeder Schwarze, dem er begegnet war, vor seinen Augen in Louis Baker verwandelt, war so frei wie der Wind und trug eine Kugel bei sich, in die Hardys Name eingraviert war. Wenn ihm schon hier im Justizgebäude so zumute war, wo an allen Eingängen Metalldetektoren aufgebaut waren, wollte Hardy lieber nicht daran denken, wie er sich draußen fühlen würde.

Die Staatsanwaltschaft von San Francisco hatte ungefähr hundert Assistenten. Die meisten von ihnen – mit Ausnahme einiger politischer Persönlichkeiten, die für Generalstaatsanwalt Christopher Locke höchstselbst arbeiteten – erledigten ihren Job zu zweit in anonymen Büros, die mit je zwei Schreibtischen und den üblichen Aktenordnern, Bücherregalen, Postern, Pflanzen und Souvenirs ausgestattet waren, und es kam durchaus vor, daß sich bei zwei überbeschäftigten Leuten mit zu wenig Zeit und zu vielen Fällen das Beweismaterial nur so stapelte.

An den Türen gab es keine Namensschilder, keine Hinweise auf Rang oder Persönlichkeit. Die meisten Türen zum Gang hin waren geschlossen, die meisten Räume, deren Türen offenstanden, leer. Hardy erinnerte sich nicht, ob das schon so gewesen war, als er noch hier gearbeitet hatte. Wahrscheinlich, denn auch sonst schien sich nichts auffällig verändert zu haben.

Er kam am Aktenarchiv vorbei und lehnte sich über den Ausgabeschalter, um die Reihen mit den verblichenen Ordnern zu betrachten.

»Was wollen Sie, Hardy?«

Sie war immer noch hier – die kleine, rundliche Touva mit dem pomadisierten Haar, die schon eine Institution gewesen war, als Hardy angefangen hatte. Touva vergaß nichts und archivierte mit fanatischer Sorgfalt. Auch wenn in einem Fall sonst rein gar nichts ordentlich laufen sollte – die Akten würde man bekommen, sobald man sie brauchte.

Touva musterte Hardy ungeduldig. Es sah ganz so aus, als wäre ihr nicht bewußt, daß er seit bald zehn Jahren nicht mehr hier arbeitete.

»Wie geht's, Touva?«

»Viel zu tun, was sonst. Welche Nummer hat der Fall, Hardy? Zum Schwatzen habe ich keine Zeit.«

»Kein Fall.«

»Okay. Dann bis später.«

Sie ließ ihn stehen, und Hardy machte sich wieder auf den Weg. Ein paar Gesichter kamen ihm vertraut vor, aber es überraschte ihn, daß er niemanden sah, den er besser kannte, mit dem er hätte reden können. War es wirklich so lange her? Er fühlte sich, als würde er seiner alten High School einen Besuch abstatten.

Er blieb vor der Tür eines Raumes stehen, in dem ein junger Mann auf einem Stuhl saß und Vergrößerungen von Fotos studierte, die Hardy sich nicht genauer ansehen wollte – er hatte heute morgen aus erster Hand genug von diesem Zeug gesehen.

Er hatte sich entschieden, mit wem er sprechen mußte.

»Ich versuche, das Büro von Art Drysdale zu finden«, sagte er.

Der Junge riß sich von den Fotos los. »Eine gute Gelegenheit«, sagte er.

»Wie bitte?«

»Oh, Entschuldigung, ich habe mit mir selbst gesprochen... Eine gute Gelegenheit, für eine Minute von diesem Zeug wegzukommen. Drysdale, sagten Sie?«

Sie gingen zurück, am Archiv vorbei. Drysdales Büro lag zwei Türen dahinter auf der anderen Seite des Ganges. Hardy klopfte. Der Junge, weiter in seiner Arbeit vertieft, war schon wieder auf halbem Weg in sein Büro.

»Es ist offen.«

Drysdale saß mit dem Rücken zur Tür, hatte die Füße auf das Fensterbrett gelegt und telefonierte. Der andere Schreibtisch war nicht besetzt. Hardy legte ein paar Aktenordner von einem Stuhl auf den Boden, setzte sich und wartete.

»Nein«, sagte Drysdale. »Nein, das wissen wir nicht.« Er schwieg und hörte zu. Hardy bemerkte, daß die Knöchel seiner Finger, die den Hörer hielten, weiß vor Anspannung waren.

»Wenn Sie meine Meinung hören wollen: Es ist nicht einmal wahrscheinlich. Ich glaube, es ist ein großer Fehler.« Er sagte ein paarmal »ja, ja« und »richtig«, während er mit einer Hand den Hemdkragen lockerte. Die Knöchel der anderen waren noch immer weiß. »In Ordnung, es ist Ihre Entscheidung.« Eine Sekunde verstrich. Dann sagte er laut: »Natürlich werde ich es tun. Es ist unsere Arbeit, nicht wahr? Aber es stinkt mir, Chris. Sir. Es stinkt mir wirklich.« Er knallte den Hörer auf die Gabel. »Verdammter Hundesohn.«

Er schwang sich mit seinem Stuhl herum. »Ja?« begann er, dann erkannte er Hardy. »Hey!« Er stand auf und streckte die Hand aus. »Was sehen meine entzündeten Augen! Was treibt denn dich hierher?«

Obwohl er auf die Sechzig zuging, wirkte Drysdale noch immer, als könne er jederzeit ein Trikot anziehen und auf dem Spielfeld mitmischen. Bevor er sich der Justiz zugewandt hatte, war er der Star der *USC* gewesen, hatte dann drei Jahre in der Baseballprofiliga gespielt und unter anderem 1964 zweiundvierzig Spiele als Innenfeldspieler für die *San Francisco Giants* gemacht. Ein gerahmter Zeitungsartikel an der Wand seines Büros war überschrieben mit der Schlagzeile: ›Drysdale nicht verwandt mit *Dodger* Don.‹ Ein wichtiger Hinweis in einer Stadt, die die *Bums* haßte. Don Drysdale, der Werfer der *Dodgers*, hatte nur den Namen, aber keine Gene mit Art gemeinsam.

Art arbeitete seit mehr als dreißig Jahren bei der Staatsanwaltschaft und war wieder und wieder mit Disziplinarverfahren, Rauschgiftdelikten, Wirtschaftsverbrechen und Mord befaßt gewesen. Inzwischen diente er als eine Art Minister ohne Geschäftsbereich und erledigte inoffiziell einen Großteil der Arbeit, für deren Erledigung die Bevölkerung Christopher Locke gewählt hatte.

Drysdale selbst war nicht Chefankläger, weil seine pragmatische Lebenseinstellung sich mit der politischen

Struktur von San Francisco nicht vertrug. Er ließ sich auf keine Heuchelei innerhalb der Staatsanwaltschaft ein und war einmal so töricht gewesen, einer Gruppe von Reportern, die über mögliche Kandidaten für öffentliche Ämter geschrieben hatten, eine deutliche Antwort zu geben:

»Falls Sie zum Generalstaatsanwalt gewählt werden...«

»Ich kandidiere weder für das Amt des Generalstaatsanwalts noch für sonst etwas.«

Ein solches erstes Dementi, das zu den meisten Kampagnen gehörte, hielt niemanden auf. »Wenn Sie Generalstaatsanwalt wären, wie hoch wäre bei Neueinstellungen der Prozentsatz an Schwulen, Schwarzen, Hispanics und Frauen?«

Drysdales Antwort, die in die Annalen der Stadt eingegangen war, lautete: »Wenn sie den Job machen könnten, würde ich Schimpansen einstellen. Wenn sie es nicht können, sind sie wertlos für mich.«

Natürlich drehten die Medien es so hin, als wäre Drysdale der Ansicht, Frauen, Schwule und andere Minderheiten seien wertlos. Er hatte seinem Aphorismus die etwas zurückhaltendere Bemerkung folgen lassen, daß manche Jobs – Pilot, Gehirnchirurg, Bezirksanwalt – mit qualifizierten Kandidaten und nicht über Quoten besetzt werden sollten. Aber San Franciscos Journalisten erkennen eine Sensation, wenn sie ihr begegnen. Auch wenn Drysdale nicht gesagt und noch weniger gemeint hatte, daß Schimpansen intelligenter als gewisse Minderheiten der amerikanischen Gesellschaft seien, war es doch eine gute Story.

Aber das war Schnee von gestern, und Art Drysdale kümmerte sich nicht darum. Er trainierte sein Baseballteam aus dem Innenbezirk, das im letzten Jahr in der Polizeiliga den zweiten Platz belegt hatte, ging nach Hause zu seiner Frau, die eine eigene Designfirma hatte, und beriet ansonsten die jungen weiblichen, schwulen, schwarzen, spanischstämmigen, weißen und auch die schwerfälligen (manchmal hatte er diesen Eindruck) Staatsanwälte, jene, die es einfach nicht schafften, üble Gesellen hinter Gitter zu bringen, obwohl das doch ihr Job war. Er war der beliebteste Mann in der Behörde.

»Welcher Tatsache haben wir diese Überraschung zu verdanken, Diz?«

»Ich glaube, viel überraschender ist es, daß du jemanden anschreist.«

Drysdale winkte ab. »Ach was, das war bloß Locke. Manchmal ist der alte Tattergreis wahrlich kein Segen.«

»Was macht er?«

»Jemand soll eine Untersuchung gegen ein paar Polizisten einleiten.«

»Das ist häßlich.«

»Ja. Wir hätten uns das nie selbst aufgeladen. Aber wir müssen schließlich unser tiefes Verständnis für die armen Schwulen beweisen, die von der faschistoiden Polizei gefoltert worden sind. Irgendein Mist in der Art.«

»Warum hast du das übernommen?«

Drysdale grinste. »Weil es eine heikle Sache ist. Übergibt Locke sie einem Anfänger, ist dessen Karriere schnell vorbei. Zumindest die Zusammenarbeit mit der Polizei wäre für ein paar Jahre gelaufen. Ich bin immun – höhere Weihen. Ich habe jeden hier mindestens einmal beleidigt und kann niemandem mehr schaden.«

»Wer sind die Jungs?«

»Clarence Raines und Mario Valenti. Morddezernat. Kennst du sie?«

»Nein. Aber ausgerechnet Jungs vom Morddezernat?«

»Ich weiß.« Drysdale schnappte sich einen mit Autogrammen geschmückten Baseball und warf ihn hin und her. »Dazu kommt noch meine wohlbekannte Diskretion.« Er warf den Ball zu Hardy. »Aber was ist mit dir, Sir? Kommst du zurück ins Geschäft?«

Hardy lachte und verneinte. Dann erstattete er Bericht über die letzten vierundzwanzig Stunden.

Drysdale dachte einen Moment lang nach. »Ingraham

hat nach dir aufgehört, nicht wahr?« Er schloß die Augen und konzentrierte sich. »Irgendwas lief schief.«

»Was war das?«

»Gib mir den Ball.«

Hardy warf ihn zurück. Er schoß so schnell in den Händen Drysdales hin und her, daß Hardy ihm mit dem Blick nicht folgen konnte. Drysdale schloß erneut die Augen. Ein Jongleur in Trance. Endlich hielt er inne. »Nein, ich erinnere mich nicht.«

Hardy hob die Schultern. »Na, egal, er ist tot. Wird jetzt keine große Rolle mehr spielen, denke ich.«

»Immerhin kenne ich einen Burschen hier, der nicht gut auf ihn zu sprechen war. Vielleicht willst du mit ihm reden. Tony Feeney.«

»Er hätte vor langer Zeit umkommen sollen.«

Feeney gehörte zwar Hardys Jahrgang an, aber einer anderen Weinsorte. Dunkles Haar, gebügelter, dreiteiliger Anzug, durchtrainierter Körper, blankgeputzte Schuhe und keine Spur des Alterns.

»Er ist heute morgen umgekommen.«

Feeney schien etwas in seinem Innern zu ordnen. Seine anschließende Reaktion setzte Hardy in Erstaunen – er reckte die Daumen in die Höhe und sagte zu sich selbst: »Endlich, verdammter Mist«, als hätte er im Lotto gewonnen.

Dann wurde ihm bewußt, was er getan hatte, und er wandte sich wieder Hardy zu: »Es tut mir leid, wenn er Ihr Freund war, aber...«

Hardy unterbrach ihn: »Bis gestern hatte ich ihn ein halbes Dutzend Jahre lang nicht gesehen.«

»Wie ist es passiert?«

»Sieht aus, als hätte ihn jemand erschossen.«

»Wer auch immer es getan hat – ich hoffe, er entkommt.«

»Nun, wer auch immer es getan hat, hat auch seine Freundin erschossen.«

»Sie wissen, wer es war?«

»Ja, man nimmt es an. Ich nehme es an.«

Feeney öffnete eine Schreibtischschublade und entnahm ihr eine Packung Kaugummis. Er bot Hardy einen an. »Verdammter Ingraham. Immer eine Frau an der Angel. Das Mädchen hätte es besser wissen sollen.«

Hardy wußte nicht, was das zu bedeuten hatte. Er würde darauf zurückkommen. »Was hat er Ihnen getan?«

Feeney hatte ein faltenloses, kantiges Gesicht mit je einem kleinen Leberfleck an genau derselben Stelle auf beiden Wangen. Hardy fand, er hätte ein Modell sein können – nicht unbedingt gutaussehend, aber mit dem gewissen Etwas.

»Wir hatten hier mal einen Beamten namens Hector Medina«, begann er. »Er war beim Morddezernat. Jetzt leitet er den Sicherheitsdienst im *Sir-Francis-Drake*-Hotel.«

Feeney fuhr fort und erzählte, daß Rusty Ingraham bei einem Abendessen mit ein paar Freunden von der Staatsanwaltschaft vor sieben Jahren erklärt habe, es sei allgemein bekannt, daß Hector Medina einen gewissen Raul Guerrero umgebracht habe, statt ihn zu verhaften. Guerrero, erklärte Feeney, sei aus einfachen Verhältnissen gekommen, habe jahrelang Frauen in der Gegend um die untere Mission Avenue belästigt und sei schließlich des Mordes und der Vergewaltigung verdächtigt worden. Die offizielle Version habe gelautet, daß Guerrero, als Hector ihn aufgesucht habe, um ihn zu verhören, eine Waffe gezogen habe und Medina gezwungen gewesen sei, ihn zu erschießen. Wie immer in solchen Fällen, habe es eine Untersuchung gegeben, und Medina sei freigesprochen worden. Dann aber, während dieses Abendessens, habe Ingraham sich eingeschaltet. Feeney vermutete, er habe vor der Frau, mit der er befreundet war, mit seinem Insider-Wissen angeben und sie beeindrucken wollen. Er habe behauptet, es sei allseits bekannt, daß Medina auf Guerrero angelegt und ihn einfach über den Haufen geschossen habe.

Nun, es sei nicht verboten, Dreck über andere zu erzählen. Doch dann habe der Generalstaatsanwalt von der Geschichte gehört und Ingraham zu sich bestellt. Der habe nichts zurückgenommen. Es sei die Wahrheit, habe er gesagt. Jeder wisse das.

Also sei eine weitere offizielle Untersuchung gegen Hector Medina anberaumt worden, deren Leitung er, Feeney, übernommen habe.

»Wissen Sie, wie es ist, gegen einen Polizisten vorzugehen?«

Hardy nickte. »Drysdale hat gerade eben davon gesprochen.«

»Sie haben ihm Valenti und Raines angehängt, was? Armer Kerl. Ich hoffe, er braucht in den nächsten zwei oder drei Jahren keine Freunde bei der Mordkommission.«

»Die haben gemauert, nicht wahr?«

»Was glauben Sie?«

Hardy, der ehemalige Polizist, wußte Bescheid: Niemand schloß die Reihen fester als Polizisten. »Und Ingraham hat vor Gericht ausgesagt?«

Feeney schüttelte den Kopf. »Nein, so weit ist es nie gekommen. Es gab einfach keine Beweise. Ich konnte die Angelegenheit nicht zur Verhandlung bringen. Aber Sie wissen, wie solche Sachen laufen. Während meiner Untersuchung wurde Medina zum zweiten Mal suspendiert. Die Geschichte machte die Runde, und bald glaubte jeder, er hätte Guerrero – der natürlich unschuldig gewesen sei – absichtlich getötet. Sie stellten Medina wieder ein, bezahlten ihm den ausstehenden Lohn, aber es dauerte nur drei Monate, bis er aufgab. Niemand denkt allzu gut von einem Mörder in Uniform, selbst wenn...«

»Aber das war er doch nicht.«

»Gut, es gab keinen Beweis. Aber manchmal genügen zwei Anklagen, um einen Mann fertigzumachen.«

»Und was war mit Rusty?«

»Ingraham hat nichts weiter getan, als mir für die nächsten paar Jahre meine Karriere zu vermasseln. Ich meine, was immer Medina war oder nicht war, *ich* war der Kerl, der diesen Inspektor des Morddezernats mit Schlamm beworfen hatte. Also wurden Polizisten, die ich als Zeugen brauchte, an meinen Verhandlungstagen plötzlich krank, Beweisstücke wurden nicht weitergeleitet oder gingen verloren, Berichte wurden in den falschen Akten abgeheftet, Zeugen wohnten nicht an den angegebenen Adressen. Sie sind ein wirklich kreativer Haufen, diese Jungs vom Morddezernat, wenn sie sich etwas in den Kopf gesetzt haben. Und das hatte ich Ingraham zu verdanken.«

Hardy setzte sich zurück, schlug ein Bein über das andere und blickte auf die Stadt, die im Fenster hinter Feeney zu sehen war. All dies war interessant, aber mit Louis Baker oder Rustys Tod schien es nicht viel zu tun zu haben. »Das war's?« fragte er.

Feeney verschränkte seine Hände hinter dem Kopf und bog den Rücken nach hinten. Hardy hörte, wie er eine Kaugummiblase platzen ließ. »Nein. Das Gute an der Sache war, daß der alte Rusty seine Glaubwürdigkeit bei Locke verloren hatte. Die Beziehung kühlte ab. Er blieb höchstens vier Monate länger im Amt als Medina.«

»Er wurde entlassen?«

»Er erhielt einen entsprechenden Wink. Er sah sich, wie wir sagen, nach anderen lohnenden Aufgaben um.«

»Also haben Sie ihn nicht gesehen, seit...«

Feeney richtete sich in seinem Stuhl auf. »Seit vielen Jahren«, vollendete er. »Wann, sagten Sie, ist er umgebracht worden?«

»Gestern nacht.«

Er nickte. »Gut. Nur für den Bericht: Ich habe während der ganzen letzten Nacht mit ein paar anderen Burschen aus dieser Behörde Poker gespielt. Ich kann Ihnen die Namen geben, wenn Sie wollen.«

Es gehörte einfach dazu, Mann. Wenn man mit Dido zu tun hatte, machte man was mit seinen Schuhen.

Lace überprüfte sie. In diesem Abschnitt war es ein Zeichen dafür, daß man dazugehörte. Er sah hinunter auf die knöchelhohen Adidas, deren Schnürbänder sich wie kleine Schlangen um seine Füße wanden.

Er verließ das Gebäude mit den Händen in den Taschen und blickte über den Bereich. Dido, der irgendein Geschäft erledigte, ein paar Weiße, die in dem glänzenden schwarzen Wagen warteten, ein Kerl, der auf der Straße stand und mit Laces Mann sprach.

Dido sah müde aus. Dido sah immer müde aus, aber heute, an diesem heißen, stillen Tag, konnte man es deutlich erkennen. Wie immer trug er die *Adidas*, von denen er seinen Namen hatte. Das schwarze T-Shirt zeigte seine Kraft – die dunkle Haut sah aus wie geölt und glänzte in der Sonne. Arme wie Laces Beine. Vor ein paar Jahren, als Lace noch ein Junge gewesen war, waren er und Jumpup auf Didos Schultern geritten, jeder auf einer.

Der einzige Mann in der Gegend, der stärker war als Dido, war gerade erst aus dem Knast zurückgekommen. Er war da draußen und tat etwas mit seiner Bude. Sie stand in Didos Bereich, also hatte Lace sich darum zu kümmern.

Er spazierte langsam über das Gelände, seine langen Schnürsenkel schleiften hinter ihm her durch den Staub. Mit einer Kopfbewegung winkte er Jumpup herbei, der ein Jahr jünger, aber größer war als er. Mit dreizehn konnte Jumpup schon fast einen Basketball zerquetschen.

Lace wußte nicht, ob der Mann vorhatte, auf der Straße mitzumischen, und ob er einen Namen hatte. Die Mama hatte Dido gesagt, und Dido hatte ihnen gesagt, daß der Kerl Louis Baker hieß, aber das würde nicht ihr Name für ihn sein, wenn er bleiben würde. Lace zum Beispiel hieß eigentlich Luther F. Washington. Aber er war Lace. Mit Jumpup das gleiche. War Jumpup genannt worden, seit er laufen konnte. Seinen anderen Namen kannte Lace nicht. Diese Namen spielten keine Rolle.

Der Mann arbeitete mit bloßem Oberkörper, stellte gerade einige Dosen mit weißer Farbe bereit. Er trug weite

Hosen mit einem schmalen schwarzen Gürtel und feste Schuhe ohne Socken. Er hatte eine lange Narbe, die sich von seiner Schulter über seinen Rücken bis unter seinen Arm zog. Sie war alt, schwärzer und glänzender als die übrige Haut. Der Brustkorb erinnerte Lace an ein Pferd. Er war ungefähr dreimal so breit wie sein eigener und bedeckt mit krausem schwarzen Haar, in dem hier und da ein Schweißtropfen schimmerte.

Jumpup sagte: »Ziemlich gut gebaut.« Er war beeindruckt.

Diese Arme. Obwohl der Mann sich nur leicht bewegte, konnte man sehen, wie die Muskeln sich unter der Haut spannten. Der Mann summte.

Sie standen ihm auf der anderen Seite des Rasens gegenüber, im Schatten des Gebäudes, und sahen zu, wie er eine der Dosen schüttelte und weiße Farbe über die Graffiti an der Wand von Mamas Haus sprühte.

Lace überprüfte die Lage auf seiner Linken. Dido war noch immer beim Geschäft. Er stieß Jumpup gegen den Arm, und sie traten hinaus in die Sonne und gingen über den Rasen.

Der Mann übersprühte einen Großteil von Laces Werk. Dido bevorzugte Dunkelblau in seinem Bereich. Natürlich gab es da auch ältere Farben von früher – Worte, Symbole, Zeichen, irgendein magisches Zeug. Rot und Grün meistens, bevor das Blau kam.

Der Mann ging sorgfältig vor. Er hatte in der Ecke begonnen und schon die Hälfte geschafft. Er übersprühte nicht alles, nur die Bilder, so daß altes und frisches Weiß zusammenkamen, aber keine Farben mehr blieben. Kein Zeichen mehr, daß dies Didos Abschnitt war. Lace machte sich ein wenig Sorgen, aber vielleicht steckte nichts dahinter. Der Mann hatte eine harte Zeit hinter sich – Lace respektierte ihn.

Lace und Jumpup waren nun nahe genug bei ihm. Er wandte sich um und nickte ihnen zu. »Hallo, Jungs.«

Lace spürte, wie Jumpup einen Schritt zurückwich,

aber der Mann begann wieder zu sprühen. Vielleicht wußte er nicht Bescheid.

»Du bleibst hier?« fragte Lace.

Der Mann hielt lange genug inne, um zu nicken. »Das ist richtig.« Dann sprühte er weiter. Kein Grund zur Sorge.

»Du bist aus dem Knast entlassen?«

Wieder hielt er inne und richtete sich auf. Zu voller Größe. »Liest du meine Post?« fragte er.

»Du wirst nicht Didos Namen übersprühen, oder?« Jumpup kam gleich zur Sache.

»Das Blau«, erklärte Lace.

Der Mann trat zurück, den halben Weg über den Rasen, und begutachtete sein Werk. »Das ist jetzt mein Zuhause, zusammen mit Mama. Ich will ein hübsches weißes Haus haben.« Er zeigte seine Zähne und kehrte zur Wand zurück.

Lace mußte etwas sagen. »Jumpup und ich, wir kümmern uns um die Farbe hier in der Gegend. Wir können das machen.«

Der Mann senkte die Spraydose. »Nein, nicht nötig. Wird schon gehen so.«

»Wir haben es schon oft gemacht.« Jumpup klang forscher, aber er stand, wie Lace bemerkte, noch immer hinter ihm.

Der Mann schüttelte den Kopf. »Ich habe nicht mehr Farbe. Braucht einiges Geschick mit der Dose.« Er trat zur Wand und übersprühte einen roten Kreis. »So«, sagte er. »Keine Verschwendung. Das lernt man im Knast. Und der Herr im Himmel mag auch keine Verschwendung.«

»Ich kann das«, sagte Lace.

Jetzt kauerte der Mann sich hin, auf eine Höhe mit ihnen. »Wenn du dich auskennst, wäre es eine Hilfe. Ich habe eine Scheibe, die ich einsetzen will. Aber ich weiß nicht...«

»Lace und ich kennen uns aus«, sagte Jumpup.

»Wir streichen hier im Bereich«, wiederholte Lace.

Der Mann gab jedem von ihnen eine Dose. »Also gut. Aber langsam. Laßt mich ein bißchen sehen, wie ihr es macht.«

Louis Baker stellte sie in einem Abstand von fünf Schritten auf, und sie begannen, die Graffiti zu übersprühen, während er das Sperrholz aus dem Seitenfenster entfernte.

»Was läuft denn hier.«

Erschrocken hörten die Jungen auf zu sprühen und fuhren herum. Louis Baker, der gerade das Glas dort hatte einsetzen wollen, wo das Sperrholz gewesen war, stellte die Scheibe auf den Boden.

Dido hatte die Arme vor der Brust verschränkt. »Das ist eine weiße Wand«, sagte er. »Diese Jungs gehen dir zur Hand?«

Louis Baker nickte. »Das stimmt. Wir machen das neue Haus sauber.«

Dido stand regungslos da und sah in die Sonne. Wortlos stellten Lace und Jumpup die Dosen ab und wichen über den Rasen zurück.

Die beiden kräftigen Männer – einundzwanzig der eine, Mitte Dreißig der andere – standen etwa zwei Meter voneinander entfernt. Louis Baker richtete sich auf und verschränkte wie Dido die Arme vor der bloßen Brust. Lace und Jumpup sahen aus sicherer Entfernung zu.

Ein Wagen bog in die Straße ein. Dido warf einen letzten Blick auf die Wand, zuckte mit den Schultern und trottete durch den Bereich zurück. Geschäft war Geschäft.

Louis Baker begann wieder zu summen und öffnete eine Dose mit Kitt.

5

Johnny LaGuardia konnte nicht verstehen, warum die Leute es nicht zu begreifen schienen. Das Konzept war so simpel, und diese Idioten – allem Anschein nach bereits zwei in den letzten zwei Tagen – verstanden es entweder falsch oder vermasselten es ganz.

Es war so: Man geriet in eine Situation, in der man Geld brauchte. Wetten, Frauen, Börsenspekulationen – das spielte keine Rolle für Angelo ›Engel‹ Tortoni. Aus dem einen oder anderen Grund halfen die Banken einem nicht aus. Vielleicht sahen sie einfach keinen Sinn darin, Geld zu verleihen, damit man es im vierten Rennen in Bay Meadows auf *Betsy's Delight* setzte. Vielleicht hatte man sich bei einem früheren Kredit als zahlungsunfähig erwiesen. Vielleicht hatte man seinen Kreditrahmen auch bereits erschöpft. Was auch immer.

Mr. Tortoni – der Engel – half einem aus der Patsche. Johnny LaGuardia hatte erwachsene Männer auf die Knie sinken und dem Engel mit Tränen in den Augen für das Geld danken sehen, das sie nirgendwo anders auftreiben konnten. Er wußte, daß das Geld des Engels College-Abschlüsse und durchgesoffene Wochenenden finanziert oder auch einer verheirateten Dame geholfen hatte, die kein viertes Baby wollte. Dieser Mann – der Engel – kümmerte sich um seine Leute.

Und die meisten, denen Mr. Tortoni geholfen hatte, erwiesen ihm Respekt. Sie bezahlten die Leihgebühr, die Kreditkosten – zumutbare zehn Prozent pro Woche –, bis sie die ganze Summe zurückzahlen konnten. Dann erschienen die meisten von ihnen nicht nur mit dem Geld, sondern oft auch mit einem Geschenk, um Mr. Tortoni ihre Dankbarkeit zu erweisen: Er hatte an sie geglaubt, als kein anderer ihnen mehr traute, und hatte ihnen sein eigenes, hart verdientes Geld gegeben, um ihnen zu helfen, eine schwere Zeit zu überstehen.

Und die meisten von ihnen verstanden, daß Mr. Tortoni

diese wichtige gemeinnützige Aufgabe nur erfüllen konnte, weil er ein guter Geschäftsmann blieb. Er verlor bei seinen Krediten nichts. Die Leihgebühr sorgte dafür, daß er liquide blieb.

Die meisten verhielten sich korrekt.

Die anderen verhalfen Johnny LaGuardia zu seinem Job.

Er stand vor dem Eingang zur Halle der Ghirardelli Towers und sah über die Schulter zurück in den tiefvioletten Himmel. Über der Golden Gate Bridge glühte eine hohe Wolkendecke in tiefem Orange. Als Kind hatte er geglaubt, solche Wolken würden von den Engeln geschürt.

Auf den Stufen des Schiffahrtsmuseums trommelte jemand auf zwei Congas. Eben waren die Lichter über dem Ghirardelli Square eingeschaltet worden, und es war noch warm von der Sonne des Tages. Ein leichter Wind kam von der Bucht und trug den Geruch der Krabben herüber, die unten an der Fisherman's Wharf gekocht wurden.

Für Johnny war dies die schönste Zeit des Jahres, des Tages und seines bisherigen Lebens – in einer Stunde würde er Doreen zum Dinner im *Little Joe's* treffen, würde *Cacciuco* essen und eine Flasche Lambrusco trinken, und dann würden sie zusammen in Doreens Wohnung gehen.

Eigentlich müßte er sich großartig fühlen.

Aber gestern abend war diese Sache mit Rusty Ingraham passiert, und jetzt hatte er ein schlechtes Gefühl wegen Bram Smyth, mit dem er um halb fünf an der Bar von *Senor Pico's* verabredet gewesen wäre, vor nahezu drei Stunden.

Er sollte mit Mr. Tortoni über diese Kerle sprechen, die auf Pferde setzten, überlegte er. Aber wenn er es recht bedachte, sollte er das vielleicht auch nicht tun – Mr. Tortoni brauchte keine Tips von Johnny LaGuardia, wie er sein Geschäft zu führen hatte. Aber diese Kerle waren einfach unzuverlässig.

Er schob die Tür der Eingangshalle auf und ging über

den Marmorfußboden bis zu den aufgereihten Briefkästen, unter denen die Klingelknöpfe waren. Bram und Sally Smyth wohnten in Nummer 320.

Er drückte die Klingel und wartete zehn Sekunden, dann drückte er noch mal. Er warf einen Blick auf die Uhr. Er wußte, daß seine Ungeduld ihn dazu trieb, Dinge zu übereilen. Er wartete dreißig Sekunden.

Okay.

Als er bei 112 – der dritten Wohnung – klingelte, bekam er Antwort. Er habe eine Lieferung für Mister... er warf einen Blick auf die Briefkästen der anderen beiden Wohnungen, wo niemand geantwortet hatte... für Mister Ortega in 110. Ob er das bei ihr abgeben dürfe?

Er blieb an der inneren Tür stehen, bis der Summton kam. Dann drückte er sie schnell auf und schlüpfte hinein. Während er die Treppen hinaufeilte, dachte er, was für ein Witz diese gesicherten Gebäude doch waren.

Der Flur im dritten Stock war groß, still und mit einem Teppich ausgelegt. Er fand die Tür der Smyths gleich rechts neben dem Treppenhaus, legte ein Ohr daran und lauschte einen Moment lang. Von drinnen war ein Gespräch zu hören. Er klopfte.

Das Gespräch verstummte. Er konnte sich vorstellen, wie Smyth einen Finger auf die Lippen legte.

Na komm schon. Mach es uns doch nicht so schwer.

Johnny LaGuardia hatte verschiedene Waffen, die er für unterschiedliche Aufgaben benutzte, aber die schallgedämpfte *Uzi* war wohl doch sein Liebling. Wie die Burschen vom Geheimdienst trug er sie in einem verdeckten Halfter unter dem Arm. An seiner Feuerkraft gemessen, war das Ding wirklich klein, und es ließ sich unter seinem Sportjackett gut verbergen.

Er schob das Jackett zurück und zog die *Uzi* hervor. Er hörte, wie sich in der Wohnung jemand bewegte.

Er hätte einfach warten können. Er wußte, daß Smyth nach ungefähr fünf Minuten zur Tür schleichen, lauschen und dann – bei vorgelegter Kette – die Tür einen Spalt öffnen würde. Aber Johnny hatte eine Verabredung mit Doreen, und er war schon spät dran. Er hatte Smyth eine Chance gegeben, die Sache zivil zu regeln.

Er ging auf die andere Seite des Flurs und zielte auf das Schlüsselloch. Das war der größte Spaß an der Sache – das leise, klickende Geräusch der Waffe, und dann wurde die Tür nach drinnen geschleudert. So weit die Kette reichte.

Mit gesenkter Schulter nahm er ein paar Schritte Anlauf und warf sich gegen die Tür. Die Kette gab nach wie ein Lamettafaden.

Bram Smyth und – wie Johnny vermutete – Sally fuhren halb aus ihren Stühlen hoch und starrten auf den Eingang, auf ihn. Ihm wurde bewußt, daß er die Waffe noch in der Hand hielt. »Bram, verdammt«, sagte er. Er begann, den Schalldämpfer abzuschrauben.

Smyth sah aus, wie Yuppie-Börsenmakler eben aussahen. Er hatte noch seine Krawatte um und trug Mokassins mit Quasten.

»Hatten wir nicht eine Verabredung?«

Bram sah nach der Frau und rang sich ein schwaches Lächeln ab. »Ach, war das heute? Ich dachte, es wäre morgen. Tut mir leid. Ich habe das...«

Johnny schüttelte den Kopf. »Du hast die Klingel nicht gehört? Du hast nicht gehört, daß ich heraufgekommen bin und geklopft habe?«

Bram machte eine vage Geste. »Johnny... Wir haben hier ein romantisches Abendessen. Das heißt, wir hatten...« Erneut sandte er seiner Frau ein Lächeln zu. Alles unter Kontrolle, signalisierte er, der Schlappschwanz. Abgesehen davon, daß gerade jemand meine Tür zerschossen hat. »Manchmal mag man sich eben nicht unterbrechen lassen.« Er hob die Hände. »Ungünstiger Zeitpunkt, denke ich. Hab' ich recht?«

Johnny sah nach der Frau, die sich zurückgesetzt und die Beine übereinandergeschlagen hatte und an ihrem Weißwein nippte. Sie verhielt sich ganz normal, versuchte sich nichts anmerken zu lassen, aber ihre Hände zitterten.

Sorgfältig verstaute Johnny die Waffe im Halfter. Er nickte Sally zu, lächelte Bram an und sagte: »Bitte entschuldigen Sie uns einen Moment. Bram, können wir im Flur eine Sekunde miteinander reden?«

Sie gingen in den Flur und zogen die zerschossene Tür hinter sich zu.

»Morgen habe ich es«, sagte Smyth. »Ich dachte, es wäre morgen, Johnny, ich schwöre bei Gott!«

»Achthundert bis morgen.«

Smyth riß die Augen auf. »Vierhundert, Johnny.«

Johnny schüttelte den Kopf. »Seit wann zahlst du schon am Donnerstag? Seit vier Monaten? Fünf? Also wird die Gebühr bis nächste Woche fällig.«

In ungefähr zwei Minuten würde der Kerl sich seinen hübschen Anzug bepinkeln. »Schau, Johnny, das Börsengeschäft ist ein ständiges Auf und Ab. Heute verdiene ich mir eine goldene Nase und morgen keinen Penny. Du kennst das doch.«

Johnny hob eine Hand. »Du hast Geld gebraucht. Mr. Tortoni hat dir aus reiner Herzensgüte geholfen, und es war ausgemacht, daß du zurückzahlen kannst, wann immer du willst. Aber bis du das tust, hast du die Leihgebühr zu bezahlen, *capisce*?«

Smyth senkte den Kopf. »Ja. Sag ihm, es tut mir leid. Morgen, okay?«

»Okay.« Johnny streckte ihm die Hand entgegen. »Deine Tür ist kaputt«, sagte er. »Du solltest den Hausmeister verständigen.«

Smyth starrte auf Johnnys ausgestreckte Hand. Johnny lächelte. »Was ist los? Glaubst du, ich breche dir den Arm?«

Smyth atmete hörbar aus, lächelte und schlug in Johnnys Hand ein.

Johnny hielt sie fest und drückte mit der linken Hand Smyth' Arm am Ellbogen zu sich heran. Er hörte das Krachen der Knochen. Bram Smyth sank auf den Boden. Er sah zu Johnny auf, hielt sich den gebrochenen Flügel, und Tränen strömten über sein Gesicht.

»Achthundert«, sagte Johnny. »Morgen.«

Immer wieder sagte sich Glitsky, daß Geld keine Rolle spielte. Dennoch machte die Tatsache, daß er keine Überstunden bezahlt bekam, einen Unterschied.

Ray Weir, der Mann der ermordeten Frau, war am Nachmittag nicht zu Hause gewesen. Viele arbeitende Männer waren um diese Zeit nicht zu Hause. So verbrachte Abe den Rest des Tages damit, im Jugendberatungszentrum einen potentiellen Zeugen in einem anderen Fall zu befragen. Der Junge, ein siebzehnjähriger Puertoricaner mit dem unglaublichen Namen Guadalupe Watson, war nicht besonders gesprächig. Einer seiner Freunde hatte ihn in der Nähe von Rita Salcedos Haus gesehen, als ihr Mann Jose sie aus dem Haus gejagt und in den Rücken geschossen hatte, weil sie drauf und dran gewesen war, ihn zu verlassen. – Aber Guadalupe erinnerte sich nicht, ob er dort gewesen war.

Dieser Mangel an Kooperationsbereitschaft ließ Glitsky nicht kalt, obwohl so etwas oft vorkam. Manche Leute wollten nicht mit der Polizei sprechen – nie, über nichts. Es würde ihnen nur Probleme eintragen.

Also hatte Abe geredet und geredet und gewartet und einer endlosen Folge von Jas und Neins zugehört. Guadalupe antwortete nur, wenn er gefragt wurde, rückte freiwillig mit nichts raus und log wahrscheinlich, sobald er sich doch eine Silbe abrang.

Dann war es fünf Uhr oder zumindest beinahe, also ging Abe nach Hause und aß mit Flo und den Kindern zu Abend, und jetzt stieg er die Stufen zu Ray Weirs Haus hinauf und dachte an die Überstunden.

Die Vordertür öffnete sich auf einen kleinen Flur. Links führte eine Treppe in die obere Wohnung des Doppelhauses. An der Wand über den Treppen hing ein Poster mit einer altmodischen Stativkamera, auf der der Name *Weir* stand. Er stieg die Treppen hinauf und blieb einen Moment lang auf dem schmalen Absatz stehen, wartete wieder, lauschte wieder. Manchmal hörte man etwas.

Dieses Mal hörte er nichts. Er drückte auf den Knopf neben der Tür, hörte keinen Klingelton und klopfte.

Ein Mann, der einfach nur sehr durchschnittlich aussah, öffnete die Tür.

Während Glitsky sich vorstellte und seinen Dienstausweis zeigte, versuchte er, sich einen Eindruck von dem Mann zu verschaffen.

Ray Weir war der Typ, bei dem man ein Bankkonto eröffnete, der mittlere Angestellte im billigen grauen Anzug, mit dem man im Fahrstuhl fuhr, irgendein Cousin von irgendeinem Kumpel aus, sagen wir, Nebraska. Er hatte hellbraunes Haar und regelmäßige Gesichtszüge, war weder dick noch dünn, weder groß noch klein, ein ruhiger, freundlicher Einzelgänger, der sich eines Tages mit einer automatischen Waffe in einem Wolkenkratzer wiederfinden würde.

»Ist das ein offizieller Besuch?« fragte Weir.

Glitsky war sich nicht sicher, was er meinte. »Nun ja, ich bin gerade bei der offiziellen Untersuchung des Mordes an Ihrer Frau, wenn Sie das meinen.«

»Dann können Sie auch reinkommen«, sagte Weir.

Nach dem Abendessen hatte sich Glitsky erkundigt und erfahren, daß man Ray aufgrund eines Hinweises in Maxine Weirs Handtasche ausfindig gemacht hatte. Zwei Beamte hatten ihn an seinem Arbeitsplatz aufgesucht und von Maxines Tod unterrichtet. Jetzt machte er einen resignierten, verlorenen Eindruck und fragte Glitsky gleich, ob er zu den Verdächtigen gehöre.

»Warum?« Glitsky ging durch das Wohnzimmer und dachte, er könne ruhig aufs Ganze gehen. »Haben Sie sie umgebracht?«

Ray setzte sich auf eine geblümte Couch und wies auf einen Stuhl für Abe. »Nein, aber Sie wissen doch, wenn man getrennt lebt...«

»Wollten Sie sie umbringen?«

Ray sah über Glitskys Schulter und fixierte etwas hinter ihm so intensiv, daß Abe sich umdrehte. Die Wand war fast völlig mit Hochglanzfotos einer schönen Frau bedeckt. Glitsky stand auf und ging hinüber, um sie genauer zu betrachten. Auf einigen Bildern stand der Name Maxine Weir. Er versuchte, dieses umwerfende Gesicht mit der Frau in Verbindung zu bringen, die er heute morgen mit einer Halsstütze auf Rusty Ingrahams Lastkahn gefunden hatte. Es gelang ihm nicht.

Ray war hinter ihn getreten.

»Ich wollte, daß sie zurückkommt. Ich wollte nicht, daß sie stirbt.«

»Wie steht's mit ihrem Freund?«

»Ihm habe ich den Tod gewünscht.«

»Aber sie haben ihn nicht umgebracht?«

Rays Blick wanderte zurück zu den Bildern. »Sieben Jahre.« Er schüttelte den Kopf. »Wissen Sie, wie es ist, mit einer so schönen Frau zusammenzusein und von ihr geliebt zu werden? Es ist unvergleichlich. Wo du auch bist – du bist der stolzeste Mann der Welt. Irgendwie ist es dir völlig egal, was sonst noch so passiert. Ich meine die Sachen, die ich schreibe. Niemand will sie haben. Aber ich habe Maxine, und deshalb bin ich etwas wert. Verstehen Sie?«

Glitsky konnte das nur andeutungsweise nachvollziehen. Seine Frau, Flo, war eine hübsche Frau, aber er maß seinen Wert bestimmt nicht daran, was andere Leute über sie dachten. Auch war ihm aufgefallen, daß Ray nicht abgestritten hatte, Rusty Ingraham getötet zu haben. Andererseits sagte er sich, daß Rusty offiziell noch nicht einmal tot war. »Liegt Ihre Trennung lange zurück?«

»Heute sind es fünf Monate und elf Tage.«

Immer wieder wanderte Glitskys Blick zu den Bildern zurück. Verschiedene Nacktaufnahmen waren darunter, ebenso geschmackvoll wie erotisch. So hatte sie heute morgen mit den Einschußlöchern im Leib nicht ausgesehen.

»Wie ist sie an Ingraham geraten?«

Ray versuchte zu lachen, aber es gelang ihm nicht recht. »Es war erbärmlich. Dazu müßten Sie sie kennen.«

»Ich bin dabei, sie kennenzulernen.«

Sie setzten sich wieder. Ray rauchte eine filterlose *Camel*. Glitsky entdeckte eine Zigarettenkippe mit Lippenstiftspuren im Aschenbecher. »Wie erbärmlich?« fragte er.

»So war Maxine eben. Immer mußte sie etwas haben, wovon sie träumte. Ich vermute, das bringt die Schauspielerei mit sich. Vielleicht geht es uns Schriftstellern genauso... Ich glaube, das hat uns so lange zusammengehalten – dieser gemeinsame Traum.«

»Was für ein Traum?«

»Ach, der übliche, denke ich. Ruhm und Glück. Sie wird ein Star, ich schreibe das große amerikanische Drehbuch.« Er zog an seiner Zigarette, blies eine lange Rauchfahne aus, lehnte sich in die Couch zurück. »Dann hatte sie den Unfall, traf Ingraham, und der Traum wurde einfach ausgetauscht.«

»Wogegen?«

»Plötzlich drehte sich alles nur noch um Geld. Aus irgendeinem Grund gab Ingraham ihr das Gefühl, zu alt zu sein, um ein Star zu werden. Mit dreiunddreißig. Sehen Sie sie an, sie ist nicht zu alt.«

Glitsky brauchte sich nicht umzudrehen, um sich daran zu erinnern, wie sie aussah. »Aber Ingraham hat ihr gesagt, sie wäre zu alt?«

Ray schüttelte den Kopf. »Nicht so sehr gesagt. Er hat ihr einfach eingeredet, daß der Traum – unser Traum – nicht in Erfüllung gehen könne. Daß er unrealistisch sei. Als ob ein Traum realistisch sein müßte! Gott im Himmel.«

»Was ist dann geschehen?«

»Sie sah endlich eine Chance, schnell zu Geld zu kommen, ohne all die Zurückweisungen und Enttäuschungen.«

»Wie das?«

Ray sah Glitsky einen Moment lang überrascht an, als

könne er nicht begreifen, weshalb das nicht längst allgemein bekannt war. »Nun, die Versicherung.«

»Welche Versicherung?«

»Sie hatte sich schwer am Rücken verletzt und den Hals verrenkt. Ingraham hing in der Notaufnahme herum, als sie eingeliefert wurde. Was für ein Drecksack der Kerl doch ist.«

Ist, nicht wahr. Glitsky machte sich im Geiste eine Notiz.

»Jedenfalls erklärte Ingraham ihr, er könne eine Entschädigung von hunderttausend oder mehr herausschlagen, und da kam ihr der Gedanke, daß sie das Geld, wenn sie tatsächlich soviel hätte, investieren könnte und ein paar Jahre lang nichts tun müßte. Weil ich nicht mitmachen wollte, hatte sie keinen Spaß mehr an mir... Ich würde sogar dann noch schreiben, wenn ich reich wäre.« Er drückte seine Zigarette aus. »Plötzlich hatten wir nicht mehr denselben Traum. Ingraham konnte sie besser überzeugen als ich.« Er starrte auf den Boden.

Ein hübsches, solides Motiv, dachte Abe. »Was tun Sie den Tag über, Ray?«

Ray sah auf, die Frage traf ihn unvorbereitet. »Ich fahre als Stadtkurier. Ein Dämon auf dem Fahrrad.«

»Haben Sie was dagegen, mir zu erzählen, wo sie gestern nacht waren?«

Die Augen wanderten hinauf und hinunter. »Ich war die ganze Nacht hier.«

»Allein?«

Wieder eine Pause. »Ich fürchte, ja. Macht mich das verdächtig?«

Glitsky musterte ihn so ernst wie möglich. »Sie galten als Verdächtiger, bevor ich hierherkam. Ich versuche, Sie zu entlasten, weil ich nicht das Gefühl habe, daß sie jemanden getötet haben, den Sie so sehr liebten, aber... Haben Sie eine Waffe, Ray?«

»Nein. Das heißt, ja. Ich hatte eine.«

Glitsky wartete.

»Nach dem Unfall wurde Maxine...« Weir hielt inne. »Nachdem sie ausgezogen war, genauer gesagt... Sie wolle Schutz, sagte sie, weil sie doch alleine lebe. Sie wurde richtig paranoid und fragte mich schließlich, ob sie die Waffe nehmen könne. Ich habe ja gesagt.«

»Also hatte sie die Waffe?«

Er nickte.

»Und was für eine Waffe war es? Vielleicht finden wir sie in ihrer Wohnung.«

»Kaum mehr als ein Spielzeug. Eine .22er.«

Glitsky kannte die Art von Wunden, die eine solche Waffe verursachte. Er hatte an diesem Morgen einige solcher Wunden gesehen. »Wissen Sie, Ray«, begann er, aber dann gebot er sich Einhalt. Er war drauf und dran gewesen, Ray zu erzählen, daß er allmählich zu einem erstklassigen Verdächtigen wurde. Wenn es nur den geringsten Beweis dafür geben würde, daß er gestern nacht auf Ingrahams Barke gewesen sein könnte, hätte Glitsky ihn sofort verhaftet.

Ray schwieg.

»Wann haben Sie Maxine zum letztenmal gesehen?« fragte Glitsky.

Ray dachte nach. »Vor drei Wochen vielleicht. Sie brauchte Geld für die Miete und kam hierher. Sie hat gesagt, wenn die Versicherungssumme käme, hätten wir so oder so beide einen Batzen.«

»Sie hatten vor, das Geld zu teilen?«

Ray steckte sich eine neue Zigarette an. »Nun ja, es stand uns beiden zu, auch wenn wir geschieden worden wären. Eine der seltenen Gelegenheiten, bei denen die kalifornischen Gesetze den Ehemann unterstützen.«

»Und Sie haben ihr ausgeholfen?«

Wieder sah Ray hinunter auf den Boden. »Sie hat mich ein bißchen weichgemacht.«

»Wie das?«

Ray Weir zuckte die Schultern wie ein verlegener Schuljunge.

»Sie haben miteinander geschlafen? Vor drei Wochen?«

Jetzt wurde Ray nervös. »Ich weiß, das macht keinen besonders guten Eindruck, aber wir sind, wir waren noch immer verheiratet. Und sie kam her und sah so schön aus. Wirklich strahlend.«

Glitsky mußte die Frage stellen. »Mit einer Halsstütze sah sie strahlend aus?«

Ray schüttelte den Kopf. »Sie trug die Stütze nicht. Seit ein paar Monaten brauchte sie sie nicht mehr.«

»Aber...« sagte Glitsky. Er dachte daran, daß Maxine die Stütze getragen hatte, als man ihre Leiche gefunden hatte. »Vergessen Sie's. Erzählen Sie weiter.«

»Nun, mehr ist da nicht zu erzählen. Wir haben miteinander geschlafen. Dann gab ich ihr das Geld, und sie ging.« Er drückte die eben erst angezündete Zigarette aus. »Ich dachte... Das war jedenfalls das letzte Mal, daß ich sie gesehen habe.«

Glitsky ließ das Schweigen eine Zeitlang wirken, ehe er sich erhob. »Ray«, sagte er, »ich an Ihrer Stelle würde mich um einen guten Anwalt bemühen.«

»Aber ich war gestern die ganze Nacht hier. Ich habe die Wohnung nicht verlassen.«

»Das haben Sie gesagt.«

»Glauben Sie mir nicht?«

»Ich könnte Ihnen eher glauben, wenn Sie irgend jemanden angerufen oder sich eine Pizza nach Hause bestellt hätten.«

Ray wollte sich dazu äußern, unterließ es dann aber. »Gut, ich vermute, das ist also die Lage.«

Glitsky blieb einen Moment lang in der Tür stehen, die Weir für ihn aufhielt. »Das ist die Lage«, sagte er.

Gewöhnlich arbeitete Hardy von halb eins bis halb acht Uhr abends, Moses McGuire von sechs bis zwei in der Nacht. Sie teilten sich also jeden Tag für anderthalb Stunden die Arbeit hinter dem Tresen.

»Wer hat das bestellt?« Moses war ein Purist, und

Hardy drückte eine Zitronenscheibe über einem *Manhattan* aus. »Wer immer das bestellt hat, schneid ihm die Gurgel durch.«

Hardy sah zum erstenmal hinunter auf den Drink. Er fluchte und schüttete ihn ins Spülbecken. Er tippte sich an die Stirn, schnappte sich ein frisches Glas und den süßen Vermouth und begann von neuem. »Ertappt«, sagte er.

»Kirsche«, erwiderte Moses, »ist die richtige Garnierung für einen *Manhattan*. Brauchst du deinen *Mr. Boston*?« Das Handbuch für Barkeeper.

Hardy bereitete den Drink zu, servierte ihn dem Kunden und kam zurück zur Theke, wo Moses inzwischen auf seinem Hocker saß und mit seiner Schwester Frannie sprach.

»Er ist wie eine Thermoskanne«, sagte Hardy.

Frannie nippte an ihrem Mineralwasser. Sie sah fantastisch aus, fand Hardy – auf ihrem roten Haar glänzten Lichter, und die grünen Augen lachten schon beinahe wieder. »Eine Thermoskanne?«

»Du weißt, daß eine Thermoskanne Heißes heiß und Kühles kühl hält?«

»Ja und?«

»Nun...« Hardy hielt einen Moment inne. »Woher weiß sie, was heiß und was kalt ist?«

Frannie lächelte unglaublich attraktiv und sexy. Unglaublich, weil sie Moses' kleine Schwester und im fünften Monat schwanger war. Unglaublich, weil Hardy sie kannte, seit sie auf die High School gegangen war. Unglaublich, weil sie schon wieder so gelöst war – Hardy hatte sie ein paar Wochen nach Eddies Tod zum letztenmal gesehen. Eddie, ihr Mann.

Hardy wandte den Blick von ihr ab und sah Moses zu, der sich auf dem Hocker zurücklehnte.

»Wenn ein Kerl Zitrone in einen *Manhattan* mischt, fühle ich das bis hinunter in meine Zehenspitzen.«

»He, ich bin ein bißchen durcheinander, in Ordnung?«

»Vielleicht liegt das an der Waffe.« Moses paßte es

nicht, eine geladene Waffe hinter der Theke zu haben, aber Hardy war direkt aus der Stadt gekommen und hatte sie nicht im Samurai liegenlassen wollen.

»Was für eine Waffe?« wollte Frannie wissen.

»Vergiß es«, sagte Hardy.

Aber Moses klärte sie auf, zumindest teilweise.

»Heute morgen?« fragte Frannie. Sie schien plötzlich voller Sorge zu sein.

»Keine große Sache«, sagte Hardy.

»Irgendwelche Kerle versuchen dich umzubringen, und das ist keine große Sache?«

»Er hat Zitrone in einen *Manhattan* getan...«

»Ja, gut, es ist mir eben in den Sinn gekommen, klar?« Hardys Augen wanderten von Moses zu Frannie. »Es steht ja nicht mal fest, daß jemand mich wirklich umbringen will.«

»Aber du läufst mit einer Waffe herum.«

Hardy lehnte sich über die Theke. Er nahm den Duft von Jasmin wahr. »Frannie, ich habe die Waffe heute morgen mitgenommen. Ich habe es bisher nicht geschafft, sie nach Hause zu bringen. Das ist die ganze Geschichte.«

»Aber du wirst nicht nach Hause gehen?«

Er richtete sich auf. »Ich hatte eigentlich vor, dort zu leben und zu tun, was ich immer getan habe.«

»Aber was ist, wenn der Kerl versucht, dich zu erwischen? Was ist, wenn er zu dir nach Hause kommt?«

»Um die Wahrheit zu sagen, mache ich mir mehr Sorgen darum, daß ich gezwungen oder in Versuchung geraten könnte, ihn zu töten, wenn ich ihn sehe. Das, so meinte mein Freund Abe, wäre nämlich ein Problem.«

»Ich finde, du solltest nicht nach Hause gehen. Ich finde, es ist zu gefährlich.«

Hardy tätschelte Frannies Hand auf der Theke. »Okay«, sagte er, um das Thema zu beenden.

Moses war aufgestanden und zapfte ein *Bass Ale* aus dem Faß. »Was hältst du davon, dich ein bißchen als Barkeeper zu betätigen?«

»Ich rede mit deiner Schwester.«

»Aber *ich* bin heute mit ihr verabredet. Ich habe frei und zapfe Bier... Irgendwas stimmt hier nicht.«

Frannie nahm impulsiv Hardys Hand und drückte sie. »Ich meine es ernst«, sagte sie. Sie tauschten einen Blick. Hardy hatte sich immer wieder gesagt, daß er nicht besonders besorgt war. Natürlich war er ein wenig unruhig, aber die rasende Angst, die er am Morgen in Rustys blutdurchtränktem Schlafzimmer empfunden hatte, war vorüber.

Jetzt kehrte durch Frannie, die gerade erst davon gehört hatte, etwas von der Angst zurück. Und es war eine Tatsache, daß er den *Manhattan* mit Zitronensaft garniert hatte. Er versuchte sich einzureden, daß Frauen eben nervös waren, vor allem Frannie, die gerade erst ihren Mann verloren hatte. Aber plötzlich war er nicht mehr sicher, daß das alles war.

»Zwei *Margueritas* ohne Salz«, rief Moses herüber, und Hardy begann, den Mixer zu füllen. Moses schob sich neben ihn. »Auch ohne Zucker«, sagte er.

Hardy schaffte es nicht, die Einnahmen richtig zu addieren, und er hatte noch ein paar andere fürchterliche Drinks zubereitet. Gin und Cola. Rum und Ginger Ale. Der Gedanke machte ihn schaudern. Er hatte drei *Black and Tans* von hinten angefangen, weil er nicht daran gedacht hatte, daß Guinnes auf *Bass Ale* paßt, aber nicht *Bass Ale* auf Guinness.

Es war kurz nach Mitternacht. Er hatte die Bar früh geschlossen, weil es keinen Sinn gehabt hatte, diese Scharade länger als nötig aufzuführen. Die Kundschaft würde es überleben. Schließlich war das hier das *Little Shamrock*, eröffnet im Jahre 1893. Es würde nicht zugrunde gehen, nur weil es einmal ein wenig früher geschlossen worden war. Moses mochte knurren, aber Hardy würde das später erklären.

Er hatte begriffen, daß er sich nicht konzentrieren

konnte, wenn er damit rechnete, daß jeden Augenblick jemand hereinkommen könnte, um ihn zu erschießen, während er gerade ins oberste Fach griff oder mit dem Lappen die Theke abwichste oder eine Bestellung entgegennahm.

Nach dem Gespräch mit Tony Feeney war es ihm wenigstens gelungen, seine Waffe zurückzubekommen, die jetzt, während er das Geld zum sechstenmal zählte, hinten in seinem Gürtel steckte. Es war sinnlos. Er kam auf fünfhundertsiebenundneunzig Dollar, aber die Kasse zeigte sechshundertdreizehn Dollar an. Es wollte einfach nicht aufgehen.

Er ging zu seinem Trinkgeldbecher und glich die Differenz aus. Dann nahm er sich ein letztes Guinness mit hinüber zu den Dartbrettern und überlegte, was er jetzt tun sollte.

Er hatte mit Glitsky gesprochen und erfahren, daß der noch nicht mit Louis Baker geredet hatte und der Ex-Sträfling noch immer frei herumlief.

Glitsky hatte angefangen, irgend etwas über andere Verdächtige zu erzählen, aber Hardy hatte an der Bar jede Menge zu tun und keine Zeit gehabt für den Routinemist der Polizei. Verdammt seien Glitskys Verdächtige. Louis Baker hatte Hardys Leben bedroht und war frei wie ein Vogel. Vielen Dank für deine Hilfe, Abe.

Hardy würde auf keinen Fall nach Hause gehen, das war sicher. Rusty Ingraham war nach Hause gegangen.

Er bewahrte die Dartausrüstung in einer ziemlich abgewetzten Lederhülle auf, die er immer bei sich trug, meistens in der Innentasche der Jacke, die er gerade anhatte, welche auch immer das war. Jetzt holte er sie heraus und begann, die hellblauen Plastikfedern in die zwanzig Gramm schweren Darts aus Wolframstahl zu stecken.

Drei Tiffany-Lampen brannten noch, eine über der Theke, zwei im Dartsbereich. Hardy hatte sie so niedrig wie möglich eingestellt. Er sah auf die Uhr auf dem Kaminsims gegenüber der Theke, die seit dem großen Erdbeben im Jahre 1906 nicht mehr tickte und nicht so aussah, als wollte sie jetzt damit anfangen. Er stand auf, um sich auf eine Runde Dart vorzubereiten, ging aber noch mal zurück und überprüfte zum drittenmal, ob die Vordertür geschlossen war.

Weil er schon dabei war, die Runde zu machen, ging er zu den Toiletten, deren Hinterfenster verriegelt waren. Man konnte nie wissen. Alles schien in Ordnung zu sein.

Er trat vor die Dartlinie, warf seinen ersten Pfeil und traf nicht einmal das Brett. Hardy starrte den Pfeil an, der in der Wand neben dem Brett steckte, als wäre er eine Vision. Es war unmöglich, das Brett zu verfehlen. Das war wie Schnee im Juli. Nicht einmal beim Aufwärmen traf man neben das Brett.

Nun gut, wenigstens war niemand hier, der es hätte sehen können. Er ging und holte den Pfeil, dann nahm er die .38er aus seinem Gürtel und legte sie neben das Guinness auf den Tisch.

Ihm wurde bewußt, daß er nicht nur zu Hause gefährdet war. Auch hier, an seinem Arbeitsplatz, sollte er sich nicht aufhalten. Baker konnte irgendwen fragen und in Erfahrung bringen, wo er seine Tage verbrachte, und er hatte keine Lust, die Bar mit einer geladenen *Special* an der Hüfte zu führen. Nicht mal mit der Waffe in einem Geheimfach unter der Theke.

Wieder versuchte er einen Wurf, diesmal weniger verkrampft, ohne richtig zu zielen. Die ganze Runde landete innerhalb der Zwanzig.

Sein erster Gedanke war, in Janes Wohnung zu gehen, aber abgesehen davon, daß er keinen Schlüssel hatte, hatte er dort in seiner Zeit als Bezirksstaatsanwalt gewohnt.

Moses? Jeder hier wußte, daß Moses sein Kumpel war, wußte, wo Moses wohnte.

Abe? Den konnte man vergessen.

Pico und Angela Morales? Sie hatten Kinder und alles andere als genug Platz.

Er dachte an ein Hotel, doch seit San Francisco zu einem großen Teil vom Tourismus lebte, war ein Zimmer unter einhundertfünfzig Dollar pro Nacht nicht mehr zu bekommen. Er lebte nicht schlecht, aber so viel Geld besaß er nicht. Und wer wußte, für wie lange es sein würde?

Zu lange nicht. Wenn Glitsky nichts unternahm, würde er selbst es tun. Baker stellen, ihm ein Geständnis abringen.

Und dann? Ihn niederschießen? Er schreckte vor dem Gedanken zurück, aber so fern lag diese Möglichkeit nicht.

Er trank das Guinness aus, zog die Pfeile der letzten Runde aus dem Brett, nahm die Waffe, trug das leere Glas zum Spülbecken und schaltete die Lampen über der Uhr auf dem Kaminsims aus. Er verließ die Bar durch die Vordertür und blieb unterhalb des Bürgersteigs stehen. Die Hand am Kolben der Waffe, verfolgte er die Schatten und lauschte.

Eine dichte, hohe Wolkendecke hing am Himmel, und es war nicht sehr kalt. Der Verkehr auf dem Lincoln Way war gering. Hardy stieg zum Bürgersteig hoch, wandte sich nach rechts und ging schnell um die Ecke zurück zur Zehnten Straße, wo er geparkt hatte.

Als er am Abend zur Arbeit gekommen war, war er so zerstreut gewesen, daß er das Verdeck des Samurai offen gelassen hatte, und als er jetzt auf den feuchten Fahrersitz glitt, sah er, daß jemand das Handschuhfach geöffnet hatte. Papiere waren über den Beifahrersitz und den Boden verstreut.

Wieder sah er sich um, aber er nahm keine Bewegung wahr. Hinter ihm, jenseits der nahen Gebäude, erhob sich der Sutro Tower vor dem zunehmenden Mond wie ein Skelett vor den geballten Wolken.

Hardy legte den Gang ein und steuerte in den Lincoln, dann in Richtung Stanyan und Tower. Ein Skelett, nur ein Gerüst aus Metall, Streben und Balken – ein Götzenbild des großen Gottes Fernsehen. Vielleicht würde es ihm helfen, den Turm aus der Nähe zu sehen. Es hatte keinen Sinn, sich von der Einbildungskraft fertigmachen und vom Verstand Streiche spielen zu lassen.

Aber Rusty Ingraham war vermißt. Tot. Das war kein Streich. Er war zu Hause und gewarnt gewesen, und doch hatte Louis Baker eine Möglichkeit gefunden, ihn sich zu schnappen. Hardy war sicher, Louis würde auch eine Möglichkeit finden, sich ihn zu schnappen.

Er fuhr weiter, ohne zu wissen, wohin.

6

»Warum arbeitest du noch?«

Der Kaffee war sensationell – *Graffeo's Bester*, in einer Espresso-Maschine zubereitet. Hardy, nach einer unruhigen Nacht auf Frannies Couch reichlich müde, trug noch die Kleider, in denen er um zwei Uhr nachts hier angekommen war. Über den dampfenden Becher hinweg musterte er Frannie Cochran.

Als er sie das letzte Mal gesehen hatte, hatte der Tod ihres Mannes ihr noch die Luft abgeschnürt.

Vier Monate davor hatte er jedem die Luft abgeschnürt. Vor allem, weil es zuerst den Anschein hatte, als hätte Eddie Cochran – fünfundzwanzig, Idealist, glücklich verheiratet mit einer Frau, die ihr erstes Kind erwartete – sich im Herbst auf dem Weg zur Stanford Business School selbst das Leben genommen.

Aber weder Moses noch Hardy konnten das glauben, und sie waren entschlossen, dafür zu sorgen, daß Frannie die Viertelmillion Dollar Versicherungssumme bekommen würde, falls Eddie tatsächlich ermordet worden war. Moses bot Hardy fünfundzwanzig Prozent des *Little Shamrock* an, wenn Hardy sich wieder als Polizist ausgeben würde und beweisen könnte, daß Eddie nicht Selbstmord begangen hatte. Hardy schlug ein.

Die Konfrontation mit Eddies Tod brachte auch für Hardy ganz persönlich etwas. Früher hätte es nicht seinem Lebensplan entsprochen, eine irische Bar in San Francisco zu führen. Wie Eddie Cochran brannte auch er einst vor Idealismus und war entschlossen, gute Werke zu tun. Aber die Flamme brannte im Laufe seiner Karriere als Jurist und seiner Ehe mit Jane – als Spätfolge des Todes seines Sohnes – nieder. Michael war sieben Monate alt gewesen, als Hardy eines Nachts das Gitter seines Kinderbettes halboffen gelassen hatte. Zum erstenmal war es dem Kind gelungen, sich selbst hochzuziehen. Fast eineinhalb Meter war Michael hinuntergefallen. Er war mit dem Kopf aufgeprallt.

Danach hatte Hardy sich gehenlassen. Verdammt wollte er sein, wenn er sich noch um Dinge scherte, die so tief verletzen konnten. Moses McGuire, dem Hardy in Vietnam das Leben gerettet hatte, gab ihm Arbeit als Barkeeper im *Little Shamrock*, und so verstrichen die Jahre, eines wie das andere.

Bis Eddie starb. Bis Eddie ermordet wurde. Das aufzuklären, sich mit dieser Angelegenheit zu beschäftigen, hatte etwas in Hardy wieder zum Leben erweckt. Auch wenn es in Frannie etwas getötet hatte.

Aber jetzt sah sie wieder lebendig und blühend aus, im wahrsten Sinne des Wortes, und daß sie ein Kind im Leib trug, war kaum zu erkennen. Sie trug noch keine Umstandskleidung, obwohl sie, wie Hardy wußte, fast im fünften Monat war. Bei Erstschwangerschaften kam das oft vor. Als Jane mit Michael schwanger gewesen war, war es auch so gewesen. Ihr Körper hatte sich äußerlich fast sechs Monate lang nicht verändert, nur die Brüste waren voller gewesen, und dann, urplötzlich, war der Leib vorgetreten, und alles war auf einmal viel wirklicher erschienen.

Hardy nahm Frannies Anblick in sich auf, ihr rotes Haar, ihre wachsamen grünen Augen. Sie nippte an ihrem koffeinfreien Kaffee. Sie trug ein wenig Make-up um die Augen, ein wenig Lippenstift. Ihre Wangen, die vor Kummer eingefallen gewesen waren, waren wieder voller, und es fiel ihr wieder so leicht zu lachen wie früher. Gerade jetzt lachte sie.

»Und was soll ich machen, wenn ich nicht arbeite?«

»Bonbons essen. Seifenopern im Fernsehen sehen. Einkaufen gehen. Eine Frau der Muße sein.«

»Nette Vorstellung vom Leben als Frau.«

»Na schön, wie wäre es damit, Astronaut zu werden, für den Kongreß zu kandidieren oder Mahlers Fünfte zu dirigieren?«

»Schon besser.«

»Aber du bist schwanger und solltest ein bißchen kürzer treten bis zur Geburt des Babys.«

»Wenn ich zu kurz trete, werde ich fett.«

»Das wirst du sowieso.«

Sie sah ihn schmollend an. »Ich werde nicht fett. Ich bin schwanger. Das ist ein Unterschied, Mr. Hardy. Ich wäre dankbar, wenn du dich daran erinnern würdest.«

Hardy sah auf ihren Bauch. »Entschuldige, Kleines«, sagte er zu dem Bauch, langte hinüber und tätschelte ihn.

Sie legte ihre Hand auf seine und ließ sie einen Moment lang dort. »Ich kann es immer noch nicht ganz glauben«, sagte sie. »Wenn es wenigstens strampeln würde oder so was. Aber es gibt überhaupt kein Zeichen...«

Hardy zog seine Hand weg und sah eine Sekunde lang auf ihre Brüste. »Doch, gibt es«, sagte er.

Sie lachte verlegen und nippte an ihrem Kaffee. »Ich weiß nicht... Ich glaube, ich werde bis zur Geburt arbeiten. Es ist schön, nicht auf Geld angewiesen zu sein, aber ich will beschäftigt bleiben. Wenn ich zu viel Zeit zum Denken habe...«

Hardy wußte, was zu viel Zeit zum Denken anrichten konnte. Frannie hatte von Eddies Lebensversicherung nahezu eine Viertelmillion Dollar bekommen. Sie war fünfundzwanzig Jahre alt und würde noch genug Zeit haben, nicht zu arbeiten, wenn sie es denn eines Tages wollte.

Er streckte die Hand aus und tätschelte ihre. »Zeit, mich rauszuschmeißen.«

»Es tut mir leid wegen der Couch«, sagte sie.

»Die Couch ist prima.«

»Du hast tatsächlich Probleme, nicht wahr?«

Hardy schüttelte den Kopf. »Keine Probleme. Vielleicht bin ich ein bißchen in Gefahr. Deshalb brauche ich einen Ort, an dem niemand mich vermuten würde.«

»Und deshalb trägst du auch eine Waffe mit dir herum.«

»Ja.«

Frannie stellte den Becher ab. »Es fällt mir noch immer schwer zu glauben, daß Leute einfach am Morgen mit der Absicht aufstehen, loszugehen und jemanden zu erschießen.«

Hardy nickte.

»Und du bist sicher, daß dieser Mann ...«

»Louis Baker.«

»Louis Baker. Du bist sicher, daß er deinen Freund getötet hat?«

Hardy dachte die paar Sekunden lang darüber nach, die er brauchte, um seine Tasse zu leeren. Dann nickte er erneut. »Ja.«

»Warum hat Abe Glitsky ihn dann gestern nicht verhaftet?«

Auch Hardy hatte letzte Nacht lange darüber gegrübelt. Warum war Abe nicht einfach hingefahren und hatte ihn auf offener Straße verhaftet? Obwohl es ihm Kopfschmerzen bereitete, sagte er nur, was Abe ihm erzählt hatte: daß es noch andere Verdächtige gab.

»Aber hätte er nicht mehrere Personen festnehmen und befragen können?«

Hardy schüttelte den Kopf. »Man verhaftet nicht gern Leute ohne Haftbefehl. Abe hat gesagt, es gebe für meinen Verdacht keine Beweise.«

»Gibt es denn deiner Meinung nach welche? Beweise, meine ich.«

»Ich weiß nicht. Das wird sich herausstellen.«

»Aber du bist sicher, daß er es getan hat?«

Sie saßen an einem Teakholztisch in der runden Frühstücksnische draußen, hinter der Küche. Hardy blickte über Frannie hinweg, den Hügel hinunter auf die Schulbushaltestelle an der Ecke. Ungefähr ein Dutzend Schüler sprangen dort herum – vorwiegend schwarze. Einen Augenblick lang fragte sich Hardy, ob seine Angst vor Baker womöglich etwas mit dessen Hautfarbe zu tun hatte. Natürlich gab es andere Möglichkeiten, andere Ereignisse, die sich auf Rustys Kahn abgespielt haben konnten. Aber die Wahrscheinlichkeit wies eindeutig auf Baker. Hardys Verdacht gründete sich nicht auf Bakers Rasse – zum Teufel, Glitsky war zur Hälfte schwarz und einer seiner besten Freunde. Er mußte lächeln.

»Einige meiner besten Freunde...« sagte er.

»Dismas?«

Sie sah, wie die Lachfältchen um seine Augen verschwanden. Er wandte sich ihr zu, sah sie wieder an. »Entschuldige. Ich war einen Moment lang in Gedanken.«

»Hast du etwas gesehen?«

»Ja, ich habe eine Horde Jugendlicher gesehen und mich gefragt, ob ich dabei bin, mich zum Rassisten zu entwickeln. Aber dann habe ich an Baker gedacht, der nicht die geringste Ähnlichkeit mit dir und mir *und* diesen Jugendlichen hat.«

Frannie war von ihrem Bruder Moses aufgezogen worden und kannte Hardy, seit Moses aus Vietnam zurück war. Im Alter von zwölf, dreizehn Jahren saß sie oft auf Hardys Schoß und spann Phantasien über den Freund ihres Bruders, Dismas, den Helden, der inzwischen bei der Polizei war und in seiner gebügelten blauen Uniform sehr gut aussah. Dann ging Hardy zur juristischen Fakultät, wurde Mitarbeiter der Staatsanwaltschaft, heiratete und bekam mit Jane Fowler ein Kind. Als der Junge tot war, ließ Hardy sich scheiden, gab seinen Job auf, und sie bekam ihn wieder öfter zu sehen, erst als Gast, dann als Barkeeper in Moses' Bar, dem *Little Shamrock*.

In dieser Zeit lernte sie ihn besser kennen, wenn sie auf ein Bier im *Shamrock* haltmachte, um Moses zu besuchen. Und würde Hardy nicht so offen und demonstrativ signalisieren, daß man ihm nicht zu nahe kommen solle, würde sie vielleicht neue Phantasien spinnen. Also machte sie ihn statt dessen zum Maßstab und sagte ihren Collegefreundinnen, sie würde sich mit keinem Jungen ein zweites Mal treffen, wenn er nicht mindestens so wunderbar wäre wie Dismas Hardy. Sie fand einen solchen Jungen, Eddie Cochran, und heiratete ihn. Und verlor ihn...

Sie sah über den Tisch auf das besorgte Gesicht, das dem von Eddie so wenig glich. In Hardys Gesicht standen Falten und Linien und ganze Kapitel seines Lebens. Inzwischen fand sie ihn eher interessant als gutaussehend. Aber er war wie Eddie, oder Eddie war wie er gewesen – beide immer darauf bedacht, das Richtige zu tun, aus den richtigen Motiven heraus zu handeln. Dismas würde das nie zugeben, aber Frannie kannte ihn und wußte, daß es so war.

Jetzt versuchte jemand, ihn zu töten, und er wollte ihn nicht aus den falschen Gründen verdächtigen. Sie stand auf, ging um den Tisch herum, trat hinter ihn und legte ihm die Hände auf die Schultern.

»Du und ich, wir wissen beide, daß du kein Rassist bist«, sagte sie. »Auch nicht andeutungsweise.«

Hardy zuckte die Achseln. »Ich weiß nicht. Es ist für mich keine wichtige Frage mehr. Vielleicht bedeutet das, daß es mich nicht interessiert. Ich weiß nur, daß Baker vor zehn Jahren ein Tier gewesen ist, das wir in einen Käfig gesperrt haben, und daß er geschworen hat, mich und Rusty umzubringen, wenn er wieder auf freiem Fuß wäre. Und seit dem Tag, an dem er entlassen worden ist, ist Rusty tot. Was denkst du? Was für einen Beweis braucht man denn noch?«

Sie dachte einen Moment lang nach, dann beugte sie sich vor und küßte ihn auf den Kopf. »Ich denke nicht.«

»Das ist die richtige Antwort«, erwiderte Hardy.

Abe Glitsky kam zu spät zur Arbeit. Er parkte seinen Wagen hinter dem Justizgebäude und betrat es durch die Hintertür. Er nickte den beiden uniformierten Polizisten zu, die neben den Metalldetektoren standen, wandte sich nach links zur Stechuhr, ging dann zu den Fahrstühlen und blieb einmal kurz stehen, um sich aus dem Automaten einen Schokoriegel fürs Frühstück zu ziehen.

Obwohl es sechs Fahrstühle gab, vergingen nach seiner Uhr dreieinhalb Minuten, bevor sich die erste Tür öffnete. Während dieser Zeit sprach er mit niemandem. Er kaute seinen Schokoriegel, dachte über Hardys Problem nach und kam zu dem Entschluß, daß auch er höchstwahrscheinlich ein Problem hatte, weil er es seinem Freund schuldig war, mit Louis Baker zu sprechen – wenigstens mit ihm zu sprechen und festzustellen, wo er vor zwei Nächten gewesen war.

Auf der Etage war es totenstill. Einen Moment lang dachte Abe, die ganze Abteilung befinde sich im Krankenstand oder es gebe einen Protest, der etwas formellerer Art als die Sache mit den Golfclubs war. Er steckte den Kopf ins Untersuchungsdezernat, konnte aber niemanden sehen. Niemanden.

Als Dan White Bürgermeister Moscone und seinen Leibwächter Harvey Milk ermordet hatte, war die gleiche Atmosphäre in der Luft gewesen wie heute morgen. Glitsky öffnete die Tür zum Morddezernat, ging an dem kleinen, leeren Aufnahmeraum vorbei und öffnete die nächste Tür.

Das große Zimmer war voller Leute, als wären die Beamten aller Dezernate – Mord, Raub, Betrug, Rauschgift – in dieser Abteilung zusammengekommen. Der Chef selbst, Dan Rigby, stand vor Lieutenant Frank Batistes Büro und sprach zu den Männern.

Niemand bemerkte Glitskys Ankunft. Er lehnte sich gegen den Pfosten der Tür, durch die er gekommen war, verschränkte die Arme und hörte zu. Rigby sprach sehr leise.

»... den Leuten, die dafür verantwortlich sind, wird gekündigt. Wer mir etwas mitzuteilen hat, kann persönlich zu mir kommen, jeder von Ihnen, oder es mir schriftlich mitteilen, das ist genauso gut. Aber das hier, das hier ...«

Er hielt inne. Glitsky sah eine Ader an seinem Hals hervortreten. »Diese beleidigenden, sinnlosen, kindischen Vorfälle werden nicht nur nicht toleriert, sondern mit Unterstützung der gesamten Abteilung untersucht, und die Schuldigen werden strafrechtlich verfolgt, strafrechtlich verurteilt ...« Das Wort ›strafrechtlich‹ klang wie ein Hammerschlag. »Zerstörung von städtischem Eigentum, Vandalismus ... Alles, was mir und meinen Leuten sonst noch einfällt.«

Rigby hörte auf zu sprechen. Hinter Abe war eine Gruppe Männer eingetreten und hatte nur noch die letzten Worte aufgeschnappt. »Was ist los?« erkundigte sich einer von ihnen, aber er wurde ignoriert. Mehrere Leute im Raum rauchten, doch selbst durch den Rauch konnte Abe den Geruch schwitzender Männer wahrnehmen, der aufzusteigen begann. Die Leute waren nervös, rutschten auf den wenigen Stühlen hin und her, traten von einem Fuß auf den anderen.

Rigby sah sich im Raum um und jedem in die Augen, der den Mut hatte, seinem Blick zu begegnen. Das nahm einige Zeit in Anspruch, doch niemand sagte auch nur ein Wort.

»So«, sagte Rigby endlich. »Ich gebe den Tätern – und ich weiß, daß sie sich in diesem Raum befinden – eine Chance, sich heute morgen zu stellen. Kommen Sie zu mir, in mein Büro ...« Bei diesen Worten kicherten einige Leute unterdrückt. »Finden Sie das lustig?« bellte Rigby. Sogar Glitsky fuhr zusammen. Das Gekicher erstarb.

Rigby sprach leise, fast stimmlos weiter. »Kommen Sie bis zwölf Uhr zu mir, wo immer ich gerade bin. Ersparen Sie der Abteilung die Zeit und die Kosten, Sie aufspüren zu müssen, und retten Sie Ihre Pension. Wenn wir gezwungen sind, eine Untersuchung einzuleiten, um Sie zu finden, fliegen Sie aus der Abteilung, verlieren Ihre Pension und werden – wenn ich bei der Staatsanwaltschaft auch nur den geringsten Einfluß habe, und den habe ich! – sitzen.«

Wieder wisperte der Mann hinter Glitsky etwas. »Ist jemand umgebracht worden? Was habe ich verpaßt?«

Rigby schob sich hinter einem seiner Mitarbeiter durch die dichtgedrängten Leiber. Glitsky trat zur Seite, um ihn durchzulassen. Nach Rigby verließen alle den Raum.

Frank Batiste hatte hinter Rigby gestanden und kam jetzt auf Glitsky zu. Er ging an der Wand entlang und überhörte die bissigen Bemerkungen der Männer. »Versteht der Mensch denn keinen Spaß?«

Jemand äffte Rigbys Flüsterstimme nach: »Strafrechtlich verfolgt, strafrechtlich verurteilt...«

»Wenigstens kommt er mal für eine Weile aus seinem Büro und merkt vielleicht, was hier los ist.«

»...kommen Sie bis zwölf Uhr in mein Büro. Natürlich. Vielleicht bis zwölf Uhr irgendwann im nächsten Monat.«

Gelächter. Einige der Männer machten unterdrückte Geräusche, während sie den Raum verließen. Es klang wie *Gack, gack, gack*...

»Gott im Himmel. Was ist passiert, Frank?«

Batiste zog Abe in sein Büro und schloß die Tür hinter ihnen. »Sag mir nur schnell, daß nicht du es getan hast, Abe. Bitte sag mir das!«

»Was getan?«

»Komm, Abe.«

»Ich schwöre bei Gott, Frank, ich bin hier reingeplatzt und habe keine Ahnung, was los ist.«

Batiste suchte in Glitskys Gesicht nach Anzeichen dafür, daß er log. Dann ging er, offensichtlich erleichtert, um seinen Schreibtisch herum und setzte sich erschöpft. »Vergangene Nacht hat sich jemand mit vier Hühnern in Rigbys Büro geschlichen.«

Glitsky war ein paarmal in Rigbys Büro gewesen. Auf dem Fußboden lag eine Brücke, die der Stadt als Geschenk des Schahs von Persien überreicht worden war. Ein schwerer, prächtiger Mahagonischreibtisch. Verschiedene Möbelstücke aus Leder, die, wie Glitsky vermutete, ungefähr so viel gekostet hatten, wie ein Streifenpolizist im Jahr verdiente. Er brauchte einen Moment, um sich über die Bedeutung der Hühner klar zu werden. Dann lächelte er. »Ziemlich eindeutige Nachricht«, sagte er.

»Lustig ist das nicht«, erwiderte Batiste. »Das Zimmer versinkt in Hühnerscheiße.«

»Und das findest du nicht lustig?« fragte Abe. Dann bemerkte er Franks finsteren Blick und sagte: »Nein, ich auch nicht. Es ist wirklich nicht lustig.«

»Rigby jedenfalls findet es nicht lustig.«

Glitsky nickte. »Das habe ich schon mitbekommen. Immerhin war ich auf der Polizeischule.«

»Abe, wenn du es getan hast, steckt dein Kopf in einer bösen Schlinge. Ich meine es ernst.«

Glitsky verdrehte die Augen. Dann wandte er sich wieder seinem Lieutenant zu. »Frank, warum um alles in der Welt glaubst du, ich hätte es getan? In dieser Abteilung arbeiten mehr als hundert Leute.«

»Wie viele von denen bewerben sich nach Los Angeles...?«

»Spielen mit dem Gedanken, sich zu bewerben...«

»Okay. Aber wer hat den Ausdruck ›Hühnerscheiße‹ einen Tag vor diesem... diesem Fiasko benutzt?«

»Ich glaube, ich habe ›Pferdemist‹ gesagt, Frank.«

»›Hühnerscheiße‹, ›Pferdemist‹, das ist das gleiche.«

Abe unterdrückte ein Lachen. Er hätte Frank gern den Unterschied erklärt, aber er spürte, daß dies kein günstiger Moment dafür war, und vielleicht würde es nie einen günstigen Moment geben. Statt dessen sagte er: »Wenn jemand mit einem Pferd in das Büro getrabt wäre...«

Aber Batiste hatte genug. »Mach, daß du rauskommst!«

An Glitskys Schreibtisch wartete Marcel Lanier. »Also

spricht der Richter: Bauer Brown, Ihnen wird das abscheulichste aller Verbrechen vorgeworfen, das bestialischste aller Verbrechen: Sie hatten sexuelle Beziehungen mit Tieren...«

»Jetzt nicht, Marcel«, bat Abe.

Lanier fuhr fort. »Im einzelnen werden Sie des Geschlechtsverkehrs mit Pferden und Kühen angeklagt, außerdem mit Schafen, Hunden, Katzen und Hühnern. doch da hebt Bauer Brown die Hand und ruft: Euer Ehren, für wie pervers halten Sie mich? Hühner – igittigitt.«

Glitsky fand das Papier, nach dem er gesucht hatte. Er wollte überprüfen, was er in die Spalte ›Grund für die Kündigung der gegenwärtigen Tätigkeit‹ geschrieben hatte. Er fragte sich, ob der Ausdruck hart genug war.

Mit dem *Sir-Francis-Drake*-Hotel verbanden Hardy innige Gefühle. Sein Vater hatte, als er nach dem Zweiten Weltkrieg aus dem pazifischen Schlamassel heimgekehrt war, seine erste Nacht in den Staaten im VIP-Raum des Hotels verbracht, den man für die zurückkehrenden Kriegsgefangenen reserviert hatte. Später wohnte er mit Hardys Mutter in der *Flitterwochen-Suite*, und es war gut möglich, daß Hardy dort gezeugt worden war.

Das großartige Hotel, einen Block nördlich des Union Square mitten im Herzen der Stadt gelegen, hatte unter den schlechten Zeiten weniger gelitten als unter den guten.

Das San Francisco, in das sein Vater zurückgekehrt war, entsprach der Vorstellung, wie eine Stadt zu sein habe. Es hatte einen quirligen Hafen, das ganze Jahr über ein erfrischendes Klima, nette Wohnviertel und eine kleine Innenstadt mit Flair. San Francisco besaß viel von dem, wonach die Vereinigten Staaten strebten. Die Männer, die im Krieg gewesen und auf ihrem Heimweg in die Stadt gekommen waren, betrieben inzwischen Geschäfte hier und sahen nicht ein, warum sie sich anderswo abplagen, drüben in Cleveland, Detroit oder Omaha im Winter frieren und im Sommer schwitzen sollten, wenn sie ein Eckhaus auf dem Russian Hill haben konnten.

Diese Männer der ersten Generation wußten, was sie besaßen, und wollten es nicht in Gefahr bringen. Daß San Francisco in jenen Zeiten keine Skyline besaß, machte einen Teil seines Charmes aus – es benötigte keine großen Gebäude, um großen Eindruck zu machen. Wenn man damals, vor vierzig Jahren, einen Blick auf diesen klaren, funkelnden Edelstein von einer Stadt werfen und sie in ihrer ganzen Imposanz sehen wollte, konnte man ins *Redwood-Zimmer* im obersten Stockwerk des *Fairmont*-Hotels gehen. Oder auf die Spitze des Mark oder des Coit Towers steigen. Oder man konnte in der Innenstadt ins *Sternenzimmer* des *Sir-Francis-Drake*-Hotels gehen.

An dessen Bar saß jetzt Hardy, um kurz nach elf am Vormittag, und sah durch die schmutzigen Fensterscheiben auf die andere Straßenseite zum anderen *Francis* hinüber – dem *Saint-Francis*-Hotel, das neben dem *Drake* winzig wirkte. Ein paar Straßenzüge weiter nördlich warf das *Bankamerika*-Gebäude den Schatten seiner fünfzig Stockwerke auf die zehn Blocks der Innenstadt, die es umgaben. Die *Transamerica*-Pyramide und die *Embarcadero Center Towers* waren auf ihre Weise ebenso symbolisch wie mittelalterliche Kathedralen, fand Hardy. Nur huldigten sie einem anderen Gott.

Er nahm seinen Kaffee und ging über den verblichenen Teppich des nahezu leeren *Sternenzimmers*. Mit Ausnahme des Südens, wo die Schiffsanlegestellen und Hunter's Point zu sehen waren, verstellten Hochhäuser den Blick.

Hier oben hatte Hardy mit Jane getanzt, war Arm in Arm mit ihr vor den Fenstern gestanden, die vom Boden bis zur Decke reichten, hatte hinuntergesehen auf seine Stadt, während drüben an der Bar die ›Alten‹, also die Vierzig- bis Fünfzigjährigen, ihre Happy-Hour-Doppelten getrunken oder zur Musik nicht etwa einer Rockband, sondern einer Combo getanzt hatten. Es war ein friedvoller Ort gewesen, ein Ort der Besinnung, der Regeneration, weit weg von der Rastlosigkeit der übrigen Stadt.

Jetzt fühlte Hardy sich selbst wie einer dieser Alten.

Eine Stimme hinter ihm sagte: »Diese Fenster sollten geputzt werden.«

Hastig fuhr er herum. Einen Moment lang hatte er beinahe vergessen, daß er gejagt wurde. »Es macht wirklich nichts«, sagte er. »Viel ist sowieso nicht mehr zu sehen.«

Hector Medina war ein kleiner, vierschrötiger Mann mit einem eckigen Gesicht und dünnem Haar. Er trug eine braune Anzuguniform und schwarze Schuhe, die nicht gerade glänzten. Er zeigte Hardy seine Sicherheitsdienst-Marke und ging voraus, zur Bar zurück. Dort ließ Hardy sich Kaffee nachschenken, und Medina bestellte ein Glas Wasser, ohne Eis, ohne Zitrone.

»Die Woche der Bullen«, sagte Medina. »Die Straße der Erinnerung...«

»Ich bin nicht mehr bei der Truppe«, entgegnete Hardy. »Die Nachricht, die ich hinterlassen habe...«

»Ja, hab' ich bekommen... Ex-Bulle oder Bulle. Auch ich bin ein Ex-Bulle. Aber ich fühle mich immer noch wie ein Bulle.«

»Sie sind der Chef des Sicherheitsdienstes hier, nicht wahr?«

Medina hustete. »Ja... Eine japanische Gruppenreisentouristin verliert ihr Täschchen, ich leite eine Untersuchung ein, und wo ist es? Unter ihrem Bett. Ein Bauer aus Kansas, der feststellt, daß die Nutte, die er sich ausgesucht hat, ein Junge ist, und einen Tobsuchtsanfall bekommt. Harte Fälle.« Er nippte an seinem Wasser. »Verdammt, was rede ich da? Es ist ein guter Job. Nur dürfen Sie nicht den Fehler machen, ihn mit richtiger Polizeiarbeit zu verwechseln.« Er wischte sich mit dem Handrükken den Mund ab. »Also, was kann ich für Sie tun?«

Hardy war sich nicht sicher, was Medina für ihn tun konnte. Er wußte nicht einmal genau, warum er hierher gekommen war, aber es war immer noch besser, als mit ei-

würde ich das tun, indem ich mich auf Clarences Seite schlagen und mit ihm zusammen seinen Kampf austragen würde. Nicht mehr meinen.«

Medina führte das Glas zum Mund, sah, daß es fast leer war, und versuchte, die letzten Tropfen daraus zu erhaschen. »Ich muß zurück an die Arbeit. War nett, mit Ihnen zu plaudern.«

Er ging zum Fahrstuhl, drückte den Knopf, kehrte dann zu Hardy zurück. »Wenn ich Ingraham hätte töten wollen, und glauben Sie mir, ich habe mit dem Gedanken gespielt, hätte ich es vor sieben Jahren getan, als es noch Sinn hatte. Und dann hätte es keinen Beweis gegeben.«

Die Fahrstuhltüren öffneten sich, und Medina trat einen halben Schritt darauf zu.

»Niemand hat behauptet, Sie hätten Ingraham getötet«, sagte Hardy.

»Jemand wird es behaupten«, erwiderte Medina. »Sie können drauf wetten. Wird man einmal angeklagt, steckt man im Netz.«

Medina erreichte den Fahrstuhl, bevor die Türen sich wieder schlossen. Falls er Hardy etwas vorgemacht hatte, so war er verdammt überzeugend gewesen.

Hardy rief Glitsky von dem öffentlichen Telefon vor der Herrentoilette an. »Noch keine Leiche, Diz«, bekam er zu hören.

»Sie muß irgendwo draußen in der Bucht sein, Abe. Er ist über Bord gefallen oder gestoßen worden, und die Strömung hat ihn hinausgetrieben.«

»Ich weiß nicht, ob sie dazu stark genug ist.«

»Wie wäre es, wenn deine Jungs das überprüfen würden?« Hardy hörte ein Knirschen durch die Leitung. Glitsky kaute wieder Eis. »Eines Tages werden deine Zähne brechen und ausfallen, weißt du das?«

»Wir haben den Kanal abgesucht, Diz. Wir können unmöglich die ganze Bucht absuchen.«

»Genügt euch die Blutanalyse nicht?«

Glitsky hatte ihm berichtet, daß die Blutspuren, die vom Bett zur Tür hinaus und zur Pfütze an der Reling führten, der Gruppe ›B negativ‹, einer äußerst seltenen Blutgruppe, angehörten. Ingrahams alte Papiere hatten gezeigt, daß er zu dieser Gruppe gehörte.

Wieder drang das Knirschen von Eis durch den Hörer. »Das heißt, es war jemand mit Blutgruppe ›B negativ‹. Es heißt nicht, daß Ingraham tot ist.« Knirsch, knirsch. »Nicht unbedingt.«

»Sicher, Abe. Wahrscheinlich hatte jemand Nasenbluten. Und das Einschußloch im Bett war schon vorher da.«

»He, wir gehen ja davon aus, daß jemand erschossen wurde, wahrscheinlich sogar Ingraham. Aber wir haben nur eine richtig tote Person, Diz – Maxine Weir. Und deren Mann hatte sowohl die Gelegenheit als auch ein Motiv, aber leider kein Alibi.«

Hardy verlor die Geduld. »Ich sage dir, Abe, Louis Baker hat es getan. Er hat beide ermordet...«

»Warum hätte er die Frau töten sollen?«

»Weil sie einfach da war, vielleicht. Ich weiß es nicht.«

»Das ist der Punkt: Du weißt es nicht. Paß auf, um dich zu beruhigen, werde ich Baker heute aufsuchen.«

»Danke.«

»Aber ich verspreche nichts. Der Mann ist auf Bewährung draußen, hat sich bei seinem Bewährungshelfer gemeldet und hält sich an die Regeln. Ich habe keinen Grund anzunehmen, daß er Rusty Ingraham auch nur gesehen, geschweige denn getötet hat. Es tut mir leid, wenn du deswegen unter Verfolgungswahn leidest...«

»Kein Verfolgungswahn, Abe. Findest du es nicht ein bißchen auffällig, daß Rusty an dem Tag erledigt wurde, an dem Baker rauskam?«

»So was kommt vor, und ich habe es satt, dich immer wieder daran erinnern zu müssen, daß Rusty offiziell nicht tot ist.« Glitskys Ton veränderte sich plötzlich, wurde scharf. »Und begreif es endlich, Diz – ich habe ein Mordopfer, Maxine, die dich vielleicht nicht interessiert, aber mich hat sie zu interessieren. Außerdem habe ich jede Menge anderer Fälle, wie zum Beispiel vier weitere Morde, die ich bearbeiten muß, ganz zu schweigen von der Akte mit den guten alten Dauerbrennern, die noch ungeklärt sind. Ich tue dir einen Gefallen – einen Gefallen, hast du verstanden? –, wenn ich Louis Baker auch nur aufsuche. Technisch gesehen ist es reine Schikane gegenüber einem Mann, der auf Bewährung raus ist, aber ich mache es, weil du nicht immer so unerträglich bist wie im Moment.«

Hardy wurde klar, daß er weit genug gegangen war. »In Ordnung, Abe, in Ordnung.«

»Wenn du in der Zwischenzeit etwas Sinnvolles tun willst, dann finde eine Leiche oder wenigstens einen Grund dafür, weshalb wir keine gefunden haben. Finde etwas, das mir beweist, daß Rusty tot ist, dann bin ich auf deiner Seite.«

»Einverstanden. Ich kümmere mich darum.«

Hardy konnte hören, wie Glitskys Atem ruhiger wurde. »Ja«, sagte sein Freund. »Tu das.«

7

Louis Baker hatte Alpträume und fand bis zum Morgengrauen keinen Schlaf.

Er träumte von einem hellen Licht, das ihm Zeichen gab, aber jedes Mal weckte ihn die Hofsirene, bevor er das Licht erreichen konnte. Ein paarmal waren, bevor die Sirene ertönte, andere Leute um ihn, die sich gegen ihn drängten. Sie waren nicht unterwegs zu dem Licht, nahmen es nicht einmal wahr, aber sie versperrten ihm den Weg, und er mußte sich durch sie hindurchkämpfen, in ihre Gesichter schlagen, über ihre Körper steigen, wenn es nicht anders ging.

Ein paarmal erwachte er in Schweiß gebadet auf dem

Boden und schlug noch immer nach den Menschen, die ihm den Weg versperrten.

Mama war nicht zu sehen, als er die Treppen hinunterkam. Das Haus wirkte verändert, und er brauchte eine Weile, bis ihm klar wurde, daß es an den Fenstern lag. Noch immer gab es viel für ihn zu tun, aber er freute sich, daß er die Sache mit den Fenstern zuerst erledigt hatte. Der Ort, an dem man lebte, mußte in Ordnung sein. Vor allem jetzt, nach den Jahren in der Zelle. Dies hier war zwar noch Mamas Wohnung, aber er spürte, wie sie begann, sein Revier zu werden. Noch wollte er sich nicht hineinfallen lassen, es gab noch eine Menge zu ordnen, doch das Licht, das durch die Fenster kam, schien ein Anfang zu sein.

Er stand vor dem Spülbecken in der Küche, barfuß und mit bloßer Brust. Ein Strick hielt die Gefängnishose um seine Taille zusammen. Er ließ das Wasser laufen, bis es heiß war. Seine Hände blieben auf dem von Rissen durchzogenen Rand des Beckens liegen. Das Porzellan war braun und rot gestreift vorm Rost. Er sah aus dem Fenster hinaus in den warmen Tag. Es mußte später Vormittag oder sogar Mittag sein. Nirgendwo ertönte eine Sirene, ob man nun schlief oder nicht.

Er krümmte den Rücken, bewegte den steifen Nacken hin und her, um die Verkrampfungen zu lösen. Dampf stieg auf und beschlug die Fensterscheibe vor ihm. Er ließ heißes Wasser in ein Saftglas laufen und setzte sich dann an Mamas Tisch, schöpfte zwei Teelöffel Nescafé in das Glas und rührte mit dem Löffelstiel um.

Er hatte in der Wohnung noch nicht gestrichen, aber die lose herunterhängenden Tapetenfetzen entfernt. Nachdem die Jungs gestern fortgelaufen waren, um im Bereich zu arbeiten, war er ins Haus gegangen. Er war wütend gewesen und hatte versucht, einen Entschluß zu fassen, wie er mit Dido umgehen sollte. Die herunterhängenden Tapetenstreifen hatten ihn noch wütender gemacht, und so hatte er sie abgerissen. Jetzt sahen die Küchenwände unvollendet aus, aber das war in Ordnung. Unvollendetes war in Ordnung: Es bedeutete, daß man etwas begonnen hatte, nicht, daß man es verkommen ließ.

An der Vordertür klopfte es. Louis Baker stand mit dem Saftglas in der Hand auf und ging hin, um zu öffnen. Auch der vordere Raum war heller, seit er die Scheiben eingesetzt hatte, obwohl Mama die Jalousien den Tag über geschlossen ließ.

Der Mensch, so dachte er, kommt in den unterschiedlichsten Formen daher. Dieser Mann, zweifellos auf irgendeine Art ein Farbiger, kannte seinen Wert. Etwas in Baker wußte augenblicklich, mit was für einer Art Mann er es zu tun hatte – der Umgang mit Gefängnisaufsehern war eine gute Übung. Da gab es die miesen Kerle, die warteten, bis man sich umgedreht hatte, und einem dann hinten auf Schenkel schlugen. Dann die, die einfach ihre Arbeit erledigten. Ein paar, die immer Angst hatten und die Oberhand behalten mußten. Die waren gefährlich. Die meisten gehörten einer dieser Gruppen an.

Dieser hier, das hatte Baker im Gefühl, erledigte seine Arbeit. Er war in Zivil, aber Baker wußte, was er war, die Marke, die der Mann ihm zeigte, brauchte er nicht anzusehen. Der Mann hätte erklären können, er sei gekommen, um den Zähler abzulesen, Baker hatte ihn auf den ersten Blick erkannt.

Er führte ihn in die Küche, setzte sich auf seinen Stuhl, lehnte sich mit dem Rücken gegen die Wand und bedeutete dem Mann durch eine Geste, sich zu setzen. Dann wartete er.

»Wir haben ein Problem, Louis.«

Er wartete.

»Ein toter Mann draußen im China Basin.«

Baker fühlte, wie seine Knie weich wurden, und war froh, daß er saß. Wie konnten sie ihn schon jetzt damit in Verbindung bringen?

»Ich kenne niemandem vom China Basin.«

Der Mann lächelte. Kein Lächeln, das ihn sympathisch

machte. Eine Narbe zog sich von oben nach unten über seine Lippen. Baker dachte an seine Alpträume. An die Menschen um ihn herum, die ihn von dem Licht fernhielten. Diese Leute, zumindest einige, hatten gelächelt wie dieser Mann.

»Sie kennen jemanden von dort, Louis, oder Sie kannten jemanden.«

»Nein, bei Gott, wirklich nicht. Ich bin, wie Sie wissen, im Knast gewesen. Ich bin erst seit zwei Tagen draußen. Ich treffe mich mit niemandem. Ich lebe einfach hier und räume auf.«

»Sie räumen auf?«

Louis wies auf die Umgebung. »Die Wohnung, wissen Sie. Ich setze Scheiben ein. Streiche ein bißchen.«

Der Mann vollführte eine halbe Drehung in seinem Stuhl. Dann wandte er sich ihm wieder zu. »Erinnern Sie sich an Ihre Verhandlung, Louis? Als Sie geschworen haben, Sie würden die beiden Männer umbringen, die Sie hinter Gitter gebracht hatten?«

»Ja, das habe ich gesagt. Es war ein Fehler.«

»Es war ein größerer Fehler, es tatsächlich auch zu tun«, sagte der Mann kalt.

»Wovon sprechen Sie?« Fast hätte Louis aus Gewohnheit gesagt: Ich habe Ingraham nicht umgebracht. Aber dann hätte der Mann gefragt: Woher wissen Sie, daß ich von Ingraham spreche? Immerhin – es hätte ja auch Hardy sein können. Besser, er fand heraus, was der Mann wußte, bevor er den Mund auftat und ihm irgend etwas erzählte. Für den Mann waren Gestehen und Leugnen nur zwei Seiten derselben Medaille – beide verrieten ihm, daß man etwas wußte, etwas getan hatte.

»Ich spreche davon, daß es so aussieht, als sei Rusty Ingraham vorgestern nacht erschossen worden.«

»Tut mir leid, das zu hören.«

»Wo sind Sie gewesen?«

»Hab' ich Ihnen doch gerade gesagt. Ich bin aus der Kiste gekommen und nach Hause gegangen.«

»Hat Sie jemand gesehen?«

Louis kratzte sich die bloße Brust. »Warum fragen Sie nicht herum?«

Der Mann donnerte seine Faust mit solcher Wucht auf den Tisch, daß über den Rand des Glases in Bakers Hand Kaffee spritzte. In der Zeit, die er brauchte, um sich zu beruhigen und wieder aufzublicken, zog der Mann seine Waffe und richtete sie auf seine Brust. »Sie möchten ein Spiel mit mir spielen. Ich bin ein guter Spieler.«

»Ich spiele kein Spiel.«

»Lassen Sie uns *Wer tötete Rusty Ingraham* spielen.«

Baker ließ seine Augen einen Moment lang auf der Waffe ruhen. »Ich spiele kein Spiel«, wiederholte er. »Nehmen Sie mich fest, oder reden wir hier?« Er konnte es auch gleich erfahren, dachte er. Sie nahmen ihn mit oder eben nicht. Wenn ja, würde er zurück ins Gefängnis wandern.

Er starrte noch immer die Waffe an. Es kam oft genug vor, daß Leute erschossen wurden, wenn sie sich der Verhaftung widersetzten. »Haben Sie noch mehr Waffen bei sich?« fragte er. »Erschießen Sie mich?«

Die Reaktion überraschte ihn. Der Mann richtete sich ein wenig auf, lächelte wieder dieses eigenartige Lächeln, zog sein Jackett am Aufschlag zurück und steckte die Waffe zurück in den Halfter.

»Hören Sie«, sagte der Mann, »wenn ich auch nur eines Ihrer Haare in Ingrahams Wohnung finde, irgendein Kleidungsstück, das nicht zu seiner Garderobe paßt, einen Fingerabdruck, ganz gleich, was, landen Sie wieder im Knast. Haben Sie mich verstanden?«

Wir haben nichts gegen Sie in der Hand, hatte Baker verstanden.

Aber der Mann war noch nicht fertig. »Und da ist noch etwas. Der andere Staatsanwalt, Hardy. Erinnern Sie sich an Hardy?«

Baker nickte.

»Hardy ist ein Freund von mir. Wenn Hardy etwas zustößt, werde ich mich um Beweise nicht scheren. Ich sage Ihnen das unter uns, und ich hoffe, daß Sie mich verstanden haben.«

Dieser Mann war gut, dachte Baker. Furchteinflößend.

»Haben Sie mich verstanden?« Nur noch ein Flüstern.

Baker nickte. »Ich habe Sie verstanden.«

Der Mann stand auf und ging einmal in der Küche im Kreis herum. »Nette Tapete«, sagte er, ging durch das Wohnzimmer zurück zur Tür und verließ das Haus. Die Tür ließ er offen.

Louis Baker blieb eine Weile lang sitzen und trank seinen Kaffee aus, dann stand er auf. Die Straße war leer, der Mann verschwunden. Er streckte sich im Hauseingang, trat hinaus auf den Bürgersteig und ging zu der Linie, an der der Bereich begann.

Die Wand, die weiß gewesen war, als er sie gestern verlassen hatte, war mit dunkelblauen Kringeln und Zeichnungen übersprüht.

Er ging den Bereich entlang, ohne Hemd, mit bebenden Nasenflügeln. An sechs Stellen auf seiner Wand stand Didos Name geschrieben.

Weiter oben im Abschnitt entdeckte er den Kerl. Er stand auf dem Bürgersteig und sprach mit zwei weißen Jungs. Etwas wurde hin und her gereicht. Die jüngeren Mistkerle, Lace und der andere, waren nicht in Sicht, aber er wußte, daß sie in der Nähe sein mußten.

Wahrscheinlich hatten sie ihn kommen sehen und sich versteckt.

Glitsky hatte ihn aufgefordert, etwas zu finden, das ihm Rustys Tod bewies, aber im Moment hatte Hardy nicht die Spur einer Idee. So beschloß er, sich zuerst ums Geschäft zu kümmern.

Er hatte seinen Wagen in der Union-Square-Garage gelassen und nach dem Gespräch mit Medina beschlossen, ein wenig spazierenzugehen, um seinen Kopf klar zu bekommen. Er machte auf einen weiteren Kaffee in der Maiden Lane halt, diesmal auf einen Espresso, und aß zwei Käsecroissants. In einer Stunde begann seine Schicht im *Shamrock*. Er mußte Moses anrufen und ihm mitteilen, daß er nicht mehr arbeiten konnte, bis sein Problem mit Louis Baker gelöst war.

»Was soll das heißen?«

»Wenn ich auch nur einen Tag noch hinter der Theke stehe, könnte der Ruf unserer Bar leiden.« Hardy berichtete ihm von den weiteren fantasievollen Drinks, die er während der vergangenen Nacht zubereitet hatte.

»Dann paß eben besser auf.«

»So einfach ist es nicht, Moses. Jemand versucht, mich umzubringen.« Hardy merkte, wie unwirklich und melodramatisch das klang. »Sieh mal«, sagte er, »ich gehe aus diesem Grund nicht nach Hause, und da wäre es nicht besonders sinnvoll, an meiner Arbeitsstelle aufzutauchen. Der Kerl findet heraus, wo ich arbeite, spaziert herein, und – Gute Nacht, Diz.«

»Du weißt, wer es ist?«

»Ja.«

»Du weißt, wo er ist?«

»So ungefähr.«

»Also?«

Hardy machte eine Pause und dachte wieder an diesen Gedanken. »Es ist eine Möglichkeit«, sagte er. »Aber die Polizei hat eine gute Chance, ihn vorher zu schnappen, und das würde es leichter machen.«

»Ich weiß nicht, ob ich ihnen allzu viel Zeit lassen würde. Den Bullen, meine ich.«

Hardy hatte keine große Lust, darüber zu debattieren, ob er Louis Baker niederschießen sollte, wenn er ihn zu Gesicht bekäme. »Wir werden sehen«, sagte er. »Auf jeden Fall, es tut mir leid, dich hängenzulassen, aber ich komme nicht.«

»Wie kann ich dich erreichen?«

Etwas hielt Hardy davon ab zu sagen: Oh, ich wohne bei Frannie. Er wollte nicht, daß ihr Bruder glaubte, sie sei in Gefahr. Er wollte auch nicht, daß Moses an der Bar rief: Oh, Hardy wohnt bei meiner Schwester.

Außerdem wehrte er sich auf irgendeine Weise dagegen, Moses gegenüber seine enge Beziehung zu Frannie zuzugeben, zu erklären, warum er sich entschieden hatte, zu ihr zu gehen. Moses war ihr großer Bruder und hatte sie aufgezogen. Zu viele überflüssige Erklärungen wären nötig. Also sagte er nur: »Du kannst mich nicht erreichen. Ich halte Verbindung mit dir«, und legte auf.

Da er sowieso in der Gegend war, ging er zu *I. Magnin*, wo Jane arbeitete, und hinterließ eine kurze Nachricht für sie, die nach Hongkong weitergeleitet werden sollte: Er war nicht zu Hause und würde alles später erklären.

Vor ihm dehnte sich der Nachmittag. Nach Hause und zur Arbeit konnte er nicht, aber in irgendeinem Versteck herumsitzen wollte er auch nicht. Er überlegte, daß Abes Probleme, ihm zu glauben, damit zusammenhingen, wie er ihn auf dem Schlepper vorgefunden hatte – in Handschellen. Das trübte Abes Blick für Hardys Einschätzung der Situation – die unleugbare Verwicklung von Louis Baker in diese Sache. Also brauchte Hardy einen handfesten Beweis dafür, daß seine Theorie bezüglich Rusty der Wahrheit entsprach. Am besten wäre es herauszufinden, ob Rusty nach seinem Besuch im *Shamrock* wie angekündigt eine Waffe gekauft hatte oder nicht. Es gab eine gesetzlich festgelegte Frist von drei Tagen zwischen dem Kauf von Handfeuerwaffen und der Auslieferung, und so bestand die Möglichkeit, daß Ingrahams Waffe und die entsprechenden Papiere sich irgendwo in einem Geschäft an der Busstrecke zwischen dem *Shamrock* und dem China Basin befanden.

Der Dienst des Beamten William Ling war beendet, aber Ling hatte den langen Weg der Polizeilaufbahn gerade erst angetreten und konnte sich um reguläre Arbeitszeiten nicht kümmern. Er kannte und akzeptierte das Leben eines Streifenbeamten, und im Moment war es langweilig, das ging in Ordnung. Laufen und nochmals laufen, den Hintern bewegen, Touristen den Weg weisen, den Verkehr regeln, wenn es nötig war. Würde er in einer Kleinstadt leben und arbeiten, hätte er wahrscheinlich auch noch jede Menge junger Kätzchen aus den Baumkronen zu retten. In seinem Gebiet im ersten Bezirk – Südliche Market Street bis zum China-Basin-Kanal, die westliche Bucht bis zur Siebten Straße – gab es nicht gerade viele Bäume.

Er saß noch nicht einmal in einem Streifenwagen. Der Dienst auf der Straße war die erste Stufe, und jeder Polizist war eine Zeitlang auf der Straße gewesen – wie lange, hing wie immer davon ab, wen man kannte. William Ling kannte niemanden.

Ganz stimmte das nicht mehr. Jetzt kannte er Sergeant Glitsky vom Morddezernat. Ob Glitsky ihn kannte oder sich an ihn erinnerte, war eine andere Frage.

Er rechnete aus, daß er heute bereits gut und gerne sechzehn bis zwanzig Kilometer gelaufen war, und es war ein heißer Tag gewesen. Jetzt, kurz vor fünf, war es noch immer warm. Kein Wind, kein Nebel, und nur eine Andeutung von Smog.

Er kam an der *Atlantis* vorbei und nickte dem Ehepaar Wang zu, das an Deck saß und Tee trank. Die Wangs hatten wegen des bewaffneten Mannes – dieses Freundes von Glitsky – angerufen, der auf Ingrahams Schlepper gewesen war.

Er blieb stehen und nahm das Bild, das sich ihm bot, in sich auf. Bis vorhin waren ihm die Gründe für seine Rückkehr an den Tatort seines ersten Mordfalls schleierhaft gewesen – irgendeine Mischung aus beruflichem Interesse und privater Neugier. Jetzt plötzlich schien der Ort voller Chancen zu stecken – das gelbe Band, das Ingrahams Lastkahn umgab, der Polizeischlepper mit dem Bagger, der mitten auf dem Kanal langsam das Wasser Richtung Bucht absuchte. Mindestens ein halbes Dutzend Leute waren auf dem Kahn und um ihn herum beschäftigt –

Leute, die einem helfen konnten, die man kennenlernen konnte, Beziehungen, die man knüpfen konnte.

Ling schlüpfte unter dem Band durch und stellte sich einem Mann in Hemdsärmeln vor, der aussah, als sei er der verantwortliche Beamte, und ihn natürlich überragte. Jeder war größer als Ling, aber der hier maß beinahe einen Meter neunzig.

Er schüttelte Ling die Hand und prüfte etwas auf dem Notizblock, den er in der Hand hielt. »Werden Sie Bill gerufen?« fragte er.

»Hauptsache, ich werde nicht zu spät zum Abendessen gerufen«, erwiderte Ling.

Er war daran gewöhnt. Ein zweiter Blick, dann stellten sie fest: Verdammt, dieses kleine Schlitzauge ist ein Mensch. Er lächelte. Der große Mann streckte von neuem die Hand aus. »Jamie Bourke. Ich leite die Kanaluntersuchung. Wollen Sie nur zusehen oder was tun?«

»Ich würde gern was tun.«

»Geht leider nicht, Sie verstehen – keine Überstunden.«

Ling nickte. »Ich verstehe.«

»Man sollte es nicht glauben, aber Burschen kommen hierher und bieten ihre Hilfe an, und plötzlich kommt eine Aufstellung über zehn Stunden oder so, und Geld dafür gibt es nicht.«

»Das ist mein erster Mordfall«, entgegnete Ling. »Ich interessiere mich für den Ablauf. Ich würde Sie dafür bezahlen, zusehen zu können.«

»Nun ja, das ist auch nicht nötig.« Erneut warf Bourke einen Blick auf seine Notizen. »Das Problem ist, daß wir so gut wie fertig sind.«

»Haben Sie etwas gefunden?«

»Keine Leiche, und danach haben wir in der Hauptsache gesucht. Es fällt schwer zu glauben, daß diese Strömung einen Körper hinaus in die Bucht treiben könnte. Aber wir haben eine Waffe gefunden. Kleines Kaliber, vermutlich die Tatwaffe.«

Ling wollte etwas tun – zum Teufel, jetzt war er hier,

oder nicht? Niemand erinnert sich an jemanden, der nur herumsteht. »Was ist mit den Innenräumen?« fragte er.

»Was soll damit sein?«

»Sind nicht alle möglichen Tests gemacht worden? Fingerabdrücke und so weiter?«

Bourke lächelte. »Ich habe keine genauen Zahlen im Kopf, aber aufgrund von Fingerabdrücken erwischen wir pro Jahr in etwa so viele Leute wie durch Fußspuren.« Als er Lings Enttäuschung bemerkte, fügte er hinzu: »Gehen Sie doch hinunter. Das Boot ist durchsucht worden, aber wenn Sie etwas finden, das Ihnen interessant erscheint, stecken Sie's in diesen Beutel und bringen Sie's herauf.« Er gab Ling einen Beweisbeutel aus seiner Jackentasche, der mit einem Reißverschluß versehen war.

Der Wohnraum des Kahns sah noch genauso aus wie am gestrigen Morgen, aber die Sonnenstrahlen, die jetzt hinter ihm durch die Tür fielen, verliehen dem Raum die Atmosphäre einer Fotografie aus dem letzten Jahrhundert. Außerdem war es heiß. Von irgendwoher drang ein süßlicher Geruch in Lings Unterbewußtsein und ließ ihn fast schwanken, doch nach ein paar Atemzügen stellte er fest, daß der Geruch gar nicht so stark war. Er mochte vom Bilgenwasser stammen, vom Kanal oder von dem Blut, das in die Dielenbretter gesickert war.

Die Tür zum Flur stand offen, und die Kreidezeichnung an der Stelle, wo Maxine gestorben war, sprang ihm ins Auge. Er sah sie vor sich – den nackten Körper, in dieser grotesken Position verdreht, gestreckt, nach etwas greifend, die metallene Halsstütze wie ein höhnischer Scherz.

Das Schlafzimmer selbst verriet nichts. Alles, was er sah, war von einer dünnen Schicht schwarzen Staubes bedeckt. Hier war, trotz allem, was Bourke über den Sinn von Fingerabdrücken sagen mochte, das Morddezernat gründlich am Werk gewesen, und das war nicht weiter überraschend. So sah der Job eben aus – jede Kleinigkeit wurde untersucht in der Hoffnung, daß sie eine Geschichte erzählen würde.

Sie hatten nichts für ihn übrig gelassen.

Die Hitze war wirklich unangenehm, daher öffnete er die Hintertür und trat auf das Deck. Er sah, daß Bourke am Kanal entlanggegangen und jetzt auf Höhe des Polizeischleppers war und mit ein paar Leuten in gelben Schutzanzügen sprach, die dort den Abfall untersuchten, der vom Grund des Kanals hochgeholt worden war. Diese Leute, so dachte er, hatten sich ihr Geld verdient.

Er atmete tief durch und ging zurück in die Kajüte. Die Sonne stand jetzt tiefer und fiel direkt durch die Vordertür, aber das grelle Licht war ihm lieber als die drückende, tödliche Hitze. Die umgestürzte Lampe war nicht wieder aufgerichtet worden. Er kniete neben ihr nieder und sah, daß auch sie von einer Pulverschicht überzogen war. Die Glassplitter waren verschwunden – auch die hatte man wahrscheinlich ins Labor gebracht. Enttäuscht setzte er sich auf einen Stuhl neben der Lampe und ließ den Blick durch den Raum schweifen.

Nichts.

Die Kombüse links war offenbar nicht der Prozedur unterzogen worden. Unglücklicherweise war sie sehr klein und sehr sauber. Ein Wasserglas, das auf dem Abtropfbrett neben der Spüle stand, war der einzige Hinweis darauf, daß jemand hier gewesen war. Wahrscheinlich stammte es von einem der Beamten, der wegen der Hitze etwas getrunken hatte. Das Spülbecken selbst war leer – keine schmutzigen Kaffeetassen, keine Teller, Schüsseln oder Töpfe. Wer immer hier gelebt hatte, hatte sein Heim in Ordnung gehalten.

Ling lehnte sich gegen die Kombüsentür. Was hatte er erwartet? Für die Jungs war es Routine gewesen. Unwahrscheinlich, daß sie etwas übersehen hatten.

Dann fiel ihm etwas auf. Er trat in die Kombüse und fuhr mit dem Finger über das Fensterbrett: kein Puder. Dagegen waren alle Fenster im Schlaf- und im Wohnraum damit bedeckt. Der metallene Abfluß im Spülbecken der Kombüse wirkte wie eben installiert, sein Chrom war glänzend und sauber – kein Puder. Sie hatten die Kombüse nicht auf Fingerabdrücke untersucht.

Das schien durchaus Sinn zu haben, denn die Handlungslinie verlief eindeutig vom Wohnzimmer durch die Diele ins Schlafzimmer und auf das Deck hinaus. Sie hatten sicher einen Blick in die Kombüse geworfen und gesehen, daß sich hier nichts, was mit dem Mord zusammenhing, abgespielt hatte.

Aber es war seine einzige Chance, und er mußte sie nutzen. Sie mochten ihn auslachen, wenn sich herausstellte, daß die Fingerabdrücke auf dem Glas von einem Mitarbeiter des Morddezernats stammten, aber das kümmerte ihn nicht. Er war schon früher ausgelacht worden. Er würde nicht mit leeren Händen zu Bourke zurückkehren.

Er zog ein sauberes Taschentuch aus seiner Gesäßtasche und nahm das Trinkglas vorsichtig hoch. Dann verstaute er es in dem Beutel.

Moses McGuire stand hinter der Theke des *Little Shamrock*, in dem etwa fünfunddreißig Gäste saßen, und sprach ins Telefon. »Ich weiß nicht«, sagte er. »Ein Schwarzer.«

»Wie sah er aus?«

»Schwarz sah er aus, Diz. Groß, schwarz und bedeutend.«

Hardy, der von *Taylor's*, dem Waffengeschäft in der Eddy Street, telefonierte, fühlte, wie sich ihm im Kopf alles zu drehen begann. »Hat er irgendwas gesagt?«

»Natürlich hat er was gesagt. Was hast du gedacht – daß er nur herumstand? Er hat nach dir gefragt, und ich habe ihm erklärt, daß du eine Weile lang nicht kommst. Dann habe ich gefragt, ob ich dir etwas ausrichten könnte, und er hat gesagt: Nein, ich finde ihn schon. Mit ›ihn‹ hat er dich gemeint.«

»Das ist mir klar.«

»Was hätte ich tun sollen?«

»Wie hat er das mit dem *Shamrock* so schnell herausbekommen? Wer hat es ihm erzählt?«

»Diz, der Laden ist gerammelt voll. Sag mir, was ich tun soll, wenn er noch mal kommt, dann geh' ich wieder an die Arbeit.«

Was konnte Moses schon machen? Hardy wußte, was am Freitag abend in der Bar los war, und wenn alles normal lief, hatte Moses recht – dann war es wirklich gerammelt voll. Bis in den letzten Winkel.

Er konnte einfach nicht glauben, daß Glitsky Baker noch nicht verhaftet hatte. Und jetzt war der Kerl tatsächlich im *Shamrock* aufgetaucht.

»Diz?«

»Ich denke nach, Moses.«

»Denk schneller, okay?«

Hardy hörte, wie Moses den Gästen zurief, daß er gleich komme. Nur eine Sekunde. Bin sofort da. »Bedien die Gäste«, sagte er.

»Was ist mit...«

»Ich weiß es nicht«, erwiderte Hardy. »Später.«

Louis Baker hatte es auch im Gefängnishof getan. Er hatte nicht darüber nachgedacht, ob es ihm half oder überhaupt einen Sinn hatte. Aber er hatte es getan, tagein, tagaus, und die Gewohnheit ließ sich nicht ablegen. Wahrscheinlich hatte es ihn in Form gehalten.

Er nahm den Basketball und dribbelte auf dem öffentlichen Spielfeld auf dem Hügel hinter Holly Park hin und her. Bis auf die Bäume, die den Platz umgaben, glich er dem Feld im Gefängnishof. An den Körben waren keine Netze, und man rannte orientierungslos auf dem Asphalt herum, weil es keine Feldlinien gab.

Irgendwann am Nachmittag war Mama mit einem Haufen Kleider und einem Paar Schuhe für ihn zurückgekehrt. Vielleicht war sie zur Wohlfahrt gegangen. Wenn man die richtige Sammelstelle erwischte, konnte man besseres Zeug bekommen als im Kaufhaus.

Es dämmerte bereits, aber die Parklampen spendeten genug Licht, um weiterzumachen. Louis hoffte, daß irgendwer auftauchen und versuchen würde, ihn vom Feld zu vertreiben, um selbst zu spielen. Er war in der Stimmung, noch jemandem in den Hintern zu treten. Vor einer Stunde hatte er seinen Streit mit Dido ausgetragen, und sein Blut war noch heiß.

Um sich aufzuwärmen, dribbelte er das Feld hinunter, trommelte den Ball auf den Boden, legte ihn dann so sanft in den Korb, wie man auf einen Babyhintern klapste (das war sein Maßstab). Er schlug gegen das Korbgestell, als er es umrundete, erwischte den Ball nach dem ersten Aufprall und begann am Ende des Feldes von neuem.

Später blieb er vor der Freiwurflinie stehen und vergaß erst einmal den Korb. Er starrte auf das Brett hinter dem Korb und begann, Gesichter darauf zu projizieren – Mitgefangene, Ingraham, Hardy. Dann schleuderte er den Ball dagegen, schleuderte ihn wieder und wieder dagegen, mit einer Hand oder mit beiden Händen, so hart, daß er nach höchstens einer Bodenberührung und manchmal auch ohne zu ihm zurückflog. Er schleuderte den Ball gegen die Gesichter, vor Anstrengung aufstöhnend, stieß mit dem Ball allen Haß und Ärger von sich, damit er die Oberhand über seine Wut behielt, die Kontrolle über sich nicht verlor.

Dido war stark, wußte aber nicht, wie man kämpfte. Louis hatte ihm die Faust gegen die Kehle gerammt und ihn zu Boden geworfen. Dann hatte er über ihm gestanden, zugesehen, wie er nach Atem rang, und erklärt, er wolle das Haus bis zum nächsten Morgen wieder weiß haben. Weil er wußte, daß die Sache mit Dido noch nicht zu Ende war, war er hierher gekommen.

Doch das Gesicht, das er jetzt auf der Wand hinter dem Korb sah, war nicht Didos Gesicht, sondern das des anderen Staatsanwalts, Hardy, der ihm den Kuß zugeworfen hatte. Er schleuderte den Ball dagegen, ohne den krachenden Aufprall zu hören oder das Echo, das von den Rohbauten am Fuß des Hügels zurückgeworfen wurde – Hardys Gesicht, das ihn angrinste, ihn verspottete. Wieder und wieder warf er den Ball dagegen, bis ihm der Schweiß in Strömen vom Körper lief. Wieder war er im Gerichtssaal, bemühte sich wütend, zu Hardy zu gelangen, kämpfte gegen die Griffe der Bullen und später gegen die Gitterstäbe, bis seine Arme schwer wie Blei herunterhingen, unbrauchbar. Er stand im Kegel des künstlichen Lichts und war nicht mehr fähig, den Ball zu halten.

Hardys Gesicht war noch immer dort oben und grinste auf ihn herab.

8

Fred Treadwell hatte seinen gebrochenen Knöchel auf das Kaffeetischchen gebettet. Er hörte eine alte Platte von Lou Reed und fütterte Poppy, der neben ihm saß, mit kleinen Stückchen Pastete und Crackern, die er zu seinem Chardonnay verzehrte. Fast alles, was er aß, schmeckte auch Poppy, der ein sehr ordentlicher Esser war und kaum einmal einen Crackerkrümel verlor. Er wartete, bis Fred ihm den Leckerbissen vor die Schnauze hielt, dann zog er ihn langsam aus seinen Fingern. Ein Pudel war das perfekte Haustier – sauber, wohlerzogen und hübsch.

Freddy kraulte Poppys Kopf hinter den Ohren und wurde mit einem süßlichen, trockenen Schmatzer auf seinen gestutzten Schnurrbart belohnt. Sanft gab er den Kuß zurück.

Fred Treadwell dachte gerade daran, daß er wegen Mordes vor Gericht kommen würde, und der Gedanke erfüllte ihn mit Freude. Nicht vielen Leuten gelang es, ihren Ex-Geliebten und dessen Liebhaber um die Ecke zu bringen und ungeschoren davonzukommen, aber Fred wußte, daß er die Sache meistern würde. Er hatte sie bis jetzt auch gut gemeistert.

Wer immer gesagt hatte, Angriff sei die beste Verteidigung, hatte zweifellos recht. Anständige Kerle wie die braven Polizeibeamten Raines und Valenti hatten einfach keine Ahnung von Politik. Im Gegensatz zu ihm und seinem Anwalt. Sein Anwalt, Manny Gubicza, war der beste.

Brian hatte gesagt, er brauche Zeit, um über verschiedene Dinge nachzudenken. Davon, daß er einen anderen hatte, war nie die Rede gewesen, und so verlor Fred, als er die beiden im Bett erwischte, den Kopf. *Das* durfte Brian ihm nicht antun. Am Anfang war Brian ein Nichts gewesen, ein kleiner Schalterbeamter, Fred der Leiter der Abteilung. Er hatte Brian hochgebracht, und als er ihn schließlich zu seinem Assistenten gemacht hatte, brauchte Brian ihn nicht mehr.

Nein, wirklich, so lief das nicht.

Fred wußte, wo Brian seine 9mm *Beretta* aufbewahrte. Während die beiden fummelten und knutschten, ging er zu der Schublade und erschoß sie. Wumm, bumm.

Dann kamen Raines und Valenti mit ihren Fragen zu ihm, wieder und wieder, und schließlich mit einem Haftbefehl, und da geriet er in Panik. Kopflos sprang er aus dem Fenster, knallte auf den Boden und brach sich den Knöchel. Aber kaum war er fünf Minuten in Gubiczas Büro, da wendete sich das Blatt.

Noch vor zwei Wochen hatten sie wegen zweifachen Mordes gegen ihn ermittelt – zu Recht, er hatte es ja getan. Dann hatte der Fall plötzlich einen anderen Verlauf genommen, und seine Ankläger waren selbst zu Angeklagten geworden. Wie hübsch das war. Gubicza war ein Genie.

Die Türklingel schellte. Poppy kläffte wie immer, und Treadwell stellte das Glas auf dem Tisch ab, griff nach seinen Krücken und humpelte zum Eingang.

»Ja?« fragte er durch das Türblatt.

»Ich möchte bitte zu Mr. Treadwell.«

»Wer ist da?« Man konnte nicht vorsichtig genug sein, vor allem in diesen Tagen.

»Mein Name ist Hector Medina.« Eine Pause. »Ich vertrete Clarence Raines.«

Ich vertrete Clarence Raines... Genaugenommen stimmte das natürlich nicht, er hatte keine Vollmacht oder etwas in der Art. Aber Treadwell mochte, wenn er wollte, ruhig glauben, Medina sei Anwalt. Anwälte stellen keine Bedrohung dar. Als Anwalt würde er eingelassen werden. »Ich würde gern ein paar Worte mit Ihnen sprechen, wenn Sie so freundlich wären, die Tür zu öffnen.«

Er wartete.

»Einen Augenblick.«

Er hörte das Geräusch einer Schublade, die geöffnet und geschlossen wurde. Eine Sekunde später ging die Tür auf.

Treadwell war groß und schlank, aber nicht dürr. Er sah aus, als hätte er in seiner Jugend die meiste Zeit im Freien gearbeitet. Er war ungefähr in Hectors Alter, vielleicht auch ein paar Jahre älter oder jünger, und hatte volles schwarzes Haar und einen straffen, kräftigen Körper, der in Shorts und einem T-Shirt von *Gold's Gym* gut zur Geltung kam. Ein gottverdammter kleiner Pudel kläffte Hector ohne Unterlaß an.

»Poppy, sei still.«

Hector sah sich in der Wohnung um. Alles in Weiß. An den Wänden hingen Tierköpfe, die aussahen, als wären sie bei *Cost Plus* gekauft worden. Dazu ein paar einschlägige Gemälde mit Phallussymbolen. Irgendeine seltsame Musik – er wußte nicht, wie er sie beschreiben sollte – spielte im Hintergrund. Und überall Leder und Chrom, weiße Leisten, High-Tech-Geräte.

Der Hund hörte auf zu kläffen. Hector streckte die Hand aus, und Treadwell schlug mit festem, trockenem Griff ein.

»Kann ich Ihnen was anbieten? Wein vielleicht? *Stag's Leap Chardonnay*. Nicht schlecht. Jahrgang dreiundachtzig.«

»Gern.«

Der Bursche schien nervös zu sein, so, wie er vor sich hinbrabbelte, während er aus dem Schrank neben der Küchentür ein Glas holte. Unter dem Schrank war eine Kommode mit ein paar Schubladen. Treadwell öffnete eine, schob sie schnell wieder zu, öffnete die nächste, durchsuchte sie und zog einen Glasuntersetzer hervor.

Nervös wäre gut, dachte Hector. Und es wäre nur gerecht.

»Ich kann die Leute nicht verstehen, die sagen, man solle Weißwein nicht altern lassen oder der Jahrgang kalifornischer Weine sei unwichtig. Besonders bei Cabernets und Chardonnays ist das nichts als überholter Snobismus, wenn Sie mich fragen. Ein alter Chardonnay wie dieser schlägt die jüngeren um Längen...«

Eindeutig nervös, stellte Hector fest, nahm den Wein und setzte sich in einen der weißen Ledersessel, die um das Kaffeetischchen standen.

Das Weinglas war rauchgrau getönt und bauchig, der Stiel nicht dicker als ein Pfeifenreiniger. Weil Hector fürchtete, er könne ihm in den Fingern zerbrechen, schloß er die Hand um den Kelch, als er trank. Es schmeckte nach Wein, zugegeben.

Treadwell ging um den Tisch herum und setzte sich auf die Couch, so daß der Tisch zwischen ihnen stand. Der Pudel sprang ihm auf den Schoß, und er streichelte ihn, während er trank. »Bitte nehmen Sie auch von der Pastete.«

»Eigentlich...« – Medina beugte sich vor – »...bin ich hier, um über Clarence Raines zu reden.« Natürlich hatte Clarence ihn nicht wirklich geschickt. Clarence war ein anständiger Junge, der sich an die Spielregeln hielt, und weil er das tat, war er im Begriff zu verlieren – oder hatte vielleicht schon verloren. Clarence hatte eine Frau und zwei Kinder und würde sich einen Anwalt nehmen, gegen diese verdammten Anschuldigungen kämpfen und sie vielleicht sogar entkräften wie er, Hector, vor sieben Jahren.

Und dann würde der Sieger verlieren. Er würde die Anschuldigungen entkräften und trotzdem verlieren und Sicherheitsbeamter werden oder Schlimmeres und nicht länger zu den Menschen gehören, die sich um das, was sie taten, scherten, und sein Leben würde trist werden.

So jedenfalls war es Hector ergangen.

Bis Clarence gekommen war und ihn um Rat gefragt hatte. Das hatte zum ersten Mal seit Jahren wieder etwas in ihm bewegt, ihn an das erinnert, was Ingraham ihm angetan hatte. Ingraham.

Dann hatte dieser Kerl heute morgen herumgeschnüffelt, Hardy. Seltsam, wie eine Sache manchmal einfach nicht sterben wollte, bevor man sie nicht eigenhändig schlafen schickte. Auf Nummer Sicher ging.

Deshalb saß er hier. Um die Chancen zu verbessern, auf Nummer Sicher zu gehen. Plötzlich hatte sich das Grau gelichtet wie der Nebel am frühen Morgen. Clarence hatte ihn nicht angeheuert, und doch vertrat Hector ihn und seine Interessen. Das war so sicher wie die Hölle.

Treadwell nippte an dem bauchigen Glas. »Ich weiß nicht, ob ich mich über Mr. Raines überhaupt äußern sollte. Es wird eine Verhandlung geben, denke ich, und...«

»Sie sind ein verdammter Lügner.« Treadwell reagierte, als wäre er geschlagen worden. Hector verstärkte den Druck: »Sie wissen sehr wohl, daß kein Wort von dem, was Sie über diese beiden Männer gesagt haben, wahr ist.«

Treadwell erholte sich schnell. »Gehören diese Beleidigungen zu Ihrem juristischen Repertoire? Ich glaube kaum, daß sie damit vor der Jury viel ausrichten werden.«

»Ich rede mit Ihnen unter vier Augen.«

»Und schimpfen mich einen Lügner. Einen verdammten Lügner, um genau zu sein.«

Hector zögerte eine Sekunde, stellte sein Glas ab, versuchte sich wieder zu beruhigen. »Sehen Sie, Mr. Treadwell, Clarence Raines war fünfzehn Jahre lang ein guter Polizist. Er hat eine Frau, Kinder und eine Pension zu verlieren.«

»Daran hätte er denken sollen, bevor er mich angriff. Bittet er, die Anklage fallenzulassen?«

»Nein. Ich bitte darum. Ich will, daß Sie die Anzeige zurückziehen.«

Treadwell setzte sich wieder bequem zurecht. »Ich glaube, Sie scherzen.« Er beugte sich vor und strich sich einen Hauch Pastete auf einen Cracker. »Vielleicht verstehen Sie nicht recht. Diese Männer sind hinter Schwulen her, und deshalb haben sie mich des Mordes an zwei Menschen beschuldigt, von denen der eine mir viel bedeutet hat. Sehr viel.«

»Klassischer Fall, was?« fragte Hector. »Sie beschuldigen sie, um Ihren eigenen Hals zu retten.«

»Ich halte es nicht für unmöglich, daß sie Brian und seinen Freund getötet haben.«

Hector trank noch etwas Wein. Das hier funktionierte nicht. Er hatte nie wirklich geglaubt, daß das Gespräch etwas nützen würde, aber es war einen Versuch wert gewesen. Okay, den Versuch hatte er gemacht. »Sie wissen«, begann er, »daß Sie weit schwerer verletzt werden könnten, als Sie es jetzt sind.«

Treadwell hob überrascht, beinahe amüsiert den Kopf. Er sah über Hector hinweg nach den Schränken an der Wand. »Das klingt ziemlich stark nach einer Drohung.«

»Nur eine Feststellung«, erwiderte Hector.

»Ich sollte Sie warnen. Auf Anraten meines Rechtsanwalts habe ich einen Recorder hier, der sich automatisch einschaltet, wenn gesprochen wird.«

Treadwell lächelte. Hector fand, sein Lächeln erinnere stark an das von Raul Guerrero, als der geglaubt hatte, daß er einen weiteren Treffer gelandet hätte und entkommen könnte. Das Lächeln von Raul Guerrero, als Hector ihm ins Herz geschossen hatte.

Er senkte für einen Moment den Kopf, dann blickte er wieder auf. Jetzt lächelte auch er. Er nahm einen Schluck Wein, einen Cracker, bestrich ihn mit Pastete. Er hielt ihn dem Hund hin, der folgsam von Treadwells Schoß und zu

Hector sprang. Der Hund verschlang den Cracker, und Hector kraulte ihm die Ohren. Das Tier kam noch etwas näher und kläffte freundlich und bettelnd. Hectors Hand fuhr über die Ohren des Pudels, packte ihn im Nacken und mit der anderen Hand am Kopf und brach ihm über seinem Knie das Genick.

Treadwell schrie auf.

Hector erhob sich, ging zu den Schubladen unter dem Schrank und nahm die Kassette aus dem Recorder, während sich Treadwell mit seinem Gips aus der Couch hochkämpfte, bei dem Versuch, nach seinem toten Liebling zu greifen, stürzte und fast auf den Tisch fiel.

»Sie Bestie!« Mit tränenüberströmtem Gesicht sah Treadwell hoch.

Hector wandte sich zu ihm und gluckste. »Ich habe es auf die freundliche Art versucht.« Er ging zur Tür. »Ach, und vielen Dank für den Tip mit der Kassette«, sagte er.

»Dafür werden Sie mir büßen. Ich rufe die Polizei.«

»Gute Idee, tun Sie das. Ihre Freunde von der Polizei werden Ihnen sicher auch eine zweite absurde Beschuldigung abkaufen. Wird Ihrer Glaubwürdigkeit nur zugute kommen.«

Treadwell wollte ihm nachstürzen, doch mit dem Gips gelang ihm nur ein fast lächerlicher Versuch. Hector wich einen Schritt zurück und stand an der Tür. »Roulette ist nur ein Spiel«, sagte er. »Aber beim Russischen Roulette geht es um Leben und Tod. Denken Sie darüber nach.«

Dann trat er hinaus in den Flur. Durch die geschlossene Tür drang Treadwells Schluchzen.

Das Plätschern des Wassers.

Der Mond über der Bucht, dessen Lichtreflexe einen langen, goldgelben Streifen auf den Kanal warfen.

Die salzige Brise, die die Geräusche des Feierabendverkehrs von der Bay Bridge herübertrug.

Ein milder Freitagabend, auf einem Bett mit einer schönen Frau, alle Lichter ausgeschaltet.

»Es ist romantisch«, sagte Flo Glitsky.

Abes Hand schloß sich fester um die seiner Frau.

»Ich finde, es ist besser als all die Verabredungen, die unsere Freunde haben. Sie tun immer die gleichen langweiligen Dinge – ins Kino gehen, zum Essen. Sich mit Freunden treffen. Konzerte, Oper, Tanzen. Aber nicht mein Mann und ich. Nein... Aus *unserem* Leben ist die Romantik noch nicht gewichen. Wir gehen an Orte, wo Menschen ermordet wurden, und liegen auf der Lauer.«

»Wir bekommen noch früh genug was zu essen«, erwiderte Abe.

»Nein, ich meine es ernst. Wer braucht schon was zu essen?« Sie fuhr mit der Hand über sein Bein. »Hors d' oeuvres habe ich hier auch bekommen.«

»Flo...«

»Ich weiß«, sagte sie. »Schon gut.«

»Ich versuche lediglich, mir vorzustellen...« sagte er. »Es war ungefähr um diese Zeit, vielleicht ein wenig später.«

»Hast du nicht gesagt, gegen zehn?«

»Zwischen acht und Mitternacht, genauer läßt es sich nicht sagen. Nachdem es dunkel war, vermute ich. So wie jetzt.«

»Der Mond...« begann sie.

»Der hätte nicht gestört. Es war Nebel, erinnerst du dich?«

»Hat der Nebel die Schüsse gedämpft?«

»Jedenfalls hat niemand sie gehört. Aber die Leute, die auf dem nächsten Boot wohnen, waren erst gegen zehn, halb elf zu Hause.«

»Also war es vorher?«

»Wahrscheinlich«, erwiderte Abe.

Flo wandte sich zur Seite, legte ihren Kopf auf das Kissen am Kopfende des Bettes, schlang die Beine um die Taille ihres Mannes, schloß die Augen.

»Ich versuche nur, mir vorzustellen, was hier geschehen ist«, sagte er.

»Ich weiß.« Sie beugte sich ein wenig vor und streichelte seinen Rücken. »Laß dir Zeit. Das mit dem Essen war Spaß.«

Die Flut wurde stärker, und das Boot zerrte leicht an den Tauen am Steg. Abe holte tief Luft. »Du findest, ich nehme die Sache zu ernst, nicht wahr?«

»Eigentlich nicht.«

»Auch nicht manchmal?«

Flo rollte sich auf die Seite und stützte sich auf den Ellbogen. Ihr blondes Haar leuchtete im Mondlicht, das durch die offene Vordertür fiel. »Zeiten wie diese sind ein bißchen... unüberschaubar, finde ich.«

»Warum?«

Sie dachte nach. »Wegen des Ärgers, den es in letzter Zeit mit deiner Arbeit gegeben hat. Der Wechsel nach Los Angeles. Eine Seite von dir will von all dem fort, die andere bringt dich an deinem freien Abend mit deiner verführerischen alten Ehefrau an den Tatort.«

»Vielleicht die Gewohnheit.«

»Nein. Nicht die Gewohnheit. Ich kenne deine Gewohnheiten, und das hier gehört nicht dazu.« Sie hielt inne. »Gott sei Dank.«

Sie hatten es sich bequem gemacht. Er streichelte ihre Beine, die noch um seine Taille geschlungen waren, mit beiden Händen.

»Also... Was bringt es dir, hier zu sein?« fragte sie.

»Nichts, was mir vorher nicht auch schon klar war. Jedenfalls bis jetzt noch nicht.«

»Man hat die Waffe – die Mordwaffe – im Kanal gefunden?«

»Ja, man hat eine Waffe gefunden, aber ich hatte bereits so eine Ahnung, daß die Frau nicht vergiftet worden ist.«

»Vielleicht liegt es an Dismas.«

»Oh, zum Teil liegt es an Dismas, daran besteht kein Zweifel.«

»Die Frage ist nur, zu *welchem* Teil.«

Er nickte. »Das ist es.« Er befreite sich aus der Umklammerung ihrer Beine, ignorierte ihr ›He!‹, ging zur Schlafzimmertür und schaltete das Licht ein.

»Diz glaubt, daß Louis Baker hergekommen ist und Rusty Ingraham niedergeschossen hat. Diz ist nicht dumm und seine Angst berechtigt.«

»Stimmt.«

»Das Problem ist nur: Wo steckt Rustys Leiche?«

»Vielleicht draußen in der Bucht?«

Abe ging hinüber zur Hintertür und lehnte sich stumm dagegen. »Von dieser wilden Flut hinausgespült, ja?«

Sie war aufgestanden und neben ihn getreten. »Vielleicht.«

»Und die Kleine – entschuldige: die Frau? Maxine Weir? Warum ist sie getötet worden?«

»Weil sie hier war, Abe. Das ergibt einen Sinn. Louis Baker hat auch sie getötet.«

»Okay, aber was ist mit der Halsstütze? Der medizinische Bericht sagt, ihr Hals war in Ordnung.«

»Das weiß ich nicht.«

Glitsky setzte sich wieder aufs Bett. »Warum ist jeder so schnell bereit zu glauben, daß es Louis Baker war?«

Flo kam zu ihm. »Das ist doch offensichtlich, oder? Er hat Ingraham und Hardy bedroht. Er hat gesagt, er würde es tun, Abe.«

»Ja, es paßt wunderbar. Aber paßt es nicht einfach *zu* gut? Ich bin nicht sicher. Ausgerechnet der Tag, an dem er aus dem Gefängnis kommt...«

Flo zuckte die Schultern. »Verbrechen aus Leidenschaft. Er hat lange gewartet. Noch länger konnte er nicht warten.«

»Dann hätte er doch auch Diz gleich erledigt. Oder es zumindest versucht.«

»Das hat er vielleicht. Vielleicht hat er ihn nicht gefunden.«

»Wenn er Rusty gefunden hat...«

Sie schwieg.

»Ich glaube, mich stört noch immer, daß er vielleicht beschuldigt wird, weil er ein Schwarzer und ein Ex-Sträfling ist.«

»Schwarze Ex-Sträflinge können auch Verbrecher sein, Abe.«

»Genau wie weiße Ex-Sträflinge. Aber warum nicht ein Weißer ohne Vorstrafen? Ein Ehemann, der höllisch eifersüchtig ist, hierherkommt, seine Frau und ihren Liebhaber umbringt und mit Louis Baker nicht das gerinste zu tun hat?«

Wieder strich Flo ihm über den Rücken. »Du hast gesagt, du wirst das überprüfen, oder?«

Er nickte.

»Also überprüf es – wie du es immer tun würdest.«

»Und was ist, wenn Louis Baker in der Zwischenzeit Diz umbringt?«

Flo hörte auf, ihn zu streicheln. »Ah«, sagte sie. »Jetzt kommen wir der Sache näher.«

»Richtig. Du kennst mich, Flo. Ich mache mir diesen Schwarz-Weiß-Mist wahrscheinlich einfach zuwenig bewußt. Vielleicht hätte ich Baker längst verhaften sollen. Aber vielleicht zögere ich es hinaus, weil er schwarz ist, und ich...«

»Abe, du hast eine Menge Schwarzer verhaftet.«

»Ja, aber für gewöhnlich mit ein paar Beweisen.«

»Und diesmal hast du keinen Beweis? Dann liegt es daran, nicht an der Hautfarbe.«

Er schüttelte den Kopf. »Vielleicht bin ich deshalb hergekommen. Ich will den Hundesohn von der Straße weg haben. Es gibt genug Gründe, ihn hochzunehmen, du würdest es nicht für möglich halten, wie er sich benimmt... Aber es gibt keine schlüssigen Beweise.«

Flo schwieg einen Moment lang. Dann fragte sie: »Vielleicht hast du Zweifel, daß er wirklich so ein Scheißkerl ist?«

»Nein, das ist er. Aber ich habe Zweifel, daß er diesen Mord begangen hat. Ich weiß nur nicht, ob ich deshalb Hardys Leben riskieren will.«

Glitskys Frau erhob sich wieder, trat vor ihn hin, zog seinen Kopf an ihre Brust. »Glaubst du, es gibt außer dir noch jemanden, der sich so viele Sorgen darum macht, das Richtige zu tun?«

Glitsky brummte. »Ich sollte ihn einfach festnehmen, was?«

Sie hielt ihn dicht an sich gedrückt. »Andere würden das wohl tun.«

Er befreite sich und sah zu ihr auf. »Ich kann nicht, Flo.«

»Ich weiß.« Sie trat zurück und sagte nüchtern: »Vergessen wir das alles mal... Was siehst du hier?«

»Was ich hier sehen will«, verbesserte er sie, »ist... Gut, vielleicht wurde die Tür aufgebrochen, aber beim leisesten Laut hätte Ingraham versucht zu fliehen. Ich meine, überleg doch, er sitzt hier und ist überzeugt davon, daß Baker kommen wird, um ihn zu erschießen, und dann taucht Baker tatsächlich auf. Was würdest du tun?«

»Die Frau war nackt, er im Bett... Vielleicht haben sie nicht aufgepaßt.«

Abe schüttelte den Kopf. »Wenn er damit gerechnet hat, daß jemand kommen und versuchen würde, ihn zu töten? Niemand ist so leichtsinnig.«

Sie lächelte. »Du schon.«

Aber er spielte nicht mit. »Nicht in einer solchen Situation.«

»Wie wäre es damit...« sagte Flo. »Die Nacht davor hat er vor Angst kein Auge zugemacht. Jetzt legt er sich für ein Schläfchen hin, während die Frau unter der Dusche ist. Baker bricht die Tür auf, aber es gibt nur ein Rumpeln, kein lautes Geräusch. Ingraham dreht sich um, wacht aber nicht auf. Die Frau duscht weiter und denkt sich, der Kahn ist gegen einen Pfosten gedonnert oder so etwas.«

»Gut«, sagte Abe. »Weiter.«

»Baker kommt also herein und schießt auf Ingraham, der im Bett liegt. Zweifellos hat die Frau den Schuß gehört und kommt aus dem Bad gelaufen. Peng-peng-peng. Baker flieht und wirft auf dem Weg nach draußen in der

Dunkelheit die Lampe um. Aber Ingraham ist noch nicht tot. Er schleppt sich aus dem Bett, nach draußen, geht über Bord...«

Abe seufzte. »Und wird von der Flut weggespült?«

»Vielleicht.«

»Was ist mit der Halsstütze?«

»Das weiß ich nicht.«

»Was ist mit der Waffe im Kanal?«

Darauf hatte Flo keine Antwort. Abe steckte die Hände in die Hosentaschen und ging zurück zu der offenen Tür. Der Mond stand höher, er hing jetzt wie eine glänzende Silbermünze über der Brücke. Sein Goldglanz war verschwunden.

Immerhin unterschied sich Flos Theorie von den zehn Hypothesen, die er sich überlegt hatte, auch wenn sie nicht mehr und nicht weniger wahrscheinlich oder unwahrscheinlich war. Vielleicht kam er der Wahrheit nahe, vielleicht sie, aber vielleicht hatte sich alles auch vollkommen anders abgespielt. Plausible Theorien gab es genug. Ein guter Polizist mußte eine Theorie finden, für die eine hohe Wahrscheinlichkeit sprach, und sie untermauern oder – und das war besser – erst Beweise finden und dann Theorien.

Flo trat hinter ihn und umarmte ihn. »Wie wär's mit Abendessen?« fragte sie.

»Es war umsonst«, sagte er. »Ich habe nichts von dem gefunden, was ich zu finden hoffte.«

Flo drehte ihn zu sich, legte die Hände auf sein Gesicht und schloß ihm mit den Daumen die Augen. »Merk dir, was du jetzt siehst und fühlst, merk es dir genau, und wenn du es eines Tages wieder brauchst, wird es da sein. Falls du es brauchst.«

Er spürte ihren Körper an seinem und legte seine Arme um sie. »So wie du, wenn ich dich brauche.«

»Ja«, antwortete sie. »Genau so.«

9

Manchmal, wenn Johnny LaGuardia so in sie eindrang wie jetzt, dachte Doreen Biaggi daran, wie es zwischen ihnen angefangen hatte. Als sie geglaubt hatte, er sei ein unglaublich netter, reizender Mann.

Sie war aus dem *Molinari* gekommen, mit einer Kleinigkeit zum Mitnehmen statt eines richtigen Abendessens, weil sie nicht viel Geld hatte. Ein paar Jungs aus der Nachbarschaft des North-Beach-Viertels folgten ihr und verspotteten sie, wie sie sie immer verspottet hatten, und riefen: »Da ist die Nase!« Doreen hielt den Kopf gesenkt, ging schneller, weinte in sich hinein. Sie war immer nett zu den Leuten. Warum mußten sie auf ihr herumhacken?

»Was hast du denn da, Naseen, einen Nasensalat? Vielleicht eine Nasadella?«

Ha, ha, ha. Sie zupften an ihren Kleidern, machten anzügliche Geräusche, griffen nach dem Essenspäckchen.

Dann war dieser große, noch recht junge Mann aufgetaucht, hatte sie fortgejagt und Doreen nach Hause gebracht. Johnny.

Sie sah ihn über ihre Schulter an. Er hatte die Augen geschlossen, bewegte sich vor und zurück, ließ sich Zeit...

Verlegen wegen ihrer Tränen und der verschmierten Wangen, hatte sie ihm nur danken und dann allein in ihr Apartment hinaufgehen wollen. Aber er schien so besorgt um sie zu sein. Mit einer zärtlichen Bewegung des Daumens strich er ihre Tränen fort, und dann führte er sie ins *Little Joe's* aus – inzwischen ihr gemeinsames Restaurant –, um sie aufzuheitern. Sie begann, sich ihm zu offenbaren, erzählte, daß sie sich haßte, ihr Riechorgan, alles. Und er sagte, daß ihre Nase doch nicht so schlimm sei, was eine Lüge war, aber eine sehr nette, und fragte sie, warum sie sich nicht operieren lasse, wenn sie ihre Nase so sehr haßte.

Aber woher sollte eine Angestellte der *City-Lights*-Buchhandlung das Geld für eine Nasenoperation nehmen? Seit ihrem Abschluß an der High School vor drei Jahren hatte es nichts anderes für sie gegeben als Sparen und nochmals Sparen, und es war schwer genug, das Geld für die Miete, das Essen und angemessene Kleidung zusammenzubekommen. Soweit sie es absehen könne, hatte sie zu ihm gesagt, würde sie es nie schaffen, aus diesem Leben auszubrechen, und deshalb auch nie irgendwohin gelangen. Ein Teufelskreis...

Er beschleunigte seine Bewegungen, und sie ging ein bißchen mit, preßte sich gegen ihn, damit er schneller fertig würde. Sie griff nach hinten zwischen ihre Beine, fuhr mit den Fingernägeln über die Unterseite seiner Hoden, und er gab jenes Geräusch von sich, das ihr verriet, daß es jetzt nicht mehr lange dauern würde...

Aus seinem Mund hatte es so einfach geklungen. Sein Freund, Mr. Tortoni, sei bereit, ihr das Geld für die Operation zu leihen. Mit ihrem neuen Aussehen könne sie dann einen Job finden, der besser entlohnt wurde. Das Geld solle sie zurückzahlen, sobald sie dazu in der Lage sein werde. Bis dahin brauche sie sich nur um die Leihgebühr zu kümmern, und die sei für sie sicher sehr niedrig, vielleicht hundert Dollar pro Woche, ein Freundschaftspreis. Das hörte sich wirklich lächerlich gering an in diesem Moment, als Johnny Mr. Ehrlich LaGuardia ihr nicht nur den Kredit einredete, sondern auch von ihrer natürlichen Schönheit schwärmte, ihr die Chancen auf eine Karriere, auf eine glänzende Zukunft ausmalte.

Bald danach hörte es sich anders an. Die Nasenoperation war erfolgreich verlaufen, und sie sah jetzt aus wie die junge Sophia Loren, aber zu einem besser bezahlten Job verhalf ihr das nicht. Nach sechs Wochen, in denen sie sich nichts gekauft, nicht einmal ins Kino gegangen war, konnte sie die Leihgebühr nicht mehr aufbringen.

Johnny, der ihr Freund und Beschützer gewesen war, als man sie noch ›die Nase‹ genannt hatte, sagte, er könne für ein paar Wochen mit Hilfe der Gebühren anderer Kunden für sie aufkommen. Aber weil das riskant sei, brauche er irgendeine Bezahlung, ein Zeichen des guten Willens.

Aber sie besaß nichts.

Da legte er seine Hand dorthin, wo sie noch niemand zuvor berührt hatte, und sagte, das sei mehr als hundert pro Woche wert.

Erschrocken über diesen neuen Johnny riß sie sich los. Sie sah die Hand nicht, die so hart auf sie niedersauste, daß sie glaubte, er habe ihr das Gesicht zerbrochen. Dann lag er auf ihr.

Sie erinnerte sich daran, wie er ihr hinterher erklärt hatte, sie habe keine Wahl, denn irgend jemand *müsse* die Gebühr aufbringen. Er wolle nicht, daß man sie verletze, und könne sie beschützen. Er habe sie nicht geschlagen, weil er wütend auf sie sei, nein, er sei nicht wütend auf sie, aber sie müsse sich der Realität stellen. Er sei ihr Freund...

»Oh, oh, Jesus, Maria und Josef...« Jedes Mal, wenn er kam, wiederholte Johnny LaGuardia diese Litanei. Er fiel in sich zusammen und auf ihren Rücken, schlang die Arme um sie.

Sie fühlte sein Gewicht auf sich und begann zu weinen. Sie würde niemals in der Lage sein, die Gebühr zu bezahlen. Das hier würde nie ein Ende haben.

In Franks *Extra Espresso Bar* in Vallejo sang Umberto Tozzi aus der Musikbox *Ti amo* und hörte sich an wie ein italienischer John Lennon. *Ti amo* war Angelo Tortonis Lieblingslied, und jedesmal, wenn er hier war, spielte er es mindestens eine Stunde lang. Falls es jemanden störte, so sagte er es jedenfalls nicht.

Die Folge war, daß niemand sonst das Lied noch spielte. Alle Stammkunden, der Besitzer Sal Calcagno, die Kellnerinnen, sie alle hatten *Ti amo* bis zum Erbrechen satt.

Es war ein gutes Lied, und für lange Zeit war es auch Johnny LaGuardias Lieblingslied gewesen. Aber als er jetzt vom Bürgersteig hinter dem Zaun nach oben kam, vorbei an den Paaren, die Espresso oder Cappuccino, *Peroni*-Bier oder Fruchtsaft tranken, war er nicht allzu begeistert, es zu hören, denn das bedeutete, daß der Engel bereits wartete und er keinen der Jungs mehr fragen konnte, warum er schon wieder hierher bestellt worden war.

Nicht, daß er sich allzu viele Sorgen machte – Mr. Tortoni war sein Taufpate. Aber er war gleichzeitig sein Arbeitgeber und gewiß niemand, der diese beiden Rollen verwechselte. Über diesen Vorfall letzte Nacht – als Johnny Ingrahams Verschwinden erklären mußte und sechshundert Dollar zuwenig mitgebracht hatte – war Mr. Tortoni nicht glücklich gewesen. Was Johnny verstehen konnte. Er war selbst nicht glücklich darüber – er hatte noch nie zuwenig gebracht. Aber er hatte geglaubt, es plausibel erklärt zu haben.

Wie immer saß Mr. Tortoni im hinteren Teil des Raumes allein an seinem kleinen, weißen Tischchen an der Wand unter dem Poster des Schiefen Turms von Pisa. Zwei der anderen Jungs spielten Billard. Johnny nickte ihnen zu, dann begrüßte er Mr. Tortoni, der an seinem Espresso nippte und ihn mit einer Geste anwies, sich neben ihn zu setzen.

»Kann ich dir etwas bestellen, Johnny?« fragte er auf italienisch.

Es war immer wieder erstaunlich, wie leise der Engel sprach, wie klein und zerbrechlich er wirkte. Aber Mr. Tortoni hatte Johnny gelehrt, daß man nicht laut sprechen mußte, um gehört zu werden, daß Körperkraft nur ein kleiner Bereich der Macht war.

Johnny merkte, daß seine Kehle trocken war, und erklärte, er hätte gern einen Mandarinensaft. Mr. Tortoni flüsterte etwas hinüber zu Sal Calcagno hinter der Theke, und zwei Sekunden später stand das Getränk vor ihm.

»Sie wollten mich sprechen?«

Mr. Tortoni stellte seine Tasse ab und spielte einen Moment lang mit seiner kurzen Zigarre. Dann führte er sie zum Mund, und Johnny zündete sie an. »Du bist beschäftigt gewesen, nicht wahr?« fragte er.

»Ja«, erwiderte Johnny. »Ich habe versucht...«

»Dann ist es vielleicht... nein, nicht vielleicht. Ich bin sicher, es ist ein Versehen.«

Johnny wartete, während Mr. Tortoni schwieg und rauchte. Johnny trank einen Schluck Sirup. Hinter ihnen klickten Billardkugeln. *Ti amo* war verklungen, *Love Will Keep Us Together* begann. Mr. Tortoni machte eine Geste hinüber zu Sal Calcagno, der zur Musikbox ging und das Lied abbrach, noch ehe Toni Tenille ›Jetzt gehörst du zu mir‹ verkünden konnte. Bobby Darin mit *Volare* war zu hören. Mr. Tortoni nickte, lächelte Sal zu, dann verlor sich das Lächeln. Er sah Johnny an.

»Nun?«

»Worum auch immer es geht, ich bringe es in Ordnung«, erwiderte Johnny.

»Du weißt es nicht? Vielleicht hast du es vergessen. Diese Aufregung in der vergangenen Nacht, das Problem mit Ingraham.«

Johnny nickte ohne die Spur einer Ahnung.

»Ingraham zahlt fünfhundert Dollar. Ich bin heute darauf hingewiesen worden – Buchhalter, du weißt ja. Die bleiben den Dingen auf der Spur.«

Johnny begriff noch immer nicht. Er dachte nach. Fünfhundert?

Sanft legte Mr. Tortoni die Hand über Johnnys.

»Doreen Biaggi«, sagte er. Er wandte sich wieder seinem Kaffee zu. »Es ist nur eine Kleinigkeit, Johnny, aber auf der anderen Seite auch wieder nicht. Ingraham hat fünfhundert gezahlt, Doreen Biaggi hundert. Gestern nacht haben sechshundert gefehlt. Ich vermute, du bist vielleicht nervös, hast etwas durcheinandergebracht.«

Trotz des Saftes war Johnnys Kehle ausgetrocknet, als er schluckte. Wie hatte er so dumm sein können? Er hatte Doreens Gebühr aus der von Ingraham gezahlt und Rusty irgendeine dämliche Geschichte über Mr. Tortonis Gebührenraten erzählt, die erhöht worden waren, um die Kosten zu decken – zum Teufel, Johnny hatte gewußt, daß Rusty in der Lage sein würde, hundert mehr in der Woche aufzubringen. Und so hatte Johnny sich angewöhnt, bei Ingraham an sechshundert zu denken.

»Hast du bei Doreen kassiert, Johnny?«

»Sicher. Genau wie immer.«

»Dann hast du die hundert bekommen? Ihre hundert?«

Johnny griff in seine Gesäßtasche und betete zu allen Heiligen, daß er hundert dabeihatte.

»Stimmt etwas nicht, Johnny? Du bist immer noch nervös.«

Madonna mia! Ein Hundert-Dollar-Schein. Er zog ihn heraus und legte ihn auf den Tisch. »Ich möchte Sie nicht enttäuschen, Mr. Tortoni.«

Angelo Tortoni legte eine Hand über den Schein und die andere sanft auf Johnnys Wange. »Wie ich schon sagte, keine große Sache. Hundert Dollar. Aber es geht ums Prinzip – habe ich recht?«

»Absolut.«

»Vielleicht solltest du dir ein Buch anschaffen«, sagte Mr. Tortoni. »Aufschreiben, wer fünf- und wer sechshundert Dollar zahlt. Und wer hundert.« Er paffte an seiner Zigarre. »Diese Doreen Biaggi muß ein hübsches Mädchen sein, jetzt, wo ihre Nase gemacht worden ist.«

Er fixierte Johnny mit einem Blick, der deutlich machte, daß es hier keine Geheimnisse geben konnte. »Du weißt ja, Johnny«, sagte er ruhig und freundlich, »wir alle haben uns um unsere eigenen Sachen zu kümmern. Dein Teil der Arbeit, all diese Versuchungen, denen du ausgesetzt bist mit dem Bargeld, ohne Quittungen … ich weiß, wie das ist. Du denkst, Tortoni, der alte Mann …« Er lächelte, nickte ihm zu. »Ja, ich bin ein alter Mann, das ist schon in Ordnung … Du denkst also, der alte Tortoni braucht nur seine fünf Hunderter jede Woche, egal, woher sie kommen, und solange du sie beschaffst, hast du deinen Teil des Geschäfts erfüllt. Aber das, Johnny, läßt meinen Teil des Geschäfts außer acht. Du denkst vielleicht – ich behaupte nicht, daß du es tust, ich sage lediglich, ich kenne die Versuchungen, und es mag dir in den Sinn kommen –, du denkst vielleicht, du kannst aus jemandem mehr als die Gebühr herausleiern, die ich verlange, und dafür jemand anderem, einem Mädchen zum Beispiel, ein kleines Sümmchen erlassen.«

Johnny brachte kein Wort heraus. Mr. Tortoni legte die rechte Hand, die seine dünne Zigarre hielt, auf Johnnys Hand, glättete das feuchte Mundstück an Johnnys Handrücken.

»Ich weiß, du hast verstanden, was ich gesagt habe, Johnny.«

»Ich würde so etwas nie tun«, sagte Johnny mühsam.

»Ich gebe einem Mann wie dir eine Vertrauensstellung. Er vertritt meine Interessen vor der Gesellschaft. Wenn ein Mann dieses Vertrauen mißbraucht, habe ich keine Verwendung mehr für ihn. Beug dich näher zu mir, Johnny.«

Die Hand bedeckte noch immer die seine, packte fest zu.

»Wenn ich dich jetzt küsse, bist du ein toter Mann.«

Johnny schluckte, rang nach Atem. Mr. Tortonis Mund war nur Zentimeter von seiner Wange entfernt. »Falls so was läuft«, flüsterte er, »dann muß es aufhören.«

Die Klänge von *Ti amo* setzten wieder ein. Mr. Tortoni lehnte sich in seinem Stuhl zurück. Er nahm das geglättete Mundstück in den Mund und kaute darauf herum wie auf einem Schnuller. »Ich liebe dieses Lied«, sagte er.

Frannie war nicht sicher, ob es eine gute Idee gewesen war, Dismas hier schlafen zu lassen. Es weckte Erinnerungen.

Vorhin wäre er beinahe nach Hause gegangen. Er machte sich Sorgen, daß es für sie gefährlich sein könnte, wenn er bliebe. Er konnte nicht mehr klar denken. Es gab keine Verbindung, die Louis Baker von seiner Wohnung zu ihrer bringen würde, und das hatte sie ihm gesagt. Er sei hier sicherer und solle bleiben, und damit basta.

Jetzt, wo es auf Mitternacht zuging, lag sie in dem riesigen Bett, und Dismas saß draußen am Küchentisch und starrte vermutlich auf die Straße hinaus, wie er es immer wieder getan hatte, seit er hier war. Er hielt nach Louis Baker Ausschau.

Eigentlich sah ihm das nicht ähnlich. Einfach dasitzen und grübeln, mit dem verdammten Schießeisen vor sich auf dem Tisch, koffeinfreien Kaffee trinken, darauf warten, daß Abe Glitsky endlich anrief. Was heute nacht wohl nicht mehr passieren würde.

Dismas war etwa um halb sieben gekommen, nachdem er den ganzen Tag lang Waffengeschäfte abgeklappert hatte. Er war zufrieden, weil er wenigstens etwas beweisen konnte – Rusty Ingraham hatte tatsächlich eine Waffe bestellt, und zwar am Mittwoch nachmittag in einem Geschäft namens *Taylor's* in Tenderloin. Er hatte die Waffe zum Schutz gegen Baker gebraucht. Außerdem war Louis Baker erwiesenermaßen im *Shamrock* aufgetaucht und hatte nach Hardy gefragt. Also hatte Hardy seinen Freund Glitsky angerufen, in der Meinung, daß Abe mit diesen neuen Informationen endlich genug in der Hand hätte, um Baker zumindest vorerst von der Straße zu holen.

Frannie hatte es noch nicht verstanden. »Und wenn Ingraham eine Waffe bestellt hat? Was nützt dir das?«

»Na, Rusty scheint Abe nicht besonders zu interessieren. Solange seine Leiche nicht gefunden wird, ist er kein richtiges Opfer wie Maxine Weir.«

»Vielleicht ist er überhaupt kein Opfer.«

Hardy schüttelte den Kopf. »Du hättest ihn sehen sollen. Er war zu Tode erschrocken.«

»Aber das heißt noch lange nicht, daß er tot ist, oder?«

Hardy blickte auf die dunkle Straße hinaus und schien nach den richtigen Worten zu suchen. »Nein, nicht unbedingt. Aber Abe braucht einen Grund, um Baker festzusetzen. Bakers Drohung gegen mich reicht ihm nicht, fürchte ich, und zwischen Baker und Maxine Weir sieht er keine Verbindung.«

»Vielleicht war sie einfach nur da und im Weg.«

»Richtig. Trotzdem muß ich Abe einen handfesten Beweis dafür liefern, daß Rustys Angst vor Louis begründet war. Daß nicht, sagen wir, Rusty aus irgendwelchen unbekannten Motiven Maxine umgebracht hat.«

»Entschuldige, daß ich so dumm bin, aber wieso beweist die Waffe das?«

»Führt es nicht zu dem Schluß, daß Rusty keine Waffe besaß? Nicht einmal Zugang zu einer Waffe hatte?«

Sie überlegte einen Augenblick. »Sieht so aus, ja.«

»Natürlich. Wenn er eine Waffe hatte, hätte er keine kaufen müssen.«

»Aber warum sollte das Glitsky veranlassen, etwas wegen Baker zu unternehmen?«

»Abe ist mein Freund, und Louis Baker ist drauf und dran, mich umzubringen, es sei denn, Abe unternimmt etwas dagegen. Oder ich ... Ich muß Abe dazu bringen, die Angelegenheit aus dem Blickwinkel des Polizisten zu betrachten. Im Augenblick, glaube ich, sieht er die Baker-Sache als Konstrukt der – vielleicht verständlichen – Angst seines Freundes Diz, für das es keine festen Beweise gibt, und das bringt ihn in Konflikt mit seiner eigentlichen Aufgabe – den Mörder Maxine Weirs zu finden. Ich muß ihm klarmachen, daß das, was er meinen ›Verfolgungswahn‹ nennt, auf einem vernünftigen Verdacht beruht, der gleichzeitig die Wahrscheinlichkeit erhöht, daß auch Rusty Ingraham ein richtiges Opfer ist.« Aber von Abe war kein Anruf gekommen. Frannie und Dismas hatten das Geschirr abgewaschen und ferngesehen, und dann hatte Dismas noch ein paar Biere getrunken und die Geduld verloren und seine Wache am Küchenfenster begonnen.

Jetzt hörte sie, wie er sich dort draußen bewegte, dann das Rascheln von Zeitungspapier.

Sie rollte sich auf ihre Seite des Bettes.

Eddie war seit vier Monaten tot. Sie würde die Lücke nie wieder füllen, aber sie hatte sich an den Gedanken gewöhnt, allein zu wohnen, das Baby allein zu bekommen, irgendwie allein ein neues Leben anzufangen.

Dismas ließ sie wieder an Eddie denken. Er erinnerte sie an Eddie, so wie Eddie sie an Dismas erinnert hatte, als sie ihm zum erstenmal begegnet war. Sie versuchte sich einzureden, es sei nur einer der Hormonschübe, die ihr schon im ersten Schwangerschaftsdrittel solche Schwierigkeiten bereitet hatten, aber sie wußte, das war es nicht allein. Dismas hatte sich in ihr Leben gedrängt, und sie hatte es begrüßt. Und jetzt rief ihr jede Kleinigkeit – sein Geschirr zu spülen, ihm Kaffee einzuschenken – ins Gedächtnis zurück, daß auch dies ein Ende haben würde, und der Gedanke ließ sie schaudern. Dann würde sie wieder allein sein.

Nein, es war nicht nur das. Seit Eddies Tod war sie sich der Sterblichkeit schmerzlich bewußt. Sie hatte versucht, das Gefühl zu überwinden, daß alles sterben würde, und bei Dismas war es nicht nur Theorie, sondern tatsächlich eine Möglichkeit. Er glaubte, daß sein Leben in Gefahr war, und er litt nicht unter Verfolgungswahn. Sie glaubte es auch.

Wenn Dismas sterben würde, wie Eddie vor ihm gestorben war, würde mit ihm auch all das sterben, was die Zukunft für sie beide möglicherweise noch bereithielt...

Als das Telefon klingelte, drehte sie sich wieder um. Dismas nahm nach dem ersten Klingeln ab. Er sprach zu leise, als daß sie die Worte hätte verstehen können. Es mußte Abe Glitsky sein, dachte sie. Das Gespräch dauerte nicht lange.

Laut wurde der Hörer aufgeknallt, gefolgt von einem leisen Klingeln des Protests. Sie sah auf die Uhr, froh, daß sie morgen nicht aufstehen und arbeiten mußte. Wieder hörte sie das Rascheln von Zeitungspapier.

Sie zog den Flanellbademantel über, ging barfuß zur Küche, lehnte sich gegen den Türpfosten. Ihr Herz verkrampfte sich bei seinem Anblick. Er saß, den Kopf in den Händen, am Tisch, über die aufgeschlagene Zeitung gebeugt. Sie ging durch die Küche, legte ihm die Hände auf die Schultern und streichelte ihn.

»Es war Abe«, sagte er.

»Das habe ich mir gedacht.«

»Nein. Nicht nur jetzt am Telefon. Abe war der Mann im *Shamrock*, nicht Baker. Er sagt, er habe schon vermutet, daß alle Schwarzen für uns gleich aussehen.«

»Das ist nicht fair. Er hätte Moses einfach sagen sollen, wer er ist.«

»Warum sollte er? Er hat nach mir gesucht. Er wußte, daß es eigentlich meine Schicht war. Er hat Moses gefragt, Moses hat ihm gesagt, daß ich nicht da bin, und er ist wieder gegangen. Alles ganz normal, es war schließlich kein offizieller Besuch.« Er atmete schwer. »Jetzt ist er wirklich davon überzeugt, daß Louis Baker mir im Traum begegnet. Was auch stimmt. Er wollte von der verdammten Waffe nichts hören.«

Sie massierte die Muskeln zu beiden Seiten seiner Wirbelsäule, und er lehnte sich zurück, dem Druck entgegen. »Wozu brauchst du die Zeitung?« fragte sie.

»Gezeitenpläne.«

»Gehst du angeln?«

»In gewissem Sinne.« Dann sagte er: »Das ist angenehm.«

Er verschränkte die Arme auf dem Tisch und legte den Kopf darauf, und sie fuhr fort, ihm den Rücken und den Nacken zu massieren, die harten Verkrampfungen unter den Schulterblättern und die weicheren Muskeln weiter unten zu lockern. Sein Atem wurde ruhiger, regelmäßig. Sie beugte sich über ihn und legte ihren Mund an sein Ohr. »Warum schläfst du jetzt nicht ein bißchen?«

Langsam richtete er sich im Stuhl auf, nahm die Waffe, vergewisserte sich, daß sie gesichert war, und stand auf. »Gute Idee«, sagte er und wandte sich ihr zu. »Meinst du, du hast eine Umarmung übrig?«

Sie legte ihre Arme um ihn, und sie standen und hielten sich fest. »Paß auf dich auf, Dismas«, murmelte sie. »Ich bin nicht bereit, zwei Männer, die ich liebe, im selben Jahr zu verlieren.«

Die Nacht war warm und hell vom Licht des Mondes. Die Studenten waren lange genug wieder in der Stadt, um zu wissen, wo es guten Stoff und gute Partys gab. Das Geld floß in Strömen, denn am Semesteranfang hatten all die Mummys und Daddys sie mit gepackten Koffern und Geld für Bücher, fürs Kino, fürs Essen zurückgeschickt. Geld.

Das Bündel in Didos Tasche war dick. Seine Kehle schmerzte noch an der Stelle, wo Louis Baker ihn getroffen hatte. Aber darum würde er sich später kümmern. Jetzt ging er seinen Geschäften nach. Meist verkaufte er Zwanziger-Beutel – vier Portionen. Er hätte auch Hunderter verkaufen können, aber die meisten jungen Leute schienen heute auf den kurzen, schnellen Spaß aus zu sein. Einmal probieren und dann feiern. Später im Jahr würde er weniger Käufer finden, aber die, die dann kauften, würden Hunderter nehmen, und so glich es sich aus. Probier Crack für eine Party, und bald kannst du keine Party mehr ohne Crack durchstehen.

Lace oder Jumpup würden da sein, wenn die Wagen hielten und jemand nach Stoff fragte. Sie verstanden sich zwar darauf, eine Gefahr zu erkennen, aber trotzdem durfte man ihnen die Ware nicht mitgeben. Man konnte nie wissen, vielleicht waren ein paar Undercover-Fahnder schlau genug, nicht im stadteigenen Pontiac aufzukreuzen.

Nein. Man behielt die Kontrolle am besten, wenn man den Stoff und das Geld bei sich trug und von einem Ende des Bereichs zum anderen wanderte. Es wäre nicht klug, eine Warteschlange entstehen zu lassen, dachte Dido und mußte grinsen. Vielleicht sollte er einen Straßenstand eröffnen.

Es war spät, die Nacht schon fast vorüber. Er stand im Schatten unter Louis Bakers Wohnung und sah seinem Kunden – einem College-Schüler – zu, der zurück zu seinem Wagen ging und einstieg. Er hörte die Mädchen auf dem Rücksitz kichern. Das Auto fuhr los, kleine Steine und Asphaltsplitter stoben auf. Lace trat neben ihn.

»Vielleicht machen wir Schluß für heute«, sagte Dido. Seine Stimme klang immer noch ein bißchen krächzend. Er sah auf Bakers Mauer, die wieder weiß übermalt worden war. Wegen dieses Mannes mußte etwas unternommen werden. Es wäre eine gute Nacht gewesen, eine perfekte Nacht, hätte es diesen Kampf nicht gegeben.

Er nahm das Bündel Banknoten aus der Tasche, zog zwei Scheine für Lace heraus und nickte in Richtung der Mauer. »Der Mann meint, er kann mich schlagen, aber wer regiert im Bereich?«

Lace gab keine Antwort.

»Was?« fragte Dido. »Ich habe dich nicht verstanden.«

»Was soll ich denn sagen?«

»Ich habe dich gefragt, wer im Bereich regiert.« Er wartete Laces Antwort nicht ab. »Wenn du denkst, ich hab's nicht drauf, laß es mich wissen.«

»Du hast es drauf«, entgegnete Lace.

»Du meinst, dieser Bursche macht mir Sorgen?«

Dido hob eine herumliegende schwere Holzlatte auf und ging hinüber zu Bakers neuem Seitenfenster, einem schwarzen, glänzenden Rechteck in der weißen Wand. »Siehst du, wieviel Angst er mir macht?« Das Geräusch berstenden Glases hallte durch den Bereich, und noch ehe das Echo verklungen war, war Dido auf dem Weg zum anderen Ende, um Jumpup zu treffen.

Lace ging neben ihm. Er sah über die Schulter nach Louis Bakers Haus. Er erwartete, daß die Tür sich öffnen und Louis Baker herausstürmen würde.

Ein paar Autos fuhren auf der Straße vorüber, aber die Fahrer wirkten nicht wie Kunden. Niemand hatte angehalten, als sie bei Jumpup ankamen, der wartend auf der Bordsteinkante kauerte.

»Genug für heute«, sagte Dido und gab Jumpup ein paar Geldscheine. Alle drei gingen den Weg zurück, machten eine letzte Runde durch den Bereich, um zu prüfen, ob alles sicher war.

Als sie am ersten Haus vorbeikamen, rief jemand Didos

Namen. Sie blieben stehen und starrten in die Dunkelheit. »Ihr geht weiter«, sagte Dido zu den beiden Jungen. Er machte einen oder zwei Schritte auf den Schatten zu, da er annahm, es wäre jemand aus einem benachbarten Bereich, der sie hatte heimgehen sehen und den letzten Stoff kaufen wollte.

Der erste Schuß traf Dido in den Bauch. Lace sah, wie er einen Schritt zurücktaumelte. Dido knurrte und sagte: »Hey!« Der zweite Schuß warf ihn rückwärts zu Boden. Diesmal sagte er nichts mehr.

»Mama. Mama, steh auf.«

Im Vorderzimmer brannte Licht, eine Sechzig-Watt-Birne unter einem gelben Schirm auf dem zerkratzten Tisch bei der Couch, aber jetzt, wo die Rolläden heruntergezogen waren, würde das draußen keine Aufmerksamkeit erregen. Mama war angezogen, aber sie regte sich nicht. Eine Flasche Sherry lag umgekippt auf dem Boden neben der Couch. Die Glassplitter waren auf Mama niedergeprasselt.

Louis Bakers Hand schmerzte, und er sah, daß er sich an einem der Splitter verletzt hatte, als er Mama geschüttelt hatte. Wenn sie sich nicht einmal bewegt hatte, als direkt über ihr die Fensterscheibe zerborsten war, war es nicht sehr wahrscheinlich, daß er sie jetzt wachbekommen würde.

Aber er mußte weg, und sie hatte ein Auto und die Schlüssel dazu. Das Klirren der Scheibe und die Schüsse danach mußten die ganze Siedlung geweckt haben. Baker hörte, wie draußen die Leute schon zusammenströmten, einige von ihnen riefen etwas und versuchten, Dido zu helfen. Aber Dido würde niemand mehr helfen können.

Mama stöhnte und wälzte sich auf der Couch. Er versuchte noch ein letztes Mal, sie wachzurütteln, aber sie schlief fest. »Mama!« Glassplitter fielen von der Rückenlehne der Couch auf sie. Louis Baker kauerte sich auf die Fersen. Da entspannte sich sein Gesicht – auf den Tisch hatte er nicht geachtet. Dort lagen die Schlüssel, so, wie sie hingeworfen worden waren.

Draußen warf er einen letzten Blick auf die Menschenmenge, die sich um Didos Leiche gebildet hatte. In einiger Entfernung hörte er eine Sirene. Er ging die Straße entlang und blickte starr geradeaus. Er fand Mamas kleinen, alten Dodge Colt und quetschte sich auf den Sitz hinter das Steuerrad.

Gleichzeitig mit dem Motor ging das Radio an. Er hörte James Brown, der *Papa's Got a Brand New Bag* sang. Er steuerte am Park vorbei, wo er sich vorhin abreagiert hatte, und ließ all dies für immer hinter sich zurück.

10

»Okay, du hast mir deine Telefonnummer gegeben, wie wäre es jetzt noch mit deiner Adresse?«

»Wie spät ist es?« fragte Hardy ins Telefon.

»Muß ziemlich genau halb sieben sein.«

Frannie kam und blieb in der Küchentür stehen. Sie rieb sich die Augen wie ein kleines Kind. »Wer ist das?« fragte sie.

»Glitsky«, sagte Hardy zu ihr und sprach wieder in den Hörer: »Ja, ja, ich weiß, daß du es bist. Was hast du gesagt?«

»Ich brauche deine Adresse«, sagte Glitsky. »Ich habe mir gedacht, ich komme vorbei, nehme dich mit, und wir machen eine Fahrt nach Holly Park. Dort ist gestern abend jemand erschossen worden, der kurz vorher eine Schlägerei mit Louis Baker hatte. Hast du Interesse?«

Hardy gab ihm die Adresse.

Hardy hatte sich ein bißchen geschämt, als Glitsky ihn gebeten hatte, die Waffe in Frannies Wohnung zu lassen, weil mit ihm, Marcel Lanier und all den anderen Polizisten genug Leute am Tatort Schußwaffen hätten, um Louis Baker aufzuhalten, wenn der hinter einem Baum hervorspringen oder unter einem Stein hervorkriechen würde, um Hardy niederzuschießen.

Sie parkten hinter einem Krankenwagen. Auf der Straße standen einige Männer in Uniform und ein paar Leute in Zivil, die mit dem Abtransport der Leiche beschäftigt waren. Glitsky und Hardy gingen hinüber. Glitsky nickte den Männern zu, die die Bahre schoben, und hob das Leichentuch.

Ein Mann in Jeans und einer *Giants*-Jacke tauchte neben ihnen auf. »Hallo, Abe.«

Glitsky begrüßte ihn und stellte Hardy Marcel Lanier vor. »Sind die Leute vom Labor aufgehalten worden?« Er sah auf die Uhr. »Sechs Stunden, und die Leiche ist immer noch hier?«

Lanier zuckte die Schultern. »In diesem Teil der Stadt reagiert man mit Blitzgeschwindigkeit.«

»Warum hast du den Anruf bekommen? Du hast doch frei.«

»Ein Schuldgefühl hat mich gepackt – dieses dauernde Golfspielen letzte Woche. Ich hänge mit meinem Zeug so meilenweit hinterher, daß ich dachte, ich bleibe noch und mache ein bißchen Papierkram. Diese Sache kam herein, und da fiel mir ein, daß du gestern hier draußen warst. He, hast du von diesem Hahn gehört, diesem verdammten, riesigen Hahn mit ...«

»Nicht jetzt, Marcel. Was ist passiert?«

»Eine lange, harte Nacht«, erwiderte Lanier. »Mit diesen Leuten hier zu reden ist wie Zähne ziehen.«

Glitsky machte eine Kopfbewegung in Richtung der Bahre. »Sieht aus, als wäre die Nacht für diesen Burschen noch härter gewesen.«

Marcel betrachtete Hardy. »Haben wir heute Besuchstag?«

Glitsky erklärte den Zusammenhang.

»Sehen Sie, deshalb rief ich ihn an«, sagte Lanier zu

Hardy. »Ich wußte, daß er hier draußen war, und dachte mir, daß es da einen Zusammenhang geben muß.«

»Ich hatte nicht angenommen, daß du mit Baker gesprochen hättest«, sagte Hardy zu Glitsky.

»Ich stecke voller Überraschungen. Ich bin einer Spur nachgegangen, das ist alles.«

»Du hättest ihn festnehmen sollen. Baker, meine ich«, sagte Lanier. Glitsky zog an seiner Unterlippe, dort, wo die Narbe verlief. »Das hätte ich getan, wäre da nicht ein technisches Problem gewesen: wegen was?«

»Da kommt einem das Wort *Mord* in den Sinn«, entgegnete Hardy.

Glitsky sah ihn an, dann wandte er sich an Lanier. »Woher weißt du, daß Baker diesen Burschen ermordet hat? Wie heißt er überhaupt?«

Lanier zog einen kleinen weißen Spiralblock zu Rate. »Jackson Jefferson Grant, Straßenname Dido. Ich frage mich, warum seine Mutter Lincoln ausgelassen hat.« Er legte die Stirn in Falten. »Wahrscheinlich sein Bruder«, sagte er dann. »Lincoln Washington Roosevelt Grant.«

Glitsky seufzte nachsichtig. »Können wir jetzt zu der Frage zurückkehren, warum du der Ansicht bist, Baker habe Grant umgebracht?«

Lanier steckte die Hände in die Taschen und beschwerte sich bei Hardy darüber, daß Glitsky in letzter Zeit nicht gerade viel Spaß verstehe. Dann kam er zur Sache. »Baker ist vor zwei Tagen in die Siedlung zurückgekommen und sofort in einen Streit über die Farbe seines Hauses da drüben verwickelt worden.« Er wies auf das Gebäude. »Der Streit dauerte den nächsten Tag über an, und gestern abend haben Baker und Dido hier im Bereich ihren Kampf ausgetragen, vor den Augen von ungefähr fünfzig Bewohnern, von denen drei eine Aussage gemacht haben. In der Nacht, etwa fünf Minuten, bevor er erschossen wurde, zerschlug Dido Bakers Fensterscheibe. Meiner Ansicht nach wachte Baker auf, sagte sich, das reicht, kam heraus, erschoß ihn und ergriff die Flucht.«

»Hat ihn jemand gesehen?«
»Wann?«
»Als er geschossen hat. Hat jemand gesehen, wie Baker diesen Mann erschossen hat?«
Lanier blickte in den Himmel. »Die Schüsse kamen von jenseits des Bereichs aus der Dunkelheit. Die Leute haben ihn kurz danach gesehen. Mir genügt das.«
»Genau, das genügt«, sagte Glitsky sarkastisch.
»Er ist ein Verbrecher, Abe. Er ist seit drei Tagen aus dem Gefängnis heraus und hat bereits zwei Leute umgebracht.«
»Drei«, verbesserte Hardy. »Diesen Burschen, Maxine und Rusty.«
Glitsky fühlte, wie er langsam die Geduld verlor. »Wir wissen nicht, was mit Rusty ist. Wir wissen nicht einmal, ob er tot ist. Außerdem wissen wir nicht, wer Maxine getötet hat. Und wir wissen nicht sicher, wer Grant getötet hat, und wir wissen auch nicht, ob er versucht, dich zu töten, Diz...«
»Er hat Dido getötet«, sagte Lanier. »Darauf kannst du Gift nehmen.«
Hardy schüttelte den Kopf. »Es ist komisch, Abe, daß ich all dieses Zeug weiß und du nicht.«
»Abe hat in letzter Zeit schlechte Laune«, sagte Lanier. »Das beeinträchtigt sein Urteilsvermögen.«
Sie gingen über die Straße auf Bakers Haus zu. »Ist die Waffe gefunden worden?« fragte Glitsky.
»Nein. Wo liegt das Problem?«
»Kein Problem. Es ist eben so üblich, nach etwas zu suchen, das den Täter mit dem Verbrechen verbindet.«
Lanier und Hardy tauschten einen Blick, und Lanier sagte: »Paß auf, Abe, wenn du die Sache anders anpacken willst, übergebe ich dir den Fall. Aber ohne Überstunden und ohne Unterstützung bekommen sie das, wofür sie bezahlen. Dieser Baker ist ein Mistkerl. Nachdem er Dido umgebracht hat, hat er seiner Mama das Auto gestohlen, und das dürfte genügen, ihn wieder hinter Gitter zu bringen. Habe ich recht oder nicht?«

Glitsky blieb stehen und betrachtete die baufälligen Gebäude, die vernagelten Fenster und die kahle, mit Flaschen übersäte Rasenfläche. Er durfte das, was auf Rusty Ingrahams Lastkahn passiert sein mochte, nicht mit dem Mist durcheinanderbringen, der offensichtlich hier zwischen Louis Baker und dem verblichenen Dido Grant passiert war. »Du hast recht«, sagte er. »Verdammt, das habe ich.«

Da sie schon hier waren, dachte Glitsky, konnte er ebensogut versuchen, in Erfahrung zu bringen, wann Louis Baker am Mittwoch abend nach Hause gekommen war. Alle Lücken füllen. Vielleicht hatten sie recht – vielleicht hatte er aufgehört, wie ein Polizist zu denken.

Fremdes Gelände. Louis Baker war nervös.

Viel Schlaf hatte er nicht bekommen. Er hatte gewußt, wo er hinfahren würde, als er in das Auto gestiegen war. Hinauf auf den Fillmore, wo ein Schwarzer nicht auffallen würde, wenn er keinen bekannten Namen hatte.

Hinter der Baptist-Tabernacle-Kirche hatte er angehalten. Er ließ den Motor wegen der Heizung laufen, bis die Sonne sich zeigte. Es wäre nicht gut gewesen, das Auto draußen an der Straße zu parken. Die Leute achteten zwar gewöhnlich nicht auf Nummernschilder, aber bei seinem Pech lud er sie besser nicht dazu ein. Auf dem großen Parkplatz im Wagen zu sitzen war gefährlich genug. Sobald es hell wurde, mußte er weiter.

Er hatte Hunger, doch zuerst mußte er sich um eine Waffe kümmern, damit er sich schützen konnte – ein Messer, eine Schußwaffe, irgendwas. Eine Schußwaffe wäre am besten. Er würde nicht zulassen, daß sie ihn noch einmal verfolgten und einbuchteten, ohne daß er sich wehren konnte. Er hatte zu lange darauf gewartet, rauszukommen, um jetzt noch einmal ins Gefängnis zu gehen. Er würde jemanden mit sich nehmen oder sich vorher selbst erledigen. Denn wieder im Gefängnis zu sitzen, wäre kein Leben mehr. Nicht einmal ein Überleben. Es wäre einfach nur verlorene Zeit.

Die Gewißheit, daß sie wieder hinter ihm her waren, beruhigte ihn beinahe. Jetzt war es wieder so, wie er es gewohnt war. Das Gespräch gestern mit diesem Kerl – dem Farbigen, der in die Siedlung, in seine Wohnung gekommen war – war das Aufwärmtraining gewesen.

Er hatte im Knast gehört, wie es ablief. Am ersten oder zweiten Tag kamen sie und brachten einen aus dem Gleichgewicht. Dann, sobald sie sich etwas ausgedacht hatten, steckten sie einen zurück ins Loch.

Gut, jetzt, nach Didos Tod, mußten sie sich nichts mehr ausdenken. Alles, was sie brauchten, hatte er ihnen auf dem Silbertablett serviert. Jetzt war es egal. Was er mit dem Direktor besprochen hatte, über den geraden, anständigen Weg, den er vielleicht gehen könnte, war schon an der Bushaltestelle schiefgelaufen. Ingraham...

Die Sonne stand jetzt hoch genug. Besser, er stieg aus und bewegte sich.

Ingrahams Bild stand ihm vor Augen, das höhnische Lächeln, mit dem er zu sagen schien: Ich habe etwas, das du nie bekommen wirst... Leise schloß er die Autotür und ging am Zaun entlang zu der steinernen Kirche. Jetzt lächelte er selbst. Wer war tot? Er jedenfalls nicht. Lach *darüber*, Staatsanwalt!

Aber Hardy war noch nicht tot. Und er, Louis Baker, befand sich wieder auf der Flucht, diesmal für den Mord an Dido, Ingraham oder was immer sie sich noch ausdenken würden. Darüber bestand kein Zweifel. Er war wirklich gut bedient.

Hardys Bild tauchte vor ihm auf und schob das Bild Ingrahams zur Seite. Hardy lebte noch, lief herum, genoß seine Freiheit. War das richtig? Sah so die Gerechtigkeit aus?

Er wußte, es war die einzige Gerechtigkeit, die er je zu sehen bekommen würde. Mit den Händen in den Hosentaschen verließ er den Parkplatz und trat hinaus auf die Fillmore Street.

Er kannte ein Waffengeschäft in der Gegend. Eine

Schußwaffe wäre das richtige. Natürlich konnte er keine kaufen, aber irgendwo einzubrechen war für Louis Baker noch nie ein Problem gewesen.

Sie saßen im Auto und fuhren zu Frannies Wohnung zurück. Glitsky hatte Hardy für den nächsten Nachmittag zum Grillen zu sich nach Hause eingeladen. Ihr erstes Treffen unter Freunden seit den alten Tagen.

In Holly Park hatte Glitsky ihm erklärt, daß die verkaterte Mama nicht begriffen habe, was er sie bezüglich Louis' gefragt hatte. Immerhin hatte sie genug gesagt, um Baker wegen Mittwoch nacht weiter verdächtig erscheinen zu lassen. Er sei erst nach Einbruch der Dunkelheit in der Siedlung angekommen, an die Uhrzeit erinnere sie sich nicht mehr. Nach Einbruch der Dunkelheit bedeutete: nach acht Uhr. Um zwei Uhr mittags war er aus San Quentin entlassen worden, und von dort brauchte man mit dem Bus keine Stunde bis San Francisco. Baker hatte ihr erzählt, er sei ›geschäftlich‹ in der Innenstadt gewesen.

»Was für ein Geschäft könnte er in der Innenstadt erledigt haben, Ma'am?« fragte Abe. »Wo er doch neun Jahre eingesperrt war?«

Sie wußte es nicht.

Hardy saß bei ihnen, während Lanier und Glitsky Mama verhörten. Er war sicher, daß er die Antwort nur allzugut kannte, und das sagte er Abe, als sie zu Frannies Wohnung fuhren.

»Ja, von mir aus«, sagte Glitsky. Er blinzelte in die Morgensonne und bog von der 280 nach Osten in die 101 ein. »Es ist ja nicht so, daß ich mir nicht vorstellen kann, daß Baker die Morde begangen hat. Aber es ist mein Job, Beweise dafür zu finden. Das ist das Problem.«

»Und mein Job ist es, am Leben zu bleiben. Wir wissen beide, daß der Kerl ein Mörder ist. Du wirst mir zustimmen, daß er mindestens einen dieser Morde begangen hat.«

»Vielleicht.«

»Komm schon, Abe. Siehst du das wirklich anders?«

Glitskys Hände umklammerten das Steuerrad fester. »Diz, was ich sehe, ist einer jener Verdächtigen, die von vornherein verdächtig sein *müssen*. Mach dir das klar, der Kerl ist ein schwarzer Ex-Sträfling, und wir alle wissen, daß die Quote der Rückfälle ungefähr hundertzwei Prozent beträgt. Er hat keine Familie und...«

»Erspar mir das.«

Glitsky hob die Hand. »Ich habe nicht gesagt, daß er mir leid tut. Er ist ein Haufen Scheiße, einverstanden. Keine Arbeit, keine Chance, Arbeit zu bekommen, also wird er wieder straffällig, und wenn auch nur, weil es der einzige Weg ist, den er kennt, um durchzukommen. Aber wenn man ihn jetzt wegen jedes Mordes verdächtigt, bei dem er gerade in der Nähe war, gerate ich in Versuchung zu glauben, daß er nicht der Täter ist, sondern einfach nur eine Menge Pech hat...«

»Schön, aber falls ich zufällig eines Tages eine Leiche bin, tu mir trotzdem den Gefallen und überprüf ihn.«

Sie verließen den Freeway in Fell/Laguna Richtung Westen. »Du weißt, Diz, wenn ich in Maxines Ehemann nicht einen so perfekten Verdächtigen hätte, würde ich sicher mehr an Baker denken. Aber ich weiß doch nicht einmal, ob Baker auf dem Kahn war.«

»War ihr Mann dort? Weir?«

»Nein... ich weiß es noch nicht.«

»Klingt sehr überzeugend. Als nächstes wirst du Hector Medina befragen.«

»Wer ist Hector Medina?«

Hardy berichtete von Medinas Verbindung mit Ingraham und ihrem Gespräch. Glitsky dachte darüber nach. Er fuhr die Divisadero Street hinunter und steuerte Frannies Wohnung an. Er schüttelte den Kopf. »Damit sind wir wieder am Ausgangspunkt. Mit Medina habe ich das gleiche Problem wie mit Baker.«

Hardy wußte, was kommen würde.

»Rusty Ingrahams Leiche. Wo ist sie? Es ist erst zwei, drei Tage her. Er kann einfach geflohen sein. Er ist noch nicht einmal als vermißt gemeldet. Weir könnte Maxine getötet und auf Ingraham geschossen haben. Vielleicht hielt er ihn für tot, und jetzt liegt er irgendwo...«

»Warum hat er mich dann nicht angerufen? Wir hatten diese Verabredung, denk daran. Damit fing die ganze Sache an.«

»Hast du deinen Anrufbeantworter abgehört?«

»Ja, mit der Fernabfrage, fünf- oder sechsmal. Das letzte Mal, kurz bevor du mich heute morgen abgeholt hast.«

»Okay, er hätte dich angerufen, das gebe ich zu.«

»Vielen Dank.«

»Aber warum finden wir dann keine Leiche? Wir haben den Kanal abgesucht.«

»Sie muß rausgetrieben worden sein. Hast du das überprüft?«

»Ich weiß nicht einmal, wie ich das machen soll. Unsere Mittel sind – vor allem in letzter Zeit – ziemlich begrenzt. Du hast ja gesehen, wie schnell sie Dido heute morgen abtransportiert haben. Aber so oder so – die Strömung im China Basin scheint mir nicht stark genug zu sein. Ich bin gestern nacht dort gewesen und habe sie mir mal genauer angesehen.«

»Was ist, wenn ich dir zeige, daß sie stark genug ist?«

»Dann stehen die Chancen, daß Rusty tot ist, höher, und ich kann offiziell an die Sache herangehen. Für Lanier deutet ja sowieso schon alles auf Baker.«

Vor Frannies Wohnung hielten sie an. »Bleibt eine Sache, die mir Sorgen macht«, sagte Hardy.

»Was?«

»Der alte Louis ist noch immer auf freiem Fuß und läuft in der Gegend herum. Er hat, wenn es nach mir geht, in den letzten Tagen alle Leute, die er töten wollte, erwischt. Mit einer Ausnahme.« Hardy warf die Autotür zu und steckte den Kopf durch das offene Fenster. »Das bin ich.«

11

Hardy lag auf einer Decke, den Kopf in Frannies Schoß, und sah hinauf in den klaren blauen Himmel. Eine Freundin von ihr, Cindy Irgendwer, hatte gerade ein altes Lied von Jackson Browne gesungen, in dem es hieß, daß man seinen Kummer einfach zusammenpacken und an die Bordsteinkante stellen solle, die Müllabfuhr nehme ihn mit...

»Schön wär's«, sagte Hardy.

»Ach, hör auf.« Frannie stieß ihm sachte gegen den Kopf. »So einen schönen Tag haben wir nicht oft, aber du willst ihn einfach nicht genießen, was? Das war großartig, Cindy, trotz des alten, griesgrämigen Typen hier.«

»He, das Lied hat mir gefallen.« Hardy setzte sich auf. Der Halfter unter dem Arm störte ihn, aber er hatte keine Lust, in einer öffentlichen Anlage wie dem Golden-Gate-Park herumzulaufen und ohne Waffe auf Baker...

Also trug er trotz des warmen Tages über seinem Hemd eine alte blau-weiße Yosemite-Windjacke, die Eddie gehört hatte.

»Was Besseres kann man nicht machen«, sagte Cindy, »als seine Sorgen einfach zu vergessen. Was kommt, kommt sowieso.«

Tröstlich und originell.

»So schlimm kann es nicht sein«, entgegnete Frannie. »Seht euch um.«

Sie waren im Shakespeare-Garten des Parks, saßen vor den Resten des Mittagessens auf einer Decke, das Cindy für Frannie herübergebracht hatte. Frannie hatte Freundinnen, die ununterbrochen nette Dinge für sie taten. So war sie. Hardy und Cindy hatten ein paar Schlucke Chianti aus der Korbflasche getrunken, Frannie trank wegen ihrer Schwangerschaft keinen Alkohol. Ein leichter Wind regte sich hoch über ihnen in den Baumkronen.

Cindy zupfte ein paar Töne auf der Gitarre. Sie war hübsch, dachte Hardy. Nett anzusehen. Aber sie war nicht wie Frannie, nicht einmal entfernt. Die meisten Leute in Frannies Alter kamen ihm unendlich viel jünger vor als er selbst, was sie natürlich auch waren, aber in Frannies Fall hatte er nie daran gedacht. Cindy mit ihrer aufgeworfenen kleinen Nase und ihrem Gitarrenspiel schien eher eine Altersgenossin der Teenager zu sein, die auf dem Rasen Frisbee spielten, als eine fünfundzwanzigjährige Frau.

Hardy legte den Kopf wieder in Frannies Schoß. »Du hast recht«, sagte er. »Seht euch um.«

Cindy spielte ein anderes Lied, und Hardy schloß schläfrig die Augen. Er spürte, wie Frannie ihm die Hand auf die Brust legte, dort, wo das Yosemite-Logo aufgedruckt war. Vielleicht dachte sie an Eddie. Er vertrieb den Gedanken. Jetzt war er hier, und Cindy hatte recht: Auf Originalität kam es nicht an. *Que sera sera*, dachte Hardy, aber für ihn hatte es eine andere Bedeutung. Mit Sicherheit hielten Cindy und vielleicht auch Frannie Jackson Browne für einen Oldie. Wie wäre es mit *Patience and Prudence*, die *Que sera sera* in der Hitparade sangen? Hardy war höchstens vier gewesen, aber er konnte sich daran erinnern...

Als er die Augen aufschlug, war Cindy fort. Das Frisbee-Spiel war zu Ende, der Wind hatte sich gelegt.

»Na?« sagte Frannie.

»Hab' ich geschlafen?«

»Ungefähr eine Stunde.«

»Wo ist Cindy?«

»Nach Hause gegangen. Sie läßt dich grüßen.« Sie schob die Hände unter seinen Kopf und hob ihn an. »Kannst du aufstehen? Ich bin ein bißchen steif.«

»Du hättest mich wecken sollen.«

Frannie stand auf und dehnte ihren Rücken. »Ich nehme nicht an, daß du in den letzten Nächten viel Schlaf bekommen hast. Es konnte nicht schaden, ein wenig nachzuholen.«

»Ich kann's kaum glauben. Passiert mir sonst nie.«

Frannie zuckte die Achseln und begann, die Reste auf der Decke einzusammeln. »Jetzt ist es dir passiert.«

»Ich hoffe, Cindy war nicht beleidigt.«

»Sie findet dich sympathisch.«

»Warum? Was habe ich gemacht? Ich bin eingeschlafen, habe dummes Zeug über ihre Lieder geredet.«

Frannie richtete sich auf und sah ihn an. »Dismas. Du bist einfach du, ohne Verstellung. Du tust, was du tust, und versuchst nicht, Eindruck zu schinden. Du bist du. Und ich finde, du bist großartig. Das solltest du wissen.«

»Okay.«

»Und jetzt bist du verlegen.«

Hardy lehnte sich gegen den Baum. Unter dem schimmernden roten Haar leuchteten Frannies Augen hellgrün. Auch wenn niemand, der sie ansah, darauf kommen würde, daß sie schwanger war, hatte sie doch zugenommen. Hardy konnte das zerbrechliche Mädchen kaum wiedererkennen, das er aufgefangen hatte, als es an Eddies Grab zusammengebrochen war.

»Du bist fantastisch«, sagte er. »Ich bin sehr stolz auf dich.«

Sie wußte, wovon er sprach. Tränen stiegen ihr in die Augen, aber sie hielt sie zurück, schniefte und rang sich ein Lächeln ab. Sie kam zu ihm, legte die Arme um ihn und drückte ihn fest an sich. »Geh und pack deine Sorgen zusammen«, sagte sie. »Morgen kommt die Müllabfuhr.«

Er spürte, wie etwas in ihm geschah. Er sah zwischen den Bäumen hindurch und versuchte zu erkennen, was es war.

»Eine Leiche?«

»Nun, etwas, das einer Leiche sehr ähnlich ist.«

»Etwas Totes.«

»Ja.«

Pico Morales schüttelte den Kopf. Pico war Kurator des Steinhart-Aquariums im Golden-Gate-Park. Hardy hatte Frannie im Japanischen Teegarten abgesetzt und war hinübergegangen, um seinen Freund zu treffen, der außer sonntags jeden Tag hier arbeitete. Sie standen im Dämmerlicht der Abteilung für Tropenfische, hinter den Bekken, in denen leuchtend rote, blaue, grüne und gelbe Fische schwammen, zur Glaswand kamen, von Stein zu Stein schossen. Auf der anderen Seite schob sich ein nicht endender Menschenstrom vorbei, und man sah den Besuchern an, wie beeindruckt sie waren.

»Ich habe keine Ahnung«, sagte Pico.

»Ach komm, Peek, Meerwasser ist dein Leben.«

»Aber Leichen nicht.«

Sie gingen ein paar Becken weiter. »Ich brauche etwas, das wie eine menschliche Leiche im Meerwasser reagiert. Das fortgeschwemmt werden würde wie die Leiche eines Menschen.«

»Eine Gummimatte oder so was?«

»Ich weiß nicht. Die würde an der Oberfläche treiben und Wind abbekommen, oder? Das würde die Wirkung verändern.«

Pico notierte etwas auf dem Klemmbrett, das an einem der Becken befestigt war.

»Was ist los?« fragte Hardy. Sie starrten in das Becken.

»Der Engelfisch... Siehst du den kleinen Fleck unter seinem Auge? Er muß beobachtet werden, das ist alles. Wir hatten diese Geschwüre häufig in der letzten Zeit, vermutlich ein Pilz. Ich weiß nicht, was es ist. Wir sind dabei, das Tropenwasser zu analysieren.«

»Ihr habt verschiedene Sorten Wasser?«

Pico richtete sich auf. »Du hast es ja schon gesagt – Meerwasser ist mein Leben... Kann alles mögliche sein. Probleme in der zweiten Generation, wenn wir einen gottverdammten Zyanid-Stoß abbekommen haben. Wer weiß.«

»Zyanid?«

Pico ging zu den nächsten Becken. »Die Fischer in den Tropen, Diz«, sagte er. »Viele von ihnen benutzen Zyanid in den Korallenriffen.«

»Aber bringt Zyanid die Fische nicht um?«

»Das tut es. Und das bricht mir das Herz. In hundert Jahren werden vielleicht keine Riffe mehr übrig sein. Kein Witz. Das Zyanid tötet auch die Korallen. Aber« – er hob einen Finger – »ein paar von den härteren kleinen Teufeln kommen durch, und die bringen eben ein kleines Vermögen ein. Aus diesem Grund wird so was immer noch gemacht.«

»Von diesen Kerlen kaufst du deine Fische.«

Pico sah ihn an. »Du meinst, wir unterstützen diesen Mist? Wir wählen unsere Lieferanten nach strengsten Maßstäben aus, aber manchmal sind eben ein paar dieser Fische dabei. Dann haben wir Engelfische mit rosa Flekken. Es ist mir ein Rätsel.«

Sie traten in den Raum hinter Picos Büro, der Hardy am vertrautesten war. Ein riesiges, rundes Becken aus Beton erhob sich vier Fuß über den Boden, zu drei Vierteln mit Seewasser gefüllt. In diesem Becken hatten Hardy, Pico und eine kleine Gruppe von Helfern einmal viele Stunden damit verbracht, mit ausgewachsenen weißen Haien herumzulaufen. Ein weißer Hai kann nicht atmen, wenn er sich im Wasser nicht bewegt, und diese Giganten waren fast immer halbtot bei ihnen angekommen. Das Trauma, gefangen und auf ein Boot verschleppt worden zu sein, brachte sie um – einer nach dem anderen waren sie gestorben. Aber es blieb Picos Traum, der erste zu sein, der einen großen weißen Hai im Aquarium am Leben hielt.

Die beiden Männer zogen sich hoch und setzten sich auf den Betonrand des Beckens. Pico nahm eine Zigarette aus der Hemdtasche und zündete sie an. »Aber zurück zu den Leichen«, sagte er. »Weißt du, was eine menschliche Leiche ist? Ein großer Sack voll Meerwasser.«

»Ich glaube, deine poetische Seite liebe ich an dir am meisten«, sagte Hardy.

»Es stimmt aber. Unter chemischen Aspekten betrachtet, ist es zu siebenundneunzig Prozent dasselbe.«

»Okay.«

»Demnach ist ein Körper, der im Meerwasser schwimmt, wie ein Teil des Wassers. Im Süßwasser hängt es von der Luft in den Lungen ab, ob der Körper nach oben steigt oder sinkt, davon, wie lange er im Wasser gelegen hat, und so weiter. Aber die spezifische Dichte von Salzwasser ist so hoch, daß er immer schwimmen wird. Du könntest Farbe auf die Wasseroberfläche spritzen und zusehen, wohin sie treibt. Das Ergebnis wäre das gleiche.«

Hardy trat mit dem Fuß gegen den Beton. »Glaub' ich nicht. Genau wie bei einer Gummimatte könnten der Wind oder ein vorbeifahrendes Boot einen Richtungswechsel verursachen. Es muß also etwas sein, das schwimmt, aber nicht an der Oberfläche.«

Pico sagte »Aha« und sprang auf den Boden.

»Was ist?« Hardy folgte ihm ins Büro.

Pico griff hinter die Tür und zog einen Neoprenanzug hervor. Sie hingen immer dort – die Helfer benutzten sie, wenn sie mit den Haien ins Becken gingen.

»Einem Körper am ähnlichsten ist ein Körper. Also zieh das an, leg dich ins Wasser und warte ab, wohin es dich treibt.«

Warum wurden die Dinge nur so kompliziert? Glitsky dachte nach. Er war auf der 101 auf Höhe des Candlestick-Parks, unterwegs nach Süden, um – außerhalb der Stadt und seines Zuständigkeitsbereichs – einen ehemaligen Polizisten zu befragen, der höchstens am Rand mit einem der aktuellen Fälle in Verbindung stand. Flo hatte recht – er machte sich zu viele Gedanken, mußte jeden Stein umdrehen, um so sicher wie möglich zu sein, daß er nicht den falschen Mann erwischte ...

Einer seiner ersten Fälle ... Haroun Palavi, damals seit etwa sieben Monaten als Teppichimporteur aus dem Iran in der Stadt, hatte seine Frau und die Schwiegereltern, die bei ihnen wohnten, ermordet. Wochenlang hatten die Nachbarn sie streiten und schreien gehört. Glitsky befragte Haroun, und der hatte kein Alibi – er hatte allein im Lager gearbeitet. Andere Verdächtige gab es nicht. Die Mordwaffe war übersät mit Harouns Fingerabdrücken, was er damit zu erklären versuchte, daß er aus Angst die Waffe genommen habe, als er heimgekommen sei und sie neben den Leichen seiner Schwiegereltern gefunden habe. Er habe gedacht, der Mörder müsse noch in der Nähe sein.

Also nahm Glitsky Haroun fest. Er stellte weitere Nachforschungen an und fand eine Nachbarin, auch sie Iranerin, die oft mit Harouns Frau gesprochen hatte. Sie erzählte ihm, Harouns Frau habe sich nicht wohl gefühlt in diesem Land und oft den Wunsch geäußert, nach Hause zurückzukehren, denn hier ruiniere Haroun ihr Leben und das ihrer Eltern. Also nahm Glitsky an, daß sie Haroun womöglich so lange zugesetzt hatte, bis der die Nerven verloren hatte. Er verstand diese Iraner sowieso nicht, aber er wußte – oder glaubte zu wissen –, daß sie nach der Auge-um-Auge-Mentalität lebten und daß ihnen ein Menschenleben wahrscheinlich nicht besonders viel wert war. Zudem hatte Haroun sich noch nicht einmal die Mühe gemacht, gut Englisch zu lernen.

Also war Haroun vor Gericht gestellt, für schuldig befunden und wegen mehrfachen Totschlags im Affekt zu fünfzehn Jahren Haft verurteilt worden. Dazu kamen zwei Jahre wegen unerlaubten Waffenbesitzes. Drei Tage von dieser Strafe hatte er abgesessen, als sie ihn mit zerschlagenem Schädel und gebrochenem Genick auf dem Boden seiner Zelle fanden. Eine wirkungsvolle Art, sich umzubringen, dachte Glitsky: Man sprang von der oberen Pritsche mit dem Kopf voran auf den Zementboden. Nur fehlte den meisten Leuten entweder der Mut oder die Phantasie dafür.

Das wäre das Ende des Falles gewesen, wäre nicht zwei Monate später die iranische Nachbarin ebenfalls tot aufgefunden worden. Es stellte sich heraus, daß Revi Mahnis, Harouns Geschäftspartner, das ›Nein‹ einer Frau nicht akzeptieren konnte. Im Verhör gestand er, Harouns Frau habe ihm gedroht, ihrem Mann zu erzählen, daß er ihr nachstellte. Ihm sei also nichts anderes übriggeblieben, als sie zu töten, um diese Demütigung und den Verlust seines Geschäftes zu vermeiden. Und weil ihre Eltern dabei gewesen seien, habe er auch die töten müssen.

Das war der dunkle Fleck in Glitskys Karriere. Er hatte begriffen, daß Vorurteile und zu hastige Schlußfolgerungen einen Unschuldigen ums Leben gebracht hatten. Er war entschlossen, so etwas nie wieder geschehen zu lassen...

Er nahm die Abzweigung San Bruno und fuhr langsam die Hauptstraße des Vietels entlang, um nach den Straßennamen zu sehen. Industriegebäude und Doppelhaushälften, die sich zwischen den Freeway und El Camino Real drängten.

Er wollte sich nicht zu überstürzten Schlüssen treiben lassen bezüglich des Mordes an Maxine Weir, aber es ärgerte ihn doch ein wenig, daß er hier herausgekommen war, nur weil das Labor noch keine Ergebnisse geliefert und Hardy gesagt hatte, Hector Medina habe eine Verbindung zu Rusty Ingraham. Es war überflüssig. Er hatte ein echtes Mordopfer und, wenn man den Statistiken Glauben schenken konnte, den denkbar besten Verdächtigen – einen verlassenen Ehemann. Wenn er ein Buch über Mordfälle schreiben würde, würde er mit einem Kapitel über Familien beginnen. Die weiteren Kapitel würden ziemlich kurz ausfallen.

Aber das Labor hatte noch immer keine Ergebnisse von den auf Rusty Ingrahams Schlepper gesammelten Indizien geliefert, und so hatte er noch immer keine Beweise gegen Ray Weir. Er war sicher, daß sie diese Beweise finden würden, und dann würde er hinfahren und Ray festnehmen. Er hätte vielleicht kein Geständnis, aber gute und aussagekräftige Beweise.

Was Rusty Ingraham betraf, hätte Abe zu gern geglaubt, daß er sich vor dem eifersüchtigen Ehemann Ray

Weir versteckte. Aber er mußte zugeben, daß Hardys Argument, er hätte sich bei ihm gemeldet, nicht einer gewissen Logik entbehrte. Andererseits galt Rusty, solange man nicht seine Leiche oder einen überzeugenden Grund, weshalb sie verschwunden war, gefunden hatte, offiziell nicht als tot und schon gar nicht als ermordet. Und wenn er nicht ermordet worden war, gehörte er nicht in Glitskys Aufgabenbereich. Das Leben war wirklich kompliziert.

Er hatte Medinas Nummer aus dem Telefonbuch herausgesucht, ihn angerufen und um ein Treffen gebeten.

»Also hat der Dürre doch geredet, ja?«

Glitsky wußte nicht, wovon der Mann sprach. »Ich wollte Sie wegen Rusty Ingraham sprechen.«

Gelächter. »Das auch noch. Alle Hühnchen landen auf dem Grill. In Ordnung, kommen Sie her. Ich habe nichts zu verbergen.«

Auf den Grasflächen vor den Häusern, die ganze Straße entlang, waren Autos abgestellt, und die Auffahrten waren ölverschmiert und übersät mit Flaschendeckeln, Bierdosen und zerbrochenem Glas. Es war ein stiller, heißer Nachmittag, erfüllt von dem Benzingeruch. Die vier Bäume in der Straße hatten ihre Blätter verloren. Ein liegengebliebener gelber Schulbus mit zerbrochenen Scheiben stand auf Felgen an der Ecke. Das trübe Weißblau des Himmels schien tief über der Straße zu hängen.

Medina trug ein schmutziges weißes Trikot über weiten Khakihosen und wusch auf dem Vorplatz zusammen mit einem Mädchen im Teenageralter ein Auto. Vor einem Jahrzehnt mochten die einstöckige Bruchbude einmal grün, die Fensterrahmen gelb gewesen sein, zaghaft bunt, jetzt war die Farbe abgestumpft.

Als Glitsky ausstieg, trocknete Medina die Hände an einem ledernen Lappen ab. Das Mädchen blickte nicht einmal auf, fuhr einfach fort, mit einem seifigen Schwamm über die Windschutzscheibe zu wischen. Medina ging über die Auffahrt zu Glitsky.

»Es wäre mir lieber, wenn wir nicht vor Melanie über

die Sache reden würden«, sagte er. Er reichte Glitsky nicht die Hand.

Glitsky lehnte sich gegen den Kotflügel seines Autos. »Sie verblüffen mich«, sagte er.

Medina, vierschrötig und plattfüßig, bewegte das Fensterleder von einer Hand in die andere. »Mit mir brauchen Sie keine Spiele zu spielen. Ich war mal Polizist.«

»Ja, ich erinnere mich an Sie. Ich weiß, daß man Sie sehr ungerecht behandelt hat. Was glauben Sie, welche Spiele ich spielen könnte?«

»Der gute Junge und der böse Junge?«

Glitsky sah sich um. »Von beiden kann ich hier keine Spur entdecken.«

Das Mädchen rief: »Daddy, ich brauch' mehr Seife!«

Medina wandte sich zu ihr um. »Im Eimer, mein Schatz. Sieh einfach im Eimer nach.« Zu Glitsky sagte er: »Meine Tochter. Sie ist nicht immer hier.«

Glitsky sah, wie sie zum Eimer ging, ihren Schwamm ausdrückte und dann zurück zum Auto lief. Er holte tief Luft. »Ich bin hier, weil Sie mit einem Freund von mir gesprochen haben, Dismas Hardy. Sie haben ihm erzählt, Sie hätten in den letzten Wochen Kontakt mit Rusty Ingraham gehabt. Ingraham wird vermißt, und so fragte ich mich, ob Sie vielleicht eine Idee haben, wo er sich aufhalten könnte.«

»Hardy hat mir gesagt, Ingraham sei tot.«

»Hardy zieht übereilte Schlüsse. Dort, wo er wohnt, ist irgend etwas passiert – wir fanden Blutspuren, die seiner Blutgruppe entsprechen. Aber keine Leiche. Er kann also ebensogut noch am Leben sein.«

»Verdammt«, sagte Medina.

»Verdammt?«

»Verdammt, daß er nicht tot ist.«

»Nun, vielleicht ist er ja tot. Wir wissen es noch nicht. Aber wie auch immer, als Sie mit ihm gesprochen haben...«

»Ich habe nicht mit ihm gesprochen. Das habe ich schon Ihrem Freund gesagt.«

»Er hat mir erzählt, Sie hätten ihn angerufen.«

Abe wartete ab.

Medina drehte sich um und rief den Namen seiner Tochter: »Melanie.« Sie unterbrach folgsam die Säuberung der Windschutzscheibe. »Würdest du uns ein paar Bier holen?«

Er machte eine Kopfbewegung, ging zu den Zementstufen vor der Tür und setzte sich dort im Schatten nieder. Glitsky folgte ihm, froh, der Hitze zu entkommen. Kurz darauf kam Melanie aus dem Haus, Medina klopfte auf den Platz neben sich, und sie setzte sich. Er öffnete eine Dose *Lucky Lager* und gab sie Glitsky, dann öffnete er eine für sich selbst und ließ Melanie kurz nippen.

»Ich habe nicht mit ihm gesprochen, ob Sie mir glauben oder nicht.«

Glitsky trank.

»Ich habe ihn angerufen, aber einfach wieder aufgelegt. Wozu auch? Was hätte ich sagen sollen? Es hätte keinen Sinn gehabt nach all den Jahren.«

»Okay.« Glitsky hatte keine Ahnung, wie er weitermachen sollte.

»Ich meine, Ingraham wäre das falsche Ziel gewesen. Wenn ich etwas tun will, wenn ich mich nicht mehr so verdammt...« Er unterbrach sich und suchte nach dem passenden Wort. »... nicht mehr so verdammt ohnmächtig fühlen will, gibt es bessere Fische zu fangen.«

Als Abe keine Antwort gab, fügte er hinzu: »Treadwell.«

»Wer ist Treadwell?«

»Treadwell. Der Dürre, der versucht, Valenti und Raines kaputtzumachen.«

»Treadwell«, wiederholte Glitsky. »Gibt es da eine Verbindung, die mir entgangen ist?«

Medina wischte sich mit dem Fensterleder den Schweiß von der Stirn. »Was Ingraham mir angetan hat, geschieht jetzt wieder. Ich mache meine Arbeit, kümmere mich um Melanie, so gut ich kann. Seit Joan mich nach den ... nach den Schwierigkeiten verlassen hat, hängt alles an mir.« Die Aluminiumdose in seiner Hand gab ein knirschendes Geräusch von sich. »Da hatte ich einen Moment lang den Gedanken, ich könnte die Sache mit Ingraham bereinigen. Das ist alles. Daher der Anruf.«

»Aber was ist mit Treadwell?«

Medinas Augen verengten sich zu Schlitzen. Er führte die Bierdose zum Mund, hielt inne. »Nichts«, sagte er. »Mit Treadwell war auch nichts.«

»Hector«, sagte Abe, »Sie haben mit Treadwell angefangen, nicht ich.«

Medina drückte die Dose erneut zusammen und betrachtete sie. »Ich habe mir gedacht, es könnte Raines und Valenti etwas nützen, wenn ich mit Treadwell spreche. Die Ingraham-Sache ist Schnee von gestern, daran läßt sich nichts mehr ändern.«

»Also haben Sie mit Treadwell gesprochen?«

»Ja.«

»Über Raines und Valenti?«

Er nickte. »Ich habe versucht, ihm die Sache auszureden. Das mit den Beschuldigungen von wegen Brutalität der Polizei und Schwulenhaß.«

»Und?«

»Und nichts«, erwiderte Medina. »Nichts. Er hörte zu, während ich ihm erklärte, wie es ist, wenn man wegen eines solchen Schwachsinns angeklagt wird, und daß man sich nie wieder davon erholt. Dann hat er gesagt, ich solle abhauen, und das war's.«

Glitsky sah Melanie nach, die wieder zum Auto ging, beobachtete eine Weile einen Jungen, der auf einem Skateboard vorbeifuhr, und versuchte herauszufinden, was hier nicht stimmte. »Warum hatten Sie dann Angst, Treadwell könnte geplaudert haben? Als ich Sie anrief, sagten Sie: Also hat der Dürre geredet. Erinnern Sie sich? Was hatte das zu bedeuten?«

»Ich weiß nicht. Vermutlich hatte ich einfach Angst, daß er mich wegen irgendwas angezeigt haben könnte – Hausfriedensbruch, was weiß ich. Irgendwas. Es ist sein Stil. Und mit einem wie mir kann man das machen. Die Leute haben sich angewöhnt, jeden Mist über mich zu glauben.«

Glitsky ließ einen Moment verstreichen und trank sein Bier aus. »Aber mit Ingraham war nichts?«

»Ich habe kein Wort mit ihm gesprochen, und bei Gott, das ist die Wahrheit.«

Glitsky stand auf und streckte sich. »Sie wissen Bescheid, Hector«, sagte er. »Sie waren lange genug selbst in diesem Beruf, also wissen Sie Bescheid – man spürt es, wenn die Leute einem nicht alles erzählen... Spürt, daß irgend etwas läuft, auch wenn sie nicht direkt lügen.«

»Ich habe nicht mit ihm gesprochen.«

Melanie sprang wieder neben ihren Vater. Er tätschelte ihr Knie, sie lehnte sich an ihn und sah Glitsky an.

»Das sagten Sie bereits. Trotzdem, nur für den Bericht – erinnern Sie sich, wo Sie Mittwoch nacht – vor drei Tagen – waren?«

Medina mußte nicht überlegen, er wußte es sofort. »Ich habe eine Doppelschicht gemacht. Von acht bis vier und von vier bis Mitternacht. ist alles schriftlich festgehalten.«

Glitsky nickte. »Dessen bin ich sicher.«

Wieder tätschelte Medina seine Tochter, dieses Mal am Kopf. »Als nächstes machen wir die Reifen, Schatz«, sagte er. Sie sprang auf und rannte zum Eimer. »Sehen Sie, ich muß das Kind aufziehen. Das ist alles, was ich tue. Ich führe ein ruhiges Leben, halte mich aus allem heraus.«

»Aber Sie sind zu Treadwell gegangen.«

Medina sah hinauf in den blassen Himmel und leerte seine Bierdose. »Manchmal muß man eben etwas für seine Seele tun.« Er wies auf das heruntergekommene Haus, den armseligen Vorgarten. »Glauben Sie, das hier ist genug?«

Abe sah sich um, nickte und dankte Hector für die Zeit, die er ihm geopfert hatte.

Wieder auf dem Freeway, öffnete Glitsky die Wagenfenster und ließ den Wind durch den Innenraum blasen. Hectors Gerede über die gute Tat für seine Seele stand auf einer Stufe mit der Behauptung des früheren Innenministers Watt, er sei tief besorgt wegen der Lage auf dem Arbeitsmarkt. Wenn es gut für seine Seele war, mit Treadwell zu sprechen, und er bereit war, dafür das ruhige Leben mit seiner Tochter zu gefährden, wieviel mehr Befriedigung hätte es ihm dann verschaffen müssen, Rusty Ingraham zuzusetzen? Das hätte seiner Seele erst richtig gutgetan.

Natürlich würde in den Dienstplänen stehen, daß er am Mittwoch eine Doppelschicht abgeleistet hätte. Also besaß er zwar ein Alibi, aber Alibis waren dazu da, daß man sie genau prüfte. Sein Name mochte auf dem Plan stehen, doch hatte ihn jemand tatsächlich gesehen? Und selbst wenn jemand das behaupten würde, bestand kein Zweifel daran, daß ein Kerl wie Medina Leute kannte, die bereit waren, alles mögliche zu behaupten oder zu tun, weil sie ihm einen Gefallen schuldeten oder wollten, daß er ihnen einen Gefallen schuldete.

Von seinen drei Verdächtigen hatten also zwei gute Gründe, Ingraham den Garaus zu machen. Wenn er nur sicher sein könnte, daß Rusty wirklich tot war. Aber vielleicht würde Hardy etwas herausfinden...

Er hoffte, daß nach der Laboruntersuchung alles klar sein würde. Wenn es Fingerabdrücke, Haare oder Stofffasern gab, die Ray Weir gehörten, hatte er Beweise genug, um ihn festzunehmen. Doch was wäre, wenn sich herausstellte, daß Baker oder Medina dort gewesen waren? Dann würde er auch ohne Leiche eingestehen müssen, daß es um Rusty Ingrahams Gesundheit vielleicht doch nicht so gut bestellt war. Und daß auch Hardy ein Problem mit seiner Gesundheit bekommen könnte.

Als er aus dem Gefängnis entlassen worden war, hatte man Louis Baker die ihm zustehenden zweihundert Dollar Entlassungsgeld ausgehändigt. Die Farbe für Mamas Haus, die Scheiben und ein wenig Essen hatten ihn alles in allem einhunderteinundsechzig Dollar und neunzehn Cent gekostet. Zehn Dollar hatte er Mama für die Tennisschuhe gegeben, und die Heimfahrt mit dem Bus und dies und das ergaben ungefähr noch mal zehn, und das Frühstück heute morgen hatte dreieinhalb gekostet.

Zwölf Dollar waren ihm geblieben, und er hatte keinen Platz, wo er bleiben konnte, und noch immer keine Waffe.

Alles war jetzt anders als damals, bevor sie ihn eingesperrt hatten. Jeder kleine Laden hatte Riegel vor den Fenstern, und unter den Türen und Fenstern entdeckte er das dünne Klebeband, das die Kabel von Alarmanlagen verbarg. Er war immer in der Lage gewesen, irgendwo ein Loch hineinzuschlagen, doch von Technik verstand er nichts. Sie verunsicherte ihn.

Aber er brauchte Geld und eine Waffe, das war eine Tatsache. Er würde sich nicht noch einmal festnehmen lassen, nicht einmal für ein harmloses Verhör. Wenn sie versuchten, ihn zu verhaften, würde er ein paar von ihnen mitnehmen. Er dachte an die Wächter, an Ingraham, Hardy, an die anderen, die ihm das angetan hatten. Vielleicht würde es sogar Spaß machen, sie niederzuschießen, alles mit einem Schuß auszulöschen. Schnell und einfach. Denn es sah wirklich nicht so aus, als erwartete ihn hier draußen irgendwann mal noch so etwas wie ein normales Leben.

Es war eine kleine Spirituosenhandlung. Etwa zwei Stunden lang hatte er den Laden beobachtet und festgestellt, daß nur wenige Kunden ihn betraten und verließen. Bevor das Geschäft geöffnet hatte, waren die Rolläden zugezogen gewesen, jetzt hingen sie, zusammengefaltet wie ein Akkordeon, über der Vorderfront.

Louis trat aus der Nachmittagssonne und ging hinein. Draußen war er recht optimistisch gewesen, jetzt, im Laden, war er sich völlig sicher: Es war der richtige Ort. Ein Weißer, der in dieser Gegend einen Spirituosenladen führte, mußte eigentlich eine Waffe unter dem Ladentisch haben, aber man konnte nicht immer darauf wetten. Wenn man aber über den Kühlschränken den Kalender des Nationalen Schußwaffenträger-Verbandes sah, war alles klar.

Er schloß die Tür und musterte den Tresen, der sich zu seiner Rechten etwa vier Meter an der Wand entlangzog. Der Besitzer war Mitte Fünfzig und saß in einem Stuhl hinter der Kasse. Louis nickte ihm freundlich zu. Er vergewisserte sich, daß niemand sonst im Laden war, aber er war noch keine zwei Schritte gegangen, als ein Polizeiwagen vor der Tür hielt und ein Kerl in Uniform ausstieg.

Verdammt.

Louis spazierte scheinbar gleichmütig in die linke hintere Ecke des Geschäfts und suchte nach einem länglichen, möglichst schweren Gegenstand. Der Bulle ging nach hinten, öffnete einen Kühlschrank und sah sich die alkoholfreien Getränke an.

Es wäre besser, sich mit dem Bullen nicht anzulegen, zumal draußen im Wagen sein Partner wartete. Einen einzelnen Mann könnte er vielleicht von hinten kriegen und niederschlagen, aber wenn er es hier versuchte, würden der Ladenbesitzer oder der andere Bulle ihn über den Haufen schießen.

Louis ließ weiter seinen Blick über die Regale schweifen, als suche er nach etwas. Ruhig, ruhig, nur ruhig, dachte er. Endlich hatte der Bulle seine Limonade, oder was immer Bullen im Dienst tranken, gefunden und ging zur Kasse.

Ein oder zwei Minuten könnte er noch warten, aber nicht länger, sonst würde der Besitzer Verdacht schöpfen. Er griff in die Tasche, tat, als zähle er sein Geld. Eine gute Idee zu demonstrieren, daß er Geld dabeihatte, nachzusehen, ob es für diese Flasche da mit Irgendwas reichte.

Er hörte die Kasse klingeln. Okay, es wurde Zeit. Er griff in das oberste Regal und nahm eine Flasche *Galliano* herunter. Sie war wie geschaffen für sein Vorhaben.

Aber die Bullen waren noch da, parkten direkt am Bordstein. Louis sah zu ihnen hinaus. »Hell, da draußen«, sagte er.

Der Mann wandte den Kopf und blinzelte ein wenig. Der Bulle auf dem Beifahrersitz hob die Dose zum Mund. Louis entdeckte einen Ständer mit Sonnenbrillen am anderen Ende des Tresens. Macht schon, dachte er, fahrt lost. Fahrt endlich.

Der Mann hinter dem Ladentisch hatte ihm die Flasche abgenommen und tippte den Preis in die Kasse. Louis setzte eine Sonnenbrille auf und betrachtete sich im Spiegel über dem Ständer. Lachend sagte der Polizist etwas zu seinem Partner. Verdammt, bewegt euch.

»Ist das alles?« fragte der Ladenbesitzer.

Louis ließ die Sonnenbrille auf und kramte in seiner Tasche nach dem Geld. Draußen sprang mit leisem Geräusch der Wagen an. Er lächelte. »Die Sonnenbrille nehm' ich auch noch.«

Der Mann hatte die Flasche in eine Papiertüte gesteckt, und Louis warf ein paar Scheine auf den Ladentisch und griff nach der Flasche. Der Mann beugte sich vor, um das Geld zu nehmen.

»Ich glaube, das ist nicht genug...« sagte er. Weiter kam er nicht, denn Louis ließ die Flasche auf die Stelle über seinem linken Ohr niedersausen.

Noch ehe der Mann zu Boden gefallen war, sprang Louis schon über den Ladentisch. Ein kurzläufiger Revolver hing mit dem Abzug an einem Nagel darunter, daneben, auf einem Brett, stand eine Schachtel Patronen. Louis steckte die Waffe und die Patronen in die Hosentasche, hämmerte auf die Kasse ein, bis sie aufsprang, und griff nach dem Papiergeld. Unter der Kasseneinlage fand er noch zwei Hunderter und fünf Fünfziger. Er setzte den Fuß an den Kopf des Mannes auf dem Boden und trat zu. Der Mann war bewußtlos und würde innerhalb der nächsten dreißig Sekunden bestimmt nicht zu sich kommen, und mehr Zeit brauchte Louis nicht.

Er sprang wieder über den Tresen, lief zur Tür, sah hinaus – niemand in der Nähe. Er verließ den Laden, steckte die Hände in die Taschen, wandte sich nach rechts. An der Ecke wechselte er erneut die Richtung, machte sich auf den Weg zurück nach Fillmore zu Mamas Auto. Wenn man ihn wegen Mordes anklagte, würde sich der Überfall auf einen kleinen, mickrigen Spirituosenhändler auch nicht mehr sonderlich auf das Urteil auswirken. Aber er verbesserte seine Chancen ein wenig. Das war es, was man zum Überleben brauchte – einen kleinen Vorsprung. Und das Wissen, wen man sich als nächstes vorzunehmen hatte.

»Ist das Ihr Ernst?« fragte Abe Glitsky. »Nehmen Sie mich auf den Arm?«

Der Laborbeamte, ein kleiner Filipino von vielleicht sechsundzwanzig Jahren, schien in sich zusammenzuschrumpfen. »So lauten meine Anweisungen, Sir.«

Abe faßte sich an den Kopf und strich sich fassungslos über das Haar. Er trat einen Schritt zurück, drehte sich um die eigene Achse, um sich wieder in den Griff zu bekommen, und ging langsam zum Tisch zurück.

»Hören Sie, mein Junge, es tut mir leid, ich wollte es nicht an Ihnen auslassen, aber ich renne mir quer durch die Stadt den Hintern ab, um einen Mord aufzuklären, und brauche Ihre Berichte.«

»Ja, aber man hat uns angewiesen, zu... Wir bekommen achtzig Beweisstücke aus dem Büro des Chefs, die wir mit höchster Priorität behandeln sollen.«

»Vorrangig vor einem Mordfall? Der Chef will, daß die Hühnerscheiße einem Mord vorgezogen wird? Es ist nicht zu glauben.«

»Doch, Sir«, antwortete der Junge.

»Glaubt Rigby ernsthaft, wer immer es getan hat, war blöd genug, Fingerabdrücke zu hinterlassen? Sollte man nicht meinen, daß Polizisten an so was denken?«

»Doch, Sir.«

Abe legte die Hände auf den Tisch und stützte sich auf. An der Wand über dem Jungen war ein Poster mit einem lachenden Mann und dem Satz: ›Wann wollen Sie es?‹ Daneben fragte ein anderer: ›Welchen Teil des Wortes *Nein* verstehen Sie nicht?‹ Ha, ha.

Abe löste den Druck seiner Hände, entspannte die Schultern, wandte sich ohne ein weiteres Wort um und ging. Draußen schlug er mit der Faust gegen die Wand.

Ihm war klar, was er zu tun hatte – er mußte aufhören, gegen das System anzukämpfen. Es würde sich nicht ändern. Entweder man war ein Teil davon, oder man war es nicht. Für lange Zeit war er ein Teil des Systems gewesen. Jetzt hatte er einen Samstag mit dem Versuch verbracht, das Richtige zu tun, weil ihm seine Arbeit am Herzen lag. Er akzeptierte es, für die Überstunden nicht bezahlt zu werden, er akzeptierte Laniers leichtfertigen Umgang mit der Angelegenheit Baker, und vielleicht hätte er sogar die Weigerung des Labors akzeptiert, Überstunden zu machen, und bis Montag gewartet. Aber daß der Polizeipräsident das Labor vorrangig dazu benutzte, ein paar Chaoten zu schnappen, die Hühner in seinem Büro ausgesetzt hatten, machte ihn fertig.

Unten an seinem Schreibtisch öffnete Glitsky die oberste Schublade und nahm den Fragebogen heraus, den er für das Police Department von Los Angeles ausgefüllt hatte. Er setzte sich, las den Bogen noch einmal durch, unterschrieb ihn und adressierte einen Briefumschlag. Auf dem Weg nach draußen warf er ihn in den Briefkasten neben der Hintertür des Justizgebäudes.

Hardy lag, der Willkür der Flut ausgeliefert, bewegungslos im Wasser und dachte, er würde die beiden Flaschen verbrauchen – was etwa fünfundvierzig Minuten dauern würde – und dann sehen, wo er war, wenn er wieder auftauchen würde.

Er hatte nicht den Mut gehabt, nach Hause zu gehen, und er hatte – auch wenn das vielleicht nicht so ganz stimmte – Frannies Gastfreundschaft nicht über Gebühr strapazieren wollen. Also hatte er sich einen von Picos Neoprenanzügen geliehen, die Sauerstoffflaschen gemietet und eine Taucherbrille gekauft. Kurz nach sechs Uhr sprang er bei Ingrahams Schlepper in die abnehmende Flut. Er spürte zwar nur eine leichte Strömung, aber sie zog ihn mit sich, und Hardy dachte, sie müßte eigentlich stark genug sein.

Wenn Rusty, als auf ihn geschossen worden war, im Bett gelegen hatte, war nicht anzunehmen, daß er viel auf dem Leib getragen hatte, das ihn in die Tiefe hätte hinunterziehen können. Also wäre er – wie Hardy jetzt – knapp unter der Oberfläche hinausgetrieben worden.

Er wurde fast sofort in Richtung Bucht getragen, was seine Theorie bestätigte. Er hatte befürchtet, daß die Strömung so nahe bei dem Schlepper vielleicht einen Strudel bilden und er sich im Kreis bewegen würde. Er war zu dem Punkt geschwommen, wo Rusty vermutlich über Bord gegangen war, hatte sich dann im Wasser treiben lassen und war tatsächlich ein paarmal gegen den Schlepper gedrückt worden, aber dann fand er sich schnell in der Mitte des Kanals wieder.

Selbst mit der Taucherbrille war die Sicht schlecht – er konnte nicht weiter als einen knappen Meter sehen. Unter Wasser war es bis auf das Geräusch seines Atems still. Er trug Handschuhe und Schuhe aus dem gleichen Material wie der Anzug. Obwohl das China Basin eine wenig benutzte Wasserstraße war, horchte er mit einem Ohr nach Motorgeräuschen, denn die Vorstellung, von einem Boot gerammt zu werden, gefiel ihm nicht besonders.

Unsichtbar und allein auf weiter Flur trieb Hardy im warmen Wasser. Hier war er sicher. Es erinnerte ihn an seine unzähligen Fallschirmabsprünge bei Nacht. Zum ersten Mal seit vier Tagen dachte er nicht an Louis Baker.

Dafür dachte er an Frannie, ihren Körper, als er sie im Park in seinen Armen gehalten hatte ... Ihr Blick, der sich in seinen senkte, ihr Lächeln, das sich durch seine Furcht und Distanz einen Weg bahnte, ihr Körper, der sich an ihn preßte, ihre vollen Brüste, ihr Bauch – definitiv nicht mehr das kleine Mädchen von damals, nicht mehr die kleine Schwester, sondern eine erwachsene, blühende Frau, die die Geburt ihres Kindes erwartete.

Fast zwangsläufig erinnerte Hardy sich an die Zeit, als Jane mit Michael schwanger gewesen war. Als sie begonnen hatten, sich ein Nest zu bauen ... Die Veränderungen im Haus, als sie das Kinderzimmer tapeziert oder diese unglaublichen Dinge gekauft hatten – winzige Kleider, Rasseln, all dieses Zeug ...

Er versuchte, die Erinnerungen abzuschütteln. Michaels Tod hatte ihn beinahe selbst das Leben gekostet. Und Jane auch. Selbst jetzt war er noch nicht sicher, ob er es überstanden hatte. Noch immer wollte er sich nicht erinnern, wollte nicht an diese Zeit mit Jane denken, und er wußte, daß er es nicht zulassen könnte, daß ihm noch einmal etwas Ähnliches geschehen würde. Manche Lektionen lernte man. Er sollte eben nicht Vater sein. Es traf ihn zu tief, dieses Zeichen der Hoffnung – auch jetzt bei Frannie – bedeutete so viel für ihn, daß nicht einmal sein wohltrainierter Sinn für Zynismus das ableugnen konnte ... und das Baby, das Frannie erwartete, war noch nicht einmal seines.

Und Jane?

Jane hatte es mit ihm durchgemacht, alles, und war schließlich zu ihm zurückgekehrt, hatte ihm durch den dunklen Tunnel, den er aufgebaut hatte, die Hand entgegengestreckt und ihm gezeigt, daß das Leben nicht völlig schwarz war. Es gab wieder gute Zeiten, es gab Liebe, Sex, mehr als Sex – er war lange genug ohne es ausgekommen, um das zu wissen. Also nenn es Liebe, Diz. Du sagst Jane, daß du sie liebst. Du fühlst dich, als sei es Liebe.

Aber gib zu, es ist nicht wie früher. Nicht das Glockengeläute und das Herzklopfen, die Art von Liebe, die sprachlos macht, einem vor Glück den Atem nimmt.

Was willst du? Sei realistisch, Diz. Das ist Teenagerliebe, und Teenagerliebe verbindet Jane und dich gewiß nicht. Wie auch, nach dem Verlust eures Kindes, nach der Scheidung, nach ihrer Ehe mit einem anderen?

Und sei ehrlich – es gibt gute Zeiten mit Jane, aber sie führt ihr eigenes Leben und braucht dich, wie es aussieht, viel weniger als Frannie.

Keine Verpflichtungen, nicht wahr? Von Zeit zu Zeit sprach er über die Zukunft, aber Jane war noch nicht bereit, noch immer nicht...

Er riß sich von diesen Gedanken los. Das Wasser war ein wenig klarer geworden, und er konnte seine Hand deutlich sehen, wenn er den Arm ausstreckte. Ein Schatten – vielleicht ein Streifenbarsch – zog vorbei.

Er hob den Kopf aus dem Wasser und stellte fest, daß er etwa vierzig Meter weit in den Kanal hinausgetrieben war. Er sah auf die Uhr – es hatte zweiundzwanzig Minuten gedauert, und die Strömung hatte noch nicht einmal ihre volle Kraft. Die letzten Sonnenstrahlen beleuchteten die Spitzen der Skyline und die Türme auf der Bay Bridge, aber der Kanal und seine Ufer lagen im Schatten. Er schwamm auf das Ufer zu und hatte das Gefühl, etwas erreicht zu haben.

12

Manny Gubicza hatte den Manikeur ins Büro kommen lassen. Er hatte sich mit einer Menge Flaschen mit Lotionen, einem kleinen Umhang und einem Handtuch, Feilen und Scheren an einen kleinen Tisch neben Gubiczas Schreibtisch gesetzt. Manny sah ihm nicht zu. Er lehnte sich zurück und schloß die Augen. Zwischen ihm und Fred Treadwell stand sein gewaltiger Schreibtisch.

Hinter dem Fenster über Gubiczas Kopf war der Himmel noch immer hell. Obwohl es Samstag war, trug Manny Gubicza die Anwaltsrobe. Die Jacke seines dreiteiligen Anzugs hing an einem hölzernen Garderobenständer links hinter seinem Stuhl. Er trug rote Hosenträger, eine dazu passende rote Krawatte und ein helles fliederfarbenes, handgenähtes Seidenhemd mit dem etwas dunkler getönten Monogram MAG über der Brusttasche. Das Hemd hatte natürlich französische Manschetten, und jetzt, da Manny die Ärmel für die Maniküre hochgerollt hatte, lagen die Manschettenknöpfe aus Rubin ein paar Zentimeter von ihm entfernt auf dem Tisch. Sie starrten Treadwell an wie die Augen einer betrunkenen Bulldogge.

»Alles in allem denke ich, es ist das Risiko wert«, sagte Gubicza. »Wir können nicht einfach gar nichts tun.«

Treadwell war noch immer unter Schock und in Trauer. Nachdem Hector Medina gestern abend gegangen war, hatte er sich gründlich ausgeweint, dann Manny angerufen und einen Termin vereinbart, um ihre weitere Strategie zu besprechen. Heute morgen hatte er die Vorbereitungen für Poppys Beerdigung getroffen und ihn beim Tierarzt zurückgelassen. Es war der längste, traurigste Tag seines Lebens gewesen.

»Gibt es eine Möglichkeit, ihn umzubringen?« fragte Treadwell. »Das wäre mir am liebsten.«

Gubicza schüttelte den Kopf. »Fred, wir versuchen dich aus einer Anklage wegen zweifachen Mordes herauszuboxen. Ich glaube nicht, daß es strategisch klug wäre, ausgerechnet jetzt noch jemanden umzubringen.«

»Ist mir egal.«

Gubicza sah nach dem Manikeur, der aber nicht aufblickte. »Ich weiß, daß du leidest. Das ist nur natürlich.« Er nahm einen der Manschettenknöpfe und spielte damit. »Aber mein Job ist es, dich nicht ins Gefängnis wandern zu lassen. Ich bin der erste, der ein solches Verhalten schändlich findet. Wirklich, einfach unglaublich, ich habe nie etwas Vergleichbares gehört. Daß die Polizei so dumm ist, kann ich kaum glauben.«

»Er ist kein Polizist. Ich glaube nicht, daß er ein Polizist ist.«

Gubicza wedelte abfällig mit der rechten Hand. »Natürlich ist er das. Offiziell oder nicht – er vertritt die Polizei, und ich habe ganz das Gefühl, daß er dir mit dem Tod gedroht hat.«

»Mir gedroht? Er hat Poppy ermordet!«

»Ja, ich weiß, und es ist furchtbar, wirklich, Fred, aber wir müssen uns jetzt überlegen, wie wir auf die Drohung gegen dich reagieren wollen.«

Treadwell beugte sich in dem Brokatsessel vor. »Ich will ihn bestrafen.«

»Natürlich willst du das. Das ist die richtige Einstellung. Ich schlage vor, wir machen mit unserer ursprünglichen Strategie einfach weiter. In gewisser Weise ist unserer Sache damit gedient, daß dieser Medina nachweislich bei dir aufgetaucht ist und Schaden angerichtet hat, denn in dem anderen Fall ... du weißt ja, die Beweise gegen die beiden sind eher dünn.«

»Und mein Knöchel? Er ist nachweislich gebrochen!«

Gubicza lächelte freundlich wie eine Kröte. »Ja, und wir wissen, wie es nachweislich passiert ist, oder? Ich bin mir nicht sicher, ob wir das erörtern wollen.«

Treadwell lehnte sich zurück und hob das Gipsbein, um es auf der Sessellehne zu lagern. Draußen brach urplötzlich die Dämmerung an. Der Manikeur war mit Gubiczas rechter Hand fertig und rutschte auf dessen andere Seite, das Tischchen mit sich ziehend. Der Anwalt betätigte einen Schalter auf dem Schreibtisch, und das Licht im Raum wurde heller. Er streckte die Hand aus und zog an der Kette der kleinen Tischlampe auf dem Schreibtisch. Dann hielt er die Handfläche in den Lichtkegel und bewunderte das vollendete Werk des Manikeurs. »Sehr hübsch«, sagte er.

»Aber was ist mit dem, was Medina gesagt hat? Daß mir diesmal niemand glauben wird?«

»Warum solltest du lügen? Warum solltest du dein eigenes geliebtes Haustier töten?« Er legte die linke Hand auf das Tischchen, und der Manikeur begann wieder mit seiner Arbeit. »Nein. Vergiß nicht, die Gesellschaft steht hinter uns. Man wird dir glauben. Du bist von diesen bigotten, rassistischen Polizisten mißhandelt worden... Aber wenn wir nicht einen ziemlich überzeugenden Fall präsentieren, wirst du wegen zweier Morde zur Rechenschaft gezogen, die du auch begangen hast...« Er legte seine Hand über die des Manikeurs und drückte sie. »Du hast nichts gehört, David.« Er wandte sich wieder an Treadwell. »Ganz ehrlich, Fred. Diese Sache könnte deinem Fall sehr zugute kommen.« Beinahe hätte er hinzugefügt: Ich wünschte, ich hätte selbst daran gedacht.

Als Louis Baker zum Parkplatz zurückkam, blieb er vor dem Hof stehen und beobachtete ein paar Jungen beim Basketball. Der Hof lag zwischen seinem – Mamas – Auto und der Stelle, wo er stand. Nach einer knappen Stunde war er überzeugt, daß niemand ihn beobachtete. Aber er konnte sich täuschen... Er hatte die Hand an der Waffe in seiner Tasche, während er den Streifen Niemandsland überquerte.

Er sah verändert aus. Mit dem gestohlenen Geld hatte er im *Vincent-de-Saint-Paul*-Laden ein paar passende Kleidungsstücke gekauft, die Tennisschuhe gegen Wanderstiefel getauscht, eine Jacke der *49er* ausgesucht, eine Sonnenbrille und eine kecke lederne Chauffeursmütze. Auf der Toilette einer Tankstelle in Geary hatte er sich rasiert, erst dann war er zum Auto zurückgekehrt.

Die Adresse kannte er – vor neun Jahren hatte er sie sich ins Gedächtnis gebrannt. Er verließ den Parkplatz von Fillmore, bog nach links ab und machte sich auf den Weg in die Jackson Street, wo Hardy damals gewohnt hatte und vielleicht immer noch wohnte. Und wenn nicht – er würde ihn schon früh genug finden.

Eigenartig, daß Rusty Ingraham und Dido jetzt tot waren – manchmal bestimmte der Zufall, in welche Richtung man ging. Man verließ den Hafen, hatte vielleicht beschlossen, einen bestimmten Weg einzuschlagen, aber dann geschahen irgendwelche Dinge um einen herum, und man fand sich auf einem Kurs wieder, an den man nie zuvor gedacht hatte. Der Wind trieb einen voran, und es war sinnlos, gegen ihn anzukämpfen.

Jetzt wollten sie ihn also wieder wegen Mordes drankriegen, wie früher. Wenn es einen Toten gab, kamen sie immer zuerst zu ihm. Er hatte noch nicht einmal den Geruch der Gefängnisseife herunterbekommen, und schon hatte die Treibjagd wieder begonnen. Okay. Wenigstens wußte er jetzt, woran er war.

Natürlich war es nicht so, wie sie gesagt hatten, aber er hatte ihnen sowieso nie ganz geglaubt. Und doch – er fragte sich, weshalb sie so viel Mühe darauf verwendeten, die Häftlinge von dieser Lüge zu überzeugen – draußen sei alles anders, wenn sie nur erstmal wieder draußen wären, und es gebe alle möglichen Arten von Organisationen und Leuten, die ihnen helfen würden, den rechten Weg zu gehen. Im ersten Jahr verdrehte man nur die Augen und sagte sich, daß sie einem ja irgendwas erzählen mußten – warum also nicht ein Märchen? Aber dann, nach ein paar Jahren Knast, klangen die Dinge plötzlich, als wären sie möglich. Wie zum Beispiel, daß es draußen Jobs gebe.

Aber keiner der Männer, die aus dem Knast kamen, schien einen dieser Jobs zu bekommen, und das war nur verständlich. Wer stellte schon einen Ex-Sträfling an, wenn er statt dessen jemanden bekam, dem er vertrauen konnte?

Am Ende glaubte man das, was man glauben wollte. Und hier war der Beweis. Louis Baker, seit drei Tagen auf freiem Fuß, brauchte keine guten Absichten mehr, nach denen zu leben ohnehin sehr anstrengend wäre. Jetzt, da er sowieso am Ende war, würde er etwas tun, das ihm ein bißchen Erleichterung verschaffte.

Er parkte am Straßenrand unter der Laterne vor dem alten viktorianischen Gebäude. Im Vorderzimmer brannte eines dieser Lichter, das die Leute brennen ließen, wenn sie nicht zu Hause waren.

Louis stieg aus dem Auto, steckte die Hände in die Jakkentaschen, ging hinüber, die Stufen hinauf und klingelte. Er atmete ein paarmal tief durch und umklammerte den Griff der Waffe.

Als niemand antwortete, trat er gegen die Tür, doch ein kurzer Blick verriet ihm, daß es schwer sein würde hineinzukommen – über dem Türknauf war ein sehr neues, sehr massives Schloß.

Aber es entsprach auch nicht seinem Stil, durch die Vordertür zu gehen, und so stieg er die Treppe hinunter und schlich sich an der Seite des Hauses entlang. Er hielt sich dicht bei dem Mäuerchen, das das Haus vom nächsten Gebäude trennte. Drei Fenster gingen auf diese Seite, und alle waren geschlossen.

Als er an der Rückseite angelangt war, versetzte er dem Deckel einer Mülltonne einen Tritt, und der Deckel schepperte ein paar Sekunden lang höllisch, machte ungefähr soviel Lärm wie eine vorbeimarschierende Armee. Mehrere Hunde begannen zu bellen. Louis duckte sich tief in den Schatten und preßte sich gegen die Hauswand.

Die Hunde waren gut, dachte er. Hunde warfen ständig Mülltonnen um. Katzen auch. Sogar Biber. Er würde warten. Das Gefängnis hatte ihn das Warten gelehrt. Bald würde es wieder still sein.

Er reckte den Hals und sah sich um. In etwa fünfzehn Metern Entfernung sah er etwas, das in der Dunkelheit aussah wie ein hoher Zaun. Dahinter erhob sich fünf oder sechs Stockwerke hoch ein Wohnhaus. Aus jedem Stockwerk starrten ihn sechs Fenster an, einige waren erleuchtet, aber er erkannte keine Silhouette, niemand kam, um nachzusehen, was den Lärm verursacht hatte. An den Seiten gab es keinen Zaun, die Gebäude begannen an der Grenze des Grundstücks und könnten den Ort zur aussichtslosen Falle machen – kein Weg führte hinaus, abgesehen von der schmalen Gasse, durch die er gekommen war.

Ein paar Schritte von ihm entfernt war eine hölzerne Veranda. Er ging um den heruntergefallenen Deckel der Mülltonne herum und näherte sich ihr. Ein paar Stufen führten unter die Veranda, zu einer Hintertür, und dort unten gab es zwei dicht nebeneinanderliegende Fenster. Eines stand oben ein paar Zentimeter offen und ließ sich leicht öffnen.

Louis wollte nicht einbrechen. Er wollte herausfinden, ob Hardy noch hier wohnte, und wenn dem so war, abwarten, bis er nach Hause kam. Er schlüpfte durch das Fenster in einen Waschraum und ertastete sich in der Dunkelheit den Weg bis zur Tür. Über ein paar Stufen gelangte er in die Küche.

Seine Augen gewöhnten sich schnell an das Dunkel. Aus dem Wohnzimmer fiel ein wenig Licht durch den Flur. Auf dem Boden vor der Haustür sah er einen Berg Post, die durch den Briefschlitz geworfen worden war. Eine Jane Fowler lebte jetzt offensichtlich hier, und wer auch immer das war – sie war seit mindestens einer Woche nicht hier gewesen.

Er warf die Umschläge zurück auf den Boden und kehrte in die Küche zurück. Er öffnete den Kühlschrank, aber der Inhalt war mager. Ein paar Flaschen Wein, einige von ihnen zur Hälfte geleert, ein Laib Brot, ein paar Plastikdosen, in die nicht einmal genug Essen für ein Kind passen würde. Vier Flaschen mit dunklem Bier.

Er nahm das Brot, eine Flasche Bier und ein Glas Erdnußbutter heraus und durchsuchte die Schubladen neben der Spüle nach einem Messer. Das Licht des Kühlschranks fiel durch die dunkle Küche und auf die Wand neben der Tür zum Flur.

Er kaute auf seinem Sandwich, nahm einen Schluck Bier und erstickte beinahe. Das Zeug war dick, dunkel und schmeckte wie Galle. Er besah sich die Flasche genauer. Er hatte angenommen, es sei Bier, aber es nannte sich Stout und hatte außer der Flasche mit Bier nichts gemeinsam. Er goß es ins Spülbecken.

Er nahm eine der halbleeren Weinflaschen aus dem

Kühlschrank und spülte sich den Mund aus. Dann folgte er dem Lichtschein bis zur Tür. Sein Blick fiel auf einen Kalender, und er trat näher. Wie angewurzelt blieb er stehen.

Der – nicht gerade häufige – Name Dismas war im September fünfmal eingetragen. Er lächelte, schluckte den Rest seines Sandwiches auf einmal hinunter und begab sich wieder an die Arbeit.

In einem Alkoven im Flur stand das Telefon. Er riskierte es jetzt, das Licht einzuschalten, er würde nur noch ein paar Minuten lang hier sein. Das Telefon und der Anrufbeantworter standen auf einem selbstgebauten Regal, darunter lagen ein paar Telefonbücher und ein Adressenverzeichnis. Er schlug den Buchstaben *H* auf und hatte schon gefunden, was er suchte. Draußen in den Avenuen, vielleicht zwei Meilen westlich. Es würde ihn nicht mehr als eine Viertelstunde kosten.

Flo spülte das Geschirr, Glitsky saß am Tisch und spielte mit den drei Kindern Monopoly. Die Jungen hießen Isaak, Jakob und O. J. – bis *Esau* war Flo nicht mehr gekommen. O. J. war erst acht, aber er hatte bereits ein Hotel auf dem Spielbrett stehen, und Glitsky saß im Gefängnis und wartete auf einen Pasch. Die Jungen amüsierten sich jedesmal königlich darüber, wenn ihr Vater, der Polizist, im Gefängnis saß. Doch Abe war ganz zufrieden. So mußte er nicht zahlen, und die Jungen würden sich gegenseitig schröpfen, und er bekam vielleicht die Chance, später billig Eigentum aufzukaufen und wieder ins Spiel zu gelangen.

Das Telefon läutete. »Laß es klingeln!« rief Abe, aber Flo hatte schon beim ersten Läuten abgenommen. Er hörte sie sagen: »Einen Moment, er ist nebenan«, dann erschien sie in der Tür. »Arbeit«, sagte sie.

»Wie immer.«

»Aber du bist dran«, jammerte O. J.

»Jake kann für mich würfeln.« Abe drohte seinem ältesten Sohn mit dem Zeigefinger. »Aber wirf keinen Pasch!«

Er ging in die Küche. »Glitsky«, sagte er in den Hörer.

»Sergeant«, antwortete eine Stimme, »hier spricht Paul Ghattas.« Pause. »Aus dem Labor.«

Abe erinnerte sich an den philippinischen Jungen, den er vorhin beschimpft hatte. Aus dem Zimmer drang ein Schrei, offenbar war einer der Jungen auf der Straße eines anderen gelandet, und Flo ging rüber, um zu schlichten. Er hörte, wie sie ihnen sagte, sie sollten still sein. Auch Ghattas sprach, aber Glitsky konnte sich nicht konzentrieren. Er hatte sich vorgenommen, die Truppe so schnell wie möglich zu verlassen und nach Los Angeles zu ziehen und all diese Fälle, um die sich außer ihm niemand sonst zu kümmern schien, sich selbst zu überlassen. »Entschuldigung«, sagte er. »Was haben Sie gesagt?«

Er nahm einen Zettel von dem Block neben dem Kühlschrank und einen Stift und begann, sich Notizen zu machen. Ghattas hatte anscheinend jemanden im ballistischen Institut, den er kannte, dazu überredet, ihm einen Gefallen zu tun, und der hatte Ray Weirs Pistole eindeutig als die Mordwaffe identifiziert. Sie hatten Maxine Weirs und natürlich Rusty Ingrahams Fingerabdrücke gefunden, aber auf der Lampe waren außerdem die Abdrücke eines kleinen örtlichen Geldeintreibers namens Johnny LaGuardia. Und dann gab es dort einen Fingerabdruck, der Ghattas vollends verwirrte.

»Auf einem Glas aus der Kombüse ist der Abdruck eines Mannes namens Louis Baker. Der klarste Abdruck, den man sich wünschen kann.«

Ein kalter Schauer lief über Glitskys Rücken.

»Das Problem ist: Der Computer sagt, daß Baker in San Quentin sitzt«, sagte Ghattas.

»Der Computer ist nicht auf dem neuesten Stand«, sagte Abe. »Er ist am Mittwoch entlassen worden.«

»Sieht so aus, als hätte er sich gleich wieder an die Arbeit gemacht.«

»Ja, sieht so aus.«

Flo war in die Küche gekommen und sah, wie Abe auf

seine Notizen starrte. Sie hörte, wie er dem Mann am Telefon dankte und erklärte, er wisse es zu schätzen, daß es noch Leute gebe, die ihren Job verantwortungsbewußt erledigten.

Er legte auf und blieb eine Minute lang bewegungslos stehen. Flo kam zu ihm und legte die Hand auf seinen Rücken.

»Hardy steckt in Schwierigkeiten«, sagte er. »Baker war auf dem Kahn.«

Hardy fühlte Frannies Hand in seiner Gesäßtasche und das Halfter mit der Waffe unter seinem Arm.

Über die Stadt hatte sich dichter Nebel gesenkt. Sie waren, ohne die Hand vor Augen zu sehen, vom Restaurant, wo sie zu Abend gegessen hatten, drei Straßenzüge den Hügel hinaufgegangen. Bis zu Frannies Wohnung lagen noch drei weitere Straßenzüge vor ihnen. Hardy hatte den Arm um sie gelegt, und sie schmiegte sich im Gehen an ihn.

Er sah den Hügel hinauf. Er wußte, daß überall Straßenlaternen brannten, aber er konnte nur die nächste erkennen, die vielleicht zwanzig Meter von ihnen entfernt war. Während des Dinners, nach all der Euphorie über seinen gelungenen Versuch zu beweisen, daß Rusty wirklich in die Bucht hinausgeschwemmt worden sein könnte, war ihm klargeworden, was das für ihn bedeutete, aber bis dahin hatte er bereits den größten Teil der Flasche Wein getrunken. Jetzt erklärte er Frannie, daß er nicht vorbereitet wäre, wenn Louis Baker in diesem Moment zuschlagen würde.

»Aber er weiß doch nicht einmal, wo du bist.«

»Er hat auch Rusty aufgespürt.«

»Rusty war in seiner Wohnung. Du bist hier.«

Sie gingen weiter. Baker hatte vier Tage Zeit gehabt, ihn zu finden, und allmählich mußte Hardy damit rechnen, daß er irgendeinen Fortschritt gemacht hatte. Es konnte nicht so schwer sein, jemanden zu finden, den man aus dem Leben befördern wollte.

Sie hatten Frannies Straße erreicht. Die Gebäude standen eng nebeneinander, hinter ein paar Wohnzimmerfenstern schimmerte das bläuliche Licht von Fernsehgeräten. Der Wind blies scharf den Hügel hinunter, und sie stemmten sich eng umschlungen dagegen. Hardy hörte, wie etwa zwanzig Meter vor ihnen eine Autotür geöffnet und dann wieder geschlossen wurde, und versuchte, durch die dunklen Nebelschichten eine Gestalt zu erkennen, aber er sah niemanden. In diesem Moment hörte er Schritte, die verhalten über den Asphalt klackten. Sein Arm schloß sich fester um Frannie.

»Warte einen Moment«, sagte er. Sie blieb stehen, und er zog sie in einen Hauseingang, schlüpfte aus der Jacke und legte sie um Frannies Schultern. »Geh zurück und warte an der Ecke«, sagte er. »Wenn du Geräusche hörst, die nach Schüssen klingen, lauf ins nächste Haus. Klar?«

Er zog seine Waffe aus dem Halfter und starrte in den Nebel, den Hügel hinauf.

»Dismas, was machst du...«

Er legte ihr einen Finger auf die Lippen. »Geh!« Sie ging los, und er sah ihr ein paar Meter nach. Dann rannte er quer über den Bürgersteig, zwängte sich zwischen zwei am Straßenrand geparkten Autos durch, trat auf die Straße und lief den Hügel hoch.

Okay, dachte er, der Kerl ist ziemlich groß, es könnte Baker sein. Er trug einen schweren Mantel und eine Mütze. Hardy schlich an den parkenden Autos entlang und ließ ihn nicht aus den Augen. Er war mit Sicherheit nicht einfach ein unbeteiligter Spaziergänger... Langsam ging er, die Hände in den Manteltaschen verborgen, die Straße entlang, schien sich Zeit zu lassen, sah immer wieder zu den Hauseingängen, suchte womöglich nach einer Adresse...

Hardy war jetzt oben auf dem Hügel, vielleicht noch zehn Meter von Frannies Wohnung entfernt. Er sah kurz zurück, Frannie war um die Ecke verschwunden. Der Mann drehte sich zu Frannies Haustür um, und im Licht der Straßenlampe erhaschte Hardy einen kurzen Blick auf sein Gesicht. Lang genug, um zu erkennen, daß der Mann schwarz war.

Hardy griff nach der Waffe und ging weiter, während der Mann vor Frannies Tür stand und darauf wartete, daß Hardy öffnete, damit er ihn erschießen konnte. Hardy stützte den Arm auf das Dach eines Wagens und richtete die Waffe auf den Rücken des Mannes.

Der Mann klopfte an die Tür.

Hardy legte den Finger um den Abzug. Er fragte sich, ob sie ihm das noch als Notwehr durchgehen lassen würden oder ob er besser rufen sollte, damit Baker sich mit der Waffe in der Hand umdrehen konnte. Hardy hatte in Vietnam einiges erlebt, aber seitdem hatte er nie daran gedacht, jemanden zu töten. Jedenfalls nicht, bis dieser Wahnsinn mit Baker angefangen hatte.

Er sollte einfach abdrücken, und das ganze Problem wäre gelöst. Baker wurde wegen Mordes gesucht, hatte Ingraham getötet, gedroht, Hardy zu töten, und jetzt war er hier. Kein Gericht der Welt würde annehmen, er sei gekommen, um ›Hallo‹ zu sagen. Schieß zuerst, Diz, und überlebe.

Er atmete tief ein und krümmte den Finger. In diesem Moment drehte Abe Glitsky sich um und spähte in die Dunkelheit, die Straße hinunter.

»Gott im Himmel«, murmelte Hardy. Nicht schon wieder. Er sicherte die Waffe, steckte sie zurück in den Halfter und trat auf den Bürgersteig.

»Hallo, Abe«, sagte er, »was führt dich denn her?«

Sie saßen am Küchentisch und tranken heiße Schokolade.

»Das ist Janes Haus!« rief Hardy.

»Tatsächlich?« fragte Glitsky.

»Damals, als Baker ins Gefängnis gegangen ist, haben wir zusammen dort gewohnt.«

Frannie kroch tiefer in Hardys Jackett, das noch um ihre Schultern lag. »Also hat er wirklich nach dir gesucht.«

Hardy nickte.

Sogar Glitsky schien es endlich zu glauben. »Wenn es tatsächlich Janes Haus war…«

Hardy wiederholte die Adresse, und Glitsky bestätigte sie. Hardy nippte an seiner Tasse.

»Einen Zufall kann man das jetzt nicht mehr nennen, meinst du nicht auch, Abe?« sagte er.

»Ist er tot?« fragte Frannie. »Louis Baker?«

Glitsky schüttelte den Kopf. »Noch nicht.« Er wandte sich an Hardy. »Er hat zwei Kugeln abbekommen und liegt jetzt im County-General-Krankenhaus.«

»Wie haben sie ihn erwischt?«

»Er hat Krach gemacht, das Licht eingeschaltet… Entweder war er nicht mehr in Übung oder einfach zu selbstsicher. Auf jeden Fall: Ein Nachbar wußte, daß das Haus hätte leer sein müssen, und rief unsere Jungs. Sie haben ihn gestellt, als er gerade herauskam. Er hat sofort geschossen.«

Hardy lehnte sich in seinem Stuhl zurück. »Dann ist es also vorbei«, sagte er. Er schwieg einen Augenblick. Dann berichtete er Abe von seinem Experiment mit der Strömung.

»Ich möchte nicht kleinlich sein«, sagte Abe, »aber auch das beweist noch nicht, daß Rusty tot ist.«

Hardy seufzte. »Nun gut, aber es erhärtet meine Theorie. Das hast du selbst gesagt.«

Glitsky hob die Hand. »Ich will mich nicht streiten. Ich bin auch zufrieden, wenn Baker es war… Er war auf dem Kahn, hatte ein Motiv, eine Waffe – das sollte ausreichen.«

»Bist du hergekommen, um mir das zu sagen?«

Glitsky schüttelte den Kopf. »Ich habe die Einzelheiten erst auf dem Weg hierher über Funk gehört. Hergekommen bin ich, weil ich erfahren habe, daß Baker auf Rustys Kahn war, und dir raten wollte, vorsichtig zu sein.«

»Ich war vorsichtig.«

»Ich weiß«, erwiderte Abe. »Ich bin nicht blind.« Es gefiel ihm nicht, daß Privatleute bewaffnet auf der Straße unterwegs sein konnten, nicht einmal dann, wenn es sich um seinen Freund handelte und der einen Waffenschein hatte. »Wie nah warst du dran, mich zu erschießen?«

»Nicht besonders nah«, entgegnete Hardy.

Frannie füllte Glitskys Becher nach. »Er hatte Angst, Abe. Sie an seiner Stelle hätten auch Angst gehabt.«

»Da hörst du's.« Hardy versuchte zu lächeln, aber er fühlte sich noch immer, als hätte ihm jemand in den Magen getreten. Er wußte nicht genau, ob er wirklich kurz davor gewesen war abzudrücken, doch viel hatte sicher nicht gefehlt.

Glitsky pustete auf seine Schokolade, obwohl sie nicht sehr heiß war. »Bevor ich das mit Baker heute abend erfahren habe, dachte ich, daß ich dir meine Unterlagen vorbeibringe, damit du dich mit anspruchsloser Lektüre ein wenig beruhigen kannst.«

Hardy nahm den Aktenordner. »Was steht drin?«

»Denk daran: Wir wissen erst seit kurzem, daß Baker auf dem Kahn war. Lies es, dann wird dir klar, daß Leute in die Sache verwickelt waren, die noch nie was von dir gehört haben. Erstklassige Verdächtige. Ich dachte, es würde dich ein wenig entspannen und Louis Baker aus deinem Hirn vertreiben.«

»Brauchen Sie die Akte nicht?« erkundigte sich Frannie.

Abe stand auf. »Ich glaube nicht. Nicht mehr.«

»Was ist los, Abe?«

Glitskys Gesichtszüge hatten plötzlich alle Kraft verloren, und man sah ihm seine Resignation an. Seine Augen waren gerötet. »Ich bin fertig damit, Diz. Niemand schert sich noch darum. Du weißt, was ich meine... Alles deutet auf Baker, und höchstwahrscheinlich war er es... Also, warum vergasen wir ihn nicht einfach und haken die Sache ab? Es erinnert mich an diesen Satz aus *Casablanca*... ›Verhaften Sie die üblichen Verdächtigen‹. Das ist keine Polizeiarbeit mehr. Es liegt mir nicht, also scheiß' ich darauf.« Er nickte Frannie zu. »Bitte entschuldigen Sie meine Ausdrucksweise«, sagte er.

Draußen kam Wind auf und drückte gegen die Scheibe. Glitsky schob seinen Stuhl zurück und erklärte, er müsse nach Hause. Hardy und Frannie brachten ihn zur Tür.

»Was geschieht jetzt?« fragte Hardy.

»Was ich gesagt habe: Ich gehe nach Hause. Wir sehen uns morgen, okay?«

Sie sahen ihm nach, wie er, in seinen Mantel geduckt, Richtung Wagen ging, bis er im Nebel verschwunden war. Frannie schloß die Tür. Sie drehte sich zu Hardy. »Und jetzt?«

Hardy saß auf der Couch. Auf dem Teetisch vor ihm lag aufgeschlagen der Ordner mit Glitskys Aufzeichnungen. Frannie duschte. Vage nahm er die Geräusche des fließenden Wassers wahr. Sein Hemd stand offen, und er hatte eine Decke um die Schultern gelegt. Er las vorgebeugt, die Ellbogen auf die Knie gestützt, manches zum erstenmal.

Er gestand es ungern ein, aber jetzt, da Louis Baker ihn nicht länger bedrohte, wiesen die Fakten tatsächlich nicht mehr so eindeutig auf ihn wie zum Beispiel auf Ray Weir, den eifersüchtigen Ehemann, oder sogar auf Hector Medina, der seinen Haß auf Rusty auch nach Jahren noch nicht vergessen hatte.

Außerdem hatte Abe den Namen Johnny LaGuardia notiert und mit drei Ausrufungszeichen versehen, zusammen mit einem Vermerk über dessen Fingerabdrücke auf der umgestürzten Lampe. Hardy hatte den Namen noch nie gehört, nicht einmal von Abe, und er fragte sich, was dieser Mann mit der Sache zu tun hatte, das drei Ausrufungszeichen wert war.

Dann fiel ihm ein, daß auch Louis Bakers Fingerabdrücke auf dem Schlepper gefunden worden waren – in der Kombüse –, und wenn Baker dort gewesen war, hatte er die Tat begangen.

Oder nicht?

Er stand auf, zog die Decke fest um sich und ging auf und ab. Der Nebel hinter dem Fenster schien im Licht der

Straßenlaternen zu glühen und bewegte sich in Schwaden sanft den Hügel hinunter.

Hardy dachte an vorhin, sah Abe wieder aus diesem Nebel auftauchen, sah sich mit dem Finger am Abzug... Fast hätte er Abe in den Rücken geschossen. Oder nicht? Die Erinnerung war schon verschwommen... Hätte er geschossen, wenn sich herausgestellt hätte, daß der Mann Baker war?

Ein ums andere Mal wurde Abe für Baker gehalten. Vielleicht sahen sie sogar für Hardy wirklich alle gleich aus.

Aber die Sorge um Louis Bakers Schicksal würde ihm keine schlaflosen Nächte bereiten. Der Kerl war auf dem Kahn gewesen, in Janes Haus eingebrochen und mit Sicherheit noch derselbe Mistkerl wie damals.

»Woran denkst du?«

Frannie war in einen weißen, flauschigen Bademantel gehüllt, hatte ihre Haare schon getrocknet, die sie jetzt wie ein roter Heiligenschein umgaben.

Hardy ging zurück zur Couch, vermied es, ihr in die Augen zu sehen. »Abe würde es ›moralische Erwägungen‹ nennen.«

»Bezüglich was?«

Er wies auf den Tisch. »Dieses Zeug.«

Aber das war nicht alles, und er wußte es. Er setzte sich. Frannie lehnte sich gegen den Türrahmen und verschränkte die Arme.

»Dismas?«

Er wußte, daß er Probleme bekommen würde, wenn er jetzt aufsah, also griff er nach den Papieren und sortierte sie. Frannie trat neben ihn. Er hob den Kopf. Sie bettete die Hände in sein Haar und zog ihn sanft zu sich, öffnete den Bademantel, so daß sein Gesicht auf ihrem Bauch zu liegen kam. Er nahm den Duft von Weiblichkeit und Creme wahr, die Wärme und Festigkeit ihrer Haut, ihr Herz, das darunter schlug.

»Komm«, sagte sie, und er folgte ihr ins Schlafzimmer.

13

Lace war bei Mamas Haus und befestigte Sperrholz über der Fensterscheibe, die Dido eingeschlagen hatte.

Der Nebel, der gestern am späten Abend heraufgezogen war, lichtete sich wieder. Ein leichter Wind zerrte an Laces Flanellhemd. Soweit Lace wußte, hatte seit zwei Tagen niemand im Bereich etwas von Louis Baker gehört oder gesehen. Louis mußte sich bald zeigen, dachte Lace, wenn er noch irgendwelche Ansprüche auf den Bereich geltend machen wollte, denn sonst wäre es zu spät.

Gestern abend – Dido war noch nicht einmal unter der Erde – war Samson, der das Nachbarareal beherrschte, kurz herübergekommen und hatte gesehen, daß niemand hier arbeitete, denn Lace und Jumpup ließen die Dinge ihren Gang gehen und taten wenig.

Lace fühlte sich schlecht wegen Dido. Dido war wie ein großer Bruder für ihn gewesen, sein Beschützer. Lace war sich nicht sicher, wie er mit Louis Baker umgehen sollte, falls der zurückkommen würde. Er mußte auf jeden Fall zuerst einmal sein Vertrauen gewinnen, ihn glauben machen, daß er sein Fähnchen nach dem Wind hängte. Er wollte nicht, daß Baker zu der Ansicht gelangte, er müsse ihn umlegen wie Dido, um sich den Bereich zu sichern. Deshalb hatte er sich entschlossen, zu Mama zu gehen, das Fenster zu reparieren, am Ort des Geschehens auf Neuigkeiten zu warten und den richtigen Zeitpunkt abzupassen. Wenn Louis zurückkommen würde und nicht aufpaßte, könnte ihm etwas zustoßen.

Mama erschien im hinteren Teil der Wohnung, ein Gebirge von Frau in einem bunten Kaftan. Sie hatte Pfannkuchen gebacken, die sie mit Honig und Butter servierte. Lace schlug den letzten Nagel ein und ging in die Küche.

Sie saß am Tisch und zerschnitt die Pfannkuchen, deren Duft den Raum füllte.

»Setz dich, Kind«, sagte sie. »Iß was.«

Lace gehorchte, sog genießerisch den Duft ein, ließ die

Butter auf dem heißen Pfannkuchen schmelzen und gab ein wenig Honig oben drauf. Mama schenkte ihm ein Glas Milch ein.

»Die Polizei hat mein Auto zurückgebracht«, sagte sie endlich. »Louis hat nichts dran kaputtgemacht.«

»Haben sie ihn gefunden?«

»Sie haben auf ihn geschossen«, antwortete sie. »Jeder muß immer gleich schießen.«

Lace nickte nur.

»Vermutlich kommt er jetzt wieder in den Knast. Die Polizei sagt, besser für ihn, wenn er nicht überlebt, bei dem, was gegen ihn vorliegt.« Sie schnitt einen weiteren Streifen Pfannkuchen ab und legte ihn Lace auf den Teller. »Sie glauben, er hat Dido umgebracht.«

»Er *hat* Dido umgebracht.«

»Warum sagst du so was?« rief Mama, und einen Moment lang glaubte er, sie wäre richtig wütend, aber dann fragte sie ruhiger: »Warum glaubst du solchen Müll, Junge?«

Lace mußte eine Weile kauen, ehe er den Bissen hinunterschlucken konnte. Sein Mund war trocken. Er nahm einen Schluck Milch. »Dido ist erschossen worden, und Louis ist abgehauen«, murmelte er.

»Du denkst wie die Polizei«, schimpfte Mama. »Wenn einer abhaut, ist er noch lange nicht schuldig... Er versucht einfach, aus der Schußlinie abzutauchen, das ist alles. Zu einem wie Louis, der früher schlimme Sachen gemacht hat, kommen sie zuerst, weil es so leicht ist, ihm das anzuhängen.«

»Vielleicht.«

»Okay. Und warum hätte Louis Dido umbringen sollen?«

Die Antwort war so naheliegend, daß er Probleme hatte, sie auszusprechen. »Er will den Bereich haben, Mama.«

»Hältst du Louis für so blöd? Er bringt Dido wegen des Bereichs um, und dann haut er ab?«

»Hätte er es nicht getan, hätte er ja nicht abhauen müssen.«

Mama schüttelte den Kopf. »Kind, Kind, Kind. Wo kommst du her? Er mußte abhauen, er hatte keine Wahl.«

Lace widmete sich wieder den Pfannkuchen und dachte, daß die Mama vielleicht sogar recht hatte... Louis hatte mit Dido gekämpft, und Dido hatte den Krieg fortgesetzt, indem er die Fensterscheibe eingeschlagen hatte. Trotzdem wäre es irgendwie dumm gewesen, Dido zu töten, vor allem, wenn es um den Bereich ging. Es war ungefähr so, als würde er eine Fahne hochhalten, auf der stand: Ich habe es getan. Vielleicht hatte jemand den Krieg zwischen Dido und Louis ausgenutzt, um den einen loszuwerden und den anderen zu vertreiben. Um freie Bahn im Bereich zu haben. Lace mußte darüber nachdenken.

Hardy fuhr mit der Hand Frannies Taille entlang, ehe er aus dem Bett stieg. Sie bewegte sich, gab einen kehligen Laut von sich und schlief wieder ein. Hardy zog die Decke über sie und strich ihr das Haar aus dem Gesicht.

Sie waren den größten Teil der Nacht über wach gewesen, hatten geredet und miteinander geschlafen. Sie waren wie gute, alte Freunde miteinander umgegangen, aber andererseits – Hardy konnte kaum fassen, was vor sich ging. Während er duschte, dachte er wieder an die Nacht, sah vor sich, wie sie sich ein zweites, ein drittes Mal geliebt hatten, und drehte den Kaltwasserhahn auf, um irgendwie zurück in den Tag, in sein wirkliches Leben zu finden.

Sein wirkliches Leben.

Er setzte einen Topf Kaffee auf und fragte sich, was aus seinem wirklichen Leben geworden war, seit Rusty Ingraham im *Shamrock* aufgetaucht war. Bis zu diesem Tag war sein Leben gar nicht so schlecht gewesen – in gewisser Weise, fand er, sogar ganz gut. Jedenfalls besser als während der furchtbaren Jahre, bevor er wieder mit Jane zusammengekommen war. Die Dinge mit Jane hatten sich stabilisiert, er arbeitete als Barkeeper mit angenehmen Arbeitszeiten und hatte meistens Spaß daran…

Auf Partys stellten sie gern diese Fragen nach dem ›Was wäre, wenn…‹, und so fragte Hardy sich jetzt: Was wäre, wenn du in drei Tagen sterben müßtest? Oder in sechs Monaten? Was würdest du dann anders machen? Die Antwort auf den Partys hieß natürlich: ›Ich würde weitermachen wie bisher.‹

Aber jemand hatte ihn glauben lassen, daß er wirklich in naher Zukunft sterben würde, und Hardy hatte nicht weitergelebt wie bisher. Was hatte das zu bedeuten? War er mit seinem bisherigen Leben nicht zufrieden? Und wie stand es mit seinem augenblicklichen Leben? Wenn ihm noch ein Tag bliebe, würde er ihn mit Frannie oder mit Jane verbringen? Oder allein?

Gut, wenn er Glück hatte, blieb ihm mehr als ein Tag, und dann würde er diese Entscheidung nicht treffen müssen.

Die Sonne stand hoch, und der Nebel hatte sich fast vollständig aufgelöst, und Hardy beschloß, daß er, wenn er zurück nach Hause zog – wann immer das sein mochte – auch Kaffee bei *Graffeo's* kaufen würde. Er schmeckte wirklich besser als sein Espresso aus der Dose.

Auf der Fußmatte vor der Haustür fand er die Sonntagszeitung. Er sah hinaus auf die lange Reihe der Autos, die am Straßenrand parkten, und versuchte sich vorzustellen, wie er gestern abend hinter einem dieser Autos gestanden und die Waffe auf Abe Glitskys Rücken gerichtet hatte. Im hellen Sonnenlicht wirkte alles vollkommen anders… Hatte er wirklich auf Abe gezielt? Hatten er und Frannie wirklich miteinander geschlafen? Wie würde das jetzt, im Tageslicht, aussehen?

Er ging zurück in die Küche und schlug die Zeitung auf. Der Bericht auf der Titelseite sprang ihm ins Auge – Hector Medina war wieder in den Schlagzeilen. Fred Treadwell hatte Medina offensichtlich beschuldigt, seinen Hund getötet und ihn selbst mit dem Tod bedroht zu haben. Zwei Spalten waren Hector gewidmet. Die eine berichtete über den Verdacht von vor sieben Jahren, Medina sei ein Killer-Polizist gewesen. Der Fall, hieß es, sei zu den Akten gelegt worden. Hardy war noch zu sehr Polizist und Staatsanwalt, um an dieser Art der Berichterstattung Gefallen zu finden, auch wenn Medinas Unschuldsbeteuerungen ihm verdächtig erschienen waren. In der zweiten Spalte war ein Interview mit Medina abgedruckt, den ein Reporter gestern zu Hause angerufen hatte. Medina hatte im großen und ganzen das Klagelied wiederholt, das er auch Hardy vorgetragen hatte – stehe man erst einmal unter Anklage, könne man die Tat auch begehen, denn jeder behandle einen, als hätte man es getan. Natürlich habe er nie irgendeinen Hund getötet, aber selbst wenn ihm dies wie die dümmste Behauptung vorkomme, die er je gehört habe, glaube jeder, er hätte es getan. Warum hätte er den Hund dieses Mannes töten sollen? Und so weiter und so fort.

Eine Sekunde lang ging Hardy der Gedanke durch den Kopf, daß es sich im Fall Louis Baker möglicherweise ähnlich verhielt... Louis war ein Verbrecher, also war er an allen Verbrechen, die sich in seiner Nähe ereigneten, schuld, und daraus folgte – wenn man erst einmal unter Verdacht stand, konnte man die Verbrechen auch begehen. Nein. Nicht in Bakers Fall. Sie hatten ihn gefaßt, nachdem er in Janes Haus eingebrochen war, um nach ihm zu suchen. Gott im Himmel...

Hardy legte die Zeitung beiseite und sah aus dem Fenster. Er fühlte Frannies Hände auf seinen Schultern, die ihn massierten, dann hinunterglitten und auf seiner Brust liegenblieben. Frannie küßte ihn auf den Kopf, und er lehnte sich an sie.

»Hallo«, sagte er.

Sie streichelte seine Brust und richtete sich auf. »Ich liebe dich«, sagte sie, während sie neben ihn auf einen Stuhl glitt, und sah ihm in die Augen. »Und du bist durcheinander.«

Hardy lächelte. »So durcheinander nun auch wieder nicht.«
»Gut.«
»Ich weiß nur nicht mehr, was ich tue, was wir tun, und was das alles zu bedeuten hat.«
»Das geht in Ordnung. Ich weiß es auch nicht.«
Er nahm ihre Hand. »Zufall ist es nicht, das solltest du wissen.«
»Ich weiß es.«
»Ich versuche gerade herauszufinden, was oder wie mein wirkliches Leben ist.«
»Du meinst – Jane oder ich?«
Er schüttelte den Kopf. »Nicht nur das, aber es ist ein Teil davon.«
»Ich habe nicht vor, irgendwelche Rechte anzumelden. Aber ich will, daß du weißt, daß ich dich liebe.«
Hardy sah hinunter auf ihre Hand, die in der seinen lag: Eddies Ring steckte noch an ihrem Finger.
Er wollte ihr vieles sagen – daß man Rechte anmeldete, wenn man jemandem sagte, daß man ihn liebe, daß er nicht wußte, wie er mit seinen Gefühlen für sie umgehen solle, daß er dem Gefühl namens Liebe nicht traue, nur dem Verhalten namens Liebe, und daß er bei ihr das *Gefühl* empfinde. Bei Jane hatte er begonnen zu glauben, daß das Verhalten stimme, und versuchte jetzt – mit wechselndem Erfolg – sich das Gefühl einzureden. Aber das Gefühl für Jane war nicht mit dem Sturm vergleichbar, den er jetzt in seinen Adern fühlte.
Dennoch wußte er, daß er nicht sagen konnte: »Ich liebe dich auch.« Das führte zu oft zu Mißverständnissen.
Statt dessen hob er ihre Hand und küßte sie. »Erinnerst du dich daran, daß ich eben gesagt habe, ich sei nicht so durcheinander?«
Sie nickte.
»Ich habe gelogen.«
Frannie lachte ihr wundervolles Lachen und sah ihn mit funkelnden Augen an. »Oh, Dismas. Laß es uns einfach

genießen ... Eddie ist tot, und ich vermisse ihn entsetzlich, und Jane ist im Moment nicht in der Nähe. Wir sind zwei Erwachsene, die sich seit einer Ewigkeit kennen und mögen und sich jetzt zueinander hingezogen fühlen.« Sie drückte seine Hand. »Sehr zueinander hingezogen fühlen ... Wir haben ein kleines bißchen Zeit geschenkt bekommen, das wir ganz für uns haben können, also laß es uns einfach genießen. Ich versuche nicht, einen Vater für mein Kind zu finden, und du brauchst dich nicht zwischen mir und Jane zu entscheiden, zumindest nicht, bis das wieder anfängt, was du dein wirkliches Leben nennst.«

»Ich habe nie an diese Theorie geglaubt, daß Liebe ein Moment der Ruhe im Fluß der Zeit sei.«

»Was hältst du davon, überhaupt keine Theorie zu haben?«

»Ohne Theorien könnte etwas geschehen, auf das man nicht vorbereitet ist.«

Frannie lachte wieder und schüttelte den Kopf. »Hast du je daran gedacht, daß das Leben einfach geschieht und man nie ausreichend vorbereitet ist?«

»Ja, und das macht mich nervös.«

»Ich weiß. Deshalb willst du alles unter Kontrolle haben. Aber manche Dinge lassen sich nicht kontrollieren – der Mord an Eddie ... Michaels Tod ... Louis Baker, der dich und mich auf diese Art zusammengebracht hat. Das entzieht sich unserer Kontrolle.«

»Und die gestrige Nacht?«

Jetzt lächelte sie leicht. »Die letzte Nacht war ein Güterzug, der ohne Bremsen einen Abhang hinuntergerast ist, und das weißt du.«

»Und was hat ihn in Gang gesetzt?«

»Daß du an meiner Tür geklingelt hast. Daß ich Eddie geheiratet habe. Daß ich dich kennengelernt habe. In unserem ›wirklichen‹ Leben, wie du es nennst, hatten wir es unter Kontrolle, aber dann ist diese verrückte Sache mit Baker passiert ... und daß dein Leben bedroht war. Solche verrückten Sachen passieren eben immer wieder mal.«

»Gut und schön, der Fluß der Zeit wird uns einholen, Jane wird zurückkommen ... Ich sollte wieder nach Hause gehen, Frannie, Baker ist gefaßt. Aber warum habe ich nicht das Gefühl, daß es vorbei ist? Daß alles wieder zur Ruhe gekommen ist?«

Frannie beugte sich vor und verschloß ihm den Mund mit einem Kuß. »Weil etwas anderes angefangen hat.«

Hardy stand abrupt auf und ging ins Wohnzimmer, wo die Decke unverändert über der Couchlehne hing und Glitskys Akte noch immer aufgeschlagen auf dem Tischchen lag.

Frannie trat hinter ihn, schlang die Arme um seine Taille, lehnte ihr Gesicht an seinen Rücken. »Der Punkt ist der«, sagte er, »daß alles miteinander verbunden zu sein scheint. Du, ich, diese Baker-Geschichte. Und mein Instinkt sagt mir, daß es noch nicht vorbei ist. Zuviel ist ungeklärt ...«

»Mit Baker?«

»Mit Rusty Ingraham. Aber ich frage mich, ehrlich gesagt, ob mein Instinkt nicht einfach meinem Wunsch entspringt, dieses Leben hier mit dir zu verlängern, die Rückkehr ins wirkliche Leben hinauszuzögern.«

Sie strich mit beiden Händen an seinem Hemd hinauf und hinunter. »Was ist unklar, Diz?«

Er nahm die Akte. »Dieses Zeug hier ... Und dann finde ich in der Zeitung von heute einen Kerl, der auch mit der Sache zu tun hat und offenbar in ein Gewaltverbrechen verwickelt ist.«

»Aber haben sie Baker nicht vor Janes Haus gestellt? Und heißt das nicht, daß er hinter dir her war?«

»Zweifellos.«

Sie verschränkte die Arme vor der Brust. »Und?«

»Es heißt nicht, daß er Rusty, Maxine oder den Burschen in der Siedlung getötet hat. Es heißt lediglich, daß er hinter mir her war.«

»Na gut, aber wir können doch davon ausgehen ...«

»Natürlich können wir. Und das habe ich auch die

ganze Zeit getan.« Er setzte sich auf die Couch. Frannie trat neben ihn. »Gestern abend hätte ich um ein Haar Abe erschossen. Nein, hör mir zu... Ich war mir hundertprozentig sicher, daß der Mann vor der Haustür Louis Baker war, der mich töten wollte. Aber ohne *Gewißheit* konnte ich nicht schießen. Gott sei Dank! Irgend etwas hat mich gehindert abzudrücken.«

Frannie setzte sich. Sie fragte, worauf er hinauswolle.

»Wenn ich Louis Baker gestern nacht nicht töten konnte, wie kann ich es jetzt tun?«

»Wie meinst du das?«

»Wenn er wegen der Morde verurteilt wird, kommt er in die Gaskammer.«

»Aber sogar Abe hat eingesehen...«

»Sicher. Das Problem ist: Abes Instinkt ist nicht immer falsch, meistens hat er sogar recht... Ich hatte in den letzten Tagen so große Angst, daß ich nur daran interessiert war, meine Haut zu retten, und deswegen auf Baker fixiert war.«

»Und jetzt?«

»Jetzt glaube ich, daß Abe vielleicht recht hatte. Ich bin nicht sicher, ob ich an seiner Stelle – bei allem, was er wußte oder auch nicht wußte – Baker einfach so verhaftet hätte.«

»Aber als Abe wußte, was er jetzt weiß, hat er Baker verhaftet, oder?«

»Nicht direkt. Baker wurde vor Janes Haus gestellt.«

»Aber hat Abe nicht gesagt, er würde weiter gegen ihn vorgehen?«

»Nein. Für mich klang es, als würde er aufgeben. Vielleicht läßt er die Ingraham-Sache fallen und gibt sich damit zufrieden, Baker wegen des Mordes an der Frau oder wegen des Einbruchs dranzukriegen, oder vielleicht nur dafür, daß er gegen die Bewährungsauflagen verstoßen hat. Abe hat genug, das ist alles.«

»Aber Baker wollte dich töten!«

»Versteh mich nicht falsch, Frannie. Was einem Mann

wie Louis Baker geschieht, interessiert mich nicht besonders. Aber er sollte nur für das verurteilt werden, was er wirklich getan hat.«

»Laß das die Jury entscheiden. Oder Abe.«

»Jurys können irren, und Abe hat in seiner momentanen Stimmung nicht viel Lust, der Angelegenheit weiter nachzugehen.« Hardy schlug ein paar Seiten in Abes Akte um und beugte sich dann über den Tisch. »Da ist noch was«, sagte er.

Frannie setzte sich auf, legte ihm die Hand auf den Rükken. »Was?«

»Wie ich es auch drehe und wende – ich stecke bis zum Hals mit drin. Angenommen, Baker hat Rusty nicht umgebracht. Laß uns, nur so zum Spaß, weiter annehmen, Rusty ist überhaupt nicht tot. Wenn nun das eine oder das andere oder sogar beides zutrifft, frage ich mich: Was habe ich, Dismas Hardy, eigentlich mit der ganzen Sache zu tun... es sei denn, man hat mich benutzt?«

»Und wofür?«

Hardy ließ die Akte sinken und lehnte sich in der Couch zurück. »Das ist die Frage.«

Hardy war überzeugt davon, daß es mit Frannies zärtlichen Gefühlen für ihn erst einmal vorbei war, denn daß er Louis Baker im Krankenhaus besuchen wollte, hatte sie wirklich wütend gemacht. Er solle die Sache auf sich beruhen lassen, sagte sie. Aber er fühlte sich noch in Gefahr, denn sollte er tatsächlich benutzt worden sein... Vielleicht brauchte er auch nur eine Ausrede, um länger in Frannies Wohnung bleiben zu können, oder er fuhr zu Louis, weil er jetzt, da sein Leben allem Anschein nach nicht mehr direkt bedroht wurde, sein Gewissen beruhigen wollte, nachdem er sich nicht gerade sehr ehrenhaft benommen hatte.

Alles war durcheinander und gleichzeitig irgendwie miteinander verbunden.

Er und Frannie hatten ihren ersten Streit gehabt. Sie

hatte gesagt, dieses unstillbare Bedürfnis, die Wahrheit zu finden, das Richtige zu tun, habe ihren Mann das Leben gekostet, und sie werde nicht zulassen, daß Hardy das gleiche widerfahre.

Aber Hardy wußte, daß nicht Idealismus Eddie Cochran vor vier Monaten getötet hatte, sondern ein Kopfschuß, und er wußte auch, daß Eddie auf den Mann, der geschossen hatte, sowenig Einfluß gehabt hatte wie auf den Wind. Eddie war von dem Wunsch beseelt gewesen, etwas aus seinem Leben zu machen, und jemand hatte es abrupt und völlig sinnlos beendet. Wenn es Frannie half zu glauben, daß Eddies Idealismus ihn in Dinge verwikkelt hatte, die ihn schließlich in der Dunkelheit der Nacht zu jenem einsamen Parkplatz geführt hatten, akzeptierte Hardy das. Doch er wußte, daß es der Wille eines anderen Menschen gewesen war, Eddies Leben zu beenden, nicht sein eigener.

Hardy verdrängte diese Gedanken, als der Wärter ihn ins Krankenzimmer von Louis führte. Er hatte Abe von Frannie aus angerufen, und Abe hatte ein Gespräch mit Baker für ihn vereinbart, obwohl er nicht einverstanden war. Hardy hatte ihm versprechen müssen, die Waffe nicht mitzunehmen.

Selbst mit den Schläuchen in den Armen und der Sauerstoffmaske über der Nase wirkte Baker noch furchterregend. Hardy trat ein Stück vom Bett zurück und vergewisserte sich, daß der Beamte an der Tür stand.

Er konnte Baker nicht einordnen, erinnerte sich nicht mehr, wie er vor neun Jahren ausgesehen hatte. Ein großer Schwarzer. Er hatte viele große Schwarze angeklagt.

»He, Louis«, sagte er.

Baker versuchte mühsam, die Augen zu öffnen. Er war noch ein wenig betäubt, schien Hardy aber zu erkennen. Seine Augen, die braune Iris, auch das Weiße darum, hatten einen Stich ins Gelbliche. »Wenn der Berg nicht zum Propheten kommt...« sagte er und schloß die Augen wieder.

Hardy zog seinen Stuhl nah zu Baker heran. »Ich hoffe, Sie kriegen einen besseren Anwalt als das letztemal«, sagte er. Er wartete vergeblich auf eine Reaktion. Vielleicht war Baker wieder eingeschlafen. Unbeeindruckt fuhr Hardy fort: »Denn wenn Sie sich von diesem tragischen Unfall erholt haben, der Sie ins Krankenhaus gebracht hat, wandern Sie in ein kleines grünes Zimmer, wo die Luft wirklich schlecht ist. Das einzig Gute daran ist: Sie brauchen sie nicht sehr lange einzuatmen.«

Baker schlug die Augen auf. »Da wir von schlechter Luft sprechen...«

»Man sagt zwar, das Gas sei schmerzlos, aber es kursieren unangenehme Geschichten von Leuten, die es einatmen, und dann fliegt ihr Kopf zurück und die Augen treten heraus wie bei einer Rauchvergiftung. Klingt scheußlich, finden Sie nicht? Aber ich glaube, es dauert nicht lange.«

»Für Einbruch komme ich nicht in die Gaskammer.«

»Ich scheiße auf den Einbruch. Ich spreche von den Morden.«

»Ich habe keinen Mord begangen.«

»Sie haben Rusty Ingraham nicht ermordet? Sie brauchen einen verdammt guten Anwalt.«

»Ich habe Rusty Ingraham überhaupt nicht gesehen. Das habe ich dem Polizisten schon gesagt.«

»Und wie Sie wissen, hätte er Ihnen gerne geglaubt, aber als man Ihre Fingerabdrücke in Rustys Wohnung fand, wurde er skeptisch. Kennen Sie das Wort ›skeptisch‹, Louis? Es bedeutet, daß er glaubt, Sie stecken voll in der Scheiße.«

Baker schloß die Augen wieder.

»Sind Sie müde, Louis? Wollen Sie, daß ich gehe? Wir haben Sie auf Rustys Kahn erwischt, wir haben Sie in der Siedlung erwischt, wir haben drei Morde, die Ihre Unterschrift tragen.« Hardy bemerkte eine Bewegung unter Bakers Lidern. Er schien nachzudenken.

Seit er seinen Job bei der Staatsanwaltschaft aufgegeben

hatte, hatte Hardy niemanden mehr offiziell verhört, aber das Gespür dafür verlor man nicht. Auf gewisse Weise machte es ihm sogar Spaß, daß Louis vermutlich annahm, er sei noch immer Staatsanwalt.

»Drei?« Baker öffnete die Augen und richtete sich ein wenig auf. »Wieso drei? Versuchen Sie, mir alle Morde der vergangenen Woche anzuhängen? Was ist los, haben Sie keinen anderen, der auf Bewährung draußen ist?«

Das Sprechen bereitete Louis Mühe, er mußte sich wieder hinlegen und rang nach Atem.

»Ich lasse mir nichts zuschulden kommen, aber Sie beschließen, daß ich zurück in den Knast komme...«

»Woher haben Sie die Pistole, Louis? Sie haben auf Polizisten geschossen, haben einen Einbruch begangen – das nennen Sie ›nichts‹?«

Louis winkte ab. »Ich habe niemanden getötet.«

Hardy lehnte sich im Stuhl zurück. Natürlich leugneten die meisten Mörder anfangs ihre Morde. Deshalb mußte er mit Louis streiten, reden, benutzen, was er hatte, um das Gespräch in Gang zu halten.

»Sie haben Rusty Ingraham getötet, Sie haben die Frau auf seinem Kahn getötet, und Sie haben den Jungen in der Siedlung getötet.«

»Was für eine Frau auf Rustys Schlepper?«

»Ihr Name war Maxine Weir.«

»Da war keine Frau...« Louis brach abrupt ab, schloß die Augen, sank zurück.

Hardy beugte sich vor. Er lächelte jetzt. »Aha«, sagte er.

»Ich will meinen Anwalt.«

Hardy beugte sich noch weiter über ihn und flüsterte ihm ins Ohr: »Scheiß drauf, Louis. Scheiß auf deinen Anwalt. Hier sind nur du und ich.«

»Ich werde Sie anzeigen.«

»Ich werde alles leugnen, und wer würde dir schon glauben?«

Louis versuchte, sich im Bett aufzurichten, bekam einen Hustenanfall, und die Sauerstoffmaske rutschte von seiner Nase. Hardy stand auf und schob den Stuhl zurück, während der Wärter kam und einen Knopf am Bett drückte. Als die Krankenschwester erschien, hustete Louis nicht mehr. Er lag so still, als wäre er tot.

Die Krankenschwester richtete die Sauerstoffmaske und prüfte die Verbände um Brust und Oberschenkel. Hardy sah Blut unter den Verbänden. Ein dünnes Rinnsal rann aus Bakers Mund, und Hardy vernahm ein leises, gurgelndes Geräusch. Bakers Atem.

Die Schwester wandte sich an ihn. »Er sollte wirklich nicht sprechen.«

Aber Hardy war fest entschlossen, den Vertreter der Anklage zu spielen, bis ihn jemand erwischte. »Fünf Minuten. Er ist des Mordes verdächtig.«

»Wollen sie, daß er lebendig vor Gericht gestellt wird?«

Hardy sah erst Baker, dann wieder die Schwester an. »Nicht unbedingt. Aber ich werde mich kurzfassen.«

Er schob den Stuhl wieder vor, während die Schwester mit dem Wachbeamten sprach.

»Also, wo waren wir?« fragte Hardy. »Ach ja, Ingrahams Boot.«

Baker rang nach Atem, als wäre er gerannt. »Da war keine Frau«, sagte er.

»Sergeant Glitsky haben Sie erzählt, Sie wären nicht dort gewesen.«

»Er hat mich verdächtigt, er glaubt, ich hätte den Typ ermordet.«

»Richtig.«

»Der Typ hat mich mitgenommen.«

»Wer?«

»Ingraham.«

»Rusty Ingraham hat Sie in seine Wohnung mitgenommen? Das soll ich glauben?«

»Glauben Sie, was Sie wollen, ich erzähle, was passiert ist.«

»Okay. Also, was ist passiert?«

»Ich bin aus dem Bus gestiegen, da stand der Kerl und

wartete schon. Er kam zu mir und sagte: Kommen Sie, wir machen eine kleine Fahrt. Ich wollte weitergehen, aber er hat mich gezwungen.«

»Wollen Sie mir erzählen, Rusty Ingraham habe eine Waffe auf Sie gerichtet?«

Baker nickte. »Er hat mir eine Waffe gezeigt, also bin ich mit ihm zu seinem Auto gegangen. Ich dachte, er erschießt mich, aber dann sind wir ungefähr zweieinhalb Meilen weit bis zu diesem Kahn gefahren. Er hat gesagt, er hätte gehört, daß ich jetzt versuchte, ein braver Bürger zu sein. Gutes Benehmen im Knast und all das. Wir haben auf seiner Couch gesessen und Wasser getrunken, und er hat gesagt, daß er hofft, das alles ist wahr, aber wenn es nicht wahr ist, will er, daß ich weiß, wo er wohnt, damit ich niemals in seine Nähe komme. Denn wenn ich dort auftauche, schießt er, und es ist Notwehr, und dann fragte er, ob ich das verstanden hätte.« Wieder entrang sich seiner Kehle ein gurgelnder Laut. Mit verzerrtem Gesicht schluckte er ein paarmal.

»Und dann?« fragte Hardy.

»Dann bin ich gegangen. Ich bin herumgelaufen, nur weg von da. Ich bin ein freier Mann.«

Der Beamte kam herein. »Noch zwei Minuten, sagt die Schwester.«

Hardy stand auf und sah auf Baker hinunter. Der schluckte noch immer, und auf seiner Stirn schimmerte ein dünner Schweißfilm. Er öffnete die Augen. »Ich habe niemanden umgebracht«, sagte er.

Der Beamte verdrehte die Augen. »Das sagen sie alle, was?«

14

Mit dem Spazierstock in der Hand trat Angelo Tortoni aus der Kirche ›Saint Peter and Paul‹ auf den Washington Square. Seine Frau Carmen hatte sich bei ihm eingehakt, die beiden Söhne, Matteo und Franco, gingen einer vor, einer hinter ihnen. Sie stiegen die Stufen hinunter.

Tortoni ging langsam, genoß den schönen Morgen und das Geschwätz seiner Frau. Carmen war fast doppelt so umfangreich wie er, aber nicht fett. Er bezeichnete sie gern als stämmig – gute, solide Beine, ein fester, runder Hintern, eine kräftige Taille und Brüste wie Melonen. Sie war zwanzig Jahre jünger als er, stammte aus Italien, war gut erzogen und sehr leidenschaftlich und besaß auch nach Jahrzehnten noch ein vermutlich angeborenes Gespür für das, was ihren Mann glücklich machte.

Angelo hatte schon öfter gedacht, seine Frau würde ihn eines Tages umbringen mit ihrer Energie, aber dann war ihm klargeworden, daß ihre Begeisterung ihn jung hielt. Sie war wunderbar hemmungslos, wenn sie ihm sein Vergnügen verschaffte wie gestern nacht oder verlangte, daß sie ihren Spaß bekam, was Angelo nur fair fand. Er glaubte nicht, daß es viele Frauen gab, die ihn sooft erregen konnten wie Carmen, der es auch dann gelang, ihn auf Touren zu bringen, wenn er glaubte, keine Lust zu haben.

Die kleine Gruppe überquerte den Platz und bog an der Powell Street zum Fior d' Italia ab. Der Sonntag gehörte Gott und der Familie. Carmen war glücklich – Angelo würde nach dem Lunch zu Hause sein, ein paar Nachbarn würden vorbeikommen, um ihm ihren Respekt zu bekunden und ihn vielleicht um einen Gefallen bitten. Sie würden Angelo Tortoni in sanfter Stimmung vorfinden.

Angelo wandte den Kopf, nickte und lächelte über eine Bemerkung seiner Frau. Fast scheu hielt sie den Kopf gesenkt, drückte seinen Arm. Sie gingen noch langsamer den Hügel hinauf in Richtung Grant Avenue. Angelos

Beine waren so gut wie die jedes anderen Mannes, aber er genoß es, den Eindruck zu erwecken, er werde allmählich gebrechlich. Das würde seine Feinde unvorsichtig machen, und das konnte ihm eines Tages von Nutzen sein. Außerdem hatte er bemerkt, daß es auch in einer anderen Hinsicht eine ausgesprochen vorteilhafte Wirkung hatte, alles langsam zu tun: Es verlieh seinen Worten Gewicht und seinem Urteil Endgültigkeit. Eine leise Stimme, ein Flüstern waren ebenfalls hilfreich. Wenn man die Stimme nicht hob, mußten die Leute näherkommen, sich konzentrieren, auf jede Silbe lauschen. Das bedeutete Macht.

Franco rannte vor und öffnete das Tor in der weißen Mauer, die ihr Haus umgab. Sie betraten den kleinen Vorhof und warteten dort, bis Franco die neun Stufen hinaufgelaufen war und die Haustür geöffnet hatte. Angelo, das stete Summen von Carmens Stimme im Ohr, freute sich, daß seine Söhne sich ganz von selbst um die Sicherheitsvorkehrungen kümmerten.

Carmen war keine Klatschbase oder Schwätzerin, aber sie liebte das Gespräch auf dem Heimweg nach der sonntäglichen Messe. Es gab ihr das Gefühl, alle Neuigkeiten, die ihr entgangen waren, von ihrem Mann zu erfahren, auch wenn er kaum eine Antwort gab, höchstens nickte oder ihr die Hand tätschelte. Und es gab ihr das Gefühl, seinen Alltag mit ihm zu teilen. Nichts, so wußte Tortoni, war von der Wahrheit weiter entfernt als das, denn Carmen hatte von seinem Alltag so gut wie keine Ahnung. Sie glaubte, er sei als Berater für Menschen mit Problemen tätig, als Menschenfreund für die, die Hilfe brauchten, und im Ältestenrat der *Knights of Columbus*.

Der Vorbau lag im Sonnenlicht, das gefärbte Glas über dem Eingang schimmerte bunt, und Angelo nahm den Duft von geröstetem Lamm aus der Küche wahr. Knoblauch und Rosmarin … Er half Carmen aus dem Mantel, küßte sie auf den Nacken und übergab den Mantel einem seiner Männer. Da sah er Pia, das Hausmädchen, in der Tür zum Wohnzimmer stehen und die Hände ringen. Carmen tätschelte Angelo den Arm und ging hinüber, um in schnellem Italienisch mit ihr zu sprechen. Vielleicht hatten sie den Lunch anbrennen lassen oder vergessen, etwas einzukaufen. Es war schon in Ordnung, was immer es war.

»Im Arbeitszimmer wartet eine Frau, die dich sprechen will«, sagte Carmen.

Tortoni verzog das Gesicht. »Jetzt?« Er warf Pia einen scharfen Blick zu. Er kannte keine Frauen, und schon gar keine, die es wagen würden, an einem Sonntag vor zwölf Uhr in seinem Haus aufzutauchen. »Kennen wir sie?«

Carmen sprach italienisch. »Pia konnte sie nicht wegschicken, sei nicht böse. Die Frau sieht aus, als sei sie geschlagen worden. Sie bittet um deine Hilfe.«

Tortoni erklärte Pia, daß sie richtig gehandelt habe. Er würde also mit der Frau sprechen, herausfinden, worum es ging.

Er nickte Matteo zu, der ins Arbeitszimmer ging, um zu prüfen, ob die Frau eine Schußwaffe oder ein Messer bei sich hatte. Tortoni bat Pia, ihm seine Flasche und zwei Gläser *Lacrima Christi* zu bringen, den süßen, goldenen Wein, den er jeden Sonntag nach der Messe trank. Er zog den Mantel aus, stellte den Stock neben die Tür in den Schirmständer, drehte sich um und küßte Carmen auf beide Wangen. »Ti amo«, sagte er. Dann fiel er zurück ins Englische: »Es wird nicht lange dauern.«

Das Arbeitszimmer war dunkel, doch selbst im Dämmerlicht erkannte Angelo auf den ersten Blick, daß die Frau überwältigend schön war. Sie hatte versucht, die Schwellungen auf ihrer Wange mit Make-up zu überdekken, aber ein Auge war ebenfalls geschwollen, und die vollen roten Lippen waren aufgeplatzt. Man wünschte sich unwillkürlich, sie küssen zu dürfen, um den Schmerz zu lindern. Sie trug einen leichten hellbraunen Rock, der ihr jetzt, wo sie saß, gerade bis über die Knie reichte. Ihr Haar war zurückgebunden und an der Seite mit einem Perlmuttkamm zusammengehalten. Sie erinnerte Angelo an seine Frau am Tage ihrer Hochzeit. Er schickte Matteo hinaus. Die Tür wurde geschlossen, sie waren allein.

Er ging mit gleichmäßigen Schritten zur Couch. Eigentlich hatte er vorgehabt, hinter seinem Schreibtisch Platz zu nehmen, aber nachdem er sie gesehen hatte, wollte er keinen künstlichen Abstand zwischen sich und diese Frau bringen.

Jalousien aus hölzernen Lamellen, die vor allen Fenstern heruntergelassen waren, sorgten für angenehm dämmriges Licht. Als Tortoni die Lamellen einer Jalousie waagrecht stellte, zeichneten horizontale Lichtstrahlen eine leuchtende Leiter auf den Teppich.

Sie stand auf und sank vor ihm auf ein Knie, nahm seine Hand und küßte den Handrücken. Sie war eindeutig gut erzogen.

Sie sprachen italienisch.

»Wie heißen Sie?«

»Doreen Biaggi.«

Er klopfte neben sich auf die Couch, sie setzte sich und richtete ihre Kleidung, dann wandte sie sich ihm zu. Sie saß jenseits des einfallenden Lichtes, das zwischen ihnen lag. Tortoni hob die Hand und strich ihr sanft über das mißhandelte Gesicht.

»Wer hat Ihnen das angetan?«

An der Tür klopfte es. Angelo blieb sitzen. »Vieni.«

Pia trat mit einer Flasche und zwei Gläsern ein. Er wies sie an, die Flasche in den silbernen Behälter auf dem Schreibtisch zu stellen. Sie schenkte – wie es der Höflichkeit entsprach – nur ein Glas ein und reichte es ihm, aber er wies mit der linken Hand auf die Frau, und sie gab das Glas Doreen. Nachdem Pia auch ihm ein Glas eingeschenkt hatte, ging sie wieder und schloß leise hinter sich die Tür.

Angelo streckte die Hand mit dem Glas aus, sie hob das ihre, sie stießen an, tranken. Prismen von geschliffenem Kristall tanzten im Zimmer. Er bemerkte, daß sie das Glas im Schoß mit einer Hand am Stiel hielt, die andere lag auf ihrem Bauch. Sie folgte seinem Blick nicht.

»Bitte verzeihen Sie, daß ich Sie am Tag des Herrn störe.«

Angelo winkte ab. »Wie kann ich Ihnen helfen?«

»Ich schulde Ihnen Geld, und ich schulde Ihnen Dankbarkeit.«

Er nickte. Das war ein guter Anfang. Sie war nicht hier, um sich über die Leihgebühr zu beklagen.

»Und ich habe große Angst.«

Angelo nippte an seinem Wein. Er sah, wie ihre Unterlippe zu zittern begann, aber sie hatte sich schnell wieder unter Kontrolle und atmete tief ein.

»Hier brauchen Sie keine Angst zu haben«, sagte er.

Sie sah auf ihren Schoß. Als sei sie überrascht, das Weinglas dort zu finden, hob sie es an die Lippen. »Ich möchte Ihnen das Geld zurückzahlen...« Sie zögerte. »Aber ich muß... muß um andere Bedingungen bitten.«

Angelo war verwirrt. Nach seinem Gespräch mit Johnny war er sicher gewesen, die Dinge würden sich jetzt regeln. »Ist die Leihgebühr zu hoch?«

Sie schüttelte den Kopf, blieb stumm sitzen. In ihr geschwollenes Auge trat eine Träne. »Darum geht es nicht. Ein paar Wochen lang konnte ich die hundert Dollar pro Woche bezahlen. Danach...« Sie hielt inne, riß sich zusammen. »Danach habe ich keine Gebühr mehr bezahlt. Johnny LaGuardia...« Sie blickte auf, ihre großen, braunen Augen schwammen in Tränen. »Johnny...« Ihr Widerstand brach zusammen, und sie begann zu weinen.

Angelo nahm ein fleckenloses weißes Baumwolltaschentuch aus seiner Hemdtasche und berührte ihr Gesicht damit. Er sah zu, wie sie sich zu sammeln versuchte, und fügte währenddessen die Puzzlesteine zusammen. Zorn stieg in ihm hoch. Johnny hatte andere Kunden geschröpft, um Doreens Gebühr zu begleichen. Wenn sie ihre hundert Dollar nicht aufbringen konnte, hieß das, daß er auf eigene Faust andere Kunden ausnahm – vielleicht den auf mysteriöse Weise verschwundenen Rusty – und es sich von Doreen auf andere Art zurückholte.

Doreen schneuzte sich, wischte die Tränen fort. »Mi scusi, Mr. Tortoni.«

Am schlimmsten war, daß Johnny LaGuardia ihm Doreen Biaggi als ein Geheimnis vorenthalten hatte. Eine Frau wie sie, in ihrer Situation, konnte für Angelo unbezahlbar sein. Vielleicht nicht im direkten Sinn, dazu hatte sie zuviel Klasse. Aber zweifellos konnte eine Frau mit ihrer Grazie und ihrer Erziehung, ihrem Aussehen und ihrem Auftreten irgendwie eingesetzt werden – um einen Verbündeten zu gewinnen, einen Feind zu schwächen, einen Konkurrenten im legalen Geschäft zu blenden. Vielleicht sogar, um sie mit einem Sohn zu verheiraten.

Angelo rückte näher zu ihr. Er wußte, daß das Sonnenlicht jetzt auf sein Gesicht fiel. Doreen sah verlegen in ihren Schoß, knüllte sein Taschentuch um den Stiel des Glases. Er betrachtete ihr Gesicht genauer. Sogar jetzt, dachte er, mit all den Schwellungen, war es von engelhafter Schönheit. Die Liebe und die Loyalität einer solchen Frau wären ein Geschenk Gottes. Er wußte, er konnte sie umsonst bekommen, denn Johnny hatte bereits genug Gebühren für sie bezahlt, um die Kreditsumme abzudekken – er würde nicht einmal viel Geld verlieren.

Er hob ihr Kinn und drehte ihr Gesicht zu sich. Er küßte sie auf die wunden Lippen, dann auf beide Wangen. Zärtlich rieb er mit dem Daumen eine Tränenspur unter ihrem linken Auge fort.

»Sehen Sie mich an«, sagte er.

Sie blickte auf. Johnny hatte ihr fast das ganze Gesicht zerbrochen. Angelo lächelte. »Wollen Sie mit mir und meiner Familie essen?« Er strich ihr mit der Hand über den Hals, die Schulter, ließ sie an der Seite unter ihrem Arm liegen und spürte die volle Rundung ihrer Brust, als er sie ein wenig von sich drückte, um sie besser ansehen zu können. »Von diesem Moment an«, sagte er, »schulden Sie mir nichts mehr. Nur ein Lächeln auf Ihrem schönen Gesicht.«

Er berührte ihren Mundwinkel mit einem Finger und

hob ihre Lippe wie bei einem Baby. »Ein kleines Lächeln«, wiederholte er.

Sie versuchte es, und er berührte ihre Lippen erneut. Als das Lächeln sich endlich zeigte, brach es ihm fast das Herz.

Er würde sich Johnny LaGuardia vornehmen müssen.

Flo Glitsky und Fannie Cochran spülten zusammen das Geschirr ab und beobachteten Dismas und Abe, die draußen auf dem kleinen Spielplatz waren. Der Platz grenzte an den Hinterhof, den sich die Glitskys mit den Mietern in der unteren Wohnung teilten. Nach O. J.'s Geburt waren sie in das Doppelhaus gezogen, ein eigenes Haus hatten sie sich von Abes Gehalt in San Francisco bisher nicht leisten können.

Inzwischen wäre das völlig unmöglich, doch wenigstens war die Miete des Doppelhauses gesetzlich limitiert, und sie bezahlten weniger als die meisten Leute, die sie kannten. Flos Traum vom eigenen Haus würde sich nicht erfüllen, aber sie hatte ihre drei gesunden Söhne und ihren Mann, der sie liebte, und wenn dies der Preis dafür war, so war sie bereit, ihn jeden Tag von neuem zu bezahlen.

»Ziehen Sie wirklich fort?« fragte Frannie.

Flo stellte sich diese Frage seit zwei Tagen. Sie hatte Abe noch nie so verzweifelt gesehen. Er hatte sich bei der Polizei von Los Angeles beworben und sprach über den Umzug, als sei alles schon geregelt. Aber wenn Abe die Miete hier schon für hoch hielt, dachte Flo, dann hatten sie in Los Angeles keine Chance.

Sie hatte außerdem gehört, daß die öffentlichen Schulen dort in schlechtem Zustand seien und die Lehrer eher Aufsichtsbeamten glichen, deren Arbeit darin bestand, die Kinder bis drei Uhr nachmittags drogenfrei und von der Straße fernzuhalten. Privatschulen mochte Flo nicht, und ganz abgesehen davon, konnten sie sich auch keine leisten. Doch alle ihre Söhne sollten eine gute Ausbildung erhalten.

Flo schüttelte den Kopf. »Ich lasse Abe Zeit herauszufinden, was er herausfinden muß, dann treffen wir eine Entscheidung.«

»Ja«, sagte Frannie, »so haben Eddie und ich es auch immer gehandhabt. Meine Wünsche, seine Wünsche, hin und her, bis wir uns irgendwo trafen.« Sie säuberte einen Teller. »Ich bin es nicht mehr gewöhnt. Es fehlt mir.«

Flo nahm den Teller und trocknete ihn. »Wie lange ist es her?«

»Viereinhalb Monate.«

Wie alle Ehefrauen von Polizisten, die Frannie kannte, erlaubte es sich auch Flo nicht oft, daran zu denken, daß sie ihren Mann verlieren könnte. Es war eine Möglichkeit, die sein Beruf mit sich brachte, und sie mußte sie akzeptieren und damit leben, wenn sie mit Abe zusammenbleiben wollte.

»Sie tragen es besser, als ich es könnte«, sagte Flo.

Abe trat nach dem Boden unter der Schaukel. Seine Arme waren um die Ketten geschlungen, und durch den Tritt geriet er ins Trudeln. Er sah Hardy an, dann wandte er sich wieder ab.

»Wie willst du ein guter Polizist sein, wenn du dir keine Mühe mehr gibst?«

»Wer gibt sich denn noch Mühe?«

Hardy wartete, bis Abe sich ihm wieder zuwandte. »Ungefähr vier Leute, würde ich sagen, und du warst immer einer davon.«

Glitsky drehte sich mit der Schaukel hin und her und schüttelte den Kopf. »Von jetzt an bin ich ein richtiger Polizist – ich mache das, wofür ich bezahlt werde. Das Gesetz hüten.«

»Und die hohen Tiere entscheiden?«

»Genau.«

Hardy machte am Gerüst der Schaukel ein paar Klimmzüge. Wie Kinder spielten die beiden Männer auf dem Spielplatz.

»Lanier organisiert die Übergabe«, sagte Abe. »Sie geben McFadden meine Fälle, weil der neben mir der zweite ist, der allein arbeitet. Baker wird verurteilt, wie es sich gehört, und die Ordnung des Kosmos ist wieder hergestellt.«

Hardy hängte sich an das Gerüst. »Liest du Shakespeare?«

Glitsky rutschte von der Schaukel. »Kritizismus – *Der tragische Irrtum* von Krutch. Du solltest mal reinsehen. Er sagt, es könne keine Tragödie ohne den Glauben an eine endgültige Ordnung geben, die zerstört und neu errichtet werden kann. Er nennt diesen Glauben ›Zeitgeist‹.«

»Zeitgeist!« fragte Hardy.

»Ein deutsches Wort.«

»Weiß ich, Abe, ich habe einen Hochschulabschluß.«

»Er sagt, es gebe keine modernen Tragödien, weil wir nicht mehr an die Bedeutung des Individuums glauben. Weil niemand, der Mist baue, die Ordnung des Kosmos zerstören könne, könne auch niemand eine Erleuchtung haben und ihn wieder aufbauen.«

»Genau daran habe ich gestern gedacht.«

Glitsky warf einen Seitenblick auf seinen Freund. »Wie sind wir überhaupt darauf gekommen?«

»Du hast gesagt, Louis Bakers Verurteilung würde die Ordnung des Kosmos wiederherstellen.«

Glitsky nickte. »Ja, richtig. Komm, holen wir uns noch ein paar Bier.«

Sie gingen zum Haus zurück. Hardy fing wieder an: »Ich verstehe immer noch nicht, weshalb Baker von dem Mädchen nichts wußte...«

»Vielleicht hat er sich so sehr auf Rusty konzentriert, daß er Maxine überhaupt nicht bemerkt hat.«

»Er hat die nackte Frau nicht gesehen, auf die er dreimal geschossen hat?«

Glitsky blieb an der Haustür stehen, und sie standen eine Weile schweigend mit den Händen in den Hosentaschen auf der Veranda. Irgendwo in Hörweite, vielleicht vor dem Haus, spielten die Jungen. Hardy war überrascht, als er seinen Atem in der Luft hängen sah. Plötzlich war es kalt geworden. Das Hochdruckgebiet hatte den Himmel fast violett gefärbt.

»Okay, also hat er sie bemerkt«, sagte Glitsky.

»Aber das ist doch der Punkt, Abe. Baker hat gesagt, er habe keine Ahnung, wovon ich spreche, als ich ihm erzählte, eine Frau sei auf Rustys Schlepper ermordet worden. Und er klang überzeugend, sogar für meine Ohren.«

Glitsky zuckte die Schultern. »Er hat gelogen.«

»Glaube ich nicht.«

»Das ist dein Problem.«

»Wenn er nicht gelogen hat, bedeutet das, daß er nicht dort war, als Rusty erschossen wurde.

»Diz, seine Fingerabdrücke waren dort.«

»Gott im Himmel, Abe, meine Fingerabdrücke waren auch dort.«

»Aha.« Abe hob den Zeigefinger. »Eine weitere heiße Spur in diesem Fall.«

»Du hast gut lachen.«

»Allerdings, Diz. Erinner dich: Gestern noch warst du der personifizierte Zorn des Volkes, der nach Louis Bakers Blut schrie. Und ich, bei aller Bescheidenheit, war der Repräsentant von Recht und Gesetz unserer Gesellschaft...«

»Hast du ein Paar Stiefel?«

»Wie bitte?«

»Ich gerate immer tiefer in diese Sache und werde bald Stiefel brauchen.«

Glitsky legte seinem Freund den Arm um die Schultern. »Ich werde dir etwas sagen: Wir, die Polizei, können nicht nach Lust und Laune der Öffentlichkeit, die wir schützen sollen, herumspringen. Das, alter Kumpel, schließt dich mit ein. Gestern warst du davon überzeugt, daß Louis Baker alles getan hat, was du dir nur vorstellen konntest. Und heute? Heute willst du, daß ich andere Verdächtige überprüfe, nachdem ich gerade herausgefunden habe, daß Louis Baker tatsächlich aus gutem Grund verdächtigt werden muß: die Fingerabdrücke auf dem Kahn. Er war dort, hatte ein Motiv, die Gelegenheit, ist inzwischen der Verdächtige Nummer eins – und jetzt willst du, daß ich ihn fallenlasse? Ein bißchen viel Ironie, finde ich.«

»Ich will nicht, daß du ihn fallenläßt. Ich dachte nur, daß du bei deinem Hunger nach Gerechtigkeit einfach gründlich sein...«

Glitsky preßte Luft durch die zusammengekniffenen Lippen. »Ich *war* gründlich, und ich werde weiterhin gründlich sein. Aber seit gestern hat sich einiges geändert. Zum einen: Louis hat sich eine Waffe besorgt und einen Einbruch begangen. Das läßt seinen Sinneswandel im Gefängnis als reichlich fraglich erscheinen – zumindest für mich. Zweitens war er tatsächlich auf Rustys Kahn. Gestern haben wir von alledem nichts gewußt, und dieses Wissen schiebt den guten alten Louis heute auf der Leiter der Verdächtigen einige Sprossen höher. Ich hätte übrigens wirklich gern ein Bier.«

Hardy bewegte sich nicht, als Abe gegen die Tür drückte. Glitsky seufzte. »Okay. Was willst du?«

»Du bist bei Medina gewesen. Aber... Wer ist Johnny LaGuardia? Wie paßt Ray Weir in die Sache? Du hast als Polizist einfach Möglichkeiten, die ich nicht habe.«

»Tausende.«

»Verdammt, Abe, dann nutze ein paar davon.«

Abe schüttelte den Kopf. »Nein.«

»Warum nicht?«

»Weil ich draußen bin, Diz. Weg. Wenn Los Angeles mich nimmt, ist das hier nicht mehr mein Zuständigkeitsbereich, und diese Fälle werden nicht mehr meine Fälle sein. Ich lege auch keinen Wert darauf. Außerdem glaube ich, daß unser Louis Baker höchstwahrscheinlich der ist, den wir gesucht haben. Wir haben genug, um ihn vor Gericht zu bringen, und danach bleibt die Sache dem Staatsanwalt und zwölf Geschworenen überlassen – meinetwegen Fans von Louis, wenn sie welche finden.« Er öffnete die Tür. »Es ist nicht mehr Sache der Polizei und ganz gewiß nicht meine. Was ist jetzt, willst du ein Bier oder nicht?« Er blieb noch einmal stehen. »Außerdem, was geht es dich an? Baker ist aus dem Verkehr gezogen. Geh zurück an deine Arbeit. Laß die Mühlen der Justiz mahlen... Warum, zum Teufel, kannst du das nicht tun?«

Hardy sah in den Himmel hinauf und schob seine Hände tiefer in die Taschen. »Ganz einfach: Wenn er es nicht getan hat... Ich sage nicht, daß er es nicht getan hat, ich sage nur: *wenn*... Dann verdient er es nicht, dafür zu sterben, und ich wäre mitverantwortlich für seinen Tod, wenn ich die Sache einfach vergesse...«

»Blutet dein Herz für Louis Baker?«

»Ich hätte viel mehr Lust, mit ihm einen fairen Kampf auszutragen.«

»Du weißt, wie hoch deine Chancen sind, von ihm einen fairen Kampf zu bekommen?«

»Gering, fürchte ich.«

»Gleich null.«

»Wenigstens ginge es dann nur um ihn und mich...«

»Auge um Auge?«

Hardy zuckte die Schultern. »Ich bin nicht mehr fixiert darauf, ihn zu töten. Das ist vorbei. Ich habe aus vernünftigen Überlegungen heraus begonnen, an seiner Schuld zu zweifeln.« Er grinste leicht.

»Du glaubst nicht mehr, daß er hinter dir her war?«

Hardy nickte. »Doch, das schon.«

»Also?«

»Können wir den Bastard aufhängen, weil er mich haßt?« Glitsky schüttelte den Kopf und ging hinein.

Hardy folgte ihm die Treppe hinauf. Auf dem Absatz blieben sie ein letztes Mal stehen. »Ich habe keinen besonderen Ehrgeiz, Baker zu retten, das weißt du«, sagte Hardy. »Aber hier läuft noch was anderes. So wäre es zu einfach. Es paßt einfach zu gut.«

»Meinst du, jemand hat ihn dafür bezahlt, bei Jane einzubrechen?«

»Nein. Das war seine eigene Idee.«

»Was meinst du dann?«

»Mich … Ich bin von Anfang an in diese Geschichte verwickelt gewesen. Jetzt ist Baker auf Eis gelegt, alles scheint gelaufen zu sein, aber ich bin noch immer drin. Vor allem dann, wenn ich benutzt wurde, um Baker zu beschuldigen, obwohl er nicht der Täter ist. So was in der Art.«

Glitsky, die Hand an der Küchentür, fuhr sich mit einem Finger über die Narbe auf seinen Lippen. »Willst du, daß ich dir helfe?«

»Sieh dich ein wenig um …«

»Laß mich darüber nachdenken«, erwiderte Abe und drückte die Klinke herunter. »Okay, ich habe darüber nachgedacht: nein.«

Er öffnete die Tür und sagte ›Hallo‹ zu Flo und Frannie.

15

Das Gefühl, sein eigenes Werk auf der Leinwand zu sehen, war anders, wie er es sich vorgestellt hatte. Er sah seine Szenen, hörte seine Worte aus den Mündern der Schauspieler, die versuchten, ihnen Bedeutung zu verleihen. In seiner Fantasie hatte er in einer solchen Situation neben Maxine gesessen, und beide wurden mit Komplimenten überhäuft. Sie füllte die Leinwand mit ihrer Schönheit, ihrer Begabung, er mit seiner Idee, seinen Worten, der künstlerischen Vision, die hinter allem steckte.

Aber die Wirklichkeit sah anders aus – wie so oft in letzter Zeit. Er hing nachlässig in einem Sessel, von der Zigarette in seiner linken Hand stieg ein Rauchfähnchen auf. Courtenay und Warren saßen auf der Couch. Der Raum war für die Vorführung hergerichtet. Und Maxine? Der einzige Ort, an dem Maxine noch lebte – die Leinwand –, schien nicht mehr wirklich zu sein. Und doch war es die einzige Wirklichkeit, die ihm geblieben war.

Sein erster Film. Sie sahen die endgültige Version, aber noch ohne Musik. Im Kühlschrank standen Bier und Champagner bereit. Andere Bekannte und Freunde saßen auf den Stühlen oder auf dem Boden und sahen gebannt zu, wie Maxine seine Worte sprach, seine Bitten, die Rolle spielte, die er für sie geschaffen hatte.

Als es an der Tür klingelte, wandte er sich halb um und sah einen Mann, den er nicht kannte, eintreten und sich auf den Boden setzen. Weir verschwendete keinen Gedanken an ihn. Dieser Film – so unwirklich er erscheinen mochte – war alles, was ihm von Maxine geblieben war. Er wollte sich darauf konzentrieren. Er wollte aufhören zu denken und sie einfach nur ansehen. Gott, sie war so schön. So schön gewesen. Er ahnte, daß er sie noch immer liebte, nein, er wußte, daß er sie noch liebte und nie damit aufhören würde. Sie war seine Freundin und Muse gewesen, hatte ihm geholfen, sich von all den durchschnittlichen Autoren zu unterscheiden, die seelenlose Wörter, Szenen, Ideen ausspuckten.

Okay, der Film war nicht gerade ein Geniestreich. Man machte Kompromisse, wenn man am Anfang stand, sich das Vertrauen erst noch erwerben mußte. Jeder im Filmgeschäft verstand das. Die Szenen vorhin, in denen sie es fast mit Bryan tat – dem gemeinsamen Freund, der den Stiefvater spielte –, waren wirklich einfühlsam, dachte Ray, obwohl Warren sich alle Mühe gegeben hatte, sie zu vermasseln. Maxine hatte nach dem Drehtag mit ihm darüber gesprochen, über die Tricks, die sie benutzen oder vermeiden mußten, damit es echt wirkte. »Du weißt schon, das Eindringen...«, hatte sie gesagt.

Der Film hatte der erste Schritt in einer langen Karriere werden sollen. Sie wollten weiterarbeiten und ein filmisches Lebenswerk schaffen – geschrieben von Ray Weir, mit Maxine als Star...

Sie waren nicht zu alt, obwohl Maxine deswegen am Ende aufgegeben hatte. Rusty Ingrahams Werk – der Pessimismus, die Veränderung in ihr.

Er rutschte im Stuhl herum. In dem flackernden Licht sah er, daß alle im Zimmer dem Film aufmerksam folgten. Bryan war da, natürlich ohne Freundin. Warren hatte seinen Arm um Courtenay gelegt, die beim Schnitt gute Arbeit geleistet hatte. Die Kopie war klar und sauber. Eine professionelle Arbeit. Drehbuch: Ray Weir.

Sie konnten ihre Augen nicht von Maxine abwenden, aber es war seine Story, die sie in ihren Bann zog. Vergeßt das nicht.

Er drehte sich ein wenig um. Der Mann, der vorhin gekommen war, ging eben an der hinteren Wand entlang, die Hände in den Taschen, und betrachtete die Fotos von Maxine. Vielleicht wieder ein Polizist, der ihn sprechen wollte.

Teufel, Ray, dachte er, was unternimmst du wegen Mittwoch nacht? Er sah wieder zu Courtenay hinüber, die sich an Warren lehnte und ihm etwas zuflüsterte. Auf der Leinwand fror das Bild von Maxines perfektem Körper mitten im Sprung ins Wasser ein. Ohne Musik wirkte der Film eigenartig leer. Nach und nach drangen die Geräusche des Projektors in sein Bewußtsein.

Dann stellte jemand das Licht an, und Applaus brandete auf. Courtenay kam zu ihm, umarmte ihn, zog ihn hinüber zu Warren. Auch Bryan verbeugte sich. Unvermittelt begann Ray selbst zu klatschen.

Courtenay Moran war beinahe einen Meter achtzig groß und trug ihre blonden Haare einen Zentimeter kurz, nur im Nacken hatte sie eine lange Strähne, die mit einem rosa Band zu einem Pferdeschwanz zusammengebunden war.

»Ein bißchen früh für eine Party«, sagte Hardy. »So kurz nach dem Tod seiner Frau.«

Er sah zu, wie sie den Rauch zur Decke blies. Sie standen im Treppenhaus vor der offenen Tür von Rays Apartment. Hardy hielt eine Dose Bier in der Hand und lehnte am Türpfosten. Im Wohnzimmer, wo der Film gezeigt worden war, drängten sich die Gäste, bildeten kleine

Gruppen, die eilig wieder auseinandergingen. Er wußte weder, wie man diese Art von Gesprächen nannte, bei denen man mit niemandem länger als vierzig Sekunden sprach, noch, welchen Sinn sie hatten. Ihm jedenfalls brachten sie nichts. So war er zu Courtenay in die Küche gegangen, weil sie schön war und weil er sie mit Ray hatte sprechen sehen.

Sie trug eine lederne Fliegerjacke, die ihre ohnehin breiten Schultern noch breiter wirken ließ. Ihre Augen waren von einem sehr dunklen, schwarzblauen Make-up ummalt, das sie in dem milchweißen Gesicht betonte. Auf einem Foto mochte Courtenays Gesicht mager und knochig erscheinen, dachte Hardy, aber hier und jetzt saß jeder Knochen am richtigen Platz.

»Wer feiert eine Party?« fragte sie. »Nennen Sie das eine Party?«

Hardy sah wieder ins Wohnzimmer. Eine Platte spielte einen schnellen südamerikanischen Rhythmus, und einige Gäste tanzten. »Eine Trauerfeier ist es nicht gerade«, bemerkte er. Er hatte den Eindruck, daß einige der Tänzer versuchten, bekleidet zu kopulieren.

»Lambada«, sagte Courtenay. »Es ist harmlos.«

Er trank sein Bier aus. Manchmal war es Zeitverschwendung, einer Spur nachzugehen. Vielleicht gehörte der Besuch bei Ray Weir in diese Kategorie.

Er betrachtete die Tänzer eine weitere Minute lang. »Kommt mir vor wie ein Vorspiel«, sagte er.

»Das hängt davon ab, wie gut man es kann.« Sie lächelte und sah ihm in die Augen.

Er zog die Tür zu, und sie standen allein im Treppenhaus. Die Musik drang leise zu ihnen. Courtenay trat zu ihm, legte ihm die Hand in den Nacken und küßte ihn. Sie war so groß wie er, und deshalb kam ihm der Winkel ungewohnt vor, aber es war ein schöner Kuß. Er fragte sich, ob er ihn nicht bereitwilliger erwiderte, als es vielleicht angebracht gewesen wäre. Wenn er sich überhaupt etwas fragte. Sie trat einen Schritt zurück.

»Ich hatte Lust, das zu tun«, sagte sie.
»Mir ist schon Schlimmeres passiert.«
»Wollen Sie es noch mal versuchen?«
Er war nicht wirklich scharf auf sie. Na gut, vielleicht ein wenig ... Aber er dachte an Frannie und dann an Jane und dann an den Lambada, der hinter der Tür getanzt wurde, und ihm wurde klar, daß das hier nicht zu ihm paßte. »Wir sollten es besser lassen«, sagte er.
»In Ordnung«, erwiderte sie. Sie zog ein letztes Mal an der Zigarette, warf sie zu Boden und trat sie aus.
Hardy wußte, was sie dachte. Die übliche Reaktion einer Frau in San Francisco auf eine solche Zurückweisung war die Annahme, der Mann sei schwul.
»Nur für den Bericht«, sagte er, »meine sexuelle Orientierung ist anders, als es Ihnen jetzt vielleicht vorkommen mag.«
Sie sah ihn an. Noch immer verwirrte ihn ihre Größe ein wenig. Ihr Gesicht wurde weicher. »Sie sind verheiratet.«
»Befreundet.«
»Und treu?«
Das traf es nicht ganz, aber Hardy beließ es dabei.
»So lange es niemand merkt«, sagte sie, »gibt es kein Problem, oder? Ich erzähle Warren nichts davon. Er würde mich verlassen, und damit hätte ich nicht nur ihn, sondern auch meine Karriere verloren. Ich liebe ihn. Aber Liebe und Sex darf man nicht durcheinanderbringen, sonst vermasselt man sich beides.«
Vor ein paar Tagen hätte Hardy noch sagen können, er bringe Liebe und Sex nicht durcheinander, weil sie zusammengehörten. Vielleicht galt das noch, aber darüber wollte er später nachdenken. »Ich bin hier wegen Maxine und Ray.«
»Sind Sie von der Polizei?«
»Nein.«
»Hatten Sie etwas mit Maxine?«
Diesmal lachte Hardy. »Sie können das jetzt interpretieren, wie Sie wollen: Ich hatte etwas mit Rusty Ingraham.«

»Ist er ein Freund von Ihnen?«

»Warum fragen Sie in so einem Ton? Ist das so unwahrscheinlich?«

Courtenay sah an Hardy hinauf und hinunter. »Allerdings. Sehr unwahrscheinlich.«

Hardy dachte eine Minute lang darüber nach. »Er ist tot.«

»Was?« Sie war geschockt.

Hardy erzählte. Danach ließ er einige Zeit wortlos verstreichen. »Möglicherweise wird der falsche Mann dafür angeklagt«, sagte er endlich. »Und das könnte unter anderem an mir liegen.«

»Auch ein Freund von Ihnen?«

»Nicht direkt. Die Polizei hat ihn aus dem Verkehr gezogen. Er hat gedroht, mich umzubringen.« Hardy erklärte ihr, warum, fügte aber hinzu, daß er mit der Polizei und der Staatsanwaltschaft nichts mehr zu tun habe.

»Wo steckt also das Problem, wenn er im Gefängnis ist?«

Hardy führte seine Bierdose an die Lippen und stellte fest, daß sie leer war. Er ließ sich auf den Stufen nieder, und Courtenay setzte sich neben ihn. »Ich will einfach sichergehen. Ich habe den Burschen heute gesehen und hatte das Gefühl, daß er nicht wußte, wovon ich sprach.« Er machte eine Pause. »Er wußte überhaupt nicht, daß Maxine dort war.«

»Und warum sind Sie hier?«

»Wenn dieser Bursche es nicht getan hat, muß jemand anderes meinen Freund Rusty umgebracht haben, und es sieht so aus, als könnte er damit durchkommen.«

»Oder sie.«

Hardy hob die Dose, schüttelte sie und vergegenwärtigte sich, daß sie leer war. Er sah zu ihr auf. »Erzählen Sie mir von Ray Weir?«

Sie zog eine neue Zigarette heraus und steckte sie an. »Was wollen Sie wissen?«

»Ob er ein eifersüchtiger Typ ist, zum Beispiel.«

Sie blies den Rauch nach oben. »Es hat ihm das Herz gebrochen.«

»Die Sache mit Maxine und Rusty?«

Sie nickte. »Er konnte es einfach nicht fassen. Er war fest davon überzeugt, daß es vorübergehen würde. Dabei lebte Maxine praktisch mit ihrem neuen Kerl zusammen, war längst ausgezogen... Was hat Ray sich nur gedacht? Na, er konnte es nicht akzeptieren. Haben Sie den Schrein da drinnen gesehen? All diese Bilder... Ich glaube, jedes verdammte Foto, das je von ihr gemacht worden ist, hängt dort. Sogar jetzt noch, wo sie tot ist.« Sie erschauerte. »Verrückt, finden Sie nicht?«

Hardy wußte nicht, ob es verrückt war. Er wollte wissen, ob Ray jemals geäußert habe, er werde wegen Maxine etwas unternehmen. Losgehen und sie zurückholen, zum Beispiel.

Courtenay schüttelte den Kopf. »Dazu hätte er es erst verstehen müssen, und das konnte er nicht.« Sie blies den Rauch aus, versuchte sich zu erinnern. »Er kam jeden Tag vorbei, während Warren und ich mit dem Schnitt beschäftigt waren, und begann immer ganz ruhig... Wie geht der Film voran und so. Und dann sah er Maxine und drehte durch.«

»Er drehte durch?«

»Sprach mit ihr, als wäre sie da. Stritt mit ihr, überredete sie, zu ihm zurückzukommen, bat sie um ein Treffen. Ziemlich eigenartig. Er ging uns unglaublich auf die Nerven. Ich meine, wir versuchen, einen Film zu schneiden, und das ist verdammt anstrengend, und Ray... Letzte Woche platzte Warren dann der Kragen, er sagte ihm, er solle verschwinden, bis er die Sache überstanden habe. Geh zu ihr, sagte er, sieh sie dir an, stell dir vor, was da abläuft, und werde endlich damit fertig.«

»Und dann?«

»Er ging. Dann hörten wir, daß Maxine tot war.«

»Ermordet mit Rays Waffe.«

Sie richtete die Augen auf ihn. »Ist das wahr?«

»Er hat behauptet, sie habe ihn zu ihrem Schutz um die Waffe gebeten, als sie ausgezogen war.«

Sie schien mit etwas zu ringen. »Davon weiß ich nichts ... Aber warum hat ihn die Polizei nicht verhaftet?«

»Sie sind der Ansicht, sie hätten einen besseren Verdächtigen. Ich habe es vorhin erwähnt.«

Sie dachte nach. »Dann muß eine Menge gegen ihn sprechen.«

»Ein Schwarzer, der auf Bewährung draußen ist und gedroht hat, Rusty umzubringen, und dessen Fingerabdrücke in Rustys Wohnung waren.«

»Ja, das klingt ziemlich überzeugend. Ich glaube nicht, daß Ray Maxine hätte umbringen können. Warren glaubt, er hat es getan, aber ich ... ich weiß nicht ...«

»Sehen wir zu, ob wir's herausfinden«, sagte Hardy.

Wie in alten Collegezeiten. Es war nach Mitternacht, sie saßen bei Kerzenlicht auf dem Boden, Van Morrison klang leise aus der Stereoanlage. Das Lambada-Volk war nach Hause gegangen, nur Courtenay, Warren, Ray und er waren noch da. Die drei anderen rauchten Marihuana, was Hardy in der letzten Zeit nicht mehr oft zu sehen bekommen hatte. Er erklärte ihnen, er habe Lungenprobleme.

Sie saßen in einem Winkel des Zimmers, Courtenay und Warren verschlungen in einem Knautschsessel, Ray und Hardy auf dem Fußboden. Hardy war nach dem vierten Bier zu Wasser übergegangen und hatte sich die Dose bestimmt ein halbes Dutzend Male nachgefüllt.

Das Gespräch drehte sich ums Filmgeschäft. Warren hatte vier oder fünf Investoren und etwa zweihunderttausend Dollar aufgetrieben, was in Hollywood nicht einmal für einen Kurzfilm reichte, aber für die vierzig Minuten Softporno mit Maxine, die sie vorhin gesehen hatten, war es genug. Rays Skript war ein Anfang und konnte ihm die Türen zu den ›richtigen‹ Studios unten in Los Angeles öffnen. Warren zahlte sich und Courtenay ein Gehalt für die Regie und den Schnitt, und Warren machte Punkte bei den Produzenten. Das erklärte die nagelneue Kleidung, die *Movado*-Uhr und, dachte Hardy, den Arm, den er um Courtenay gelegt hatte.

Hardy begriff schnell, daß für diese Leute nur das Filmemachen existierte. Alles wurde daraufhin geprüft, ob es für einen Film taugte oder nicht.

Er streckte sich auf dem Boden aus. Courtenay berührte seinen Fuß mit ihrem, darauf bedacht, es als zufällig erscheinen zu lassen. »Warum sagt man eigentlich Film?« fragte Hardy. »Was ist mit dem guten alten Kino passiert? Ich dachte immer, Film sei das Zeug in der Kamera.«

Warren wirkte verletzt. »Nein. Film ist Video. Fernsehen. Gott im Himmel.«

»Tut mir leid.«

»Ein wichtiger Unterschied«, sagte Ray.

»Sicher«, erwiderte Hardy. »Ich habe es begriffen. Film ist das Negativ des Videos. Und das Negativ ist der Film, den man braucht, um einen Film zu machen. Einen richtigen Film. Einen Kinofilm, zum Beispiel.« Courtenay trat auf seinen Fuß. »Mit der Kamera, meine ich.« Hardy fürchtete, er sei vom passiven Rauchen ein wenig high geworden. Er wackelte mit den Zehen.

»Beim Jupiter, jetzt hat er's!« rief Courtenay wie Henry Higgins in *My Fair Lady*.

Einen Augenblick herrschte Stille, als das Lied zu Ende war. Dann begann tief und seelenvoll ein Saxophon zu spielen.

»Klingt, als würde jemand weinen«, sagte Ray.

»Kannst du ihr das vorwerfen?«

Ray setzte sich auf. »Wem?«

»Wem wohl?« schnarrte Warren.

»Hör auf!«

»Du hast sie umgebracht, Ray«, sagte Warren. »Also hör du auf.«

»Sie ist nicht hier.« Ray war völlig bekifft. »Wovon zum Teufel redest du?«

»Sieh dich um«, sagte Warren. »Sie ist mehr hier als wir.«

Das Saxophon wurde lauter. Hardy bemerkte, daß er wie die anderen auf die unzähligen Fotos mit dem Körper, dem Gesicht und den Posen von Maxine Weir starrte. Es war unheimlich. Im Licht der Kerzen schienen ein Auge plötzlich zu blinzeln, eine Wange sich zu verziehen.

»Ich habe es nicht getan«, sagte Ray.

Courtenay faßte sich wieder. »Er war es nicht«, sagte sie zu Warren.

Warren erhob sich, um einen neuen Joint zu holen. »Komm schon. Das mit der Halsstütze war zu offensichtlich. In einem Film würde ich dir das nie durchgehen lassen.«

»Was ist daran offensichtlich?« fragte Ray.

»Genausogut hättest du erzählen können, daß du es warst.«

Hardy paßte genau auf. Ray schüttelte nur den Kopf, nahm den Joint, den Warren ihm reichte.

Warren fuhr fort: »Jeder wußte, daß sie die Stütze nicht mehr brauchte. Sie ihr anzulegen...« Erklärend wandte er sich an Hardy. »Die ganze Sache fing mit dem anderen Kerl an – Rusty – und mit dieser Versicherung und dem Unfall, wissen Sie?« Er wandte sich wieder zu Weir: »Es ist zu offensichtlich, Ray. Du mußt subtiler werden.«

Hardy fragte sich, ob Warren Maxines Tod für eine Art Spiel hielt, einen Entwurf für eine Szene. Hardy hatte sie gesehen, nackt und tot, die Halsstütze und das alles, und nichts an ihr war komisch oder sexy gewesen. Aber er hielt den Mund.

»Er hat es nicht getan«, beharrte Courtenay. »Laß ihn in Ruhe, Warren.«

»Ich war die ganze Nacht hier«, sagte Ray.

»Das warst du nicht. Ich war hier. Ich habe auf der Treppe gesessen, ein Sechserpack ausgetrunken und darauf gewartet, daß du nach Hause kommst.«

Auch in der Dunkelheit konnte Harry sehen, wie Weirs Augen aufgeregt hin und her glitten. »Vielleicht habe ich geschlafen. Ich weiß es nicht mehr.«

»Wie viele Leute wissen nicht, was sie in der Nacht gemacht haben, in der ihre Frau starb?«

»Laß ihn in Ruhe, Warren.«

»Dann bin ich eben einer von ihnen«, sagte Ray. »Ich weiß nur, daß ich hier war und das Haus nicht verlassen habe. Das habe ich auch der Polizei gesagt.«

»Die Polizei hat einen anderen festgenommen«, erzählte Courtenay.

»Die haben keine Ahnung«, sagte Warren.

Das ganze Gespräch wurde in einem gleichmütigen, fast freundschaftlichen Ton geführt. Der Joint wanderte hin und her. Hardy sah zu, wie die drei sich die Bälle zuwarfen, als sei das Ganze rein hypothetisch. Ihn irritierte vor allem, daß Ray nicht traurig wirkte, obwohl er seine Frau angeblich über ihren Tod hinaus liebte und ihre Leiche noch nicht einmal kalt war und morgen feuerbestattet werden sollte. Kein bißchen traurig.

Endlich äußerte auch er sich. »Ich kenne den Burschen, den man festgenommen hat. Die wissen schon, was sie tun.«

Warren atmete hörbar aus und steigerte sich wieder in seine Theorie hinein. »Sehen Sie, Maxine stirbt, Ray ist nicht dort, wo er sagt, legt ihr die Halsstütze an, um seinen Freunden zu zeigen...«

»Das ist Blödsinn, Warren.«

Warren winkte ab und fuhr fort: »...um seinen Freunden zu zeigen, was er getan hat, was für ein Mensch er ist... Legt euch nicht mit Ray Weir an, lautet seine Botschaft. Vor allem: Laßt die Finger von seinem Eigentum.«

Ray stand schwankend auf. »Geht nach Hause«, sagte er. Der gleichmütige Tonfall war verschwunden.

Warren ignorierte ihn. »Und um all dem die Krone aufzusetzen, bekommt Ray die fünfundachtzigtausend aus der Versicherung allein und kann damit seinen nächsten finanzieren. Wir haben schon darüber gesprochen.«

»Was willst du erreichen, Warren? Daß Ray verhaftet wird?«

»Wieso?« Auf einmal klang Warren erschrocken. »Wer soll ihn verhaften?«

Hardy, der aufgestanden war, stellte fest, daß er plötzlich im Mittelpunkt des Interesses stand. »Ich nicht, Leute. Ich bin kein Bulle. Pfadfinderehrenwort.«

»Verdammt«, sagte Ray. »Ich habe genug davon. Ich bin müde.«

»Bekommen Sie tatsächlich fünfundachtzigtausend Dollar?« fragte Hardy.

Ray zuckte die Schultern. »Maxines Versicherung. Das ist kein Geheimnis.«

Warren und Courtenay waren ebenfalls aufgestanden. Hardy trat einen Schritt zurück und musterte das Trio. »Wenn Sie so sicher sind«, fragte er Warren, »warum zeigen Sie ihn dann nicht an?«

Warren ging hinüber zu Ray und legte ihm den Arm um die Schultern. »Seine Freunde zeigt man nicht an, und Ray und ich sind Freunde. Jetzt arbeiten wir auch noch zusammen. Ich möchte einfach, daß er als mein Partner ehrlich zu mir ist, das ist alles.«

»Ich bin ehrlich«, sagte Ray wimmernd.

Warren musterte ihn. »Ich liebe dich, Mann, aber ehrlich bist du nicht.«

Ray warf Courtenay einen flehenden Blick zu.

Sie steckte die Hände in die Hosentaschen und verdrehte die Augen. »Komm, Warren«, sagte sie. »Du siehst doch, daß es gar nicht um Maxine geht. Laß ihn ein paar Geheimnisse haben.«

»Genau. Habe ich kein Recht auf ein Privatleben? Ein kleines Liebesleben?«

»Natürlich. Aber wenn es das ist, warum erzählst du mir dann nicht davon?«

Ray sah auf seine Schuhe. »Ich bin nicht gerade stolz darauf, Warren, aber gut, vielleicht solltest du es wissen. Schließlich sind wir Partner... Ich habe dein Klopfen gehört in jener Nacht. Aber ich... ich hatte jemanden bei mir. Eine Frau.«

Warren trat einen Schritt zurück. »Dann begreife ich das Problem nicht. Du hast dich nicht getraut, mir zu erzählen, daß du eine Frau hier hattest? Kenne ich sie?«

Ray schüttelte den Kopf. »Sie war eine...« Er unterbrach sich. »Ich habe sie bezahlt.«

Courtenay sprang ein. »Ray hat sich geschämt, Warren. Kannst du das nicht verstehen?«

»Aber dir hat er es erzählt?«

»Es ist ihm rausgerutscht.«

Warren legte wieder einen Arm um Ray. »Warum schämst du dich, Mann? Wir sind Freunde. Du kannst mir vertrauen.«

Ray zuckte die Schultern. »Wegen Maxine und dieser ganzen Geschichte, verstehst du...«

Warren blieb sachlich. »He, sie hat dich verlassen, erinnerst du dich? Du konntest schließlich nicht wissen, daß sie in dieser Nacht ermordet werden würde.«

»Sicher, aber... aber ich wollte dir und Court mit meinen Problemen nicht noch mehr auf die Nerven gehen. Aber ich habe jemanden gebraucht. Also...«

»Wir brauchen alle jemanden, nicht wahr? So ist es mir lieber, als wenn ich glauben müßte, daß du jemanden ermordet hättest. Ich konnte gar nicht verstehen, daß die Polizei dich noch nicht verhaftet hatte.«

»Ich habe der Polizei alles erzählt. Und Court auch. Ich wollte nur nicht, daß es sich herumspricht. Jetzt brauche ich wirklich ein wenig Schlaf, okay? Morgen wird ein anstrengender Tag.«

Noch immer produzierte die Autoheizung keine warme Luft, und bis zu Frannies Wohnung waren es nur noch ein paar Querstraßen. Hardy fragte sich, ob Luxusautos Heizungen hatten, die wirklich wärmten. Dann, so vermutete er, war den Leuten, die sich ein Cabriolet mit Stoffdach und Vierradantrieb kauften, wie er es getan hatte, Wärme nicht so wichtig.

Ray Weir log. Er hatte der Polizei nicht gesagt, daß er ein

Alibi besaß. Eher das Gegenteil, um genau zu sein. Wenn Louis Baker irgendwie aus der Sache herauskommen würde, wäre Ray Weir der neue Spitzenreiter in der Verdächtigen-Hitparade – vor allem wegen des finanziellen Aspekts. Er war eifersüchtig, in gewissem Maße auch geldgierig und darüber hinaus der Eigentümer der Mordwaffe. Warren hatte seinen Freund richtig eingeschätzt. Ganz abgesehen von dem Alibi, war Ray als Täter wie geschaffen.

In jedem seiner Knochen spürte Hardy, daß Ray bezüglich den Alibis gelogen hatte, auch wenn Courtenay ihm zu glauben schien. Die Menschen neigten dazu, die Geheimnisse zu glauben, die man ihnen anvertraute, besonders dann, wenn diese Geheimnisse, oberflächlich betrachtet, nicht unbedingt für den Gestehenden sprachen. Aus diesem Grund vertrauten clevere Leute – und in diese Kategorie mußte man Ray Weir allmählich einordnen – anderen mit Vorliebe intime Lügen an.

Eine wirkungsvolle Technik – Ray hatte Courtenay auf seine Seite bekommen, unterstützt vielleicht von ihrer Voreingenommenheit. Hardy fragte sich, ob sie Ray gefragt hatte, wer bei ihm gewesen war, aber er konnte es sich nicht vorstellen. Die Tatsache, daß Ray sich ihr ›anvertraut‹ hatte, hatte ihr genügt. Einzelheiten waren nicht wichtig. Ray fühlte sich schuldig, weil er mit einer anderen geschlafen und seine angebetete Maxine betrogen hatte – und das auch noch, wie sich herausgestellt hatte, in der Nacht ihres Todes. Natürlich mußte er es sich von der Seele reden, und am besten bei seiner engen Freundin Courtenay. Es verfolgte ihn. Machte ihn fertig. Na klar.

Hardy parkte gegenüber von Fannies Haus und schlug die Vorderräder quer ein, damit der Wagen nicht davonrollen konnte. Frierend saß er da, wärmte die Hände unter den Achseln und fragte sich, ob Glitsky sich wieder um die Sache kümmern würde, wenn er von den fünfundachtzigtausend Dollar erfuhr. Es konnte nicht schaden, ihn davon zu unterrichten...

Aber Warum? Warum nicht einfach zufrieden sein damit, daß Louis Baker wieder im Gefängnis war? War das nicht Hardys Ziel gewesen? Sollte er nicht einfach zurück nach Hause ziehen, am Dienstag wieder mit der Arbeit im *Shamrock* beginnen, sein Leben an jener Stelle wiederaufnehmen, an der er es unterbrochen hatte, und dankbar dafür sein, daß er noch lebte?

Aber was genau sollte er wiederaufnehmen? Frannie mochte das, was zwischen ihnen passiert war, ›Urlaub von der Wirklichkeit‹ nennen und konnte vielleicht in den alten Trott zurückkehren. Er nicht. Sie war ein Teil seines Lebens geworden. Was geschehen war, hatte Janes Position in seinem Leben verändert, die er ihr in den letzten Monaten so sorgfältig eingeräumt hatte.

Und was war mit dem alten Diz selbst? Er hatte sich immer für einen guten, anständigen Menschen gehalten, einen Mann mit Prinzipien, der vielleicht nicht zu einer Lösung beitragen konnte, aber wenigstens auch nicht zum Problem.

Jetzt war sein Leben ein bißchen in Unordnung geraten, und schon war er, Hardy, der weiße Ritter, bereit, Louis Baker zu opfern, weil der irgendwann einmal ein Verbrechen begangen hatte. Vielleicht nicht das Verbrechen, für das man ihn jetzt dranbekommen hatte, aber etwas anderes. Nicht zum erstenmal fragte sich Hardy, ob er anders empfinden würde, wenn Baker nicht schwarz wäre.

Wenn er ehrlich war, wußte er genau, was er jetzt, in diesem Moment, in dem er hier in seinem Suzuki Seppuku vor sich hin fror, empfinden würde – Zorn. Zorn darüber, daß Baker ein fairer Prozeß verweigert wurde, weil man ihn aufgrund seiner Herkunft und seiner Hautfarbe schon im vorhinein verurteilt hatte. Vielleicht, würde er denken, war er tatsächlich schuldig – aber ob schuldig oder unschuldig: Der Fall wurde nicht untersucht, wie man es hätte verlangen können.

Warum also war er nicht zornig?

Vielleicht, Diz, weil der Unterschied zwischen Schwarzen und Weißen heute, in den liberalen Neunzigern, nur noch graduell besteht? Vergiß deine Ängste für einen Moment und sieh dir deine persönlichen Tatsachen an... Hardy muß an sein Leben denken, das von Baker bedroht wird, und sich – ob die Drohung nun ernst gemeint ist oder nicht – schützen. Also ist er froh, daß Baker für den Rest seines Lebens hinter Gitter wandert oder gleich in die Gaskammer kommt.

War das nicht immer der Grund? Man fürchtet, daß sein Leben, seine Nachbarschaft bedroht sind, und der Instinkt rät einem, sich zu schützen. Man schert sich nicht mehr um Gerechtigkeit, will nur der verdammten Drohung entgehen, die Angst loswerden. Ob die Angst unbegründet ist, interessiert einen nicht wirklich – man will ihr einfach nicht begegnen. Will nicht mit ihr leben, sie nicht wahrnehmen. Also läßt man die Leute, die einem angst machen könnten, nicht in seinen Bus, in seine Nachbarschaft und verbietet ihnen, sich mit seiner Tochter zu treffen.

Hardy rieb sich die Augen. Er fühlte die Abwehr gegen diese ernüchternde Feststellung in sich hochsteigen. Er war nicht so. Er war anders. Einige seiner besten Freunde... und so weiter, und so weiter. Abe Glitsky, verdammt noch mal.

Erinnere dich! Louis hatte tatsächlich bei dem Einbruch in Janes Haus auf die Polizisten geschossen, war beim besten Willen kein Unschuldslamm. Gut, das sei zugestanden. Aber ist er deshalb ein Mörder? Oder genauer: Hat er Rusty und Maxine ermordet? Was draußen in Holly Park geschehen ist, hat, zum Teufel, ja nichts mit Dismas Hardy zu tun, oder, Diz?

Aber es hatte doch etwas mit ihm zu tun: Falls – *falls* – Baker Rusty nicht getötet hatte, befand Hardy sich in einer Position, die ihm überhaupt nicht behagte. Denn dann hätte jemand ihn in diese Affäre hineingezogen und auf Baker gehetzt, um ihn zu Fall zu bringen. Hardy dachte, er wüßte gern, wer das war, damit er ihm in den Hintern treten konnte.

Er öffnete die Tür und trat auf die Straße. Er hatte keine Lust, nach Hause zurückzuziehen oder in zwei Tagen wieder an der Bar zu stehen. Er war es sich schuldig herauszubekommen, was hier eigentlich gespielt wurde.

Er sah zu den Sternen hinauf. Wenn es nach ihm ging, konnte Louis Baker ruhig verfaulen. Aber die Frage nach der Wahrheit legte ihn in Fesseln, und solange er nicht in der Lage war, ein paar von ihnen wieder zu lösen, würde es ihm nicht gelingen, zu seinem normalen Leben zurückzukehren.

16

»Das ist eine fantastische Gelegenheit!«

Manny Gubicza hatte diese Reaktion befürchtet. Treadwell war erregt und schien Mannys Zögern nicht zu verstehen. Manny hätte ihn auffordern sollen, am Mittag herzukommen, um die Sache persönlich zu besprechen, aber er war zum Essen verabredet. Bei seiner Überzeugungskraft hätte er Treadwell das Angebot des Staatsanwalts lediglich erklären und dann darauf hinweisen müssen, wie dumm es war – wenn Treadwell zugehört hätte.

»Es ist eine Falle«, sagte Gubicza.

»Wie kann es eine Falle sein? Ich habe mir das nicht ausgedacht, vergiß das nicht. Der Bastard hat meinen Poppy umgebracht.«

»Ich weiß.«

»Und?«

Fred hatte wirklich Feuer gefangen. Der Anwalt sprach mit ruhiger Stimme. »Ich denke, wir können davon ausgehen, Fred, daß der Staatsanwalt keinen Lügendetektortest vorgeschlagen hat, um uns zu helfen.«

»Aber das macht nichts. Wenn ich erst einmal ...«

»Laß mich bitte ausreden. Der Vorschlag lautet, daß du hingehst und die Aussage, die du bereits gemacht hast, unter dem Lügendetektor wiederholst. Wenn der Detektor beweist, daß sie wahr ist, werden sie sich Medina vornehmen.«

»Richtig. Deshalb will ich es machen.«

»Nein, du willst nicht.«

»Manny...«

»Fred, hör zu. Sie werden auf jeden Fall eine Anhörung machen und wahrscheinlich auch eine Anklageerhebung einleiten müssen. Sie haben deine Aussage bereits. Medina hat es getan, und er wird dafür bestraft werden.«

»Aber sie haben gesagt, sie würden es fallenlassen. Sie glauben mir nicht mehr. Medina hat alles geleugnet, und da es keine Beweise gibt, wollen sie die Sache fallenlassen.«

»Vielleicht versuchen sie es. Aber haben wir nicht wie bei der anderen Geschichte auch die Medien benutzt, um unsere Version zu erzählen, und hat es nicht prächtig funktioniert?«

Er hörte die Veränderung im Ohr, als Treadwell die Lautsprechtaste einschaltete. »Schau, Manny, diese Sache stärkt meine Glaubwürdigkeit«, sagte Treadwell drängend. »Glaubst du wirklich, ich lasse es zu, daß sie mich zu Raines und Valenti befragen? Bestimmt nicht! Wenn du weißt, daß es eine Falle ist, dann nutze sie zu unseren Gunsten. Oder glaubst du, daß nur Anwälte bei Verhören gut sind?«

»Aber nein, Fred«, log Manny.

»Ich erzähle ihnen einfach noch einmal, was passiert ist, und danach müssen sie zugeben, daß es die Wahrheit ist. Stell dir vor, was die Medien damit anfangen können! Das ist perfekt für uns!«

Manny drückte auf seine eigene Lautsprechertaste, stand auf und begann, hinter dem Schreibtisch auf und ab zu gehen. »Fred, die Realität sieht doch so aus: In der Welt da draußen kann sich alles, was du nicht vollkommen unter Kontrolle hast, gegen dich wenden und dir schaden. Das hier ist kein freundschaftliches Wortgeplänkel. Mehrere Leben hängen davon ab. Deines zum Beispiel, das von Valenti, Raines und Medina. In solchen Situationen betrügen die Menschen.«

Manny nahm nicht an, daß er noch einmal ausführen mußte, daß er und Fred von Anfang an betrogen hatten. Darum ging es nicht. Es ging darum, einen Fall auf den Fakten aufzubauen, die zu benutzen man sich entschlossen hatte, und das machten sie ausgezeichnet. Er wollte Fred auf keinen Fall in der Nähe eines Lügendetektors haben. Auch wenn die Ergebnisse eines solchen Tests vor Gericht nicht benutzt werden durften, konnte es einen verheerenden Eindruck hinterlassen, vor allem jetzt, im Stadium der Voruntersuchung. Er blieb vor dem Fenster stehen und sah auf die Straße, hinüber zur Pyramide. Dann ging er wieder zum Tisch zurück. »Ich kann dir das nicht erlauben, Fred.«

»Das bedeutet, wir stecken einfach auf und geben zu, daß wir lügen.«

»Ganz und gar nicht.«

»Sogar für mich würde es so aussehen. Und stell dir vor, was der Staatsanwalt erst daraus machen wird.«

»Der Staatsanwalt wird einfach weiter herumlavieren.«

»Und Medina laufen lassen.«

Gubicza senkte den Kopf und stützte sich auf die Stuhllehne. »Wahrscheinlich werden sie die Sache nicht besonders eifrig verfolgen«, gestand er ein.

»Aber Medina muß bestraft werden.«

»Fred, was hast du davon, daß Medina bestraft wird, wenn du wegen Mordes ins Gefängnis gehst?« Er haßte es, die Stimme zu heben, aber er sprach jetzt lauter. »Wenn sie dir mit Raines und Valenti eine Falle stellen, kommen die beiden Kerle davon, und du wirst mit größter Wahrscheinlichkeit verurteilt. Wenn sie dich erst einmal unter dem Detektor haben, können sie dich fragen, was sie wollen. Gut möglich, daß sie gar nicht vorhaben, über Poppy und Medina zu sprechen.«

»Dann laß sie zusichern, daß sie nichts anderes fragen werden.«

Gubicza räusperte sich. »Laß sie zusichern, daß sie nichts anderes fragen werden?« wiederholte er.

»Genau, mach das zur Bedingung.«

»Findest du nicht, durch diese Forderung lassen wir sie ein bißchen weit in unsere Karten blicken?«

»Wieso?« Wenn Treadwell in Fahrt war, ließ er nicht locker. »Sie wollen über Hector Medina sprechen, und damit erklären wir uns einverstanden, aber das ist auch alles. Sie werden das verstehen. Wir sagen, wir wollen mit einer Morduntersuchung keine Spielchen treiben. Es sind einfach zwei unterschiedliche Fälle. Vielleicht miteinander verknüpft, aber unterschiedlich. Wir stärken meine Glaubwürdigkeit und bekommen Hector dran... Es ist einfach perfekt.«

»Sag das nie wieder, Fred. Nichts ist perfekt.« Manny setzte sich wieder in seinen Ledersessel. »Bei Gott, ich hasse Montage wie diesen«, murmelte er.

Fünfzehn Blocks weiter in Richtung Innenstadt legte Art Drysdale wenig später den Telefonhörer auf und machte sich auf den Weg zum Büro seines Chefs. Er nickte Dorothy, Lockes Sekretärin, zu, und ging gleich in dessen Büro. Christopher Locke, gewählter Generalstaatsanwalt von Stadt und Bezirk San Francisco, telefonierte selbst gerade. Er saß am Schreibtisch und bedeutete seinem alten Freund mit der Hand, sich zu setzen, doch Drysdale ging noch einmal hinaus und nahm sich eine Tasse Kaffee.

»Was macht die Arbeit?« fragte er Dorothy und setzte sich auf eine Ecke ihres Schreibtischs.

Bevor sie antworten konnte, rief Locke aus dem anderen Raum: »Art!«

Drysdale zuckte die Schultern. »Wir sollten öfter miteinander sprechen«, sagte er. Dann flüsterte er: »Tun Sie mir einen Gefallen, Mädchen: Halten Sie das Telefon für zwei Minuten ruhig, ja?« Er zog die Tür hinter sich zu.

»Was gibt's?« fragte Locke, der über eine Akte gebeugt saß und nicht aufblickte.

»Dafür hat man Sie gewählt«, sagte Drysdale. »Für Ihr warmes, charmantes Auftreten. Der Mensch hinter der Institution.«

Locke seufzte, schüttelte den Kopf, hielt ihn aber gesenkt. »Was gibt's?« wiederholte er.

»Sie schulden mir einen Dollar«, sagte Drysdale.

Es dauerte noch eine Sekunde, dann hörte Locke auf zu lesen und hob den Blick. »Verschwinden Sie.«

»Ich schwöre bei Gott.«

»Gubicza hat zugestimmt?«

»Unter einer Bedingung.«

»Welcher? Daß wir keine Fragen stellen?«

»Keine über Raines und Valenti.«

»Und was haben Sie gesagt?«

»Ich habe eingewilligt.«

»Und jetzt?«

»Ich habe ihm gesagt – und ich zitiere wörtlich: Beim Grabe meiner Mutter will ich diese Namen nicht in den Mund nehmen oder irgend etwas erwähnen, das mit diesen Fällen zu tun hat.«

»Und wie wollen Sie sie dann zur Sprache bringen?«

Drysdale nippte an seinem Kaffee. »Ich habe mir gedacht, ich werde den Detektor hier im Haus aufstellen lassen. Auf diese Weise widerstehe ich der Versuchung am Grab meiner Mutter – sie möge in Frieden ruhen. Denn schließlich habe ich geschworen, die Morde dort, beim Grabe meiner Mutter, nicht zu erwähnen.«

Samson hatte nicht die Klasse von Dido oder Louis Baker. Er war schlampig, kräftig, aber nicht sehr muskulös, und hatte lange, nicht besonders saubere Locken. Er besaß nicht das Charisma von Dido, mit dem man ganz gut hatte auskommen können, wenn es nicht gerade ums Geschäftliche gegangen war. Dido konnte lachen und Blödsinn machen. Er hatte Lace die Schuhe gekauft. Solche Dinge.

Sogar mit Baker hatte man reden können. Über den Bereich, dies und das, den Anstrich des Hauses, Mama.

Wenn Dido hätte gehen müssen, hätte Lace es mit Louis schon ausgehalten. Zumindest, bis Louis Dido umgebracht hatte. Danach wahrscheinlich nicht mehr. Aber wenn Dido einfach gestorben oder weggezogen wäre, ohne daß Louis etwas damit zu tun gehabt hätte...

Aber so war es nicht gekommen. Jetzt waren beide weg, und mit Samson kam ein Übel völlig neuer Art auf ihn zu.

Am Montag vormittag, zum Beispiel, hatten Lace und Jumpup auf der Bordsteinkante gesessen, als er arrogant wie ein Herzog rübergekommen war und sie mit Tritten die Straße hinuntergejagt hatte. Was sollte dieser Mist?

»Das ist jetzt mein Bereich«, hatte er gesagt. Sie hatten ihm zugesehen, wie er von einem Ende des Bereichs zum anderen marschiert war, mit ein paar von seinen Leuten im Gefolge.

Sollten sie – er und Jumpup – auch fortgehen?

Nat Glitsky war zweiundsiebzig Jahre alt und verbrachte, seit Emma gestorben war, den größten Teil seiner Zeit in der Synagoge in der Fulton Street, wo sein Sohn Abe ihn vorhin abgeholt hatte.

Sie fuhren nach Norden, über den Park Presidio Boulevard durch die Stadt, nahmen die Lombard Street zur Van Ness, kamen zum Broadway, durch den Tunnel und nach North Beach. Nat hatte eine Vorliebe für umfangreiche italienische Mahlzeiten, und wenn sein Sohn bezahlte, gab es nichts Besseres als das *Capp's,* das noch die gleichen Gerichte servierte wie damals, als er Emma den Hof gemacht hatte. Es war eines der wenigen guten Restaurants, in das er sie führen konnte, weil man dort nichts dagegen hatte, wenn eine schwarze Frau an einem Tisch mit den Weißen saß. Doch jetzt fiel es ihm schwer, sich an jene Zeiten zu erinnern, denn an den Tischen saßen Menschen aller Hautfarben und Nationalitäten.

Nat behielt seine Gebetsmütze auf und hängte sein Jakkett über die Stuhllehne. Der Kellner kam, und er bestellte sich einen *Negroni* – Campari, Bitter Lemon und Gin.

»Wie kannst du das nur trinken? Es schmeckt wie Medizin«, sagte Abe, der sich einen Eistee bestellt hatte.

Nat tätschelte die Hand seines einzigen Kindes, das zweifellos eine Menge von Emma geerbt hatte. Auch Emma hatte sich nichts aus *Negronis* gemacht. Er fragte sich, ob das vielleicht etwas damit zu tun hatte, daß Emma und Abe ganz beziehungsweise zur Hälfte Schwarze waren. *Negroni.* Würde er Geschmack an einem Getränk mit einem Namen wie *Israeli* oder *Itzig* finden?

Aber sein Sohn hatte ganz andere Probleme. Während der Fahrt hatten sie über Abes geplanten Umzug nach Los Angeles gesprochen. Nat war dagegen. Was würde er ohne seine Familie anfangen? Aber er erwähnte es nicht. Es war unsinnig, eine lange Diskussion anzufangen, während noch gar nichts feststand. Außerdem sprach Abe ununterbrochen. Er hatte sich noch nicht entschließen können, glaubte Nat. Noch nicht...

Wenn Nat Abe kannte, war es nicht nur der Umzug nach Los Angeles, über den er mit jemandem sprechen mußte. Das war lediglich eine Entscheidung, und Entscheidungen hatten Abe noch nie Probleme bereitet. Zumindest hatte er nie mit seinem Vater über irgendwelche Entscheidungen gesprochen. Probleme hatte Abe manchmal damit, die Fäden zu entwirren, damit er seine Aufmerksamkeit dem tatsächlichen Kern einer Sache zuwenden konnte. Aber dieses Problem hatte jeder, dachte Nat. Entscheidungen ließen sich wie von selbst treffen, wenn man erst einmal die Fäden entwirrt hatte. Die meisten Leute ließen sich dafür nur einfach keine Zeit, handelten zu impulsiv und machten die falschen Schritte.

Nicht so Abe, jedenfalls normalerweise nicht. Und aus eben diesem Grund saßen sie jetzt hier.

Die Getränke kamen, sie stießen miteinander an. »L'chaim.« Nat trank, stellte das Glas ab, gab ein paar kußähnliche Geräusche von sich, als er den Geschmack im Mund prüfte. Wenigstens sah Abe gesund aus. Und warum auch nicht? Er hatte Flo und die großartigen Kinder. Das Wichtigste funktionierte. Trotzdem hörte er natürlich zu, während Abe immer wieder von seinem Job hier und seinem Job da sprach, davon, daß niemand sich wirklich kümmere, und von einem seiner Freunde, Hardy, der ein Problem habe.

Endlich hob Nat die Hand.

»Was willst du mir damit sagen?« fragte er. »Der Job ist nicht gut? Dann such dir einen anderen. Aber fang nicht mit demselben Job woanders von vorne an.«

»Ich bin Polizist, Dad. Das ist mein Beruf.«

»Such dir einen anderen Beruf. Zuerst bist du ein Mann, habe ich recht?«

»Ja, aber...«

»Natürlich habe ich recht. Jetzt wirst du mir zuhören. Wie alt bist du? Kein Kind mehr, okay? So. Du hast einen Job. Ein Job ist immer derselbe Job, ganz egal, wo man ist. Willst du mir erzählen, Polizist in New York oder Tel Aviv zu sein sei etwas anderes als in San Francisco? Nein. Ich glaube das nicht. Mehr noch, ich weiß, daß es nicht so ist. Sieh mich an. Ich hatte – bevor ich in Rente ging – durch Gottes Gnade eine Begabung: Ich konnte Dinge reparieren. Zuerst war ich ein Junge in Delaware – Delaware! Ich weiß, du kennst die Geschichte, aber hör trotzdem zu. Ich habe Fahrräder und Nähmaschinen in Delaware repariert, bin zur Schule gegangen, konnte mit Motoren umgehen. Also nannte man mich Spezialist für Motoren. Ich bekam einen Job in einem kleinen Laden in Kalifornien, der Laden wuchs, wurde an jemand anderen verkauft. Mir gefiel es nicht, wie die neuen Besitzer Geschäfte machten, also wechselte ich die Stelle. Ein anderer Laden, dann ein dritter. Während der ganzen Zeit habe ich dich aufgezogen und versucht, deine Mutter glücklich zu machen, was, wie wir beide wissen, ein Ganztagsjob war. Und weißt du, was ich festgestellt habe? Der Job ist ein Job. Für mich ist es egal, ob ich im Laden vom alten Mr. Levine in der Du Pont Street arbeite oder in der Lockheed unten in San Carlos. Man macht seine Arbeit und wird dafür bezahlt, so daß man sein Leben führen kann. Aber die Arbeit ist nicht das Leben.«

Nat hob sein Glas, runzelte die Stirn und drohte seinem Sohn mit dem Zeigefinger. »Das solltest du wissen, Abraham. Wir sprechen nicht über Nuklearphysik.«

Abe grinste, so daß sich die Narbe auf seinen Lippen straffte. »Okay. Was soll ich tun?«

»Was willst du denn tun?«

»Ich will Polizist sein.«

»Und hier in San Francisco kannst du nicht Polizist sein?«

»Was habe ich gerade gesagt?«

»Sag, wie es wirklich ist. Ich weiß es nicht. Manche Leute arbeiten hart, andere gehen den bequemsten Weg... Na und? Was hat das mit dir zu tun?«

»Es wirkt sich auf meine Arbeit aus.«

»Warum? Sag mir, warum das so ist.«

»Ach komm, Dad. Um einen Fall – irgendeinen Fall – abzuschließen, sind die verschiedensten Arten von Kooperation nötig.«

»Schwachsinn. Entschuldige, Abraham, aber das ist purer Schwachsinn.«

Abe schüttelte den Kopf. »Du kennst dich damit nicht aus.«

»Ich kenne mich damit nicht aus. Du willst mir erzählen, daß ich mich nicht auskenne?« Nat griff über den kleinen Tisch und legte die Hand auf die seines Sohnes. »Junge, vor zwanzig Jahren bist du zur Schule gegangen, und deine Mutter ist krank geworden. Damals haben sie bei Ford einen neuen Aufseher eingestellt, den sie Vizepräsident nannten. Drüben im Werk in Fremont, du erinnerst dich vielleicht. Der neue Mann hat mir erklärt – ich war zu der Zeit Manager in der Qualitätskontrolle –, er erklärte mir also, wir müssen die Kosten senken und dürfen nicht mehr so viel Zeit damit verschwenden, alles zu prüfen. Ich habe ihm geantwortet, Kosten senken darf nicht heißen, Qualität zu senken. Er hat mich angesehen, als käme ich vom Mars. Wir müssen die Kosten senken, hat er gesagt. Basta. Punkt. Es war mein Job, ich konnte nicht kündigen. Ich meine, gekonnt hätte ich schon, aber war es die Sache wert, dich und deine Mutter in Schwierigkeiten zu bringen? Nein. Das war es nicht.«

»Und die Moral von der Geschichte?«

»Dieser Mann hat es mir schwer gemacht, meine Arbeit ordentlich zu tun. Er hat das Team verkleinert und die Zeit gekürzt und die Produktionspläne erweitert. Verdammt, es war fast unmöglich. Nehmen wir das Menü?«

Der Kellner stand neben ihnen und notierte ihre Bestellung. Das Menü bestand aus Suppe und Brot als Vorspeise, ging weiter mit Pasta, einem Hauptgericht – Schweinebraten an diesem Tag –, *Spumoni*-Eis und Kaffee.

»Was ist dann passiert?« fragte Abe.

»Etwas später haben sie das Werk geschlossen.«

Abe kaute eine Minute lang auf seinem Brot. »Habe ich was verpaßt?«

»Der Punkt ist, solange es dort Arbeit gab, habe ich sie getan. Egal, wo du hingehst – irgendwas wird dich immer stören.«

Er bestrich sich ein Stück Brot mit Butter. »Ich sage lediglich ... wenn du Polizist sein willst, betrüge dich nicht selbst, indem du dir einredest, in Los Angeles wäre es anders. Ob du nun Unterstützung findest oder nicht – was macht das schon? Du ernährst deine Familie, tust etwas, das die Mühe wert ist.«

»Aber ...«

»Aber eines solltest du nicht tun«, unterbrach ihn Nat. »Du solltest es nicht halbherzig tun.« Er sah nach dem Kellner, der die Suppe und eine Karaffe mit rotem Wein gebracht hatte. »Bitte bringen Sie noch ein Glas für meinen Sohn«, sagte er. »Er nimmt sich den Tag frei.«

»Siehst du?« fragte Abe. Er hatte den Löffel voll *Spumoni* zum Mund geführt und in der Bewegung innegehalten. »In den Fall verwickelt, von dem ich gesprochen habe.« Er wies auf einen stämmigen, jungen Mann, der in seine

Richtung nickte. Nat sagte immer, die Welt sei doch manchmal sehr klein.

»Iß dein Eis. Trink noch eine Tasse Kaffee. Ich werde mal ein Wort mit ihm reden.«

Nat zuckte die Achseln. »Was kann das schaden?«

Der Mann sprach mit dem Kellner. Abe ging hinüber, zog sich einen Stuhl heran und setzte sich rittlings darauf. »Lassen Sie sich nicht stören«, sagte er. Dann wandte er sich an den Kellner: »Ich hätte gern einen Kräutertee, bitte. Auf seine Rechnung. Geht das in Ordnung, Johnny?«

»Gewiß doch, Sergeant.«

Glitsky lächelte und fragte Johnny LaGuardia, wie es ihm gehe. Es ging ihm gut. Er band sich die Serviette über die Krawatte und ordnete das Besteck, das vor ihm lag. Er hatte seinen Mantel nicht ausgezogen, wahrscheinlich aus dem gleichen Grund wie Abe. Es wäre rücksichtslos, an einem öffentlichen Platz seine Waffe zu zeigen.

Als Teenager mochte er ein nettes Gesicht besessen haben, vermutete Abe, aber jetzt, mit Ende Zwanzig, waren die Wangen fleischig, und man sah, daß er bald ein Doppelkinn bekommen würde. Die Augenbrauen über seiner Boxernase waren fast zusammengewachsen, und die niedrige Stirn unter dem vollen schwarzen Haar glänzte ölig. Er war sorgfältig rasiert. Abe konnte die feinen Äderchen unter der gespannten Haut seines Gesichtes erkennen und roch das übertrieben starke Rasierwasser. Johnny griff nach dem Wasserglas und spielte damit. An der rechten Hand trug er drei schwere Ringe.

»Ich bin mit meinem Vater hier«, sagte Abe und wies auf Nat.

»Das ist schön«, erwiderte Johnny und sah hinüber. Er runzelte die Stirn. »Er muß gegangen sein.«

Abe drehte sich halb um und sah, daß er nicht gegangen war. »Der alte Mann mit der Gebetsmütze ist mein Dad.«

Er genoß es, Johnny zu beobachten, der Schwierigkeiten hatte, das zusammenzubringen.

»Ja, das ist nett, mit dem Vater auszugehen«, sagte Johnny lahm. Der Kellner brachte ihm ein Bier und Abe den Kräutertee. Sie tranken. Abe wartete. Johnny setzte das Glas ab und fragte: »Also, was ist los?«

»Ihr Name ist gestern gefallen. Und dann bin ich hier und esse meinen Lunch, und plötzlich sehe ich Sie und denke mir: Was für ein Zufall, vielleicht können wir gleich miteinander reden. Das würde mir zwei oder drei Tage Rennerei ersparen.«

»Bei welcher Gelegenheit ist mein Name gefallen?«

Abe rückte den Stuhl näher an den Tisch und dämpfte seine Stimme. »Das ist das Problem, Johnny. Ihr Name fiel, als wir über Fingerabdrücke sprachen, die am Tatort eines Mordes gefunden wurden.«

Johnny schüttelte den Kopf. »Verdammt.«

»Was?«

»Rusty Ingraham, stimmt's?« Johnny trank das Bier zur Hälfte aus, stellte es auf den Tisch, stieß leise auf und sagte: »So ein Mist, ich wußte es.«

»Was haben Sie gewußt, Johnny?«

»Wenn man in Wut gerät, gerät man in Schwierigkeiten.«

»Ja, das kommt ziemlich oft vor. Sind Sie bei Rusty Ingraham in Wut geraten?«

»He, getötet habe ich ihn nicht.«

»Niemand hat behauptet, Sie hätten ihn getötet.«

»Wenn Sie denken, ich hätte ihn getötet, dann irren Sie sich. Das Mädchen auch nicht.«

»Sie können mir glauben, Johnny, wir denken nicht, daß Sie sie getötet haben. Wir haben einen anderen Verdächtigen festgenommen, er liegt im County Hospital. Wir glauben, er hat sie getötet, deshalb haben wir ihn verhaftet. Aber Ihre Fingerabdrücke haben mich neugierig gemacht. Sie wußten, daß das Mädchen da war?«

»Sie war schon tot.«

»Und Rusty? War der auch schon tot?«

Johnny schüttelte den Kopf. »Ich habe keinen Rusty gesehen. Das Mädchen lag im Flur und hat die hintere Hälfte der Wohnung blockiert. Ich habe sie gesehen, aber, sagen wir, auf die Bestandsaufnahme verzichtet.«

»Sie sind einfach abgehauen?«

»He, Sergeant, was hätte ich tun sollen? Die Polizei rufen? Was hätte die Ihrer Ansicht nach gemacht, wenn sie mich mit einer Leiche gefunden hätte?«

»Und was soll ich jetzt tun?«

»Das ist ein Unterschied. Sie haben Ihren Kerl ja schon auf Eis gelegt. Wenn ich die Polizei gerufen hätte, hätten Sie nicht einmal nach ihm gesucht, denn dann wäre ich der Verdächtige gewesen.«

Glitsky gab es ungern zu, aber ganz unrecht hatte Johnny nicht. Vor allem, wenn er sich die letzten Tage und Wochen in Erinnerung rief. Er trank. »Gut. Aber die Fingerabdrücke, Johnny. Sie würden ausreichen, um Sie zu verhaften.«

»Aber Sie haben doch einen Verdächtigen!«

»Ich bin einfach neugierig. Ein Polizist wie ich haßt es, wenn er nicht genau weiß, wie alles zusammenpaßt.«

»Vielleicht sollte ich mir einen Anwalt oder so was besorgen.«

Abe legte die Hände um die Teetasse. Er saß noch immer dicht bei Johnny, flüsterte noch immer. »Johnny, Sie sind nicht verhaftet. Wir unterhalten uns, das ist alles. Kredithaie fallen nicht in mein Ressort. Wenn es nicht um Mord geht, lasse ich die Leute in Ruhe.«

Johnny trank sein Bier aus. Als der Kellner die Minestrone brachte, bestellte er ein neues, dann brach er ein wenig Brot ab und tauchte es in die Suppe.

»Okay«, sagte er. »Okay, also folgendes: Ingrahams Leihgebühr betrug sechshundert.«

Glitsky hob die Brauen. »Pro Woche?«

Johnny nickte. »So läuft das mit der Gebühr, *capisce?*«

»Sechshundert Dollar pro Woche?«

Johnny steckte das Brot in den Mund. »Manche Leute zahlen mehr. Auf jeden Fall...«

»Warten Sie einen Moment. Warum machte Ingraham Geschäfte mit Ihnen? Wieviel war er schuldig, sechstausend? Warum hat er es sich nicht bei jemand anderem geliehen?«

»Bei wem?«

»Zum Beispiel bei einer Bank. Er war Anwalt. Er wäre kreditwürdig gewesen.«

Johnny schüttelte den Kopf. »Banken verleihen kein Geld für Pferdewetten.«

»Ingraham setzte auf Pferde?«

Ein Schluck Bier. »Der Trottel war von Pferden besessen. Er war eine Katastrophe.« Johnny senkte den Löffel. »Einer dieser Kerle, die behaupteten, sie machen jeden Tag das Doppelte. Er stand herum, hat sich die letzten Quoten angehört und dann noch mehr Geld gesetzt.«

»War er gut?«

»Kerle wie der sind nie gut. Etwas anderes treibt sie... Es ist, als wären sie krank. Ich habe die Gebühr von ihm kassiert, seit ich angefangen habe, bei Mr. Tortoni zu arbeiten. Sie wuchs und wuchs.«

»Zurückgezahlt hat er nie?«

»Die Kreditsumme? Gar nicht daran zu denken. Sobald er Geld in die Hand bekam, hat er es auf irgendeinen Gaul gesetzt.«

Abe hatte den Tee ausgetrunken. Der Kellner kam, brachte einen dampfenden Teller Ravioli und nahm die Suppenschüssel mit. »Wie ist er so tief gesunken?«

Johnny hob die Schultern. »Ich habe Ihnen gesagt, er konnte nicht anders. Wenn er Geld hatte, mußte er es verspielen, verstehen Sie? Mit ein paar hundert, die ihm fehlten, fing es an. Die Gebühr betrug zwanzig die Woche, kein Problem, das kann man aufbringen. Dann stieg die Gebühr auf hundert. Er konnte eine Rate nicht bezahlen, also machte er weiter, lieh sich mehr, um die Gebühr zu bezahlen. Selbstmord, unter uns gesagt. Er zahlte immer weiter, und die Gebühr wurde immer höher.«

»Und was ist auf seinem Kahn passiert?«

Johnny musterte die Raviolis auf seiner Gabel. »Ich hatte vor kurzem ein bißchen Streit mit Mr. Tortoni. Ein paar Jungs haben mich hereingelegt, zu wenig gezahlt.« Er zuckte die Schultern, versuchte, gleichmütig zu wirken, aber Abe sah, daß er Angst hatte. »Geschäfte, verstehen Sie, und Mr. Tortoni gehört zu denen, die ihre Geschäfte äußerst ernst nehmen.«

»Und?«

»Und ich muß Mr. Tortoni erklären, daß bei Ingraham eine Leiche herumlag, aber kein Geld. Ich bringe ihm also sechshundert zuwenig, nachdem ich...« Er machte eine kurze Pause. »Nachdem ich vorher schon von anderen zuwenig gebracht habe.« Er senkte die Gabel, ohne gegessen zu haben. Abe hatte das Gefühl, daß Johnny drauf und dran war, ihm etwas Persönlicheres zu erzählen, aber der Augenblick verstrich. Er hob erneut die Schultern und wandte sich wieder seiner Mahlzeit zu. »Also bin ich durchgedreht. Ich war in Schwierigkeiten, verstehen Sie?«

»Und was haben Sie getan? Zuerst sind Sie eingebrochen.« Die Miene wurde verschlossen. »Johnny, auch ein Einbruch ist kein Mord. Es interessiert mich nicht, ob Sie die Tür eingetreten haben.«

»Wir hatten eine Verabredung. Er hätte da sein müssen.«

»Okay.«

»Also ging ich hinein, und da lag diese Leiche. Ich wußte sofort, hier kriegt Mr. Tortoni kein Geld, und das hat mich rasend gemacht. Ich wollte etwas gegen die Wände werfen, etwas zerstören.«

»Also haben Sie sich die Lampe geschnappt.«

»Ja. Ich habe sie auf den Boden geworfen. Hat nicht viel geholfen.«

»Haben Sie Ihren Zorn inzwischen überwunden?«

Johnny schien sich an etwas zu erinnern. Er atmete aus. »Ich glaube, dafür wurden die Weiber erfunden«, sagte er.

17

Hardy dachte an die Tage bei der Staatsanwaltschaft, an denen er so in Arbeit vertieft gewesen war, daß die Stunden unbemerkt verstrichen, während er versuchte, Teile zusammenzusetzen, die einfach nicht passen wollten, sich Strategien für ein Verhör zurechtlegte, ein Eröffnungs- oder Schlußplädoyer formulierte. Intensiv nachdachte. Sich so verdammt bemühte.

Er stand an der Tür zu Tony Feeneys Büro. Der Staatsanwalt, der glaubte, gute Kleidung mache erfolgreich, und Rusty Ingraham gehaßt hatte, schien in tiefes Grübeln versunken zu sein. Er saß halb dem Fenster zugewandt, hatte die Füße auf den Schreibtisch gelegt und war weit weg von allem, was sich hier und jetzt abspielte. Hardy zögerte, ihn aus seinen Gedanken zu reißen. Dann klopfte er doch.

Die Füße wurden heruntergenommen, eine Hand über den Tisch hinweg ausgestreckt.

Hardy ergriff sie und sagte: »Dismas Hardy, ich war neulich schon mal hier.«

»Ich weiß. Wie geht's?«

Hardy sagte, er fühle sich wieder wie ein Polizist, der Knochenarbeit leistete.

»Sind Sie mal draußen bei Hector Medina gewesen?«

»Er ist kein glücklicher Mann.«

Feeney setzte sich ein wenig im Stuhl zurück. »Nein. Nein, ich vermute, das ist er nicht. Haben Sie das Neueste über ihn gelesen...?«

»Ja. Interessant.«

»Hat es irgendwas mit Ihrem Besuch bei ihm zu tun?«

»Ich weiß es nicht. Aber ich bezweifle es. Vergangene Woche der Anruf bei Rusty, jetzt diese Hundegeschichte... Sieht so aus, als gehe in ihm etwas vor.«

Feeney setzte sich auf. »Er hat Ingraham angerufen? Im Ernst?«

»Ja, im Ernst.« Hardy zog sich einen Metallstuhl heran

und setzte sich. »Aber ich wollte Sie nach etwas anderem fragen, nach etwas, das Sie neulich erwähnt haben.«

»Ich habe gepokert...«, scherzte Feeney, hob die Hände, lächelte. Dann fragte er: »Was habe ich gesagt?«

»Sie haben mir erzählt, Rusty habe Medina all das eingebrockt. Da sei eine Frau gewesen, sagten Sie, der er was beweisen wollte.«

Feeney mußte nicht nachdenken. »Karen Moore«, sagte er. »Aber sie paßt nicht in diese Sache, die Geschichte zwischen ihr und Rusty liegt Jahre zurück.«

»In dieser Geschichte liegen alle Verbindungen Jahre zurück.« Hardy informierte ihn über die neuesten Ergebnisse in der Baker-Ermittlung. Wenn man von Ermittlung sprechen konnte. »He, niemand sonst überprüft es. Dieses alte Zeug könnte doch irgendeinen Hinweis enthalten, oder nicht?«

Feeney nickte. Er steckte einen Kaugummi in den Mund. »Ein völlig abwegiger Gedanke, aber es liegt doch eine verdammt lange Zeit zurück. Sind Sie noch immer der Ansicht, Ingraham sei tot?«

»Er ist tot.«

»Das haben Sie das letzte Mal auch gesagt.«

Hardy lehnte sich zurück. »Wie kommt es, daß niemand an den Tod dieses Mannes glauben will?«

»Oh, ich würde gern daran glauben, für meinen inneren Frieden wäre es wundervoll, wenn er tatsächlich tot wäre... Aber wir stehen nun einmal auf Leichen. Ohne Leichen ist ein Mordfall so unvollkommen.«

Hardy wußte, was er meinte. Der Verdacht gegen Baker gründete sich auf dessen Motiv für den Mord an Ingraham. Nicht für den an Maxine. Und ohne den offiziellen Befund, daß Rusty tot war, würde der Staatsanwalt der Jury beweisen müssen, daß Baker Maxine getötet hatte. Die Jury würde sich vielleicht schwertun, das zu glauben, weil Baker kein erkanntes Motiv besaß und Maxine ja nicht einmal gekannt hatte. Der Tod von Ingraham wäre in dieser Situation irrelevant. Wenn Baker Maxine umgebracht hatte, weil sie ihm im Weg gewesen war, als er Ingraham getötet hatte, war alles okay. Aber wenn Ingraham offiziell nicht einmal tot war, wurde die Sache schwierig.

»Ich bin von Rustys Tod überzeugt«, sagte Hardy. »Sein Blut war überall auf dem Schlepper. Er fiel über Bord und wurde in die Bucht hinausgetrieben.« Er merkte, daß er wieder dabei war, Baker ans Messer zu liefern. Aber er mußte seine Zweifel für einen Moment außer acht lassen.

»Vielleicht hat er Angst und hält sich versteckt.«

»Und vielleicht ist er Fischfutter.«

Feeney lächelte. »Ich kauf's Ihnen ab. Es ist möglich, sogar wahrscheinlich. Aber Sie glauben nicht, daß Baker es getan hat?«

Hardy zögerte eine Sekunde. »Das ist das Eigenartige. Wenn ich den Fall bekommen hätte, als ich noch hier gearbeitet habe, nur die Akte Baker, die anderen Verdächtigen lassen wir mal beiseite... dann hätte ich meinen Kopf darauf verwettet, daß er es war. Wie Glitsky sagt, wenn er richtig professionell wird: Alles da, bis auf die Leiche.«

»Nicht gerade eine Kleinigkeit.«

»Ein Experte als Zeuge – jemand wie ich zum Beispiel – sollte ein Gericht davon überzeugen können, daß Rusty über Bord gegangen und von der Strömung hinausgetrieben worden ist.«

»Das ist Ihre Vermutung.«

Hardy kaute auf der Innenseite seiner Wange. »Ich bin überzeugt davon.«

»Na gut, aber wenn Sie davon ausgehen, daß Baker dort war, was Sie wohl tun müssen – wo liegt das Problem?«

»Ich kann mich einfach nicht davon überzeugen, daß er es gewesen ist. Mein Problem ist: Ich spiele in einem Spiel und weiß nicht, in welchem. Das macht mich nervös.«

Feeney nickte.

»Also habe ich mir gedacht, ich fange von vorne an. Sie haben gesagt, es habe damals eine Frau gegeben, was bei Ingraham immer so...«

»Richtig.«
»Und auf seinem Kahn lag die tote Maxine Weir.«
»Nach dem, was Sie mir erzählt haben, würde ich mit ihr anfangen.«
»Mit ihrem Ehemann, meinen Sie?«
Feeney nickte. »Sprichwörter lügen nicht: Schau nach dem Ehepartner. Vor allem in diesem Fall. Geld, Eifersucht, die gemeinsame Arbeit. Warum hat Glitsky ihn nicht verhaftet?«
»Nun, vielleicht hatte er ein Alibi. Ich bin nicht sicher, ob er es Abe gegenüber erwähnt hat... Außerdem haben sie ja Baker inzwischen verhaftet.«
»Richtig. Ein Glück, daß es Baker gibt.«
»Warum sagen Sie das?«
»Weil Baker zwei ungeklärte Mordfälle löst – drei, wenn Sie Ingraham mitrechnen. Das ist gut für die Statistik der Abteilung.« Er fuhr sich mit den Fingern durch das dichte Haar. »Vielleicht liegt es nicht an der Bequemlichkeit unserer Leute... Auf dem Papier ist Baker zu Recht ein Verdächtiger.«
»Aber Sie halten ihn nicht für schuldig?«
Feeney hob eine Hand. »Ich spiele einfach mal den Advocatus diaboli. Beides können Sie nicht haben. Wenn Ingraham tot ist – ich sage nicht, daß er es nicht ist –, dann ist Baker ein guter Tip. Vielleicht auch Maxines Ehemann. Aber wenn Ingraham nicht tot ist, öffnet das ein paar andere Dosen mit Würmern.«
»Ich bin sicher, daß er tot ist. Baker oder Weir, einer von beiden war's.«
»Sie haben gesagt, Weir hat ein Alibi.«
»Hat vielleicht ein Alibi...«
»Finden Sie das heraus. Warum verschwenden Sie Ihre Zeit mit Karen Moore?«
»Vielleicht führt alles zurück zu Medina. Warum spielt er ausgerechnet jetzt wieder eine Rolle in dem Stück?« Hardy bemerkte Feeneys skeptischen Blick, ging aber darüber hinweg. »Was immer hier gespielt wird, begann mit

Ingraham. Seinetwegen hänge ich mit drin. Medina, Baker, Ingraham, ich. Vor neun Jahren hat das alles angefangen. Falls mich die Spuren wieder zu Maxine Weir führen, werde ich mich um Rays Alibi kümmern.«

»Und Sie glauben, Karen Moore könnte etwas wissen?«

Hardy schüttelte den Kopf. »Keine Ahnung. Vielleicht weiß sie gar nicht, daß sie was weiß.«

Karen Moore war Mitarbeiterin der Staatsanwaltschaft, einer Abteilung, die selbständig und unabhängig von der Polizei arbeitete. Einer ihrer Kollegen berichtete Hardy, Karen sei unten in Hunter's Point und versuche, einen jugendlichen Zeugen ausfindig zu machen. Sie werde am Nachmittag zurücksein, wann genau, wisse er nicht.

Hardy war auf dem Korridor, als die Mittagspause gerade vorbei war. Die Leute strömten zurück in die Gerichtssäle, und die Flure waren überfüllt. Er ging zur Telefonzelle und rief Frannie an ihrem Arbeitsplatz an.

»Bist du noch böse auf mich?« fragte sie.

»Ich war nicht böse auf dich. Ich mußte weg.«

»Das hat Eddie auch gesagt, bevor er ging. Er wurde ermordet.«

»Ich bin nicht Eddie, Frannie. Und ich werde nicht ermordet.«

»Du bist immer noch weg.«

»Ja.«

Sie schwieg. »Ziehst du wieder in deine Wohnung?«

»Wahrscheinlich.«

»Heute abend?«

Hardy dachte nach. »Ich weiß es nicht. Was meinst du? Ich möchte mich nicht jedesmal mit dir streiten, wenn ich weggehe.«

»Ich würde mich freuen, wenn du heute nacht zu mir kämst.«

»Du weißt, daß ich mit diesem Zeug weitermachen muß, bis es geklärt ist?«

»Okay. Paß auf, daß dir nichts passiert, ja?«

Hardy lächelte. »Das ist im Stück nicht vorgesehen.«

Lanier, der im verlassenen Morddezernat einen Bericht schrieb, hatte ihm den Code genannt. Eigentlich war Hardy gekommen, um zu sehen, ob Abe sich ein Herz gefaßt hatte und im Büro erschienen war. Aber er hatte sich krank gemeldet.

Hardy sagte, er sei im Auftrag von Tony Feeney hier, hinterließ eine Nachricht für Karen Moore, damit sie, wenn sie zurückkam, wußte, wo er zu finden war, und besorgte sich eine Cola light. Er fand den Raum sofort – ein gewöhnliches Büro mit einem einsamen Computer auf einem zerkratzten Tisch.

San Francisco Computer mit den Daten von Verdächtigen, Häftlingen, aktuellen Fällen. Nur ein Terminal, und niemand, der ganztags daran arbeitete. Aufs Geratewohl erstellte, ungeordnete Angaben. Als Hardy hier gearbeitet hatte, hatte es so ein Ding nicht gegeben, also fand er, daß es ein Fortschritt war. Aber vom neuesten Stand der Technik waren sie noch weit entfernt.

Er suchte nicht nach etwas Bestimmtem, schlug einfach die Zeit tot, aber das konnte manchmal äußerst produktiv sein. Er gab Louis Bakers Namen ein und bekam einen interessanten Hinweis. Nach Aussage des Computers war Louis Baker, alias Lou Brock, Louis Clark, Lou Rawls – der Kerl hatte tatsächlich Sinn für Humor –, Straßenname Puffer – was immer das bedeuten mochte –, noch im Gefängnis von San Quentin.

Hardy fragte sich, wie veraltet das Wissen des Computers war. Er gab ›Hector Medina‹ ein, aber diesen Namen kannte der Computer nicht. Nun gut, das ergab einen Sinn – Medina war zweimal freigesprochen worden.

Ray Weir jedoch war verfügbar. Vor neun Jahren – schon wieder diese Zahl – war er wegen einer Rauferei während eines Spiels der *49er* festgenommen worden. Der Beamte, der ihn verhaftet hatte, war nicht Medina. Einen Hinweis, daß Ingraham damit zu tun gehabt hatte, fand Hardy nicht. Ray hatte Reue gezeigt und war mit einem Bußgeld in Höhe von zweihundert Dollar davongekommen. 1985 war er mit Marihuana geschnappt worden – wieder ein Bußgeld, diesmal hundert Dollar. Ein Urteil wegen eines nicht bezahlten Strafzettels stand noch aus.

Hardy trank seine Cola. Also war auch Ray ein Schläger, oder es zumindest gewesen. Daß er reichlich Marihuana konsumierte, wußte Hardy bereits, vielleicht nahm er auch andere Drogen. Er war impulsiv genug, vor anderen Leuten um seine geliebte, verlorene Frau zu weinen. Wie labil war er? Was, wenn er im Drogenrausch, gereizt und voller Aggressionen, losgezogen war, wie Warren spekuliert hatte, um die Dinge mit Maxime ›zu bereinigen‹? Hoffentlich ließ sich Rays Alibi nachprüfen, dachte Hardy. Er schrieb sich ein paar Angaben vom Bildschirm auf seinen gelben Notizblock.

Rustys Auto – ein blauer VW Jetta, Baujahr 1987 – war tatsächlich am 29. August gestohlen worden. Das war alles, was der Computer über Rusty vorzuweisen hatte. Also hinkten die Dateien nicht mehr als drei Wochen hinterher, was – fand Hardy – doch gar nicht so schlecht war. Er wollte sich gerade die Angaben bezüglich des Autos notieren, als es an der Tür klopfte.

»Mr. Hardy?«

Hardy stand auf.

»Sergeant Moore.«

Sie lachte. Perfekte weiße Zähne und das Gesicht eines Models. »Nennen Sie mich bitte Karen... Tony Feeney winkt, und ich springe. Womit kann ich Ihnen helfen?«

Sie setzte sich wie ein Schulmädchen auf die Tischkante. Sie trug eine Art Uniform, die den blauen der Streifenpolizisten aber in keiner Weise glich. Die Hose war weit geschnitten, eine Lederjacke mit den Sergeantenstreifen bedeckte ihre Bluse. Sie wirkte kräftig, was aber wohl eine absichtliche Täuschung war. Ein genauerer Blick ließ auf einen wohlproportionierten Körper schließen, für den die Kleidung eine Nummer zu klein war. Mit etwas

Make-up würde Karen Moore Verkehrsstaus verursachen, doch so – ohne die hohen Wangenknochen, die tiefen, dunklen Augen und den großen, sinnlichen Mund zusätzlich zu betonen – war sie einfach nur hübsch. Sehr hübsch.

»Ich weiß nicht, ob Sie mir helfen können. Ich suche nach etwas, das vor langer Zeit passiert ist.«

»Für Tony? Ist es ein aktueller Fall?«

»Nein, nicht direkt für Tony. Er nannte mir nur Ihren Namen.«

Sie wartete ab.

»Es ist was Persönliches«, sagte Hardy. »Rusty Ingraham.«

Sie war wachsam. »Rusty Ingraham. Ein Ruf aus der Vergangenheit... Wie geht's ihm?«

»Rusty ist tot, jedenfalls spricht einiges dafür, daß er tot ist.« Er erklärte ihr die Zusammenhänge.

»Tut mir leid, das zu hören«, sagte sie, nachdem er fertig war.

»Wirklich?«

»Rusty und ich, das ist längst vorbei. Wir sind als Freunde auseinander gegangen.«

»Als Tony Feeney von Rustys Tod erfuhr, benahm er sich, als hätte er im Lotto gewonnen.«

Sie nickte. »Das glaube ich. Tony hat Rusty gehaßt. Eine Menge Leute haben Rusty gehaßt. Ich nicht. Mir hat er am Ende nur leid getan.«

»Am Ende?«

»Am Anfang fühlte ich mich sehr zu ihm hingezogen. Kennen Sie ihn?«

Hardy nickte.

»Dann wissen Sie Bescheid. Er war ziemlich charismatisch. Sehr charismatisch. Er verlor nie einen Fall, war der Star der Bühne. Und ich war eine alleinerziehende schwarze Mutter mit einer zehnjährigen Tochter und...«

»Entschuldigung... Wann war das?«

»Vor neun oder zehn Jahren.«

»Sie hatten damals schon eine zehnjährige Tochter?« Hardy hatte sie für Ende Zwanzig gehalten.

Karen lachte. »Ich bin sechsunddreißig, Mr. Hardy, und Großmutter, aber trotzdem vielen Dank.«

»Wie eine Großmutter sehen Sie nicht aus.«

»Nein, ich weiß. Ich gebe mir Mühe. Ich gebe mich der Hoffnung hin, meiner Tochter an guten Tagen noch ernsthaft Konkurrenz machen zu können.«

»Ich würde auf Sie setzen. Ihre Tochter war also zehn, als Sie diese Sache mit Rusty hatten?«

»Ich fühlte mich geschmeichelt. Er war außerdem der erste weiße Mann, mit dem ich etwas hatte, und zu dieser Zeit kam mir das wie der große Wurf vor. Mir war nicht klar, daß es für Rusty ähnlich war – das knackige, junge schwarze Hühnchen. Eine Eroberung. Ein weiterer Schlag.«

Er suchte in ihren Augen nach einem Anzeichen von Schmerz oder Verlust, aber er fand keines. Ingraham hätte ein alter Schullehrer sein können, an den sie sich hin und wieder erinnerte.

»Wie lange waren Sie zusammen?«

Sie sah zur Decke hinauf. »Ein knappes Jahr, vielleicht zehn Monate. Ein Jahr war sein Limit, danach war man unweigerlich das Modell des vergangenen Jahres. Es gab keinen Grund mehr für ihn, sich mit mir zu beschäftigen.«

»Haben Sie's ihm sehr übelgenommen?«

»Nein. Ich wußte, daß es so kommen würde. Ich hatte ihn zu dieser Zeit längst durchschaut und fing an, Mitleid mit ihm zu haben. Und jemanden, mit dem man Mitleid hat, kann man nicht lieben.«

»Warum tat er Ihnen leid? Ich dachte, er wäre so erfolgreich gewesen?«

»Gerade deshalb. Es war eine Krankheit. Ich glaube wirklich, er war ein kranker Mann. Er ertrug es nicht zu verlieren, ertrug nicht einmal mehr das Gefühl, daß er verlieren könnte. Er kümmerte sich nicht mehr um die Wirklichkeit. Alles war nur noch Illusion.«

»Und was war mit Hector Medina?«

»Ich glaube, hauptsächlich deshalb habe ich Schluß gemacht. Er mußte mir unbedingt beweisen, daß er recht hatte in Sachen Medina. Er beschuldigte Medina vor mehreren unserer Bekannten und war nicht bereit, es zurückzunehmen. Wir haben uns deswegen gestritten. Ich wollte, daß er die Sache einfach auf sich beruhen ließe, ich meine, was hätte es schon ausgemacht? Medina war bestimmt kein großartiger Polizist, aber er war auch nicht schlechter als die anderen. Er hatte Familie, all das. Warum das Ganze wieder aufwirbeln, wo sie ihn doch in der ersten Untersuchung von dem Vorwurf freigesprochen hatten? Aber Rusty saß auf seinem hohen Roß und war nicht herunterzubekommen.«

»Und warum?«

»Das ist die Frage, nicht wahr? Zuerst dachte er wohl, er könne mich beeindrucken. Ein kleiner Strafverfolger stellt Polizei und Staatsanwaltschaft in den Schatten und bringt eine gerechtfertigte Anklage vor. Er glaubte, es lasse ihn romantischer erscheinen. Der *Serpico* von San Francisco...«

»Aber das ging vorüber? Der Wunsch, Sie zu beeindrucken, meine ich?«

»Es hat ja nie richtig funktioniert... Aber nachdem er die Aussage einmal gemacht hatte, konnte er nicht mehr zurück.« Sie hob die Schultern. »So war Rusty. Sein Ego war das Problem.«

»Und zum Teufel mit Medina, was?«

»Oh, Medina schien für Rusty nicht einmal zu existieren. Er war nur eine weitere Trophäe, so wie ich. Später wurde er dann ja freigesprochen.«

»Aber er verlor seinen Job.«

»Ich weiß. Nach der zweiten Untersuchung glaubte ihm niemand mehr, aber es gab nicht genug Beweise, um ihn vor Gericht zu stellen, also kam er davon. Doch jeder hielt ihn für einen Mörder.«

»Glauben Sie, er war einer?«

»Er stand in dem Ruf, brutal zu sein. Kleinigkeiten, wie sie bei vielen der Jungs vorkommen. Ein zusätzlicher Schlag mit dem Gummiknüppel, die Handschellen so fest anlegen, daß sie einschneiden... Nichts Schwerwiegendes, aber es kam während der Untersuchung alles heraus.«

»Haben Sie von der neuen Beschuldigung gegen ihn gehört?«

»Die Geschichte mit dem Hund? Das traue ich ihm zu.«

»Und wie steht's mit Rusty? Trauen Sie ihm das auch zu?«

»Nach all dieser Zeit?«

Hardy erzählte ihr von der Verbindung zu Raines und Valenti, die Medina wieder auf die Bühne gebracht hatte.

»Ich weiß nicht«, sagte sie. »Es könnte ihm vielleicht in den Sinn gekommen sein. Aber wenn er es damals nicht getan hat, warum dann jetzt?«

»Vielleicht, weil er damals verheiratet war, eine gute Stellung und eine Zukunft hatte. Jetzt ist er geschieden, zieht seine Tochter allein groß, und sein Job taugt nichts. Vielleicht ist ihm alles, was er verloren hat, wieder in den Sinn gekommen, alles, was Rusty ihm genommen hat. Er hat darüber nachgedacht und...«

Karen glitt vom Tisch und ging zum Fenster. »Es sind schon seltsamere Dinge passiert, aber man sollte doch annehmen, daß die Zeit wenigstens ein paar Wunden heilt. Wenn Rusty Medina später noch einmal etwas angetan hätte, würde es mir einleuchten. Gibt es dafür irgendwelche Anzeichen?«

»Nein. Medina hat mir erzählt, er habe von Rusty seit Jahren nichts mehr gehört, bis er ihn vor kurzem angerufen habe.«

»Was wollte er von ihm?«

»Nichts. Er sagt, er habe es sich anders überlegt und eingehängt.«

In ihren Augen stand noch eine Frage, aber sie stellte sie nicht. Statt dessen sagte sie: »Es könnte sich lohnen, sein Alibi zu überprüfen.«

Hardy fuhr im Sitzen mit den Fingern über die Tastatur des Terminals. »Das werde ich tun«, stimmte er zu.

Sie trat hinter ihn und sah über seine Schulter auf den Bildschirm, auf dem noch immer die Information über Rustys Auto stand. »Zurück zu den Anfängen? He, er fuhr einen alten Volkswagen?«

Hardy starrte auf das flimmernde grüne Bild. »Hat das was zu bedeuten?«

»Es bedeutet, daß er bei den Pferden eine Pechsträhne gehabt haben muß. Er sagte immer, unter einem Lincoln würde er es nicht machen. Lieber würde er laufen.«

»Und was hat das mit Pferden zu tun?«

»Ich denke, Sie kannten ihn?«

Für Hardy war Rusty ein junger, heißblütiger Staatsanwalt wie er selbst gewesen, der sich in seine Fälle verbissen und mit allen Mitteln versucht hatte, sie zu gewinnen, die Verbrecher hinter Gitter zu bringen. Sie waren in ihrem gemeinsamen Büro ganz gut miteinander ausgekommen, gelegentlich zusammen auf einen Drink ausgegangen und hatten über ihre Arbeit gesprochen. Das war der Punkt. »Ich fürchte, nein«, sagte er.

»Wenn Sie nicht wußten, daß er spielte, wissen Sie nichts von ihm«, sagte Karen und setzte sich wieder auf den Tisch. »Seine Spielsucht zerstörte unsere Beziehung mehr als die Sache mit Medina – auch wenn all diese Dinge zusammenhingen. Ich vermute, es ging ihm um den Rausch des Sieges. Er sagte, Pferderennen seien die höchste Herausforderung, und war überzeugt davon, daß man die Pferde und die Jockeys so genau studieren könne, daß man nie mehr verlieren würde. Er sagte immer, es sei kein Spiel, sondern eine sichere Sache, wenn man sich Mühe gebe. Nicht bei jedem Rennen. Aber sobald man sicher sei, könne man zuschlagen.«

»Hatte er Erfolg?«

»Er war ziemlich gut.« Sie warf erneut einen Blick auf den Schirm. »Wenn er nicht gerade verlor.«

»Was oft vorkam?«

»Nein, aber wenn er verlor, dann eine Menge.« Sie schüttelte den Kopf. »Ein Volkswagen... wer hätte das gedacht? Er muß sehr viel verloren haben.«

Hardys Finger trommelten schneller auf den Tisch. »Und das hat Sie auseinandergebracht?«

»Es hat mir einfach klargemacht, wer er war. Deshalb hat er mir ja später so leid getan. Niemand kann immer gewinnen, selbst wenn er noch so gut ist, noch so viel weiß. Aber er empfand jede Niederlage wie eine persönliche Beleidigung. Er wurde fast verrückt. Das Universum war gegen ihn.«

Sie war jetzt völlig in der Erinnerung versunken. »Ein paarmal wollte er meinen Gehaltsscheck haben, nachdem er seinen verspielt hatte, verloren bei dem, was er für eine sichere Sache hielt. Er wollte einfach nicht glauben, daß er meinen Scheck im nächsten Rennen ebenso verlieren könnte wie seinen.« Sie sah Hardy in die Augen. »Es war wirklich traurig mit dieser Sucht. Fast hatte ich den Eindruck, er, der sonst immer gewann, habe sich mit Absicht etwas gesucht, wo er auf Dauer nicht gewinnen konnte, damit er beweisen konnte, daß er eigentlich der geborene Verlierer sei. Denn so sah er sich.« Abrupt fuhr sie sich mit den Händen durchs Haar, als sei etwas von Rusty darin, das sie herausreißen wolle. »Nur mein dilettantischer Versuch, seine Psychologie zu ergründen, aber für mich ergibt es einen Sinn.«

»Glauben Sie, er war ein Verlierer?«

»Bis in die letzte Faser seines Körpers. Es gab nur Gewinnen und Verlieren, er selbst existierte ganz einfach nicht, hatte keine Identität, die ihn zusammenhielt, dem Ganzen eine Richtung gab. Seine größte Angst, glaube ich, war die, daß jemand herausfinden könnte, daß er nicht der große Sieger war, für den ihn alle hielten. So konnte er es sich einfach nicht leisten zu verlieren.«

»Und trotzdem riskierte er es bei den Pferden immer wieder?«

»Ich sage doch, es war eine Krankheit. Die Rennen waren seine Meßlatte. Wenn er die Rennbahn besiegte, würde er jeden schlagen; wenn sie ihn besiegte, war er am Boden. Als er wieder einmal auf dem Weg nach unten war, haben wir uns getrennt.«

Hardy erinnerte sich, wie Rusty in der vergangenen Woche ins *Shamrock* gekommen war – ein bißchen abgerissen, die Kleidung nicht gebügelt, mit dem Bus, weil sein Auto gestohlen worden war. Er hatte immer noch eine gewisse Ausstrahlung gehabt, eine Linie, ein geschicktes Mundwerk – aber wie ein Mann, der es mit dem Universum aufnahm, wie ein Sieger, hatte er nicht mehr ausgesehen.

Karen sprang vom Tisch. »Aber die Pferde haben ihn nicht umgebracht, oder?«

»Nein«, sagte Hardy. »Jemand mit einem biegsamen Zeigefinger.«

18

In Ordnung, dachte Ray Weir. Er hatte lange genug gewartet.

Er war heute morgen in den Gottesdienst gegangen und hatte mit Courtenay und Warren gewartet, bis sie die Urne gebracht hatten, die alles enthielt, was von Maxine übrig war. Dann waren sie unter die Golden Gate Bridge gefahren, wo einer von Warrens reichen Freunden eine Jacht liegen hatte, und hatten zur Erinnerung an Maxine Champagner und Toasts zu sich genommen ... Dann hatten sie die Asche ins Meer geschüttet und sich dabei den Hintern abgefroren.

Jetzt war er wieder zu Hause und hatte lange genug gewartet. Es war legitim, und vor ihm lag der ganze Papierkram.

Er wurde mehrmals verbunden, bis er endlich jemanden an den Apparat bekam, mit dem er reden konnte. Er gab die Nummer von Maxines Lebensversicherung an, außerdem beide Daten des Unfalls und der Vertragsunterzeichnung. »Ich wüßte nur gern, wann das Geld ausgezahlt wird«, sagte er.

Die Frau bat ihn zu warten und war erst wieder zu hören, als das Lied *I Write The Songs* fast verklungen war. Aufgrund der großen Entfernung war ihre Stimme leise und dünn. »Haben Sie den Scheck nicht erhalten?«

»Deshalb rufe ich an.«

»Er kommt mit der Post«, sagte sie.

Rays Hand verkrampfte sich um den Hörer. »Der Scheck kommt mit der Post? Wann ist er abgeschickt worden?«

Sie räusperte sich, sprach aber auch danach nicht lauter. »Einen Moment, bitte.« Ein Radiosender in Connecticut spielte *Soft Hits All The Time* – weiche Hits für weiche Hirne, dachte Ray, und dann erklang eine schnulzige Version von *I Am, I Said*.

»Sir?«

»Ich bin noch dran.«

»Da muß ein Irrtum vorliegen. Wir haben Ihnen den Scheck über die Gesamtsumme in Höhe von fünfundachtzigtausend Dollar vor zehn Tagen geschickt, persönliche Zustellung mit Rückschein. Der Rückschein wurde unterzeichnet von...« Sie seufzte. »...Maxine Weir.«

Ray war plötzlich schwindlig, und er mußte sich setzen. »Was meinen Sie damit?« fragte er.

»Wie bitte?«

»Ich meine... *Wann* war das?«

Sie dachte nach. »Wir haben ihn Freitag abgeschickt, also ist er wahrscheinlich... ja, da habe ich's. Er ist am Montag letzter Woche zugestellt worden. Heute vor einer Woche.«

»An Maxine Weir?«

»Ja, Sir. Die Unterschrift ist deutlich lesbar. Soll ich Ihnen eine Kopie des Rückscheins schicken?«

Ray hätte beinahe laut gelacht. Er hängte ein.

Immerhin, es war möglich, daß der Scheck noch in ihrer Wohnung lag. Die Versicherung war in ihrer beider Namen abgeschlossen worden, jeder von ihnen konnte unterschreiben. Vielleicht hatte die Polizei den Scheck gefunden und ihn noch nicht benachrichtigt.

Oder sie hatte ihn zur Bank gebracht. Sie hatten noch immer ein Gemeinschaftskonto, das aber so gut wie leer war. Er würde bei der Bank anrufen.

Er steckte sich einen Joint an und wählte. Auf dem Konto sei kein Eingang vermerkt, sagte der Angestellte, ob er einen Vorgesetzten sprechen wolle?

Er wußte nicht, was er wollte. Alles drehte sich vor seinen Augen.

Obwohl er im Justizgebäude war, meldete sich Glitsky nicht im Morddezernat. Wenn er Batiste oder einem der anderen begegnete, würde er sagen, daß er sich besser fühle und den Dienst wieder antreten könne. Vielleicht könnte er ein wenig arbeiten. Er dachte zwar noch immer an Los Angeles, aber es gab Dinge, die hier ausgetragen werden mußten, sein Vater hatte recht. Wenn man etwas tat, durfte man es nicht halbherzig tun.

Der Filipino aus dem Labor, Ghattas, hatte ihm am Samstag schon einmal geholfen und keine Schwierigkeiten, die Waffe – Ray Weirs Waffe – und den Bericht noch einmal herauszusuchen. Er stand auf der anderen Seite des Tisches, während Abe eilig einen Blick auf die Ergebnisse warf...

»Sie ist im Schlamm in vierzig Meter Tiefe gefunden worden, Sie verstehen, Sir...«

»Also keine Fingerabdrücke?«

»Mit den Fingerabdrücken ist es so eine Sache, Sir. Sie basieren auf Fett, und da kann man nicht sagen, ob man welche erwarten kann. Entweder sie sind noch drauf oder eben nicht.«

Abe sah von dem Bericht auf. Der Junge hatte noch etwas zu sagen. »Aber?«

»Sie waren nicht mehr drauf.«

Abe versuchte, seine Enttäuschung zu verbergen.

»Aber ich habe angefangen nachzudenken.«

Abe fing an, diesen Burschen zu mögen. Er grinste sein von der Narbe verzerrtes Grinsen.

»Und worüber haben Sie nachgedacht?«

»Wie ich schon sagte, auf der Waffe waren keine Fingerabdrücke. Aber – es waren auch keine Fettspuren drauf. Sie wirkte, als hätte sie noch nie jemand in der Hand gehalten.«

»Aber sie ist abgefeuert worden.«

»O ja, da besteht kein Zweifel. Aber trotz Schlamm und Salzwasser... Irgendwas erwartet man. Irgendwelche Fettrückstände.«

»Und?«

»Keine. Weil das vielleicht ein bißchen vage ist, habe ich einen Test mit *Armor All* gemacht.«

»Armor All?«

»Ein Autoputzmittel. Sagt Ihnen nichts? Die Hell's Angels sind Spezialisten für das Zeug. Sie reiben eine Waffe sauber, sprühen sie mit *Armor All* ein und hinterlassen garantiert keinen Fingerabdruck.«

»War *Armor All* auf dieser Waffe?«

»Exakt.«

»Und?«

»Das bedeutet, daß der, der die Waffe abgefeuert hat, über *Armor All* Bescheid wußte.«

»Und weiter?«

Der Junge beugte sich über den Tisch, und seine Augen leuchteten vor Erregung. »Es bedeutet, daß der Täter ein Profi war. Denn wenn er kein Profi wäre, hätte er die Waffe hinterher einfach abgewischt, meinen Sie nicht?«

Glitsky nickte. »Okay.«

»Also stammt Ihr Schütze aus unserer Branche. Es ist zwar nicht der Stein der Weisen, aber ich würde auch nicht behaupten, daß es zum Allgemeinwissen gehört. Falls Sie also zwei Verdächtige haben und einer von beiden ist, sagen wir, ein Zivilist, dann ist es eher unwahrscheinlich, daß das Ihr Mann ist.«

»Ray Weir«, sagte Abe, »der Ehemann. Durch und durch Zivilist.«

»Vielleicht lohnt es sich, darüber nachzudenken.«

Drysdale erläuterte noch einmal den Ablauf.

Draußen, unter den Fenstern, fuhren die Wagen auf den Freeway Richtung Bay Bridge. Gubicza lehnte sich zurück. Auf der Uhr des Union Squares war es zwanzig vor fünf – wegen dieser idiotischen Idee ein verlorener Tag, und er war noch nicht vorbei.

Fred, noch immer begeistert und zuversichtlich, wurde von der Technikerin, einer uniformierten Beamtin, an den Detektor angeschlossen. Sie und Drysdale würden als einzige anwesend sein, und das war Mannys größte Sorge. Bei Störungen funktionierten Lügendetektoren nicht, und bei einer geübten Person funktionierten sie überhaupt nicht, aber Manny würde während der Prozedur nicht im Zimmer sein. Kein Gerichtsreporter, keine anderen Anwälte, niemand würde da sein, nur Fred, Drysdale und diese Frau, die vermutlich hinter ihm – außerhalb seines Blickfeldes – sitzen würde.

Ganz so schlimm, wie es hätte sein können, war das Ganze aber wohl nicht, denn Drysdale hatte Manny und Fred bereits eine vollständige Liste der Fragen, die er stellen würde, übergeben. Alle waren mit ja oder nein zu beantworten, und Manny und Fred waren sie während der vergangenen Stunde miteinander durchgegangen, um sicherzugehen, daß Fred über nichts stolperte.

Manny hörte nur mit halbem Ohr zu. Wenn Drysdale einen Hinterhalt plante, würde er mit größter Wahrscheinlichkeit nicht jetzt losschlagen.

»Wie ich gesagt habe«, dröhnte die Stimme Drysdales, »das ist kein formeller Vorgang, aber die Art Ihrer Beschuldigungen...« – hier lächelte er erst Treadwell und dann Gubicza zu – »ist so... so ungewöhnlich, daß ich glaube, Sie werden ...« – wieder schien er nach dem richtigen Wort zu suchen –, »unsere Behörde wird kooperationsbereiter sein, wenn Sie ...« Drysdale streckte die Hände aus, lächelte, war jedermanns Freund. »So kenne ich mich gar nicht, meine Herren. Ich muß den Fall sowohl vor meinem Boß als auch vor meiner Mannschaft vertreten, und es gibt da gewisse Bedenken, die in diesem Stadium vielleicht auch nicht ganz ungerechtfertigt sind, fürchte ich. Nun gut ... Lassen Sie uns einfach festhalten, Manny, daß unsere Zusammenarbeit hier die Glaubwürdigkeit Ihres Klienten ebenso wie die Ihre beträchtlich erhöhen wird.«

»Sie glauben mir nicht, oder?« fragte Treadwell.

»Fred, bitte.« Gubicza war nicht bereit, seinen Klienten in eine unvorhergesehene Diskussion mit Drysdale eintreten zu lassen. Art Drysdale war trotz seiner friedfertigen Erscheinung einer der geschicktesten Staatsanwälte, denen Gubicza je gegenübergestanden hatte.

»Ich?« Drysdale gab sich erschrocken. »Ich glaube Ihnen vollkommen. Aus diesem Grund bin ich hier, sind wir hier.« Er legte ein Bein über die Ecke des Tischs, auf dem der Detektor stand. Auf seinem Gesicht zeigte sich keine Regung, er versuchte nicht, ihnen etwas einzureden, gab nur Informationen weiter. »Natürlich ist es richtig, Manny, die Sache anzugehen, als stünden wir uns hier als Gegner gegenüber. Ich vergebe mir nichts dabei, wenn ich Ihnen – ohne Namen zu nennen – sage, daß gewisse Mitglieder meines Teams reichlich skeptisch sind. Was wir jetzt hier machen werden, ist eine Waffe gegen diese Leute, und damit stehen wir wenigstens für heute auf derselben Seite. Fred, Sie erzählen mir, wie sich die Sache mit Hector Medina zugetragen hat, der Detektor prüft es. Okay, juristisch gesehen sind die Ergebnisse nicht verwertbar, aber wir bekommen die Mannschaft wenigstens auf unsere Seite. Das liegt in unser aller Interesse und erleichtert mir meine Arbeit erheblich.« Er breitete die Arme aus und lächelte sein offenes, ehrliches Lächeln.

Die Technikerin war fertig. Manny trat hinter Fred und flüsterte ihm zu, er solle sich an die gestellten Fragen halten und vor allem ruhig bleiben.

»Sie können sich bequem hinsetzen, wenn Sie möchten«, sagte Drysdale. Er selbst zog sich einen alten, mit gelbem Leder gepolsterten Bürostuhl heran und schlug die Beine übereinander. »Wie Sie wissen, stellen wir nur Fragen, auf die mit ja oder nein zu antworten ist. Wir fangen mit den einfachen Dingen an, um uns daran zu gewöhnen. Sie heißen Fred Treadwell?«

Fred nickte.

»Bitte sagen Sie ja oder nein.«

»Entschuldigung. Ja.«

»Sie heißen Fred Treadwell?«

»Ja.«

Sie gingen die üblichen Eröffnungsfragen durch – Name, Adresse, Datum – und gewöhnten sich allmählich an das leise Kratzen des Schreibers auf dem linierten Papier und das Summen der Maschine.

»Gar nicht so schlimm, oder?« fragte Drysdale.

»Nein«, sagte Fred, und Drysdale sah, daß die Schreibfeder ausschlug. Also funktionierte es bei ihm. Im Grunde brauchte der Befragte nicht zu sprechen – er wurde trotzdem überprüft, denn der Körper reagierte natürlich auch, wenn nichts gesagt wurde. Drysdale wußte das und zählte darauf. Und darauf, daß Treadwell nichts davon verstand.

»Okay, lassen Sie uns jetzt ein paar Lügen erzählen.«

»Aber wenn ich weiß, daß ich nicht versuche zu betrügen, wenn ich die falsche Antwort gebe, reagiert die Maschine nicht, oder?«

Drysdale schenkte ihm ein breites Grinsen. »Sie haben Ahnung von diesem Zeug, was? Sie haben recht. Also versuchen Sie, mich in der nächsten Runde ein wenig zu betrügen, einverstanden?« Er beugte sich vor. »Wir befinden uns noch immer in der Testphase, in Ordnung?«

Fred nickte und befeuchtete seine Lippen. Er sah an Drysdale vorbei zur Tür, als wolle er sich vergewissern, daß Manny dort wartete und ihm zu Hilfe kommen würde, wenn er ihn brauchte.

»Sie sind an Ihrem jetzigen Arbeitsplatz seit acht Jahren beschäftigt, ist das richtig?«

»Ja.« Wahr.

»Und in Ihrer Wohnung wohnen Sie seit zwanzig Jahren?«

»Ja.« Falsch.

»Zwei Jahre?« Halt dich an der Unwahrheit fest und warte ab, was er tut. »Haben Sie während dieser Zeit renoviert?«

»Während der Zeit, in der ich dort wohne, oder in den letzten zwei Jahren?«

Sehr gut, Fred, dachte Drysdale. Er sagte: »Tut mir leid. Haben Sie in den letzten zwei Jahren Ihre Wohnung renoviert?«

»Nein.« Wahr.

»Die Wohnung liegt im zweiten Stock?«

»Nein.« Wahr.

»Also im dritten Stock?«

Pause. »Ja.« Falsch.

»Aber wenn Sie aus dem dritten Stock gefallen wären, hätten Sie sich dann nicht mehr als nur den Knöchel gebrochen?«

»Das gehört nicht zu den Fragen.« Auf Freds Stirn brach Schweiß aus.

Voller Unschuld streckte Drysdale die Hände aus. »Hat sich aus Ihren Antworten so ergeben.« Ohne Eile sah er nach dem Detektor. »Sehen Sie, auf jeden Fall scheint die Maschine ordnungsgemäß zu arbeiten.« Er wandte sich wieder Fred zu. »Sie leben nicht seit zwei Jahren in Ihrer Wohnung, und Ihre Wohnung liegt nicht im dritten Stock. Sind diese zwei Aussagen richtig?«

»Ja.«

Drysdale sah noch einmal nach der Maschine, atmete

ein und hielt den Atem eine Minute lang an. Lautstark ließ er ihn hinaus. Dann sagte er: »In Ordnung, der Test ist vorbei. Lassen Sie uns anfangen.«

Drysdale hatte die auf der Schreibmaschine getippten Fragen vor sich liegen, außerdem Freds Aussage über Medinas Angriff, die er benutzt hatte, um Fragen daraus zu entwickeln. Er fing vorne an und stellte die Fragen in der richtigen Reihenfolge, um Fred in Sicherheit zu wiegen. Dessen Zuversicht wuchs mit der Unterstützung des Detektors, so daß er sich der Kabel bald kaum noch bewußt war. Es war lediglich ein Gespräch zwischen Drysdale und ihm, auch wenn seine Beiträge nur aus ›ja‹ oder ›nein‹ bestanden.

Drysdale unterbrach die Befragung. »In Ordnung«, sagte er. »Jetzt sind wir an der Stelle, wo Ihr Gespräch mit Medina sich dem Angriff von Raines und Valenti gegen Sie zuwendet. Ist das richtig?«

Diese Frage stand nicht auf der getippten Liste, aber Fred schien es nicht zu bemerken.

»Ja.« Wahr.

»Und Mr. Medina behauptete, er vertrete Mr. Raines?«

Fred antwortete nicht.

»Mr. Treadwell?«

»Das ist keine von den Fragen.«

Drysdale lächelte. »Kommen Sie, Fred. Dann habe ich eine vergessen. Ich habe einen Fehler gemacht, und wenn Sie wollen, können wir aufhören. Wenn Sie auf diese Frage nicht antworten, weiß ich nicht, wie wir weitermachen sollen.«

Wieder trat Treadwell der Schweiß auf die Stirn. »In Ordnung«, sagte er endlich. »Wie war die Frage noch mal?«

»Medina sagte, er vertrete Raines, ja oder nein?«

»Ja.« Wahr.

»Aber er erzählte Ihnen, formal habe er keine Verbindung zu dem Fall.« Drysdale wandte sich von der Fragenliste zu der Aussage. »Er sagte, er wolle, daß Sie über den

Schaden Bescheid wissen, den eine solche Beschuldigung im Leben eines Menschen anrichten kann?«

»Ja.« Wahr.

»Und er wollte, daß Sie das wissen, weil er glaubte, daß Ihre Anschuldigung gegen Raines und Valenti, Sie verprügelt zu haben, eine Lüge sei?«

»Ja.«

»Und dann packte er Ihren Hund, hieß er nicht Poppy?«

Treadwell schluckte, hielt sich nun selbst nicht mehr an die Liste. »Ja. Er hat ihn nur gestreichelt...«

»Und ihm das Genick gebrochen?«

»Ja. Ja. Er hat einfach...« Er senkte, von der Erinnerung übermannt, den Kopf.

»Er brach Ihrem Hund das Genick, weil er glaubte, daß Ihre Anschuldigung gegen Raines und Valenti falsch war?«

»Nein! Ich meine, ja!«

»Ja, das glaubte er, oder ja, Sie haben sie fälschlich beschuldigt?«

Treadwells Blicke irrten durch den Raum. Panik stieg in ihm auf. »Er tat es, um mich zu bedrohen«, sagte er, »um mir mit dem Tod zu drohen.«

»Für den Fall, daß Sie Ihre Geschichte nicht zurücknähmen?«

»Ja.« Wahr.

»Ihre Geschichte? Ihre wahre Geschichte über Valenti und Raines?«

»Ja, er hat einfach...«

»Ihre Geschichte über Valenti und Raines ist also wahr, ist das richtig?«

»Ja! Ja, sie ist wahr. Dieser Teil ist wahr.«

Falsch, falsch, falsch.

»Die beiden haben Sie geschlagen?«

»Ja.« Falsch. »Er hat Poppy umgebracht, und sie haben mich geschlagen.« Falsch. »Warum glauben Sie mir nicht? Er hat meinen Poppy umgebracht!« Freds Kopf fiel auf seine Arme, die auf dem Tisch lagen. Er sah wieder auf. »Er hat meinen Poppy getötet.«

Drysdale tätschelte ihm die Hand. »Ich glaube Ihnen, Fred. Er hat Ihren Poppy getötet.«

Fred legte seinen Kopf wieder auf den Tisch. Drysdale tätschelte ihm noch immer die Hand, wobei er sich schmutzig und traurig fühlte. »Wir sind fertig«, sagte er zu der Technikerin. »Sie können ihn losmachen.«

Der rötliche Himmel kündigte eine stürmische Dämmerung an.

Lace trug eine Allwetterjacke der US Army und hatte gegen die Kälte den Kragen hochgestellt. Allein ging er am Rande von Holly Park entlang, nickte von Zeit zu Zeit einem der jüngeren Männer zu, die in kleinen Gruppen auf Baumstümpfen oder bei ihren Rädern hockten. Niemand forderte ihn auf, sich zu ihnen zu gesellen, oder schenkte ihm mehr als eine Kopfbewegung. Jumpup war hinüber zu Lorethras Haus gegangen, war jetzt drinnen mit ihr, ihrer Mutter und den Kleinen. Lace hatte bei Mama reingeschaut, aber sie war mit einer Flasche aus dem Krankenhaus zurückgekommen, und die Flasche war schon leer.

Er kam an Didos – und seinem – alten Bereich vorbei, überquerte die Straße, entfernte sich und demonstrierte, daß er die neue Gebietsaufteilung begriffen hatte. Mit den Händen in den Taschen blieb er stehen. Erschrocken fuhr er herum, als er eine Hand auf seiner Schulter spürte.

»Ruhig, Junge.«

Samson war drei Schritte zurückgetreten. Seine Locken hingen wie dicke Spinnweben um das obsidiandunkle, ausdruckslose Gesicht mit den kleinen Augen. Laces Herz pumpte nicht schlecht.

Als hätten sie die ganze Zeit über ein Gespräch geführt, sagte Samson: »Drei Wege kann man gehen.«

Lace schüttelte wie in einer zufälligen Bewegung seine Schultern. Er wußte, wie Samson war – wie ein Tier. Zeigte man ihm, daß man Angst hatte, griff er an. »Was ist los?« fragte Lace.

»Man hört sich ein bißchen um, fragt hier und da, und manchmal kommen die falschen Geschichten heraus.«

»Ich kenne keine Geschichten.«

»Nein. Siehst du? Das ist einer der Wege, die man gehen kann. Du kennst keine Geschichten, dann bleibst du vielleicht im Bereich, arbeitest mit mir.« Samson zeigte seine gelblichen Zähne. »So wie immer. Kommst zurück, okay?«

Er kam näher. In seinen kleinen Augen war ein Schimmer, als hätte er sich ein bißchen was von dem Stoff gegönnt, den er verkaufte. Dido hatte das nie getan, während er arbeitete. Aber Samson war nicht Dido, und daran mußte Lace sich gewöhnen.

»Eine andere Sache«, begann Samson wieder, »ist der Sträfling – redet darüber, wie er den Bereich übernehmen kann, wie man Dido am besten wegbekommt, so was. Geht Dido an den Kragen.«

Lace dachte, wenn Louis Baker Dido umgebracht hatte, um den Bereich zu bekommen, wäre er dann nicht hier geblieben, um seinen Anspruch geltend zu machen? Aber er fragte: »Und das dritte?«

Ein kalter Wind in Laces Rücken blies ein paar Blätter und Papierfetzen über die Straße. Samson fixierte Lace, seine glühenden Augen wurden noch kleiner. »Keine drei Geschichten«, sagte er. »Nur zwei. Ich sage dir, erzähl niemandem von einer dritten.«

Lace fragte sich, ob die Waffe, mit der Dido erschossen worden war und von der er ursprünglich angenommen hatte, sie gehöre Louis Baker, ob diese Waffe – Samsons Waffe – sich noch im Bereich befand. Und ob er sie finden würde. Er ballte die Fäuste in den Jackentaschen, löste sie wieder und kämpfte gegen das Frösteln an, das ihn zu übermannen drohte. »Ich habe verstanden«, sagte er. »He, ich habe dich verstanden. Es ist Zufall.«

19

Das Bild von Eddie stand noch immer auf Frannies Kommode. Sie war von der Arbeit nach Hause gekommen, zog sich jetzt um, Jeans und Sweatshirt, und bemerkte zum erstenmal, daß ihr die Kleider nicht mehr richtig paßten. Sie wollte nach einer Parfümflasche greifen, als ihr Blick auf das Foto von Eddie fiel. Die Hand noch ausgestreckt, erstarrte sie.

Der Schnappschuß zeigte Eddie, wie er unten bei Dune Beach in den Wagen eines Freundes stieg. Ein Bein schon im Inneren des Autos, hatte er sich noch einmal umgedreht, um auf eine Bemerkung zu antworten, die Frannie ihm zugerufen hatte. Er lächelte sein strahlendes Lächeln, der Wind wirbelte sein Haar durcheinander, der Kragen seiner Jacke war hochgestellt. Sie hatte das Bild vergrößern lassen, und es war ein wenig unscharf, was den Eindruck der Flüchtigkeit verstärkte.

Sie ließ das Parfüm, sah ihrer Hand zu, die den Rahmen des Bildes umfaßte. Sie nahm es mit zum Bett, setzte sich, hielt es in ihrem Schoß. Eddie wirkte auf der Fotografie so jung, wie achtzehn vielleicht. Sie schloß die Augen. Es war schwer, sich vorzustellen, daß sie gleich alt gewesen waren und daß Eddie für immer acht Monate älter bleiben würde als auf der Fotografie. Frannie dagegen fühlte sich, als wäre sie um ein ganzes Leben gealtert.

Aber die Schwangerschaft half ihr, ihr Zeitgefühl in Ordnung zu halten. Das Baby, Eddies Baby, wuchs so langsam, daß es sie bisher kaum verändert hatte. Sie sah auf das Foto, da war er wieder, ihr Mann, winkte ihr zu, meldete sein Recht auf ein wenig Raum in ihrem Leben an, umgab sie mit seinem Charme, und sie ließ ihn wieder ein Stück hinein.

Die Trauer über Eddies Tod hatte eine andere Wirkung auf sie gehabt, als sie erwartet hatte. Sie hatte festgestellt, daß es nur eine Möglichkeit für sie gab, damit fertig zu werden, ohne die ganze Zeit zu weinen: Sie durfte nicht mehr an ihn und ihr gemeinsames Leben denken, durfte sich nicht daran erinnern, wie es gewesen war, wie sie zusammen gewesen waren. Sie mußte weiterleben, nach vorn schauen.

Wenn sie sich – was selten vorkam – der Erinnerung an ihn überließ, ihn für einen Moment in ihre Gedanken zurückkehren ließ, übermannte sie der Zorn. Warum hatte er sich in Dinge einmischen müssen, die ihn nichts angingen? Sie hatte gedacht, sie hätte seinen Idealismus geliebt, aber genau der Idealismus hatte ihn umgebracht, und so versuchte sie sich einzureden, sie hasse Eddie dafür, daß er war, wie er war. Denn durch diesen Idealismus hatte sie ihn verloren. Warum war sie ihm überhaupt begegnet? Es war nicht fair.

Eddies Lächeln verschwand nicht, veränderte sich nicht. Es war verschwommen wie eine alte Fotografie, und mit jedem Tag wurde es älter. Er lächelte, schmeichelte, neckte sie – ich bin noch hier, Frannie, und du wirst mich nie vergessen können. Ich wette, das Kind wird genauso aussehen wie ich.

Eine Träne fiel auf das Glas über dem Bild.

Das Kind.

Sie hielt das Foto in der einen Hand, preßte die andere gegen den Leib unter dem Sweatshirt.

Gott, Eddie, dachte sie, komm, das ist nicht fair.

Was ist nicht fair? fragte er. Daß ich in dir bin? Daß all dies ›Weiterleben‹ und ›nach vorne Schauen‹ und die Sache mit Diz... ist ja in Ordnung, ich weiß, daß ich fort bin... Ich will dich nur auf später vorbereiten. Du mußt einen Platz finden, wo du mich lassen kannst. Ich war dein Mann, bin der Vater des kleinen Menschen da drinnen. Versteck mich nicht, schließ mich nicht aus, das habe ich nicht verdient. Wenn es schmerzlich ist, tut es mir leid, aber ich vermisse dich auch. Weißt du nicht, wie sehr ich mir wünsche, da zu sein?

»Doch, das weiß ich.«

Also dann?

Hardy setzte sich neben sie. Sie lag auf dem Bett, das Haar auf dem Kissen ausgebreitet, das Gesicht leicht geschwollen, und hielt das Bild von Eddie Cochran mit dem Gesicht nach unten gegen den Bauch gepreßt.

»Was ist?« fragte er.

»Es ist zu früh.«

»Ja, ich weiß. Ich habe dasselbe gedacht.« Sie legte die Fotografie auf den Boden, schmiegte sich an ihn. Er streichelte ihr den Rücken unter dem Sweatshirt.

»Du bist mein einziger männlicher Freund, Dismas.«

»Und?«

»Ich weiß nicht, was ich tun soll. Was habe ich mit Eddie gemacht?«

Hardy streichelte ihren Bauch. »Eddie ist hier.«

»Das meine ich. Ich bin nicht einfach einsam.« Sie dachte nach. »Ich bin überhaupt nicht einsam. Ich versuche, Eddie zu finden, und das ist dir gegenüber nicht fair.«

»Komm her«, sagte Hardy.

Sie legte den Kopf in seine Armbeuge.

»Denn irgend etwas in mir liebt dich«, sagte sie. »Liebt dich sehr.«

»Aber da ist auch noch was anderes.«

»Ja.«

Er blies den Atem zur Decke. »Das ist ganz natürlich. Du baust ein Nest, möchtest es mit einem Mann teilen. Mir vertraust du, und dann tauche ich hier auf und brauche einen Platz, wo ich bleiben kann. Ein hübscher, kleiner Traum.«

»Es ist mehr als das.«

Hardy legte sich auf die Seite, öffnete erst den Knopf, dann den Reißverschluß ihrer Jeans.

»Endlich sitzen sie ein bißchen enger.«

Sie biß ihn zärtlich in die Unterlippe, stieß ihre Zungenspitze gegen seine. Seine Hand, unten in ihrer Hose, preßte sich gegen sie.

»Auch das ist wirklich«, sagte sie. »Dieser Teil.«

Sie gab ihm einen Kuß, befreite ihn von seiner Hose.

Wieder ein Kuß, tief und langsam, dann fielen die übrigen Kleidungsstücke. Er drang in sie ein, atmete ihren Duft, ihre Münder berührten sich, die Körper preßten sich hart und dicht aneinander, und ihre Beine umschlangen ihn, hielten ihn so tief wie möglich in ihr.

Im Haus war es kalt. Er ging durch den langen Gang und prüfte den Thermostat – vierzehn Grad Celsius. Als er in die Küche kam, knarzte das Holz unter seinen Schritten. Im Schlafzimmer fiel ihm ein, daß er die Fische seit Tagen nicht gefüttert hatte. Schlecht. Er schüttete etwas Futter auf die Wasseroberfläche, und sie warteten nicht einmal ab, bis er das Becken wieder geschlossen hatte.

»Tut mir leid, Jungs.«

Er schob den Vorhang vor einem der Fenster seines Büros beiseite, sah auf die blinkenden Lichter der Innenstadt, erkannte über der schattigen Linie der Jackson Heights die Spitze der Pyramide, die ihm letzte Woche wie der Sitz des Bösen vorgekommen war, wie das dreiekkige Auge des Zyklopen auf der Dollarnote. Er blickte nach rechts, warf einen Blick auf den einstmals so spektakulären Sutro Tower, der jetzt fast gütig und sanft seine Finger nach ein paar Wolken reckte. Der Mond schien, er war fast voll.

Hardy wunderte sich über seine veränderte Wahrnehmung der Dinge, lauschte auf das Knarren überall im Haus, als sich endlich die Wärme in den Heizungsrohren ausbreitete. Das Geräusch war nicht unheimlich.

Als das Kohlefeuer ordentlich brannte und die Heizung wärmte und er am Schreibtisch, im Lichtkegel der grün schimmernden Messinglampe, die Post – abgesehen von einer Postkarte – durchgesehen hatte, schaltete er im Zimmer das Deckenlicht ein und nahm seine Dartpfeile vom Sims über dem Kamin.

Seine Büropfeile, die gleichen zwanzig Gramm schweren Schönheiten aus Wolframstahl wie jene, die er fast immer mit sich herumtrug. Er hatte nicht mehr geworfen, seit er sein Haus verlassen hatte. In der ersten Runde, als es darum ging, wieder ein bißchen hineinzukommen, traf er einmal die Zwei, und der letzte Pfeil blieb unten in der Zwanzig stecken.

Er nahm die Postkarte. Hongkong bei Nacht.

Seine Ex-Frau.

Er ging mit der Karte durchs Schlafzimmer in die Küche. Er hatte keine harten alkoholischen Getränke im Haus, aber in der Kühlschranktür standen vier Flaschen *Anchor Steam*. Im Tiefkühlfach fand er gefrorene Hühnerbrust, im Schrank eine Dose mit Pilzrahmsuppe und eine Dose grüne Bohnen. Er legte die Hühnerbrust in seine schwarze, gußeiserne Allzweckpfanne, schüttete die Suppe und die Bohnen darüber, gab einen Schluck Bier dazu, deckte das Ganze zu und stellte die Flamme auf eine niedrige Stufe. Jane war sehr angetan von seinen Kochkünsten. Frannie hatte in den letzten Tagen für ihn gekocht.

Am Küchentisch las er, das Bier in der Hand, die Postkarte. Wo bist du? Wirst du daheim sein und die Karte bekommen? Na, nächste Woche werde ich es sicher erfahren... Es schien nicht direkt ein Scherz zu sein, aber ernst war es auch nicht.

Das war Jane. Wenn es ihr ernst mit ihm war, würde sie sich das nicht eingestehen können. Vielleicht konnte sie nach ihrer Ehe und dann der zweiten, die weniger als zwei Monate gedauert hatte, die Dinge nicht mehr ernster werden lassen, ohne sich automatisch zurückzuziehen. Auch sie hatte den Tod von Michael erlitten, daran mußte er sich erinnern. Manchmal schien es ihm, als sei es allein er gewesen, aber nur, weil Jane nicht hier gewesen war. Und weil er für alles andere blind gewesen war.

Gönn ihr eine Pause, Diz.

Aus der Küche drang der Duft des Essens. Er stand auf, sah nach, ob es schon angebrannt war, und drehte die Flamme aus. Er öffnete ein zweites Bier.

Jane war gut in ihrem Job und mochte ihn. Sie mochte

auch Hardy, das auf jeden Fall. Sie wußte, wer sie war. Er fragte sich mit einem kleinen Stich im Herzen – und obwohl es ihm nie zuvor in den Sinn gekommen war –, ob sie ihm noch immer treu war.

Er hatte nicht einfach nur mit Frannie geschlafen. Frannie hatte ihm heute abend, bevor sie miteinander ins Bett gegangen waren, und hinterher wieder, erklärt, daß sie Zeit brauche, daß sie beide Zeit brauchten, um nachzudenken. Sie hatte ihn gebeten, wieder nach Hause zu gehen.

Und er wollte nach Hause gehen. Nicht, um von Frannie fortzukommen, auch nicht, um über irgend etwas nachzudenken – einfach nur, um zu Hause zu sein. Was zum Teufel bedeutete das? Daß er Frannie nicht liebte? Oder Jane?

Frannie zeigte ihm im Gegensatz zu Jane, daß sie ihn brauchte. Vielleicht nicht für alles, vielleicht im Moment nur für den körperlichen Trost, die vertraute Wärme, aber die Tür stand offen. Jane mochte ihn lieben, aber er hatte nicht das Gefühl, daß sie jemanden brauchte.

Was war los mit dem Monster Hardy? Ging es nur darum, gebraucht zu werden? Andererseits: Konnte Liebe, wenn man einander nicht brauchte, denn existieren? Brauchte Frannie nur verzweifelt einen Vater für ihr Baby, egal, ob das nun Dismas Hardy war oder nicht? Es wäre Pech, wenn er sie mißverstehen würde.

Als er und Jane zum erstenmal wieder zusammen gewesen waren, hatten sie eine prickelnde Spannung gespürt. Die Anziehungskraft zwischen ihnen hatte immer existiert und war sofort wieder da gewesen, auch wenn Jane zu dieser Zeit vielleicht nur das Bedürfnis gehabt hatte, die Geister ihrer gescheiterten Ehe verschwinden zu lassen und zu begreifen, daß es wirklich der Tod ihres Sohnes Michael gewesen war, der ihren Mann Dismas zerstört hatte, und nicht ihr Versagen.

Jetzt, wo das klar, wo dieser Punkt abgehakt war, war es Zeit, an Land zu gehen. Das Problem bestand darin, daß

Hardy bis vor ein paar Monaten, als er mit Jane wieder zusammengekommen war, beinahe ein Jahrzehnt an einer Anlegestelle verbracht und vom Anlegen genug hatte. Er war endlich in Gang gekommen, war bereit loszusegeln.

Er dachte daran, ein drittes Bier zu trinken, entschied sich dagegen. Er füllte einen Teller mit *Chicken McHardy*. Es schmeckte großartig.

Als einziger im Morddezernat besaß Frank Batiste ein richtiges Büro, nämlich eines mit Tür. Jetzt saß er an seinem Schreibtisch, und die Tür stand einen Spaltbreit offen. Zum erstenmal in dieser Zeit, die schon Monate anzudauern schien, empfand er so etwas wie Befriedigung über seine Position, die Abteilung und die Art, wie die Dinge wieder ins Lot kamen. Ausnahmsweise, dachte er, wurde den braven Kerlen eine Atempause gegönnt.

Die Nachricht, daß die Beschuldigungen gegen Raines und Valenti zurückgezogen worden waren, hatte sich wie ein Lauffeuer verbreitet, die Männer riefen einander sogar zu Hause an, um darüber zu sprechen. Frank hatte Valenti und Raines persönlich angerufen und ihnen mitgeteilt, daß sie unverzüglich wieder zum Dienst eingeteilt würden und den Lohnausfall erstattet bekämen.

Was er dann auf Clarence Raines Vorschlag hin noch getan hatte, erfüllte ihn mit ebenso viel Befriedigung: Er war zu Richter Lyons gegangen und hatte die Zusammenhänge zwischen den Fällen Raines/Valenti und Treadwell erläutert. Er hatte einen Haftbefehl gegen Treadwell beantragt, und er hatte ihn bekommen. Treadwell hatte rotgesichtig und zitternd in Drysdales Büro gesessen. Er hatte den Haftbefehl herausgeholt, und Treadwells Anwalt hatte einen Tobsuchtsanfall erlitten, was Balsam für Batistes Seele gewesen war. Aber auch Gubicza hatte es nicht mehr ändern können: Seit heute morgen, neun Uhr dreißig, saß Fred Treadwell unter Mordanklage in einer Zelle. Auf jeden Fall bis zum nächsten Morgen, wenn die Kaution festgesetzt werden würde.

Batistes rasches Vorgehen gegen Treadwell hatte sich natürlich herumgesprochen. Zu zweit und in kleinen Gruppen waren seine Leute wieder und wieder in sein Büro gekommen, um sich genauer zu informieren, und hatten dann auch gleich noch erfahren, daß Frank Batiste persönlich die Überstunden absegnete, die anfielen, wenn sie Vorladungen überbringen oder Berichte schreiben mußten, um ihre Arbeit verantwortungsbewußt zu erledigen. Wenn er deshalb seinen Job verlieren würde, ließ sich das eben nicht vermeiden. Man konnte diese Truppe von Männern nicht wie einen Kindergarten führen, ohne zu riskieren, daß man sie verlor, und wenn er diese exzellenten, sorgfältig ausgesuchten Profis verlor, würden seine eigene Position und vielleicht sogar sein Job den Bach hinuntergehen.

Jetzt saß Frank Batiste in seinem Büro und genoß die geschäftigen Geräusche seiner arbeitenden Männer – Leute aus der Tagesschicht, die zurückkamen, fluchten, Kaffee kochten, Post durchsahen, Papierkram erledigten. Er fühlte noch immer das Adrenalin, das durch seinen Körper geschossen war, als er den Haftbefehl beantragt, Treadwell festgenommen und damit Entscheidungen getroffen hatte, wie Führungskräfte sie treffen mußten. Jetzt schrieb er seinen Bericht für Rigby, den Chef. Er war zuversichtlich, daß die Stadt und der Verwaltungsbezirk nächste Woche einen Weg finden würden, um das Geld für Überstunden aufzutreiben. Wenn es im Budget nicht vorgesehen war, würden sie es aus einem anderen Topf nehmen. Batiste war überzeugt, daß selbst die größten Schreibtischhengste unter den zuständigen Verwaltungsbeamten einsehen mußten, daß es die vorrangige Aufgabe des Morddezernats war, Mörder aus dem Verkehr zu ziehen.

Es war nicht einfach, eine Abteilung wie das Morddezernat zu leiten, und es wäre dumm gewesen, sich etwas anderes vorzumachen. Natürlich konnten ihm die Mächtigen dieser verrückten Stadt wegen der Sache mit den Überstunden in den Hintern treten.

»Scheiß drauf«, murmelte er.

»Scheiß auf was?«

Abe Glitsky war zurück. Er stand in der Tür und sah nicht besonders krank aus, aber Batiste hatte nicht vor, das zu erwähnen.

»Weiß' nicht. Such dir was aus: Scheiß auf die Beamten, auf Rigby, auf seine Hühnerpatrouille.« Batiste steckte die Kappe seines Kugelschreibers in den Mund. »Da ich gerade daran denke, sollte ich es vielleicht erwähnen: Sie machen ein bißchen Geld für die Überstunden locker.«

»Na fein«, sagte Abe und zog sich von der Wand einen Stuhl herüber. »Hör zu, Frank, damit du's weißt: Ich habe meinen Antrag für Los Angeles abgeschickt.«

Der Lieutenant ließ den Stift fallen. »Tu's nicht, Abe.«

Glitsky richtete sich auf. »Schon passiert.«

»Ich meine, geh nicht. Was machst du in Los Angeles?«

»Was mache ich hier?«

»Du weißt, was du hier machst. Wir brauchen dich.«

Glitsky lächelte.

Batiste streckte die Hand aus. »Das ist kein Spaß, Abe. Ich werde von meinen Vorstellungen nicht abrücken, das weißt du, und deshalb brauche ich dich hier.«

»Danke, Frank, schön, das zu hören. Aber wenn man dich wegen einer Referenz anruft, sag ihnen trotzdem was Nettes. Tust du das für mich?«

Batiste nickte. »Natürlich. Aber warum nimmst du nicht lieber ein paar Tage frei und denkst noch mal darüber nach? Vielleicht bist du einfach ausgebrannt. Mach Urlaub, Abe.«

»Ich habe mir heute freigenommen und darüber nachgedacht, Frank. Ich bin nicht ausgebrannt, ich will immer noch Polizist sein. Schlimmer: Ich fürchte, ich bin Polizist, ob es mir gefällt oder nicht. Aber ich möchte die Möglichkeit haben, meine Arbeit ordentlich zu machen.«

Batiste zählte die Verbesserungen auf, die dieser Tag gebracht hatte.

»Ja, ich hab's gehört. Aber es ist nur ein Notverband.«

»Ach komm, ganz so schlimm ist es hier auch nicht. Bürokratie, Abe, und die hast du überall. Glaubst du wirklich, in Los Angeles wäre es besser? Los Angeles ist größer, es könnte dort auch schlimmer werden.«

»Ich glaube nicht, daß der Chef in Los Angeles das Labor anweist, Mordfälle liegenzulassen, weil ein paar Idioten sich einen Scherz mit Kuhscheiße erlaubt haben.«

»Hühnerscheiße«, verbesserte Frank, und Abe mußte lächeln.

»Das System verfault von oben, Frank, und ich bin mir nicht sicher, ob das nur an der Bürokratie liegt.«

»Was es auch gewesen sein mag, es ist vorbei, Abe.« Batiste trat hinter dem Schreibtisch hervor und öffnete die Tür. »Vergiß die vergangenen Wochen und sieh dir das an. Alles wie früher.«

Abe wandte sich halb um und warf einen Blick hinaus. »Was machst du, wenn du erfährst, daß deine Frau eine Affäre hatte? Tust du so, als wäre nichts geschehen?«

»Manchmal ist das besser.« Frank schloß die Tür wieder. »Aber du bist nicht gekommen, um mich um Rat zu fragen. Du hast was anderes im Kopf.«

»Du solltest wieder auf die Straße, Frank. Dein Instinkt funktioniert.« Batiste setzte sich wieder hinter seinen Schreibtisch, nahm einen Schokoriegel aus der obersten Schublade, packte ihn aus und biß hinein. »Du hast gearbeitet?« fragte er mit Genugtuung.

»Rusty Ingraham.« Glitsky zog eine Grimasse. »Ich weiß, ich höre mich schon wie Hardy an, aber Maxine Weir...«

»Ja? Wir haben den Täter, oder nicht?«

»Wir haben jemanden verhaftet, richtig.«

»Aber?«

»Es sind ein paar neue Aspekte aufgetaucht.«

Abe erzählte Batiste von seinem Gespräch mit Johnny LaGuardia und erklärte, daß ein Profi Maxine Weir erschossen haben mußte, was auf Medina und Johnny LaGuardia deute, nicht aber auf den Ehemann.

»Moment, Moment.« Batiste hob die Hand. »Das ist ja alles sehr interessant, aber was ist mit dem verhafteten Mann, wie war noch mal sein Name?«

»Baker.«

»Richtig, Baker. Was ist mit Baker? Er könnte den *Armor-All*-Trick im Knast aufgeschnappt haben, meinst du nicht?«

Glitsky dachte nach. »Vielleicht. Das Problem ist mein Gefühl dabei... Rusty Ingrahams vermißte Leiche, das lausige Alibi des Ehemanns, Baker und das *Armor All*. Dann stellt sich heute raus, daß ausgerechnet unser Hector Medina in ein anderes Verbrechen verwickelt ist. Irgendwas sehr Eigenartiges läuft hier.«

Batiste kaute schmatzend auf seiner Schokolade herum. »Wenn du meine Meinung hören willst: Du hast den richtigen Mann erwischt. Verdammt, Abe, ein paar lose Enden gibt es immer.«

»Das ist kein loses Ende, Frank«, erwiderte Abe, »das ist ein ganzes Knäuel.«

Louis Baker würde nicht wieder ins Gefängnis gehen.

Gut, jetzt hatten sie ihn. Er hatte geglaubt, er könnte es schaffen, aber bei dem Schußwechsel hatte er keine Chance gehabt. Allein diese Geschichte, Ingraham und Hardy einmal beiseite gelassen, reichte aus, um ihn wieder in den Knast zu bringen. Aber er würde nicht gehen.

Die Farce einer weiteren Verhandlung wollte er nicht erleben. Vom ersten Tag an hatte alles gegen ihn gesprochen, jetzt war er nach Hardys Worten auf dem Weg in die Gaskammer.

Nicht mit ihm.

Das Krankenzimmer selbst war dunkel, doch aus dem Flur drang durch die geöffnete Tür Licht. Er wußte, daß draußen der Bulle saß.

Mit ruhigen Bewegungen zog er das Bettlaken über einem spitzen Stückchen Metall hin und her, das aus dem niedrigen Gitter an der einen Seite des Bettes ragte. Draußen ging eine Schwester vorbei, wechselte ein paar Worte mit dem Bullen. Er sah ihren Schatten vor der Tür und lag still. Dann war sie fort. Er wartete eine Minute und lauschte. Im Flur knarrte der Stuhl, der Bulle machte es sich bequem. Endlich war das Laken oben eingerissen. Er achtete darauf, nur die Hände zu bewegen, und riß langsam einen Streifen ab. Drei Streifen brauchte er, alle von oben nach unten gerissen. Das schwierigste war immer der Anfang, der erste Riß mit dem Stückchen Metall. Wieder und wieder zog er das alte Krankenhauslaken darüber, bis er einen zweiten Streifen abtrennen konnte, nur mit der Kraft seiner Hände, so daß außerhalb der Decke keine Bewegung sichtbar war. Er schaffte zehn Zentimeter, dann begann er oben von neuem.

Drei Streifen brauchte er.

Diese drei Streifen flocht man dann zu einem Seil von etwa zwei Meter Länge und machte eine Schlinge in das eine Ende des Seils und knotete das andere Ende an dem Gitter fest, das man zum Einreißen benutzt hatte. Man legte sich die Schlinge um den Hals und rollte sich auf der anderen Seite vom Bett herunter.

Er würde nicht wieder ins Gefängnis gehen.

20

Kevin Driscoll war zweiundvierzig Jahre alt, und seine Ehe mit May war an dem Tiefpunkt angelangt, den man erreichte, wenn man zwei Kinder im Alter von einem und zwei Jahren hatte, die einen kaum schlafen ließen. Außerdem hatte seine Frau ihn seit drei Wochen nicht mehr rangelassen, und das verdroß ihn zusehends. An diesem Morgen war er um Viertel vor fünf von Jasons völlig grundlosem Gebrüll erwacht.

Kevin Driscoll hatte chronische Halsschmerzen. An diesem Morgen tat es besonders weh.

Er war Filialleiter der *Wells Fargo Bank* und fragte sich gerade, während er seinen Blick über die Kunden, die Schalterbeamten, die Assistenten des Vizepräsidenten – und diesen Rang hatten alle oberhalb der Schalterbeamten – schweifen ließ, ob die Welt schon immer so gewesen war oder ob er sie nur zum erstenmal klar sah. Ein Sprichwort sagte, daß sich der eigene Charakter am deutlichsten offenbarte, wenn man eine harte Zeit durchmachte. Vielleicht war das ja übertragbar, und der Charakter der ganzen Welt offenbarte sich, wenn man eine harte Zeit durchmachte.

Was er sah, deprimierte ihn noch mehr.

Sieben Kunden warteten an den Schaltern. Früher hätte er keinen einen Gedanken darauf verschwendet, aber jetzt fragte er sich, wie viele von ihnen Eltern waren. Mindestens drei, vielleicht vier. Kein Wunder, daß die Kunden jenseits der Schalterfenster immer schlecht gelaunt waren.

Nur zwei Schalter waren besetzt. Vier Beamtinnen scharten sich um den Schreibtisch von Marianne, der Schalteraufsicht, taten geheimnisvoll und tauschten Klatsch aus.

Wieder stellte sich ein Kunde an, jetzt waren es acht. Wie üblich herrschte am Dienstag morgen Hochbetrieb, aber keine der Schalterbeamtinnen kam auf die Idee, sich an ihren Arbeitsplatz zu begeben. Laßt die Leute doch warten. Das war ihre Mentalität.

Kevin hustete und räusperte sich in der Hoffnung, Marianne oder eine der anderen Damen würde den Wink verstehen. Er haßte diese primitive Prozedur, aber um die Damen in Bewegung zu setzen, bedurfte es manchmal einer plumpen Aktion. Das Problem war nur – er durfte auf keinen Fall wütend wirken, auch wenn er in seiner momentanen Stimmung wütend war. Bankdirektoren haben keine Persönlichkeit. Sie sind die Ruhe selbst.

Er stand auf, sah die Blicke der Kunden, ihre verdrehten Augen und hilflosen Gesten. Sie ruckten vor und zurück wie Rinder auf einem Viehtransport.

»He! Wie wäre es, wenn Sie noch einen Schalter öffnen? Was stehen Sie da hinten rum?«

Kevin fluchte innerlich. Er hob die Hand, damit der Sicherheitsbeamte nicht einschritt, weil er verstehen konnte, daß der Kunde laut geworden war. Er wäre selbst gern laut geworden.

Er ging zu der Klatschrunde hinüber. »Marianne«, sagte er ruhig.

Sie blickte auf. Immer gelassen, immer sitzend, seit sieben Jahren Schalteraufsicht, einhundertachtzig Pfund pure Dummheit, aber süß. So süß, daß er sie hätte umbringen können. Sie lächelte. »Ja, Kevin?«

Er zeigte auf die Schlange und rang sich ein geduldiges Lächeln ab. Jeder Muskel seines Gesichts schien sich dabei zu verkrampfen.

Seufzend schickte Marianne eine ihrer Damen hinüber. Eine. Das Mädchen hatte keine Eile, es brachte erst einmal sorgfältig seinen Arbeitsbereich in Ordnung.

»Verdammt«, sagte der Kunde, der geschrien hatte, und verließ die Schlange.

Ein weiterer zufriedener Kunde.

»Marianne«, wiederholte Kevin.

Sie winkte ab und murmelte: »Die werden schon warten.«

»Gehören Sie zur Direktion?«

Erst Viertel nach zehn. Kevin drehte sich um und konzentrierte sich. Was auch passiert, sagte er sich, geh nicht auf den Kunden los.

»Ja?« Diesmal verkrampften sich die Gesichtsmuskeln beim Lächeln definitiv. »Wie kann ich Ihnen helfen?«

Der Mann hatte auf die anderen, die vor ihm in der Schlange gestanden hatten, keine Rücksicht gekommen. Vielleicht wollte er ein Konto eröffnen, dann konnte Kevin ihn an einen der Angestellten verweisen, die zur Zeit am Klatschtisch der Assistenten des Vizepräsidenten Kaffee tranken. Er wußte nicht, ob er zu einem normalen Gespräch noch in der Lage wäre. Vielleicht sollte er sagen, ihm sei übel, und sich in einem Motel einmieten und sechzehn Stunden am Stück schlafen.

Der Kunde war offensichtlich bemüht, den Eindruck zu erwecken, er sei etwas Besonderes, aber Kevin konnte ihn nicht einordnen. Wollte er als Geschäftsmann durchgehen? Als Künstler? Er wirkte eher wie die Imitation eines Künstlers – Hosen und Mantel paßten nicht zusammen, die grüne Krawatte über dem hellblauen Hemd war zu breit, und er trug Wanderstiefel. Sein Haar war zu lang, außerdem stark pomadisiert oder einfach fettig. Auf alle Fälle war er sehr erregt und sprach von fünfundachtzigtausend Dollar.

Die Summe vertrieb Kevins Müdigkeit ein wenig. Er unterbrach den Mann mitten im Satz. »Ja, Sir. Wollen wir uns nicht bitte setzen? Kommen Sie hier entlang, dort können wir in Ruhe reden. Darf ich Ihnen einen Kaffee anbieten?«

Die Schalterhalle hatte für einen Tag genug erhobene Stimmen erlebt. Er wollte ihn in einen der Konferenzräume lotsen.

Kevin ging einfach los, und der Kunde mußte, wenn er weiter mit ihm sprechen wollte, folgen. So hatte Kevin auch ein bißchen mehr Zeit, um sich wieder unter Kontrolle zu bekommen und sich ein paar Gedanken zu machen.

Selbstverständlich erinnerte er sich an Maxine Weir. Wer hätte sich nicht an sie erinnert? Selbst wenn er die fünfundachtzigtausend Dollar ignorierte – was er natürlich nicht tat –, konnte er, ein Mann, der seit drei Wochen keinen Sex gehabt hatte, unmöglich ihre schwarzen Strümpfe und die hohen Absätze vergessen. Und selbst wenn er vor fünf Minuten Sex gehabt hätte, würde ihn der Gedanke an ihre spitzen Brustwarzen, die sich durch die Löcher des großmaschigen, hautfarbenen Pullovers bohrten, wieder in Fahrt bringen.

Kevin hielt dem Mann die Tür auf, die hinter ihnen zuschwang. Der Mann machte keine Anstalten, sich zu setzen.

»Wie kann ich Ihnen also behilflich sein?« fragte Kevin.

Die fast private Atmosphäre des Konferenzzimmers verfehlte nicht ihre Wirkung auf den Mann. Er war zwar immer noch erregt, aber der grobe Ton war aus seiner Stimme gewichen. »Mein Name ist Ray Weir. Meine Frau und ich haben... hatten ein Konto bei Ihnen...«

»Sie haben das Konto nicht mehr?«

»Doch. Wir haben es noch. Ich meine, ich habe es. Meine Frau...« Er hielt inne. »... meine Frau ist letzte Woche gestorben. Ermordet worden.«

Kevin atmete hörbar aus. »Das tut mir sehr leid, Mr. Weir. Und Sie ordnen jetzt...«

»Ich ordne gar nichts. Ich bin hier, um herauszufinden, was mit einem Scheck über fünfundachtzigtausend Dollar passiert ist. Die Versicherungsgesellschaft behauptet, meine Frau habe ihn letzte Woche entgegengenommen, aber ich habe hier angerufen, und hier ist kein Eingang vermerkt. Dann habe ich die Polizei angerufen und gefragt, ob man den Scheck unter ihren Sachen gefunden habe, aber bisher ist er nicht aufgetaucht.«

»Nein«, erwiderte Kevin, »und ich fürchte, er wird auch nicht auftauchen. Ihre Frau hat sich das Geld in bar auszahlen lassen.«

»Was, zum Teufel, heißt das?«

Kevin hustete, um Zeit zu schinden. Seine Kehle würde ihn noch umbringen. Wahrscheinlich hatte er wieder eine Grippe. »Ihre Frau kam letzte Woche mit dem Scheck und ihrem Anwalt.«

»Und Sie haben es ausgezahlt? Einfach so?«

Kevin trat ein paar Schritte zurück. »Nein, nicht einfach so. Ich habe ihr vorgeschlagen, das Geld hier zu deponieren. Wir hätten das Konto dann mit einer Sperre belegt, bis der Scheck bestätigt worden wäre. Aber ihr Anwalt veranlaßte mich, den Aussteller anzurufen, damit der die Summe bestätigte, was im Grunde nicht nötig war, weil es ja ein Barscheck war. Aber ich konnte die Auszahlung dann natürlich nicht mehr verweigern.«

»Also haben Sie es ausgezahlt?«

Das ließ sich nicht leugnen. »Ja.«

»Hier? An Ort und Stelle?«

»Ja. Sie hat ein Drittel der Summe abgezählt und es ihrem Anwalt, der wohl die Einigung mit der Versicherung erzielt hatte, ausgehändigt. Ich vermute, das sind die üblichen Gebühren. Ein Drittel der Gesamtsumme.«

»Aber in bar?« Ray Weir mußte sich setzen. Er hatte keine Kraft mehr zu kämpfen. »Ich gab ihr, unter vier Augen, zu verstehen, daß es sehr unüblich sei und ich die Auszahlung – wie jeden Barbetrag über zehntausend Dollar – der Polizei melden müsse. Wegen der Drogen, Sie wissen ja. Aber sie hatte sich entschlossen – sie wollte das Geld mitnehmen. Und da es ihr gehörte, der Scheck gedeckt und sie eine Kundin war... Was hätte ich tun können?«

»Aber das Geld gehörte zur Hälfte mir... *Mir!*«

»Das tut mir leid, aber der Scheck war auf sie ausgestellt, nicht auf Sie beide.«

»Wir waren verheiratet. Wir lebten getrennt, waren aber verheiratet, als der Unfall geschah.«

Kevin überlegte fieberhaft, was er tun könnte, denn der Mann wollte nicht aufhören zu reden.

»Wir sind als Freunde auseinander gegangen und haben uns geeinigt, alles zu teilen. Wir hatten noch nicht einmal die Scheidung beantragt... Vielleicht hätten wir uns wieder zusammengerauft!«

Kevin erinnerte sich, wie diese Frau an ihrem Anwalt gehangen und ihm strahlend beinahe dreißigtausend Dollar in bar ausgehändigt hatte. Abgesehen von den paar Minuten, die Kevin unter vier Augen mit ihr gesprochen hatte, hatte sie keinen Moment lang den Körperkontakt mit dem Anwalt verloren. Ray Weir und seine Frau hätten sich nie wieder zusammengerauft. Sie war mit ihrem Anwalt zusammen, und sie hatte sich eng an ihn geschmiegt.

Kevin fühlte eine Welle der Verachtung, dann holte ihn von neuem die Müdigkeit ein. Er saß zwei Stühle entfernt von Ray Weir, der in sich zusammengesunken war.

Plötzlich hob der Kunde den Kopf. »Was kann ich jetzt tun?« fragte er.

Auf dem Konferenztisch aus glänzendem Mahagoni tanzten die Lichtreflexe der hellen Morgensonne. Kevin schloß die Augen vor dem blendenden Licht, zwang sich aber, sie wieder zu öffnen, um Ray Weir zu antworten. »Ich kann Ihnen in dieser Angelegenheit nicht helfen«, sagte er.

Hardy war joggen gewesen und hatte Glitskys Anruf verpaßt. Als Glitsky ihn endlich erreichte, beschwerte er sich, daß Hardy soviel unterwegs und so schwer zu erreichen sei, und berichtete dann von Bakers Selbstmordversuch.

In Shorts und Sweatshirt stand Hardy schwitzend im Büro. Draußen war es wieder warm.

Warum hatte Baker versucht, sich umzubringen?

Der erste Gedanke war natürlich: Es kam einem Geständnis gleich. Doch wie Abe, wurde auch er die ambivalenten Gefühle den alten Louis betreffend nicht los. Seit er mit Baker gesprochen und Ray Weir kennengelernt hatte und wußte, daß Hector Medina Hunde umbrachte, war Hardy beinahe überzeugt davon, daß Baker Maxine Weir nicht umgebracht hatte. Er hatte sicher eine Menge angestellt, aber der Mord ging nicht auf sein Konto.

Hardys Zweifel resultierten nicht so sehr daher, daß er Bakers Unschuldsbeteuerungen Glauben geschenkt hätte. Nein. Aber Baker hatte definitiv nicht gewußt, daß Maxine auf dem Kahn war, denn man sollte doch annehmen, daß Menschen, die daran gewöhnt sind, Menschen zu töten, diese Menschen wenigstens wahrnehmen. Das war das ausschlagende Moment.

Aus der Vermutung, daß Baker Maxine nicht getötet habe, ließ sich zwar nicht mit Sicherheit ableiten, daß er auch Rusty nicht getötet habe, aber diese Möglichkeit schien Hardy zu weit hergeholt zu sein.

Das warf die Frage auf, warum Baker dann überhaupt auf Rustys Lastkahn gewesen war. Bakers Version kam ihm reichlich dünn vor. Er versuchte sich vorzustellen, wie Rusty, eine Waffe in der Hand, Baker auf den Kahn zwang. Besonders plausibel fand er es nicht. Aber andererseits: Warum nicht? Wie gut hatte er Rusty denn letztendlich gekannt? Er war davon ausgegangen, Rusty sei ihm selbst sehr ähnlich – ein ehemaliger Staatsanwalt, aus derselben Abteilung, der schlimme Zeiten durchgemacht hatte und jetzt nur noch in Ruhe gelassen werden wollte. Deshalb war er zu Hardy gekommen. Er hatte Angst, schien jedenfalls soviel Angst zu haben, daß Hardy, der keinen Anlaß zur Skepsis sah, sich überzeugen und sogar von der Angst anstecken ließ. Also...?

Aber war Rusty ihm wirklich so ähnlich gewesen? Die äußeren Biografien ähnelten sich vielleicht, doch Karen Moores Beschreibung ergab ein ganz anderes Bild von Rusty und zeigte ihn als verwirrten, von der Spielsucht getriebenen Mann, als Weiberheld.

Es hing also offensichtlich davon ab, wem Hardy glaubte – Rusty oder Louis Baker. Nicht gerade einfach. Nicht mehr.

Er glaubte nicht, daß Rusty eine Waffe besessen hatte – warum hätte er sonst bei der Waffenhandlung Station machen und eine zweite bestellen sollen, die er erst drei Tage später hätte abholen können? Es sei denn, die Ereignisse, die Louis geschildert hatte, stünden in irgendeiner Beziehung zu der zweiten Waffe. Louis' Geschichte war viel zu weit hergeholt, als daß sie komplett erfunden sein konnte, wenigstens einen wahren Kern mußte sie enthalten... Rusty, der an der Busstation auf Baker wartete, um mit ihm zum Lastkahn zu fahren...

Zu fahren?

Womit fuhren sie? Zum *Shamrock* war Rusty mit dem Bus gekommen, weil sein Auto gestohlen worden war. Hardy setzte sich auf die Schreibtischecke. Das Auto. Vielleicht war das Auto der Schlüssel. Angenommen, Hardy würde Louis nach dem Auto fragen, und Louis würde antworten, sie seien in einem blauen VW Jetta gefahren...

Das wäre interessant.

Irgendwie waren ihm die Dartpfeile unter die Hände gekommen, und so fing er an, mit ihnen zu werfen. Eins, zwei, drei. Hol sie dir, geh zurück an die Linie, wirf, ohne zu zielen, arbeite nicht an deiner Form. Zen und Dart.

Und wenn Baker sich nur an die Farbe oder die Marke erinnerte? Er mußte ihn fragen. Er mußte Baker fragen, in was für einem Auto sie gefahren waren. Nach der Farbe, nach allem. Mal sehen, wohin das führte.

Er nahm das Telefon, suchte die Nummer des County Hospitals heraus, wählte, hielt inne. Das letzte Mal hatte er Glitsky gebraucht, um Baker sprechen zu können.

Hardy rief im Justizgebäude an, aber sie sagten, Abe sei nicht dagewesen, und es gebe keinen Hinweis darauf, wann er komme. Hardy überlegte, von wo Abe ihn angerufen haben mochte und was er wohl gerade machte, dann sprach er mit Flo und erfuhr, daß Abe sich freigenommen habe. Sie diskutierten noch immer über Los Angeles, und Abe, sagte Flo, sei auf Distanz zum Morddezernat und zu seinen Kollegen gegangen, noch mehr als sonst. Sie versprach, falls sie von ihm hören sollte, würde sie ihm ausrichten, er möge Hardy anrufen.

Das Auto ging ihm nicht aus dem Sinn. Nach einer Dusche und einer Dose Sardinen kehrte er ins Büro zurück und sah die Notizen durch, die er sich am Polizeicomputer gemacht hatte, aber sie waren nicht besonders aufschlußreich, weder für Analysen noch für Spekulationen.

Er nahm einen Stift und begann, alles über den vergangenen Mittwoch aufzuschreiben, was ihm einfiel: Rusty war aus dem Bus gestiegen, ins *Shamrock* gekommen. Hardy hatte sich an seinen Drink erinnert – *Wild Turkey*. Rusty hatte ihm von Louis Bakers Entlassung erzählt und daß er in San Quentin angerufen habe, um die genaue Uhrzeit zu erfahren. Dann hatte er seinen Vorschlag mit den Kontrollanrufen erläutert. Am Ende die Sache mit der

Waffe – ob er sich vielleicht eine Schußwaffe kaufen solle und welche Hardy empfehlen könne.

War das alles?

Hardy stand auf, ging um den Schreibtisch herum und öffnete das Fenster. Es war nach ein Uhr, und ein leichter, warmer Wind erfrischte die Luft im Raum. Er steckte den Kopf hinaus, um den Rosenduft zu riechen, aber in der Gegend gab es keine Rosen.

Er setzte sich wieder und las noch einmal durch, was er geschrieben hatte. Okay, als nächstes seine Eindrücke. Rusty wirkte niedergeschlagen, abgebrannt. Benutzte öffentliche Verkehrsmittel. Erzählte, er habe den Gefängnisdirektor angerufen und von ihm erfahren, Louis Baker habe sich geändert, aber das habe er nicht geglaubt. Er sagte, Waffen seien was für ›harte Jungs‹ wie Hardy, kurz danach wollte er sich eine Waffe kaufen.

War ihm diese Idee ganz plötzlich gekommen? Hatte er spontan seine Meinung geändert, überlegt, daß Waffen nicht nur etwas für harte Jungs seien, sondern auch für ihn?

Hardy kam keinen Schritt voran...

Rusty war mit dem Bus aus der Innenstadt gekommen... Vorher hatte er sich diese Sache mit den Telefonanrufen überlegt, dann über gemeinsame alte Bekannte herausgefunden, wo Hardy arbeitete. Aber all das klang nicht nach Angst, sondern eher nach einer Vorsichtsmaßnahme. Rusty war nicht wirklich verängstigt gewesen, immerhin hatte er vorgehabt, nach Hause zu gehen. Und er war ja nach Hause gegangen! Aber in San Quentin anzurufen und den Zeitpunkt von Bakers Entlassung zu erfragen schien in Hardys Augen mehr als Vorsicht zu sein. Das sah wirklich nach Angst aus. Oder nicht?

Er starrte aus dem Fenster, dann wieder auf seine Notizen. Rusty hatte zwei Dinge erwähnt, die er vom Gefängnisdirektor erfahren hatte – die Angaben bezüglich Louis' Entlassung und daß er ein vorbildlicher Häftling gewesen sei. Wenn Rusty aus Furcht dort angerufen hatte, um herauszufinden, ab wann er sich ernsthaft Sorgen machen mußte – hätte er sich dann auf eine Diskussion darüber eingelassen, was für ein Mann aus Louis Baker geworden war? Wenn man auf Schienen gefesselt ist und den Zug heranrasen sieht, fragt man sich dann, ob er Güter oder Personen transportiert?

Hatte er zweimal in San Quentin angerufen? Und wenn ja: Was war dabei?

Lange starrte Harry auf das stumme Telefon und tat weiter gar nichts.

Dann rief er an. Er sprach mit vier Beschäftigten, wahrscheinlich Häftlingen, erzählte ihnen, er sei Staatsanwalt – wahr genug – und daß es um Louis Baker gehe, bevor er endlich mit Jack Hazenkamp, dem Direktor, verbunden wurde. Hardy war Hazenkamp in seiner Funktion als Bezirksstaatsanwalt ein paarmal begegnet und hatte mit ihm über die Bedingungen im Gefängnis, die Rückfallquote und das Übliche gesprochen. Hazenkamp war lange beim Militär gewesen, aber in ihren Gesprächen hatte Hardy ihn als erstaunlich ... nun, nicht gerade als liberal, aber als sehr verständnisvoll erlebt. Er packte die ihm anvertrauten Häftlinge nicht in Watte, aber er behandelte sie wie Menschen, nicht wie Nummern.

Hardy saß an seinem Schreibtisch und hatte seinen gelben Notizblock aufgeschlagen vor sich liegen.

»Hazenkamp«, sagte der Direktor kurzangebunden.

»Ich würde Sie gerne ein paar Dinge bezüglich Louis Baker fragen ...« sagte Hardy, nachdem er seinen Namen genannt hatte.

»So schnell? Was hat er getan?«

Hardy hatte in kurzen Zügen die ganze Geschichte bis hin zu Bakers Selbstmordversuch umreißen wollen, aber Hazenkamp unterbrach ihn, als er Rusty Ingrahams Namen hörte.

»Ingraham ist tot?«

Hardy schwieg.

»Um Gottes willen«, sagte der Direktor. »Dann habe ich einen schweren Fehler begangen.«

»Wie meinen Sie das?«

»Ingraham hat mich vergangenen Monat ein paarmal angerufen.«

»Ein paarmal?« wiederholte Hardy.

»Ja, zweimal glaube ich. Er schien große Angst zu haben, und jetzt sieht es so aus, als sei sie gerechtfertigt gewesen. Ich habe zu ihm gesagt, er brauche sich keine Sorgen zu machen, Baker stelle keine Bedrohung mehr dar.« Hazenkamp fluchte leise. »Und trotzdem muß ich sagen, daß ich überrascht bin. Wieder ein paar Illusionen weniger.«

»Weshalb das?«

»Nun, Sie wissen, daß die meisten zurückkommen oder bei einem Verbrechen getötet werden...«

Hardy wartete.

»Aber Louis Baker... Sehen Sie, auf ein paar von ihnen muß man seine Hoffnung setzen, sonst wird man verrückt.«

»Und einer von ihnen war Baker?«

»Entweder man glaubt an Rehabilitation oder eben nicht.«

»Und Sie glauben daran?«

»Nicht gerade aus tiefstem Herzen. Aber manchmal hat man ein gutes Gefühl. Wir entlassen die Burschen ja nicht vorzeitig, wenn wir nicht zuversichtlich sind, daß sie versuchen werden, anständig zu bleiben.«

»Also haben Sie Baker persönlich gekannt?«

»Ich kenne die meisten von ihnen persönlich. Ich lege Wert darauf, Zeit für sie zu haben, mit ihnen zu sprechen.«

»Und Baker...?«

Hardy konnte hören, wie Hazenkamp ausatmete.

»Baker war eine harte Nuß. Sehr hart. In seinem Kopf war so ziemlich alles falsch gepolt, als er hergebracht wurde. Aber, wie ich schon sagte, wenn man so lange drinsteckt wie ich, will man einfach glauben, daß man ein Gefühl für diese Dinge entwickeln kann. Bei Baker war ich tatsächlich überzeugt davon, daß er sich geändert hätte. Er war kein Psychopath. In seinem Fall, und ich sage das wirklich nicht oft, war ich der Ansicht, er sei so hart und brutal geworden, weil er anders nicht überlebt hätte.«

»Ich habe ihn damals erlebt, Mr. Hazenkamp. Er war ein verdammt schwerer Junge.« Hardy wußte zuviel über die Verbrechen, die Baker begangen hatte, um an die Milieutheorie zu glauben.

»Oh, das bestreite ich nicht. Er wird nie ein ruhiger, anständiger Bursche sein. Aber« – Hazenkamps Stimmlage stieg an, seine Hoffnung widerspiegelnd – »er war nicht drogensüchtig, sein Hirn war nicht zerstört. Er kam gut mit den anderen Jungs zurecht, war in der Basketballmannschaft, gab Boxunterricht... Sicher ein Einzelgänger, aber einer, der mit anderen Menschen umgehen konnte. Kein Mörder. Wenigstens habe ich das geglaubt...«

»Vielleicht ist er auch kein Mörder.«

»Aber haben Sie nicht gesagt...«

Hardy fuhr mit seinem Bericht fort – Maxine Weir, der Mann in Holly Park, die Schießerei mit den Polizisten, der Selbstmordversuch... »Meine Frage an Sie«, schloß er, »lautet: Ergibt das für Sie einen Sinn? Hat ihn der Bewährungsausschuß nicht Tests unterzogen, Gespräche mit ihm geführt, so etwas in der Art?«

»Natürlich. Und nach langer Begutachtung empfohlen...«

»... ihn freizulassen?«

»So ist es.«

»Wie oft kommt es vor, daß Sie sich irren?«

Hardy bereute die Frage sofort. Hazenkamp zog sich zurück, von seiner sympathischen, resignierten Offenheit war nichts mehr zu spüren. Er antwortete jetzt als korrekter, pflichtbewußter Polizist, der in die Defensive gedrängt worden war.

»Die Rückfälligkeit ist ein großes Problem, das wissen Sie. Aber wenn man überzeugt davon ist, daß Rehabilitation möglich ist, und sich prinzipiell entschließt, Häftlinge vorzeitig aus der Haft zu entlassen, tut man es in dem Moment, wo die Wahrscheinlichkeit...«

»Das verstehe ich ja alles. Ich hatte nur den Eindruck, daß Sie in Bakers Fall noch etwas anderes empfunden haben. Etwas Persönliches.«

Eine lange Pause entstand. Hardy sah aus dem Fenster. Vielleicht, dachte er, tat Hazenkamp dort oben in Marin dasselbe.

»Wissen Sie, Mr. Hardy, beim Militär gibt es einen Haufen Kerle wie Baker – harte, brutale junge Burschen, die nichts anderes wollen als zerstören... Sie wollen die Stärksten sein, nie zeigen, daß sie Schwächen haben, denn dort, wo sie herkommen, wird man, wenn man Schwächen hat, zusammengeschlagen. Zwischen Schwarzen und Weißen gibt es da keinen Unterschied, der springende Punkt scheint die Armut zu sein. Keine Perspektiven zu haben. Für eine Zeitlang gewinnen wir als Autoritätspersonen – ob im Gefängnis oder in der Armee – ihre Aufmerksamkeit. Wir stampfen sie ein, bis sie ganz klein sind, damit wir sie hinterher wieder aufbauen können.«

»Ich war auch bei der Marine, Sir«, sagte Hardy.

Wieder eine Pause, diesmal kürzer. »Dann erinnern Sie sich bestimmt. Sie sind wie tolle Hunde. Dann passiert etwas, und sie werden zu einem Team. Einer rettet ihnen das Leben, oder sie retten jemandem das Leben.«

Hardy erinnerte sich daran, wie er nach dem Tod seiner Eltern gewesen war, als er zu den Marines gegangen war und sich ausgetobt hatte. Dann schickten sie ihn nach Vietnam, und er zog Moses McGuire, der jetzt sein bester Freund war, bei Chi Leng aus dem Kugelhagel. Hazenkamp hatte recht: Es konnte einen verändern.

»Und dasselbe geschah mit Baker?«

»Jedenfalls habe ich es geglaubt. Wissen Sie, Mr. Hardy, es gibt Jungs, die durch und durch Sträflinge sind, und es gibt andere, bei denen man schwören könnte, daß sie sich bessern würden, bei denen man irgendwann fast vergißt, daß sie überhaupt Sträflinge sind. So war Baker. Er war natürlich noch immer ein harter Kerl, mit dem man sich besser nicht anlegen sollte, aber er mußte sich nicht mehr beweisen. Verstehen Sie, was ich meine? Nun, das gleiche habe ich Ingraham gesagt – lassen Sie ihn in Ruhe, und Sie werden keine Probleme mit ihm haben.«

»Ingraham hat ihn nicht in Ruhe gelassen.«

»Ich bekomme langsam das Gefühl, daß jemand mit Louis Baker ein verdammt mieses Spiel getrieben oder ihn unter starken Druck gesetzt haben muß, bevor er bereit war zu kapitulieren.«

»Was wäre geschehen, wenn Sie recht hätten?«

»Er wäre rückfällig geworden. Wenn man bedrängt wird, kehrt man zu dem zurück, was man kennt.«

Das leuchtete Hardy ein. Wenn Baker nach der langen Haftstrafe in San Quentin und wenigen Tagen in Freiheit dreier Morde beschuldigt wurde, die er tatsächlich nicht begangen hatte, war es verständlich, daß er sich verfolgt fühlte. Er würde versuchen sich zu wehren und vielleicht auf jemanden losgehen, der die repräsentierte, die ihm das alles angetan hatten – Hardy. Aber dann hatte er es vermasselt, weil er aus der Übung war, und all die Fortschritte der vergangenen neun Jahre waren ausgelöscht. Hoffnung auf ein normales Leben gab es nicht mehr, und so hatte er versucht sich umzubringen. Konnte das die Antwort sein?

Hardy sah auf seinen Notizblock, während er Hazenkamp noch in der Leitung hatte. Oben auf die Seite hatte er die Zahl ›zwei‹ geschrieben und mit einem Ausrufungszeichen versehen.

»Ein letzter Punkt, wenn Sie noch eine Sekunde Zeit haben, Sir. Als Ingraham Sie angerufen hat – ging es da beide Male um die gleiche Angelegenheit?«

»Ja. Beim ersten Mal eher generell. Er wollte wissen, ob er sich Sorgen machen müsse und wie Baker sich verhalte, weil er gehört habe, daß Louis früher entlassen werden solle, und so weiter.«

»Und beim zweiten Mal?«

»Letzte Woche fragte er nach den Einzelheiten – wann Louis entlassen und wo er hingehen werde. Ich dachte mir, es könne nichts schaden, es ihm zu sagen. Er schien ziemlich erledigt, und ich versuchte ihn zu beruhigen. Ich habe ihm noch einmal erklärt ... wirklich, ich habe nicht geglaubt, daß Baker etwas von ihm wollte.« Er seufzte. »Aber ich habe mich wohl getäuscht.«

»Führen Sie ein Telefonprotokoll? Wissen Sie das Datum von Ingrahams erstem Anruf?«

»Wozu?«

Durch die Leitung hört Hardy das Blättern von Papier. »Nur, um die Lücken zu füllen.«

»Hier ist es. Am 26. August. Füllt das eine Lücke?«

Hardy schob den Briefbeschwerer auf seinem Schreibtisch hin und her, das Löschpapier, den Radiergummi. Die Zettel mit anderen Notizen von anderen Tagen. Draußen flog ein Schwarm Blauhäher vorbei. Er suchte die Seite, die er vorhin beschriftet hatte, und legte sie neben die, auf die er jetzt schrieb.

Drei Tage nach Ingrahams Anruf in San Quentin war sein Wagen als gestohlen gemeldet worden. »Könnte sein«, sagte er.

Er dankte Hazenkamp und legte auf.

Von einem Freund im Bewährungsamt wußte Rusty, daß Louis Baker entlassen werden sollte. Ungefähr zur selben Zeit erfuhr er, daß er ein Drittel der Versicherungssumme über fünfundachtzigtausend Dollar von Maxine Weir bekommen würde. Drei Tage später wurde sein Auto gestohlen, aber er mietete sich keinen Leihwagen, was mit dem Versicherungsgeld als Sicherheit möglich gewesen wäre.

Baker hatte erzählt, Rusty habe ihn aufgelesen und zu seinem Kahn gefahren – am selben Tag, an dem Rusty mit dem Bus zum *Shamrock* gekommen war.

Hardy fragte sich, wie viele Autos als gestohlen gemeldet wurden, die nicht gestohlen, sondern versteckt, verschrottet oder umgespritzt worden waren. Es gab die verschiedensten Gründe dafür, und der naheliegendste, aber mit Sicherheit nicht der einzige, war Versicherungsbetrug. Um die anderen möglichen Gründe aufzuzählen, würde Hardy Stunden brauchen.

Das Telefon, dieses stumme, unkooperative Spielzeug, das ihn schweigend angestarrt hatte, seit er zu Hause war, läutete schrill, schrie nach Beachtung. Hardy, sein Sklave, hob den Hörer ab.

21

Abe Glitsky kaute Eis. Er saß in Geary im *David's* am Fenster. Ein Transparent vor dem Curran Theatre auf der anderen Straßenseite pries Saisonkarten für das American Conservatory Theatre an. Abe dachte an die ersten Jahre mit Flo, als sie oft im ACT gewesen waren und die Angebote, die das Stadtleben bot, intensiv genutzt hatten. Jetzt waren sie damit beschäftigt, ihre Kinder aufzuziehen, gingen gelegentlich zum Essen. Im vergangenen Jahr waren sie vielleicht dreimal im Kino gewesen. Lag es an ihnen, oder war das Theater wirklich tot? Über diesen Gedanken mußte er lächeln. Hatte die Stadt sich verändert? Würde Los Angeles anders sein?

Er winkte Hardy herüber, der in der Tür zum Saal stand und sich kurz darauf ihm gegenüber auf den Stuhl setzte.

Bei seinem zweiten Anruf hatte er Hardy erreicht. Er hatte nach seinem eigenen Zeitplan gearbeitet, war nicht daran interessiert, zum Dienst zurückzukehren und Batiste eine weitere Genugtuung zu verschaffen. Hardy hatte sich erkundigt, ob Baker noch am Leben war. Er hatte einiges über Ingraham herausgefunden. Dies und das, nichts davon schien zusammenzupassen, aber dann hatte Hardy die Spielsucht angesprochen, von der Johnny LaGuardia Abe gestern erzählt hatte.

Glitsky hatte gefunden, daß sie sich treffen und noch ein paar Bäumchen schütteln sollten. Vielleicht könnte ihnen einer ein paar Namen nennen oder Neuigkeiten erzählen. Hardy war von dem Vorschlag begeistert gewesen, und hier war er nun endlich.

»Abraham, *que tal? Como va?*« fragte er gutgelaunt.

Abe kaute auf seinem Eis herum. »Ehrlich gesagt, ich weiß nicht, warum wir hier sind«, sagte er dann. Das Treffen kam ihm jetzt, da er dem fröhlichen Freund in seiner eigenen trüben Stimmung gegenübersaß, blödsinnig vor.

Hardy griff hinüber, nahm Abes Käsesandwich und biß ab. »Bist du fertig?« fragte er.

»Jetzt schon.«

»Die Sache stinkt«, sagte Hardy zwischen den Bissen. »Baker hat es nicht getan.« Er hob die Hand, um jeden Widerstand im Keim zu ersticken. »Vergiß nicht, ich wollte, daß er es war, aber es paßt eben einfach nicht zusammen.«

»Du glaubst wirklich, daß Baker unschuldig ist?«

»Du auch, sonst würden wir an diesem schönen Nachmittag nicht hier sitzen.«

Glitsky bekam einen neuen Eistee, und Hardy bestellte sich eine Tasse Kaffee. »Okay, du zuerst«, sagte Abe endlich.

»Er war dort, stimmt's?«

»Abaloolie.« Abe grinste. »Eines von O. J.'s Worten.«

Hardy war in Fahrt. »Wenn er zu Rusty gegangen wäre, um ihn zu töten, hätte er eine Waffe mitgenommen, richtig? Richtig. Er kann es unmöglich dem Zufall überlassen und gehofft haben, daß Rusty eine Waffe an Bord hatte, die er vertrauensvoll jemandem leihen würde, damit der ihn damit erschießen könnte.«

»Ich habe immer noch dieses Problem mit dem Mord an Rusty«, sagte Abe.

»Das heben wir uns für später auf. Ich habe ein Problem mit dem Umstand, daß der alte Louis nicht wußte, daß eine Frau an Bord gewesen ist. Schon gar nicht eine nackte, die er mit drei Löchern ins Jenseits befördert haben soll.«

»Ja«, stimmte Abe zu, »das paßt nicht so ganz.«
»Also?« fragte Hardy.
»Also was?«
»Was sagt uns das?«
»Daß noch jemand dort gewesen ist?«
»Gut, Abe.«
»LaGuardia ist dort gewesen.«
»Und warum?«
»Um Rustys Leihgebühr zu kassieren. Aber er behauptet, das Mädchen sei schon tot gewesen, als er dort ankam. Und Johnny LaGuardia, Diz, erschießt ganz bestimmt niemanden mit einer .22er.«
»Ray Weirs Waffe.«
»Richtig.«
»Also ist Ray auch dort gewesen?«
»Könnte Ray sich mit *Armor All* auskennen?« Glitsky erklärte ihm den Zusammenhang.
»Aber er ist auf dem Schlepper gewesen? Wir wissen nicht, wo er war, oder? Wir wissen nur, daß er nicht zu Hause war.«
»Woher wissen wir das?« fragte Abe.
Hardy erzählte ihm, daß Warren in der Nacht auf den Stufen vor Rays Tür auf seinen Freund gewartet hatte, mit dem Sechserpack, um ein paar mit ihm zu heben und seine Trauer wegen Maxine zu vertreiben.
Abe führte das Glas zum Mund und klopfte mit einem Finger darauf, bis der letzte Eiswürfel in seinem Mund verschwunden war.
»Sind wir an dem Punkt des Falls angekommen, den man Wendepunkt nennt?« fragte er.

Ray Weir betrachtete seine Augen im Badezimmerspiegel und stellte fest, daß sie stark gerötet waren. Wahrscheinlich lag das an der Mischung aus Tränen und Marihuana. So sollte er niemandem gegenübertreten. Schon gar nicht der Polizei.
Sie warteten draußen auf der Treppe.

Er hatte ihnen gesagt, er komme in einer Minute. Er träufelte sich *Visine* in die Augen. *Listerine.* Öffnete die Jalousie vor der hellen Nachmittagssonne. Schon Nachmittag. Er machte das Fenster auf. Der Rauch zog ab.

Wieder klopfte es.

»Kommen Sie schon, Ray.«

Plötzlich saß er auf dem Boden. Die Hälfte der Bilder von Maxine lag, von der Wand gerissen, um ihn verstreut. »Ich kann nicht«, sagte er. »Ich kann nicht.«

»Was?« klang es durch die Tür.

»Ich kann einfach nicht.«

Gemurmel. Wieder klopfte es... »Machen Sie jetzt auf, sonst treten wir Ihnen die Tür ein.«

»Lassen Sie mich in Ruhe!« schrie er, fiel auf sein Gesicht und schirmte sich gegen die Sonne ab, indem er die Arme über seinen Kopf hob. »Bitte, bitte, lassen Sie mich in Ruhe.«

»Was macht er?« fragte Hardy.

Glitsky zuckte die Achseln.

Im Treppenhaus, wo Warren wartend mit seinem Bier gesessen und Courtenay Hardy geküßt hatte, gab es kein Fenster. Vom Eingang unten drang ein wenig Licht nach oben, und unter der Wohnungstür schimmerte ein Streifen Helligkeit. Die mit Teppich ausgelegten Stufen führten zu den nackten Treppenabsätzen, die Luft war schwer und muffig und mit Marihuanageruch erfüllt.

»Ray, machen Sie die Tür auf!« Vieles an Glitsky überraschte Hardy, aber am meisten staunte er über dessen Geduld. »Wir sind nur gekommen, um zu reden.« Er legte Hardy die Hand auf den Arm und nickte ihm zu.

Zwanzig Sekunden später hörten sie erneut ein Rumpeln von drinnen, und dann wurde die Türkette gelöst. Die Tür öffnete sich. Ray ging gleich wieder zurück in den Raum, der voller Rauchschwaden war, und zur Couch hinüber. Hardy und Glitsky folgten ihm, stiegen über die Bilder von Maxine. Wie über gefallene Blätter.

Ray kauerte in einer Ecke der Couch, die Beine an die Brust gezogen. Glitsky forderte Hardy auf, sich in den Regiestuhl zu setzen, und nahm selbst auf der Couch, einen halben Meter von Ray entfernt, Platz. Er faltete die Hände, stellte die Füße flach auf den Boden.

Eine der Lampen war umgestoßen worden. Nicht *vu jadé*, sondern *déjà vu*. Zerrissene Bilder, zerbrochene Lampen – verdiente hier in der Gegend jemand sein Geld damit, daß er Lampen kaputt machte?

»Sie hat alles genommen.«

Ray hatte endlich den Kopf gehoben. Die Augen! Gott im Himmel... Das Gesicht versteinert. In den Gesichtern von Schaufensterpuppen war mehr Leben als in diesem.

»Was genommen?« fragte Abe ungerührt, aber freundlich.

Ray ließ den Kopf wieder auf die Knie sinken, und Hardy bemerkte, daß seine Finger sich fest um die Beine krallten. Er versuchte sich zu sammeln, sah wieder auf und blickte zu Hardy. Er wirkte nicht überrascht – er kannte ihn, konnte aber offensichtlich nicht sagen, woher.

»Was genommen, Ray?« fragte Glitsky wieder.

»Alles«, antwortete er. »Sie hat alles genommen.«

»Die Versicherungssumme?« fragte Hardy.

Ray schüttelte den Kopf, völlig in sich versunken. »Wir wollten es teilen. Das war unsere Abmachung. Wir wollten Freunde bleiben.«

Hardy und Glitsky tauschten Blicke.

Abe lehnte sich auf der Couch zurück. »Was ist mit dem Geld geschehen, Ray?«

»Sie hat es sich auszahlen lassen.« Rays Augen wanderten zu der Wand mit ihren Fotos, die jetzt zur Hälfte leer war. »Sie hat es mit Ingraham geteilt. Sie haben es einfach genommen.«

»Was uns dazu bringt...«, begann Hardy, aber Glitsky hob die Hand.

»Wohin haben sie es gebracht, Ray?« Die Wiederholung

des Vornamens klang wie eine Beschwörungsformel, die dafür sorgte, daß die Verbindung zwischen ihnen nicht abriß.

»Sie müssen es zu Ingraham gebracht haben.« Ray begegnete Abes Blick. »In ihrer Wohnung ist nichts gefunden worden.«

»Auf den Schlepper, meinen Sie?«

Ray nickte.

»War es dort, Ray?«

Keine Antwort.

»Ray? Waren Sie dort?«

»Nein, war ich nicht. Ich weiß nicht einmal, wo er liegt.«

»Vielleicht haben sie es auf die Bank gebracht«, warf Hardy ein.

Ray wandte sich ihm zu. »Nein, ich bin zur Bank gegangen. Sie haben es sich in bar geben lassen.«

Glitskys Augen bedeuteten Hardy, still zu sein. »Sie sind also in der letzten Woche nicht zu Ingraham gegangen? In der Nacht, in der Maxine ermordet wurde?«

»Nein, das habe ich Ihnen doch gesagt. Nein. Ich bin nie dort gewesen.«

»Aber Ihre Waffe war dort. Mit Ihrer Waffe wurde Maxine getötet.«

»Auch das habe ich Ihnen gesagt. Ich habe sie ihr gegeben. Das sagte ich Ihnen doch schon ...«

Glitsky beugte sich vor und strich Ray übers Knie. »Ich weiß, Ray. Ich weiß, was Sie mir erzählt haben. Das Problem ist, daß Sie mir auch erzählt haben, Sie wären in jener Nacht allein zu Hause gewesen, und wir sind auf jemanden gestoßen, der behauptet, daß das nicht stimmt.«

»Ihr Freund Warren«, fügte Hardy hinzu.

Die Erkenntnis dämmerte Ray, und er starrte Hardy an. »Das letzte Mal waren Sie kein Polizist. Sie waren mit Court hier.«

Glitsky meldete sich wieder zu Wort. »Das spielt alles keine Rolle, Ray. Wichtig ist nur, was Sie in jener Nacht getan haben, wenn Sie nicht hier waren.«

»Ich war hier.«

»Vielleicht sollten wir alle zusammen Warren besuchen?«

»Nein, das können wir nicht tun!«

»Warum nicht, Ray? Lügt er?«

»Ich weiß es nicht. Ich kann nicht nachdenken.« Er legte den Kopf wieder auf seine Knie.

»Sie müssen nachdenken, Ray«, sagte Glitsky. »Lügt Warren? Wir werden Sie alle in einem Raum zusammenbringen und unter Eid stellen, wenn Sie das wollen.«

Rays Augen bewegten sich hektisch hin und her, von Hardy zu Glitsky, durch den Raum, als spiele er mit dem Gedanken zu fliehen.

»Kommen Sie, Ray. Erzählen Sie's uns einfach. Warren oder Sie – einer von Ihnen war hier. Wer?«

»Sie können es ihm nicht sagen.«

»Wem was sagen, Ray?«

»Warren.« Weir schüttelte den Kopf. »Nein, ich habe versprochen, daß ich es niemandem erzähle. Wir dürfen nicht.«

Da ging Hardy ein Licht auf. »Sie waren beide hier«, sagte er. »Er auf der Treppe, und Sie waren mit Courtenay im Bett... Sie konnten ihm nicht öffnen, weil er es sonst herausgefunden hätte.«

Ray nickte. »Er hätte den Film vielleicht nicht fertiggestellt. Er hätte gedacht, wir hätten ihn betrogen.«

»Haben Sie ja auch«, erwiderte Hardy.

»Nein! So war's nicht. Court kam, um zu sehen, wie es mir geht. Sie machte sich Sorgen, weil ich so fertig war wegen Maxine. Dann haben wir ein Glas Wein getrunken und waren in bißchen benebelt und dann...« Er sah von Glitsky zu Hardy. »Sie werden es Warren nicht erzählen, oder?«

»Gehen wir, Diz.« Glitsky stand auf, der nette Junge, der mit dem Luftzug verschwand. Er war schon auf halbem Weg zur Tür. Hardy folgte ihm.

»Ich habe es Courtenay versprochen«, wimmerte Ray. »Sie werden es Warren nicht erzählen, nicht wahr?«

Glitsky wandte sich an der Tür um. »Nicht, wenn es nicht nötig ist«, sagte er.

»Lassen wir das mit Warren und Courtenay mal für einen Moment außer acht... Wenn Ray es getan hätte, hätte er den Kahn nach dem Geld durchsucht, und dafür gibt es kein Anzeichen. Ich glaube, daß Ray das Geld nicht hat.«

»Ich auch.« Glitsky behielt die Straße im Auge. Sie fuhren durch die Innenstadt zurück nach Geary.

»Also, wo ist das Geld dann?«

»Habe ich mich auch gerade gefragt«, antwortete Abe. »Das mit dem Geld ist ein völlig neuer Aspekt.«

»Werden nicht öfter Leute wegen Geld ermordet?«

Glitsky hielt an einer Ampel. »Ich habe so was gehört.« Die Ampel sprang um.

»Bei Grün darf man fahren«, sagte Hardy.

Der Wagen schoß vorwärts. Hardy wollte ins Krankenhaus zu Louis, um ihn wegen des Autos zu sprechen, aber Glitsky hörte nicht genau zu. Seine Gedanken waren noch bei dem Geld.

»Baker hat das Geld nicht«, sagte er. »Er hatte noch nie irgendwelches Geld.«

»Aber er kann uns vielleicht erzählen, was für ein Auto Rusty Ingraham fuhr.«

Abe antwortete nicht.

»Aber er kann uns erzählen, was für ein Auto...«

»Ich habe dich schon verstanden«, sagte Abe. Wieder mußte er an einer Ampel halten. »Folgendes, Diz... Bleiben wir bei der Frage, wer auf dem Lastkahn gewesen ist. Baker, okay. Aber er ist in Gewahrsam, für den Moment auf jeden Fall. Eine Zeitlang haben wir angenommen, Ray könnte es getan haben, aber Ray hat Maxine angehimmelt, und ich glaube ihm, wenn er sagt, er war's nicht. Glaubst du ihm auch?«

Hardy nickte.

»Okay. Damit bleiben Hector Medina und Johnny LaGuardia.«

»Hector war auf dem Kahn?«

»Er sagt, nein, er habe eine Doppelschicht gemacht. Aber weißt du was? Weil wir heute unseren gründlichen Tag haben und sowieso dort vorbeikommen...«

Das *Sir Francis Drake* hatte sich nicht sehr verändert, seit Hardy vor einer Woche dort gewesen war. An einer Tür am Ende eines langen Ganges im dritten Stock hing ein Schild mit der Aufschrift ›Sicherheitsdienst‹.

Hector saß am Schreibtisch und las Zeitung. Ein Vorzimmer gab es nicht, eine Sekretärin schon gar nicht.

»Ich weiß nicht, ob Sie davon gehört haben«, begann Abe. »Treadwell ist im Gefängnis, jedenfalls war er dort heute morgen noch.«

Hector hatte die Hände über der Zeitung gefaltet. »Ja, Clarence hat angerufen, um mir die gute Nachricht mitzuteilen.« Er sah Hardy an. »Ich dachte, Sie wären nicht bei der Truppe.«

»Ich verbringe nur den Tag mit meinem Kumpel Abe.«

Abe ignorierte den Wortwechsel. »Das Verrückte ist... Sie werden nie erraten, was im Zuge der Rehabilitation von Clarence und Mario herauskam.«

Hector starrte auf seine Hände.

»Er rät ja gar nicht«, sagte Hardy.

»Sie sind doch wohl nicht deswegen hier? Wegen dieser Hundegeschichte?« Hector drehte seine Hände um. »Mein Gott, Leute. Ich wollte ihm ein bißchen Gottesfurcht beibringen, und es hat funktioniert. Wo liegt das Problem?«

»Das Problem«, begann Abe, »liegt darin, daß mein Freund Hardy und ich uns über Rusty Ingraham unterhalten haben, und da ist uns aufgefallen, daß Sie Leute bedrohen, die Sie nicht mögen. Auch Rusty Ingraham mögen Sie nicht besonders, habe ich recht?«

»Was wollen Sie damit sagen?«

»Ich will damit sagen, daß es nicht zu Ihrer Persönlichkeit, zu Ihrer Art, mit den Dingen umzugehen, zu passen scheint, daß Sie Rusty anrufen, kalte Füße bekommen und auflegen. Sie sind jemand, der zu ihm geht, wenn Sie ihm was zu sagen haben.«

Medina rückte vom Schreibtisch ab. »Ich hatte ihm ja im Grunde nichts zu sagen. Nicht wie bei Treadwell. Und als ich ihn anrief, wurde mir das klar.«

»Sie bleiben weiterhin dabei, daß Sie ihn nicht gesehen haben?«

»Seit vielen Jahren nicht. Was nicht heißt, daß ich ihm nicht in den Hintern getreten hätte, wenn ich ihn gesehen hätte.« Die Hände über dem Bauch gefaltet, rückte Medina weiter vom Schreibtisch weg, legte die Beine darauf und schlug sie übereinander. Die gleichmütige Haltung wirkte gekonnt, vielleicht sogar einstudiert. »Falls es um den Mord an Rusty geht, wiederhole ich es gern: Ich hatte eine Doppelschicht. Sie können im Dienstplan nachsehen.«

»Nein, danke. Ich bin sicher, daß es drinsteht.«

»Dann lassen Sie mich in Ruhe. Was wollen Sie?«

»Kennen Sie Johnny LaGuardia, Hector?«

»Natürlich. Jeder kennt Johnny. Was hat er mit der Sache zu tun?«

Hardy beugte sich vor. Abe stand abrupt auf, streckte sich und fragte Hector, ob er sich aus der Kanne am Fenster eine Tasse Kaffee nehmen könne. Während er den Kaffee einschenkte, wandte er sich an Hardy. »Wie hört sich das an, Diz? Hector ruft bei Rusty an, um ein Treffen zu vereinbaren, damit er ihm in den Hintern treten kann. Rusty ist in Hochstimmung, weil er gerade einen Haufen Geld von der Versicherung bekommen hat, und das schmiert er Hector genüßlich unter die Nase.«

»Wovon *reden* Sie bloß? Was für einen Haufen Geld?«

Abe fuhr fort: »Also ruft Hector seinen alten Freund Johnny LaGuardia an...«

»Ich habe nicht gesagt, daß er ein Freund ist. Ich habe nur gesagt, ich kenne den Kerl...«

»...und erzählt ihm, daß er einen Batzen Geld machen

könne, wenn er zu Rusty gehen und ihn erledigen würde. Wie hört sich das an?«

»Gefällt mir«, sagte Hardy. »Klingt wie Musik in meinen Ohren. Ich würde darauf wetten.«

Glitsky wandte sich an Medina: »Wie steht's mit Ihnen, Hector? Kommt es der Wahrheit nahe?«

Medina hatte sich wieder hinter den Schreibtisch gesetzt und die Hände über der Zeitung gefaltet. »Haben Sie einen Haftbefehl?«

Abe sah Hardy an. »Hast du einen Haftbefehl? Ich habe keinen.«

»Ich sage Ihnen was«, erklärte Medina. »Kommen Sie wieder, wenn Sie einen Haftbefehl haben. Ich werde Ihnen den Dienstplan zeigen, der beweist, daß ich die ganze Nacht hier gearbeitet habe. Und Johnny LaGuardia habe ich seit sechs Monaten weder gesehen noch gesprochen.« Er nickte ihnen zu. »Gehen Sie, und suchen Sie sich einen anderen Trottel. Es war nett, mit Ihnen zu sprechen.«

»Ich glaube nicht, daß er die Wahrheit gesagt hat«, sagte Hardy.

»Wann?«

»Als er sagte, es sei nett gewesen, mit uns zu sprechen.«

Glitsky knallte die Autotür zu und steckte den Schlüssel ins Zündschloß. »Manche Leute haben einfach keinen Humor...«

»Und wohin jetzt?«

Die Straße war vom Feierabendverkehr verstopft. Sie kurbelten die Fenster herunter, warteten, bis die Ampel an der Ecke umspringen und eine Lücke entstehen würde.

»Kennst du Johnny LaGuardia?« fragte Abe.

»Nein.«

»Er arbeitet für Angelo Tortoni...«

»Ich kenne auch Angelo nicht.«

Abe fuhr mit quietschenden Reifen aus der Parklücke. »LaGuardia könnte unser Mann sein, selbst wenn er unter normalen Umständen nie jemanden mit einer .22er erschießen würde. Vielleicht war Rays Waffe dort, und da dachte er sich, er könne jemanden wie mich auf die falsche Fährte locken.«

»Jemanden wie dich?«

»Du weißt schon, einen ausgebildeten Polizeibeamten mit jahrelanger Erfahrung.«

»Ah, so jemanden.«

Abe fuhr weiter.

»Also, wohin fahren wir? Hat LaGuardia ein Büro?«

»Nein. Tortoni hat eines, aber der ist wahrscheinlich schon nach Hause gegangen. Ich werde ihn morgen besuchen. Jetzt zu ihm nach Hause zu fahren hat keinen Sinn. Jedenfalls nicht ohne einen Haftbefehl.«

»Jeder will einen Haftbefehl.«

»Wir leben in einer kleinlichen Welt.«

Sie überquerten die Market in Richtung Süden. Hardy nahm einen schwachen Duft von chinesischem Essen wahr und sah zu ein paar Rappern hinüber, die die Passanten provozierten. Die Sonne stand niedrig und warf lange Schatten, aber es war noch warm.

»Hast du's mitbekommen?« fragte Abe. »Wir sind wieder bei dieser Leihgebühr.«

Hardy blinzelte in die Sonne, wandte sich dann zu Glitsky. »Scheint so. Meinst du, Rusty ist diesbezüglich unter Druck geraten?«

Ein Nicken. »Ich habe mir folgendes überlegt: Nimm an, Rusty konnte die Gebühr eine Zeitlang nicht bezahlten, und Johnny LaGuardia hat ihn vielleicht ein paar Wochen gedeckt, ihm aus der eigenen Tasche ausgeholfen, weil er wußte, daß Rusty diese große Versicherungssumme erwartete. Vielleicht wollte er sich einen eigenen Klientenstamm aufbauen. Aber als Johnny dann kommt, läuft alles schief – Maxine spielt nicht mit, Rusty hat das Geld schon auf der Rennbahn verspielt, was auch immer.«

»Oder«, erwiderte Hardy, »Johnny hat das Geld gesehen und sich einen Weg überlegt, um alles zu bekommen.«

Die Narbe über Abes Mund straffte sich. »Das ist noch besser. Johnny kommt, um die übliche Gebühr zu kassieren, und Rusty prahlt damit, daß er die geliehene Summe endlich zurückzahlen kann, daß er ein gemachter Mann ist. Nach allem, was wir von ihm gehört haben, hätte das zu ihm gepaßt, oder?«

»Ja. Er hat seine Erfolge immer an die große Glocke gehängt.«

»Und Erfolg hatte er. Also prahlte er ein bißchen vor Johnny, bezahlt, natürlich in bar, und Johnny sieht den Packen Geld oder vermutet, daß noch mehr an Bord ist. Er geht nach draußen, wartet, will zurückkommen, wenn Rusty fort ist. Aber statt dessen taucht Maxine auf. Johnny gibt ihnen eine halbe Stunde, sieht das Licht im Schlafzimmer an- und aus- und wieder angehen, schaut vielleicht durchs Fenster, als sie gerade dabei sind, das Geld zu zählen... Er tritt die Tür ein, peng, peng, schnappt sich den Zaster, weg ist er.«

»Und die Halsstütze?« fragte Hardy.

»Vielleicht haben sie gefeiert. Vielleicht hat sie sie ein letztes Mal angelegt, einfach so, während sie das Geld zählte, das ihnen die Stütze eingebracht hat.« Er sah Hardy an. »Ich habe gesagt: Vielleicht.«

»Mehrmals.«

»Richtig.«

»Und Hector?«

Glitsky schüttelte den Kopf. »Das war nur ein Versuch. Hector hat recht – Johnny kommt herum, jeder kennt ihn.«

»Und Louis?«

Sie fuhren auf den Parkplatz des County General Hospitals. »Louis weiß vermutlich nicht, was er weiß. Auch Louis bekommt ein ›vielleicht‹, allerdings ein großes: Vielleicht hat er es doch getan.« Abe zog die Handbremse und wandte sich Hardy zu. »Er war dort, er hatte ein Motiv, die Waffe war schon da. Der ausgebildete Polizeibeamte versucht, diese Dinge im Gedächtnis zu behalten. Motiv, Mittel und Gelegenheit: das Einmaleins des Recherchierens.«

Über dem Parkplatz hing ein starker Geruch von heißem Teer.

»Wofür war denn der andere Mist gut, den wir den ganzen Tag über gemacht haben?«

Abe hielt inne. »Das war kein Mist. Wir legen das Fundament. Wir nageln es fest. Wir finden heraus, wo die in den Fall involvierten Personen gewesen sind, was sie gemacht haben, eliminieren unsere Zweifel...«

»Dann glaubst du immer noch, daß Baker es getan hat?«

»Ich denke, er ist in der Tat verdächtig. Würdest du ihn laufenlassen?«

»Nein.«

»Na also.«

»Aber nur, weil er hinter mir her war. Das bedeutet nicht, daß er Rusty getötet hat.«

»Weißt du was?«

»Was?«

»Rein technisch betrachtet, ist die Frage, ob Rusty tot ist, noch immer offen.«

Eine Minute lang fragte sich Louis Baker, ob er tot sei. Wenn ja, war er mit Sicherheit in der Hölle.

Aus halb geöffneten Augen sah er den Mann aus der Siedlung und Hardy mit verschränkten Armen am Ende des Bettes stehen. Sie musterten ihn. Ein dumpfes Husten grollte in ihm und schien seine Lungen sprengen, den Lungenflügel, in dem das Loch von der Kugel war, noch weiter zerreißen zu wollen. Seine Kehle brannte, und die leichte Bewegung durch das Husten ließ ihn die Hautabschürfungen am Hals spüren. Er versuchte, die Hand zu heben, und merkte, daß er an beiden Seiten des Bettes festgebunden war.

Der Mann sagte: »Louis, hören Sie mich?«

Er versuchte, die Augen weiter zu öffnen. Sie waren verklebt. Es würde ihn zuviel Anstrengung kosten, sie zu öffnen. Er ließ sie zu.

»Ich glaube, er ist bewußtlos.«

»Louis«, wiederholte der Mann. Dieselbe ruhige Stime. Was konnten sie ihm noch antun, das sie ihm noch nicht angetan hatten? Er machte einen neuen Versuch mit den Augen. Sie waren näher gekommen. Hardy, der weiter hinten stand, vielleicht einen Schritt, während der Mann – eine böse Narbe zog sich von oben nach unten durch böse Lippen – über ihm schwankte wie der Teufel selbst.

»Möchten Sie etwas Wasser?«

Der Mann führte ein Glas an seine Lippen und kippte es. »Jetzt langsam.«

Das Zeug brannte. Alles brannte da drin. Beim zweiten Versuch ging es ein wenig besser. Er behielt das Wasser im Mund, ließ es tropfenweise in seine Kehle rinnen. Beim Schlucken begann der Schmerz.

»Können Sie sprechen?«

Er öffnete die Augen und schloß sie wieder. Der Mann wollte immer sprechen, und Louis hatte nichts zu sagen. Wollte nur hier heraus und zurück nach Hause.

Wieder ein Geräusch. Er hob die Lider. Eine Frau in weißer Kleidung erklärte, er stehe unter Sedativa, sie sollten besser morgen wiederkommen. Vielleicht war sie die ganze Zeit über hier gewesen, auf der anderen Seite des Bettes. Er fühlte etwas Kühles auf der Stirn, es tat ihm gut. Weiße Frau in Weiß. Sie hatte gute Hände, in denen sie etwas wie ein Handtuch hielt.

Der Mann trat zurück. »Wie stehen seine Chancen?«

»Wenn keine Komplikationen auftreten, sollte er in ein paar Wochen wieder auf den Beinen sein. In ein paar Tagen kann er wieder sprechen, jedenfalls besser als jetzt.«

»Gut.«

Dann eine andre Stimme, Hardy. »Kann er überhaupt nicht sprechen?« Er sah ihn undeutlich über die Schulter der Frau hinweg. »Ich brauche nur ein oder zwei Worte.«

Er kam wieder näher, wie vorher. »Louis«, sagte er, »Sie mögen mich nicht, und ich mag Sie auch nicht besonders. Aber ich glaube nicht, daß Sie Rusty Ingraham getötet haben, hören Sie?«

Ja, er hörte das. Woher kam dieser Mist auf einmal? Warum war er hier, wenn sie das nicht glaubten? Seit wann glaubten sie es nicht mehr?

Er öffnete die Augen, so weit er konnte, und sah Hardy an. Wenigstnes sah er im Gegensatz zu dem anderen nicht wie der Teufel aus.

»Wa...«, sagte er krächzend.

»Er möchte Wasser.« Die Schwester paßte auf ihn auf.

Er hatte ›Was?‹ sagen wollen. Aber er nahm das Wasser trotzdem.

Hardy wandte sich ihm wieder zu. »Sie haben mir erzählt, wie Rusty Sie zu seiner Wohnung gefahren hat, erinnern Sie sich?«

Er schloß die Augen halb, deutete ein Nicken an.

»Das Auto, mit dem Sie gefahren sind – welche Farbe hatte es?«

Was war das wieder für ein Mist? Was für ein Spiel spielten diese Idioten? Er öffnete die Augen wieder. Alles war wie vernebelt. Seine Lunge schmerzte, die Kehle brannte, aber Hardy wartete auf eine Antwort. Louis atmete mühevoll ein. Zum Teufel, er hatte nichts zu verlieren. »Blau«, sagte er und hustete wieder.

»Laß uns gehen«, sagte der Mann.

Dann waren sie fort.

Ein Zufallstreffer?

Hardy könnte die Darts werfen und versuchen, den Zen-Zustand hundertprozentiger Konzentration zu erreichen, oder mit den Stammkunden des *Shamrock* an der Bar sitzen und vier irische Whiskeys trinken. Sechs, denn Lynne und Moses schenkten gut ein.

Als Hardy um halb sieben gekommen war, war er noch nicht viel weiter gewesen. Lynne Leish, der seinetwegen

Überstunden machte, hatte an der Bar bedient und ein bißchen beleidigt auf Hardys Lebenswandel, seine freien Tage, seine Begeisterung für andere Interessen geschimpft.

Dann war Moses McGuire zur Spätschicht gekommen. Moses war aus anderen Gründen auf Hardy wütend gewesen.

Die beiden Männer, beste Freunde und gemeinsame Besitzer der Bar, hatten sich an einen der kleinen Tische hinten bei den Dartbrettern gesetzt. Hardy war bei seinem ersten Whiskey gewesen, Moses hatte sich wie immer an seinen *MaCallan* gehalten.

»Muß ich erst fragen?«

Hardy erinnerte sich, wie er Moses, dem sie die Beine zerschossen hatten, unter den feindlichen Kugeln weggezogen hatte, und dabei selbst von einer Kugel in der Schulter getroffen worden war. Moses, der ihm Arbeit gegeben hatte, als er nach dem Tod seines Sohnes den Beruf aufgegeben hatte.

»Ich spiele nicht mit ihr, falls du das meinst.«

»Wenn ich das denken würde, hätte ich dir schon das Gesicht zerschlagen.«

Moses hatte keine Angst vor einer Faust im Gesicht. Als Besitzer einer irischen Bar kam man immer wieder mal in Schwierigkeiten, selbst wenn man wie Moses einen Doktortitel in Philosophie hatte. Seiner Nase, pflegte er zu sagen, gefiel es, einmal im Jahr in Ordnung gebracht zu werden, ob es nun nötig war oder nicht.

»Irgendwas passiert, Moses. Ich glaube, sie weiß auch nicht, was. Hat sie dich angerufen?«

»Nein. Ich habe sie angerufen. Ich hatte vier oder fünf Tage lang nichts von ihr gehört und fing an, mir Sorgen zu machen.«

Moses hatte seine Schwester großgezogen. Hardy wußte, daß ihm nur zehn Dinge im Universum wirklich etwas bedeuteten. Acht davon waren Frannie.

»Was hat sie gesagt?«

»Daß du dich eine Weile bei ihr versteckt hast.« Moses beugte sich vor und stützte die Ellenbogen auf den kleinen Tisch. »Aber da war so ein Ton in ihrer Stimme.«

Hardy trank seinen Whiskey aus, entschied, daß die kommende Nacht keine Nacht der Vernunft werden würde, und gab Lynne ein Zeichen, eine neue Runde zu bringen.

Er steckte den Zeigefinger in den neuen Drink und rührte um.

»Auf jeden Fall«, sagte Moses, »ist es rausgekommen.«

»Was willst du mir sagen?«

»Diz, sie ist mein Baby. Es fällt mir noch immer schwer, sie als Erwachsene zu sehen, auch wenn ich weiß, daß sie längst erwachsen ist.« Die Fältchen unter Moses Augen vertieften sich. Mit dem schwarzen, von grauen Stellen durchzogenen Bart sah Moses aus, wie Hardy sich Gott in seinen jüngeren Jahren vorstellte. Er zuckte die Achseln. »Ich mache mir Sorgen. Ich will nicht, daß ihr noch einmal weh getan wird.«

»Ich werde ihr nicht weh tun, Moses. Was immer bei der Sache herauskommt: Ich werde ihr nicht weh tun.«

»Ich meine, vermutlich will sie das, was sie mit Eddie hatte – Pläne für die Zukunft, eine Familie. Einen Mann, der jeden Abend nach Hause kommt.«

»Vielleicht. Aber ich glaube nicht, daß sie im Moment weiß, was sie will.«

»Sie will das Baby und, vermute ich, einen Vater für das Baby.«

»Eddie war der Vater, Moses. Daran wird sich nie etwas ändern.«

»Du weißt, was ich meine.«

Hardy wußte es. Er nippte an dem Whiskey. »Sie wird mich anrufen, wenn sie nachgedacht hat.«

»Und dann?«

»Dann denke ich nach. Und dann geht es weiter oder auch nicht. Richtig? Wir haben nichts geplant oder bewußt herbeigeführt, Mose. Es ist einfach geschehen. Es ist wundervoll, aber Frannie weiß nicht, was sie damit anfangen will, und ich bin mir auch nicht sicher. Ich weiß nicht, wohin Jane gehört. Ich bin total durcheinander. Was soll ich dir sagen?«

Moses leerte sein Glas. Es war kurz vor sieben, und er wußte, daß Lynne nach Hause gehen wollte. »Du kannst mir sagen, wann du wieder arbeitest«, sagte er und wandte sich Richtung Bar. »Du warst mir sympathischer, als du nicht hinter Frannie her warst...«

Drei Stunden später setzte Hardy, in hochkomplizierte geistige Arbeit versunken, ein weiteres leeres Glas sanft auf der Theke ab. Er saß jetzt vorne, beim Fenster. Wann immer Moses ein wenig Luft hatte, kam er herüber und setzte sich neben ihn.

»Wahrscheinlich war es einfach ein Zufallstreffer.«

»Besonders viele Farben hat er ja nicht zur Auswahl gehabt.«

Moses schenkte ihm nach, gab Eis dazu, und die Flüssigkeit stieg fast bis zum Rand. »Hardy«, sagte er, beugte sich vor und sprach leiser, »wir wissen beide, daß es nur drei Farben gibt, an die die Leute spontan denken. Paß auf.«

Moses ging die Theke entlang, an der noch etwa ein Dutzend Gäste saßen, redeten, tranken oder Karten spielten. Vor jeden legte er eine frische Serviette und einen Stift. »Verehrte Herrschaften«, rief er, ganz der gesellige Barkeeper, »hören Sie mir eine Sekunde lang zu. Ein Wettbewerb um ein Freigetränk.« Das weckte die Aufmerksamkeit. »Denken Sie nicht nach: Schreiben Sie einfach die Farbe auf, die Ihnen als erste in den Sinn kommt. Schnell!« Schon sammelte er die ersten Servietten ein.

»Wer hat den Drink gewonnen?«

»Moment, Moment.«

Er ging zurück zu Hardy. »Okay, du bist der Schiedsrichter.«

»McGuire, wie funktioniert der Wettbewerb? Wer kriegt den Drink? Können wir trinken, was wir wollen?«

»Siebenmal blau, viermal grün, zweimal rot«, sagte Hardy.

Moses hob die Hände. »Tut mir leid, niemand hat den Drink gewonnen, aber vielen Dank fürs Mitspielen.«

»Das war kein fairer Wettbewerb«, beschwerte sich eine Frau. »Worum ging's denn?«

»Alles außer Rot, Grün und Blau hätte den Drink gewonnen«, sagte Moses.

Ein paar der Gäste erklärten noch, sie hätten daran gedacht, Gelb zu nehmen, dann erstarb das Gemurmel allmählich, und Moses ging wieder zu Hardy und sagte, daß manchmal auch Gelb rauskommen könne.

»Schön, es hat ja Spaß gemacht«, erwiderte Hardy, »aber den Sinn des Ganzen habe ich noch nicht verstanden.«

»Der Sinn ist der, dir zu beweisen, daß die Wahrscheinlichkeit sehr hoch war, daß Baker ›blau‹ sagen würde, selbst wenn er das Auto deines Freundes nie gesehen hat.«

»Aber das Auto war blau.«

»Na und?«

»Wenn es kein Zufallstreffer war, heißt das, daß Rusty mich belogen hat und das Auto gar nicht gestohlen war.«

Jemand rief nach einem Drink, und Moses wandte sich ab.

Aber warum, zum Teufel, sollte Rusty, den Hardy seit Jahren nicht gesehen hatte, aus heiterem Himmel bei ihm auftauchen und ihm eine Lüge auftischen? Hardys Gehirn bekam langsam Muskelkater. Er schob sein Glas an den Rand der Theke.

Augenblick, dachte er. Vielleicht hatte Rusty sein Auto zufällig ausgerechnet an diesem Nachmittag irgendwie wiederbekommen? Er stieg hier in den Bus, fuhr in die Innenstadt, stieg bei einer Waffenhandlung aus, um eine Waffe zu bestellen, auf die er drei Tage lang würde warten müssen.

Der Computer hatte das Auto noch als vermißt registriert, aber der Computer hinkte mehrere Tage hinterher. Wenn er Louis Baker noch als Häftling in San Quentin gemeldet hatte, wäre auch die Rückgabe des Autos noch nicht vermerkt. Vielleicht sollte er das morgen noch einmal überprüfen.

Wieder setzte Moses sich zu ihm. Hardy blickte auf. »Ich habe eine Idee«, sagte er.

»Dann prüf sie sorgfältig. Das hier ist kein guter Ort für Ideen.«

Hardy hob sein Glas, bewegte es in der Hand. »Rusty hatte eine immense Leihgebühr zu bezahlen.«

Moses nickte.

»Er kommt durch die Versicherung zu einem Haufen Geld. Jetzt erfährt er, daß Louis Baker bald aus dem Gefängnis entlassen wird, und erinnert sich an die Drohung von damals. Vielleicht fängt er an herumzuspinnen, überlegt, daß es eigentlich gar nicht so schlecht wäre, wenn Louis ihn töten würde – es würde ihn von der Gebühr befreien...«

»Also arrangiert er seinen Tod mit Absicht? Das ist nicht dein Ernst.«

Hardy schüttelte den Kopf. »Er arrangiert seinen vermeintlichen Tod. Die ganze Sache ist ein Trick. Er will als tot gelten, um die Kredithaie loszuwerden.«

»Warum zieht er nicht einfach um? Macht sich aus dem Staub?«

»Weil du diesen Geldtypen nicht entkommen kannst. Sie finden dich, egal, wo du bist, das ist für die eine Sache der Ehre. Aber wenn du tot bist...«

»Wenn du tot bist, suchen sie dich nicht...«

»Richtig. Bringst du mir einen Kaffee? Und nimm das Glas hier mit.«

Hardy sah zu, wie Moses, während er an der Theke vorüberging, ein paar Drinks ausschenkte und dann den Kaffee herrichtete. Er nahm seine Dartpfeile aus der Tasche, öffnete auf der Theke die Ledertasche und fuhr mit den Fingern zärtlich über das abgeschabte Samtfutter.

Der großartige Kaffee gehörte zu den Dingen, die das *Shamrock* unsterblich gemacht hatten. Zu neunzig Prozent wurde er in einem Getränk serviert, das allgemein ›Irish Coffee‹ genannt wurde und das Hardy zum Erbrechen fand. Drei herrliche Getränke zusammengepanscht zu einem üblen Gesöff... Aber wenn man einfach nur eine Tasse Kaffee wollte, war das starke Zeug aus dem *Shamrock* unschlagbar.

»Ich weiß nicht, Diz... Es gibt noch zu viele Lücken. Warum, zum Beispiel, ist er zu dir gekommen?«

»Weil ich seine Verbindung zu Baker bin. Wenn ich nicht in die Sache verwickelt bin, wer kommt dann auf Baker?«

»Waren nicht Bakers Fingerabdrücke in Rustys Wohnung? Reicht das nicht?«

»Nein, ein ehemaliger Staatsanwalt ist bedeutend besser. Ich war der Hinweis auf Bakers Motiv. Baker war gerade aus dem Gefängnis entlassen worden, und ich würde, weil ich mich ja selbst bedroht fühlen müßte, Himmel und Hölle in Bewegung setzen, um Baker wieder hinter Gitter zu bringen, was ich auch getan habe, oder?«

»Er war hinter dir her.«

»Ich habe nicht gesagt, daß er nicht hinter mir her war. Mose... Damit sich Rusty die Leihgebühr vom Hals schaffen konnte, mußte er offiziell für tot erklärt werden, nur als vermißt zu gelten, reichte nicht. Ohne Bakers Drohung wäre er jetzt vermißt, aber so... Und ich diene ihm als ›Beweis‹, bin der beste Zeuge für seine angebliche ›Ermordung‹, denn ich verbreite überall die These von der Rache Bakers.«

»Sein Blut war auf dem Bett, Diz... Und warum hat er eine Waffe gekauft, wenn er sie nie benutzen wollte?«

Hardy beugte sich über die Bar. »Rusty war der große amerikanische Staatsanwalt, der nie einen Fall verloren hat. Du kannst darauf wetten, daß er ein verdammt gründlicher Bursche ist und an alles denkt, damit sein Betrug funktioniert. Du weißt, was ein Genie ausmacht, Moses: die Liebe zum Detail.«

Moses wandte sich ab, um einen Gast zu bedienen.

Hardy spielte mit den Pfeilen, nippte am Kaffee und versuchte, sich Rusty Ingraham auf dem Grund des Meeres vorzustellen. Es gelang ihm nicht.

Nicht mehr.

22

Vorsichtig entfernte Lace das Brett aus der Holzterrasse des Hauses, in dem Samson sich meistens aufhielt. Es war noch vor Sonnenaufgang, aber er hatte sowieso nicht schlafen können. Und er brauchte die Dunkelheit.

Jumpup war, nachdem sich die Dinge so zugespitzt hatten, zu seinem Cousin nach Hunter's Point gezogen, aber Lace war hiergeblieben und würde nicht weggehen. Hier war seine Heimat, und er hatte inzwischen verstanden, daß es seiner Heimat nicht mehr gutging, weil dieser Mann dabei war, sie zu zerstören.

Er unterdrückte seine Furcht vor Ratten – oder was sonst dort unten leben mochte –, steckte die Hand tief in das dunkle Loch unter der Treppe und suchte zitternd den Boden ab. Hoffentlich hörte ihn niemand von denen im Haus.

Nichts.

Er setzte sich, schlang die Arme um die Beine, verkroch sich tief in seine Jacke und wartete, bis die Furcht nachließ.

Es war unmöglich. Er hatte sich nicht geirrt.

Noch immer zitternd zwang er sich, seine Hand wieder in die kalte, schweigende Höhle zu schieben, tastete den Boden erneut ab, strich über verrottete Holzbalken und dann über ein Stück vermoderten Stoff, das sich anfühlte wie ein totes Tier. Er berührte es von allen Seiten, sah die gelben Augen der Ratte vor sich, die sich da unten bereit machte zuzuschnappen, sich einen Finger zu nehmen, und geriet fast in Panik. Er schloß die Augen und tastete weiter.

Weiter vorne, eingewickelt in das kalte, fettige Tierfell, fühlte er die Waffe. Sie lag schwer in seiner Hand.

Der Streifen Licht im Osten war noch nicht breiter geworden. Lace hatte das Brett wieder über die Öffnung gelegt, seine Tasche war schwer, um seine Füße schlenkerten die Schnürsenkel.

Er ging hinüber zu Mamas Haus, damit man ihn vom Bereich aus nicht mehr sehen konnte. Niemand war auf der Straße. Nichts bewegte sich.

Er klopfte ein paarmal, dann hörte er drinnen Geräusche. Mama, im weißen Hausmantel, öffnete einen Spaltbreit die Tür. Als sie sah, daß es Lace war, ließ sie ihn ein.

»Wie spät ist es, Kind? Alles in Ordnung?«

Lace zog die Tür hinter sich zu und wartete, bis Mama sich neben der Lampe auf der Couch niedergelassen hatte, dann setzte er sich ans andere Ende. Er bemerkte, daß das zerstörte Fenster mit Pappe verschlossen worden war. Mama bettete eine Wolldecke über sich und schob die Füße unter die mächtigen Schenkel.

»Und«, fragte sie, »was machst du hier?«

Lace nahm die Waffe, die in einen alten Hemdsärmel gehüllt war, aus der Tasche und wickelte sie aus dem Stoff. »Wir müssen es jemandem erzählen«, sagte er.

Mama wandte die Augen nicht von der Waffe.

»Damit wurde Dido getötet, Mama«, sagte Lace. »Und Louis Baker hat ihn nicht getötet. Es ist Samsons Waffe.«

Die Mama nickte. »Wem sollen wir es erzählen? Legst du sie hin, bitte?«

»Sie ist noch geladen«, sagte Lace. Er richtete die Waffe auf sich.

»Nicht!«

Er erstarrte. »Was?«

»Leg sie auf den Boden. Leg sie einfach hin! Das Ding geht von selbst los, und was dann? Leg das Ding weg! Auf den Boden!«

Er beugte sich vor und legte sie auf den Boden.

Mama atmete erleichtert auf. »Solche Waffen sind gefährlich. Wo hast du sie her?«

»Sie gehört Samson. Gehörte Samson.«

»Das hast du schon gesagt.«

»Und das heißt, daß Louis Dido nicht umgebracht hat.«

»Kind, das wußte ich. Louis tut keinem mehr weh. Er will bloß das Haus in Ordnung bringen, aber sie lassen ihn nicht in Ruhe.«

»Er ist geflohen.«

»Du würdest auch fliehen, Kind, wenn sie hinter dir her wären.«

Lace lehnte seinen Rücken gegen die Polster. Seine Augen brannten. Er hatte die ganze Nacht wach gelegen und auf den Moment gewartet, in dem es genug Licht geben würde, um zu sehen, und genug Dunkelheit, um zu entkommen.

Bei Mama war er sicher, und Samson hatte die Waffe nicht mehr. Er – Lace – hatte sie. Das änderte die Lage der Dinge.

»Weißt du, Mama, wenn einer flieht, müssen sie dann nicht denken, daß er es getan hat?«

In die Decke gehüllt, wackelte sie mit dem Kopf. »Das stimmt.«

»Und wenn Louis abhaut, sagt er damit, ich war's.«

»Aber wenn er nicht abgehauen wäre, hätten sie ihn verhaftet.«

»Er ist abgehauen, und sie haben ihn trotzdem verhaftet.«

»So was kommt vor, Kind.« Sie machte ein schnalzendes Geräusch und richtete ungeduldig ihre massigen Leib auf. »Das ist nichts Neues. Kriegst du einmal Schwierigkeiten mit den Bullen, hast du immer Schwierigkeiten mit ihnen. Dann bist du der erste, den sie sich holen.«

»Aber sie haben Louis wegen Dido verhaftet, und er hat Dido nicht getötet. Die Waffe beweist das.«

»In Ordnung«, erwiderte Mama. »Und?«

»Wir sagen es den Bullen.«

Sie kämpfte sich hoch. »Ich sage dir, was dann passiert. Hör gut zu. Die Bullen kommen her, und du redest über Louis und dieses Schießeisen hier. Sie sagen, interessant, und wieso hast du die Waffe? Und schon sitzt du neben Louis im Knast. Gefällt dir das?«

»Es wird nicht...«

Sie beugte sich vor und legte ihre fleischige Hand auf sein dünnes Bein. »Keiner denkt soviel an Louis wie ich. Er hat Dido nicht umgebracht, und vielleicht kommt es eines Tages raus, aber er kommt nicht raus, wenn du zu den Bullen gehst. Sie nehmen dir nur übel, daß du dich einmischst. Um seine Probleme muß man sich selbst kümmern.«

»Und Louis...?«

»Louis kümmert sich um sein Problem.«

»Aber ich habe das Gefühl, daß ich mit jemandem reden sollte. Hilfe suchen sollte. Louis da raushelfen.«

Sanft verstärkte sie den Griff um seinen Schenkel. »Ich weiß, daß du dieses Gefühl hast«, sagte sie, »aber so funktioniert es nicht.«

Abe glaubte an den Zufall. Man summte ein Lied, kurz darauf lief es im Radio. Man ging zum Telefon, um einen Freund anzurufen, das Telefon klingelte, es war der Freund. Und so weiter.

Aber wenn man einem potentiellen Mordverdächtigen, sagen wir: Hector Medina, von einem Kerl namens, sagen wir: Johnny LaGuardia, erzählte und sich am nächsten Tag auf einer Schutthalde hinter dem Wachsfigurenkabinett in Fisherman's Wharf wiederfand und die Einschußlöcher in Johnnys Schädel betrachtete, dann wunderte man sich doch.

Zwei Löcher. Eines am Hinterkopf, eines an der Schläfe, jedes für sich hätte seinen Zweck erfüllt.

Abe fragte sich, ob in Medinas Dienstplan wohl vermerkt sein würde, daß er in der vergangenen Nacht eine

Doppelschicht gemacht hatte, und ob Medina, falls er heute arbeitete, ein bißchen zusätzliches Geld herumliegen hatte.

Er bahnte sich einen Weg durch die Beamten der Spurensicherung, verließ den morgendlichen Schatten der Gasse und stellte sich auf dem Bürgersteig in die helle Sonne. Batiste, der wußte, daß Abe Johnny vor kurzem verhört hatte, hatte ihn zu Hause angerufen, sobald die Meldung mit der Identifikation gekommen war, und Abe hatte Hardy angerufen, um ihm einen Gefallen zu tun. Hardy war verschlafen, vielleicht verkatert gewesen, hatte aber gesagt, er werde kommen, und da kam er, in Kordhosen, Wanderstiefeln und einer *Members-Only*-Jacke über dem Rollkragenpullover. Abe deutete mit dem Kopf auf die Gasse und ging hinüber. Hardy holte ihn ein, sie schlüpften unter dem gelben Band durch.

»Johnny LaGuardia?« fragte Hardy.

»Höchstselbst und verblichen.«

Sie sahen auf die Leiche hinunter, die jetzt, noch immer unbedeckt, auf der Bahre lag. Ein Fuß steckte in einem braunen Schuh mit Quasten, die Sportjacke stand offen und zeigte ein zartrosa Hemd, das zur Hälfte in einer modischen, gut gebügelten italienischen Hose steckte. Sein Schulterhalfter war leer.

»Er hatte die Waffe bei sich, als wir kamen«, sagte Abe. »Nur für den Fall, daß du dich wunderst.«

»Also hat er seinen Mörder gekannt.«

Abe nickte. »Darauf kannst du wetten.«

Johnnys Gesicht wies, zu Hardys Überraschung, keine größeren Wunden auf. »Kleines Kaliber, was?«

»Sieht nach einer .22er oder .25er aus«, erwiderte Abe.

»Schon wieder«, sagte Hardy.

»Hab' ich mir auch gedacht. Es ist nicht hier geschehen, er wurde hergebracht.« Er wies auf die Schutthalde. »War vielleicht symbolisch gemeint.«

Hardy sah sich noch eine Weile um. »Hast du schon Kaffee getrunken?«

Ein schwarzer Crysler LeBaron bog in die Gasse ein, hielt. Ein Chauffeur stieg aus und ging vorne um den Wagen herum. Abe sah zu.

»Wer ist das?« fragte Hardy.

Der Engel saß auf dem Rücksitz und hielt Doreen Biaggis Hände in den seinen. Seit Sonntag wohnte sie im Dachzimmer seines Hauses und nahm die Mahlzeiten mit seiner Familie ein. Sie trug eine Sonnenbrille, um das blaue Auge zu verbergen, die Schwellung auf ihrer Wange aber war deutlich zu erkennen.

Tortoni drückte ihre Hand. »Va bene?«

Sie nickte. Matteo kam zur Tür, öffnete sie und nahm Doreens Hand, um ihr aus dem Wagen zu helfen. Tortoni stieg auf seiner Seite aus. Er warf einen Blick auf das Areal, das mit dem gelben Band abgesteckt war, zog eine dünne Zigarre aus der Innentasche seines Jacketts und rieb sie zwischen den Fingern. Der Müll- und Krabbengeruch drang in seine Nase. Er zündete die Zigarre an und gab sich für einen Moment innerlich dem Vergnügen hin, das dieser perfekte Morgen ihm bereitete. Sein Gesicht blieb ausdruckslos, man erwartete von ihm, daß er Trauer zeigte.

Er machte eine Kopfbewegung zu Matteo, der Doreens Hand wieder nahm und sie zu ihm führte. Sie trafen sich vor dem Wagen.

Zwei Männer kamen auf sie zu, der Schwarze vorneweg, als wäre er der Verantwortliche. Tortoni war ihm bereits begegnet. Die meisten Schwarzen sahen für ihn gleich aus, aber dieser – mit der Narbe durch die Lippen, der Hakennase und den blauen Augen – unterschied sich von den anderen. An seinen Namen erinnerte Tortoni sich nicht. Den zweiten Mann hatte er noch nie gesehen.

Der Schwarze ließ die Hände in den Hosentaschen. »Angelo«, sagte er mit leiser Stimme. »Wie geht es Ihnen?«

Tortoni bemerkte, daß Matteos Mund schmal wurde.

Sein Sohn erwartete von den Leuten, daß sie seinen Vater Mr. Tortoni oder Don Angelo nannten. Tortoni hob leicht die Hand, als halte er einen wohlerzogenen Hund zurück, und Matteo entspannte sich wieder.

»Besonders gut geht es mir nicht«, sagte er so leise, daß er sich selbst kaum hörte. Er führte die Zigarre zum Mund und zog den Rauch in. »Nicht besonders gut, wenn wahr ist, was ich gehört habe.«

»Wenn Sie Johnny meinen...«

Angelo richtete den Blick scheinbar ziellos ins Leere, ließ die Hände an den Seiten herunterfallen und senkte den Kopf. »Weiß man, wer es getan hat?« flüsterte er. Doreen, die dicht neben ihm stand, nahm seinen Arm, stützte ihn in seinem Schmerz. Er blickte auf. »Johnny war wie ein Sohn für mich.«

»Bis jetzt wissen wir noch nichts, Angelo. Übrigens hatte ich ohnehin vor, mich demnächst einmal mit Ihnen zu unterhalten.«

»Jetzt ist er hier«, sagte Doreen. »Sprechen Sie jetzt mit ihm.«

Gut, dachte Tortoni, sie bemühte sich schon, ihn zu beschützen. Er streichelte ihren Arm und sagte auf italienisch: »Beachte diese Clowns nicht.«

»Was haben Sie zu ihr gesagt?« fragte der Polizist.

Angelo lächelte hinter der Fassade seiner Trauer. »Ich habe gesagt, daß Sie nur Ihre Arbeit tun.« Er tätschelte Doreens Arm. »Sie ist sehr mitgenommen. Sie standen einander nahe, Johnny und sie. Sie haben noch keine Vermutung, wer es getan haben könnte?«

»Ich habe Vermutungen. Zum Beispiel glaube ich nicht, daß er sich selbst getötet hat, und er ist auch nicht von einem Laster überfahren worden. Solche Vermutungen.« Der Polizist – Glitsky, das war der Name – gluckste. »Nein. Meine Vermutung sagt, daß sein Tod Ihre Handschrift trägt.« Er legte den Zeigefinger an seine Schläfe und knickte den Daumen ein.

Tortoni, Inbegriff der Geduld, schüttelte den Kopf. »Ich

bin Geschäftsmann, Officer. Die Gewalt ist nicht mein Geschäft.«

»Johnny war Ihr Mann, und er trug eine Waffe bei sich.«

Tortoni gestikulierte sanft wie ein vergebender Vater. »Kannten Sie Johnny? Er war wie ein kleines Kind. Er hat sich eingebildet, er müsse mich beschützen.« Er lächelte. »Was konnte das schaden...? Würde es Ihnen etwas ausmachen, uns zu ihm zu führen?«

Sie gingen in die Gasse. Tortoni ließ sich auf ein Knie nieder und bekreuzigte sich vor dem Toten. Eine halbe Minute lang verharrte er in dieser Position. Ein guter, sauberer Job, dachte er. Er beugte sich vor und küßte Johnnys glattrasierte Wange.

Doreen hatte ihre Stirn an Matteos Schulter gelegt. Angelo erhob sich. Wenn sie nicht die Kraft besaß hinzusehen, war das nicht weiter schlimm, aber es war wichtig, daß sie verstand, wozu er in der Lage war.

Sie waren lange genug hier gewesen. Mit einer leichten Kopfbewegung wies er Matteo an, Doreen zum Auto zurückzubringen. Er sah ihnen nach, an seiner Zigarre paffend. *Che bello giorno!*

»Haben Sie eine Vermutung, Angelo?«

Die Sonne stand tief und blendete ihn, so daß er blinzeln mußte, als er zu Glitsky sah. Er zuckte die Schultern, streckte die Hände aus. »Johnny war jung, manchmal hitzig. Aber er war ein guter Junge.«

»Sie wissen nicht, ob er sich in der letzten Zeit Feinde gemacht hat? Vielleicht, *indem* er Sie beschützte?«

»Es hat nie Schwierigkeiten gegeben«, sagte Angelo. »Ich begreife das nicht.«

»Und persönliche Probleme? Geld? Mädchen?«

Tortoni schüttelte den Kopf.

»Haben Sie etwas mit Hector Medina zu tun?«

»Wer ist Hector Medina? Ich habe den Namen nie gehört.«

Glitsky zuckte die Achseln. »Er kannte Johnny, das ist alles. Ich frage mich, wie gut.«

»Sie glauben, er – dieser Hector Medina – hat das getan?«

Der weiße Polizist, der die ganze Zeit geschwiegen hatte, mischte sich ein. »Ich weiß, wer es nicht getan hat.«

»Und wer?« fragte Glitsky und sah den anderen Mann an.

»Louis Baker.«

Tortoni musterte sie. Er mußte herausfinden, wer diese Leute – Hector Medina und Louis Baker – waren.

Glitsky übernahm wieder. Er sagte zu Tortoni: »Ich habe neulich mit Johnny gesprochen, und er sagte mir, Sie hätten Probleme – er und Sie.«

Tortoni sah keinen Sinn darin zu antworten.

»Rusty Ingraham scheint ein Teil dieser Probleme gewesen zu sein, und die Leihgebühr, die er Ihnen schuldig geblieben war. Auch Medina hatte mit Ingraham zu tun. Was für ein Zufall, finden Sie nicht?«

Tortoni nickte. »Ich an Ihrer Stelle würde dieser Spur nachgehen. Aber Johnny hat mir erzählt, Ingraham sei tot.«

Die beiden Polizisten tauschten einen Blick. Wieder sprach der Weiße. »Johnny hat Ihnen das erzählt? Hat er Ingrahams Leiche gesehen?«

Wenn Johnny, sagte Tortoni, ihm berichte, daß jemand tot sei, entspreche das gewöhnlich auch den Tatsachen. »Warum fragen Sie? Haben Sie seine Leiche nicht gesehen?«

»Er wird vermißt«, erwiderte Glitsky. »Würden Sie wegen ihm viel Geld verlieren?«

»Einiges. Ein gewisses Risiko ist eben immer dabei.«

»Ist Ihnen bekannt, daß Ingraham letzte Woche dreißigtausend Dollar erhalten hat?«

Er mußte Johnnys Wohnung durchsuchen lassen, dachte Tortoni, die Wohnung seiner Mutter, seiner Freunde. Dieser Hurensohn. Aber er sagte nur: »Schön für ihn.«

Der weiße Polizist fragte: »Sie haben von diesem Geld nichts gesehen, oder?«

Tortoni blickte die Gasse hinunter. Sein Sohn hatte Doreen wieder ins Auto gesetzt und lehnte wartend mit verschränkten Armen an der Kühlerhaube. Er machte einen Schritt in diese Richtung. »Ich habe einen Buchhalter, der sich um solche Dinge kümmert. Wenn Sie Fragen haben, machen Sie einen Termin aus. Über jeden Penny, den ich einnehme, wird Buch geführt.« Er hielt inne und wies auf die Leiche am Boden. »Ich unterhalte mich so freundlich mit Ihnen, weil ich helfen möchte, den Schweinehund zu finden, der meinen Jungen hier ermordet hat. Wenn Sie meine Hilfe brauchen, vielleicht später einmal... Ich habe Beziehungen, die nützlich sein könnten. Man kooperiert mit mir. Werden Sie mit diesem Kerl, Medina, reden?«

Glitsky nickte. »Er arbeitet im *Drake*. Ich werde heute nachmittag vorbeifahren.«

»Ich würde es als persönlichen Gefallen betrachten, wenn Sie mich wissen ließen, was Sie erfahren haben.« Tortoni überlegte, ob er noch einmal zur Leiche hinübergehen sollte, aber das wäre wohl zu dick aufgetragen. Er hielt den Rücken gerade, trug schwer an seinem Verlust, nickte den beiden Polizisten zu und ging zu seinem Wagen zurück.

Hardy dachte über den Unterschied zwischen Abes professionellem und seinem eigenen Verhalten nach, der dazu geführt hatte, daß Abe jetzt auf dem Weg zu Hector Medina war und Hardy im *Gelato*, kurz hinter dem Stanyan Boulevard, vor einem Eis saß und auf Courtenay Moran wartete.

Abe hatte einen weiteren Mordfall, der wahrscheinlich in seinem Zuständigkeitsbereich begangen worden war, und der Mörder lief frei herum. Also war es seine Aufgabe, den Spuren zu folgen und den Täter zu finden. Hing die Sache mit Maxines Tod zusammen – um so besser. Die Tatsache, daß Louis Baker es nicht gewesen sein konnte, schien für ihn keinen großen Unterschied zu machen. Irgend jemand hatte Johnny getötet, und Abes Aufgabe war es, diese Person zu finden. Da Louis sowohl wegen des Mordes in Holly Park als auch wegen des Mordes an Maxine Weir in Haft war, beließ Abe es dabei.

Seine Theorie, die er Moses letzte Nacht unterbreitet hatte, wurde immer wahrscheinlicher, je länger er darüber nachdachte. Er war in diese ganze Sache nur deshalb verwickelt, weil Rusty zu ihm gekommen war. Und warum war er gekommen?

Weil er einen friedliebenden, gutgläubigen Mann mit tadellosem Ruf brauchte, einen Mann wie Dismas Hardy, der die Gebete für einen toten – nicht nur vermißten – Rusty Ingraham sprechen würde.

Ein Toter mußte keine Gebühren zahlen.

So lieferte Ingraham Louis Baker ans Messer, aber das fand er vielleicht nicht weiter schlimm, denn Baker verdiente es, den Rest seines Lebens hinter Gittern zu verbringen. Ausgerechnet Baker nach neun Jahren vorzeitig zu entlassen war eine Verhöhnung des Rechtssystems, oder nicht? Nach all den Verbrechen, die er ungestraft begangen hatte, konnte man ihn ruhig für eines verurteilen, das er nicht begangen hatte.

Sprich mit Hardy, der erledigt das.

Das Ganz sah also ungefähr so aus: Man ruft in San Quentin an um sicherzugehen, daß Baker rauskommen wird. Drei Tage danach – der Plan steht – wird das Auto versteckt und als gestohlen gemeldet. Das bringt für ein paar Wochen Unannehmlichkeiten mit sich, man muß den Bus benutzen, um die Glaubwürdigkeit zu untermauern. Dann besucht man seinen Freund Hardy und erzählt ihm, Baker werde entlassen und habe vor, sie beide zu töten. Man gibt sein Bestes, um Hardy zu Tode zu erschrekken, dann bestellt man eine Waffe. Der Inbegriff eines Mannes, der um sein Leben fürchtet.

Man greift sich Louis Baker an der Bushaltestelle, begeht dabei den einzigen Fehler: Man fährt mit dem eigenen Auto, riskiert, entlarvt zu werden, vor allem, wenn Baker eines Tages verhört wird. Der nächste Schritt besteht darin, einen Beweis zu schaffen, daß Baker auf dem Schlepper gewesen ist – ein kleiner Fingerabdruck für die Polizei, die aufgrund von Hardys Aussage ohnehin geneigt ist zu glauben, daß der Ex-Sträfling wieder zugeschlagen hat.

Und dann?

Man erschießt Maxine, bringt sich selbst eine Fleischwunde bei, hinterläßt eine Blutspur bis zur Reling des Schleppers, wirft die Waffe über Bord, verbindet die Wunde, steigt ins Auto und fährt davon. Aber wohin? Offiziell ist man tot. In der Tasche steckt ein Haufen Geld. In San Francisco ist man erledigt, aufgefressen von der Leihgebühr. Die alten Freunde haben einen abgeschrieben. Also geht man woanders hin. Fängt von vorne an...

»Ein Mann in tiefe Gedanken versunken.«

Ein glänzender schwarzrosa Gymnastikanzug, einhundertachtzig Zentimeter eindrucksvolle Weiblichkeit. Als Courtenay gesagt hatte, sie werde laufen, um ihn hier zu treffen, hatte sie das wörtlich gemeint. Ihr Gesicht war von einem dünnen Schweißfilm bedeckt, das rosa Stirnband war naß. Die Stoppeln des blonden Haares erschienen im hellen Tageslicht beinahe weiß.

Sie setzte sich ihm gegenüber auf einen Stuhl am Fenster. »Sie haben schon ein Eis gegessen?«

Hardy sah auf die leere Schale hinab. »Ich esse noch eins mit Ihnen. Was wollen Sie haben?«

Er ging zur Theke und holte zwei Schokoladenbecher.

Als er zurückkam, sagte sie: »Ich war furchtbar wütend auf Sie.«

»Warum sind Sie dann gekommen?«

»Ich mußte. Sie haben mir nicht gesagt, daß Sie bei der Polizei sind.«

Hardy steckte einen Löffel Eis in den Mund. »Das bin ich auch nicht.«

Sie atmete noch immer schwer vom Laufen. Nach einer Minute sagte sie: »Ich bin gekommen, um Sie zu bitten, Warren nichts zu erzählen. Ray hat Ihnen gesagt...«

Er hob die Hand.
»Vergessen wir Ray. Ray ist nicht wichtig.«
»Er ist wichtig, wenn Warren es herausbekommt.«
»Ich dachte, Sie hätten eine offene Beziehung, Sie und Warren.«
»Lassen Sie es mich so ausdrücken: Wir fragen einander nicht. Manchmal hat einer von uns einen Verdacht, aber es ist besser, den Verdacht zu haben, daß der Partner untreu ist, weil es wahrscheinlich zutrifft. Aber damit konfrontiert zu werden, ist was anderes. Vor allem, wenn einer Ihrer besten Freunde beteiligt ist.«
»Und vor allem, wenn Sie und Ihr Partner beruflich zusammenarbeiten.«
»Ja.« Sie ließ den Löffel sinken. »Sehen Sie, ich versuche nicht, mich rauszureden. Ray und ich haben getan, was wir getan haben. Vielleicht hat es ihm ein bißchen geholfen, sich besser zu fühlen. Daß es ausgerechnet in der Nacht von Maxines Tod passiert ist, tut mir leid, aber das konnten wir zu dieser Zeit ja nicht wissen.«
»Sie haben also keine richtige Affäre mit ihm?«
Sie lächelte amüsiert. »Warum? Sind Sie interessiert? Ich dachte, Sie wären nur ein Polizist. Neulich, jetzt.«
Hardy zuckte die Schultern. »Ich habe Ihnen gesagt, daß ich keiner bin. Ich war Polizist. Aber um diese Sache mit Maxine und Rusty Ingraham haben sich ein paar unschöne Dinge ereignet, die ...«
»Was zum Beispiel?«
Hardy nahm einen Bissen Eis. Er war sich darüber im klaren, daß es melodramatisch klang, aber es entsprach der Wahrheit. »Menschen werden ermordet. Der Gedanke, ich könnte auch auf der Liste stehen, macht mich nicht allzu glücklich. Wenn meine Vermutungen stimmen, bin ich in Gefahr.«
»Erzählen Sie mir davon.«
Hardy berichtete ihr kurz von den Ereignissen der vergangenen Woche. Dann schwieg er, und sie legte die Hände über seine.

»Glauben Sie, daß wir auch in Schwierigkeiten sind? Immerhin haben wir sie gekannt, Rusty und Max...«

»Ich weiß nicht. Der Zug scheint sich in eine andere Richtung zu bewegen. Rusty war offensichtlich bis über beide Ohren bei einem Kreditwucherer verschuldet.«

»Aber warum Sie? Was haben Sie mit solchen Leuten zu tun?«

»Das ist die große Frage. Ich geriet an dem Tag hinein, an dem alles anfing. Ich bin ein Teil davon.« Sie wartete, und er wurde deutlicher: »Angenommen, Rusty ist noch am Leben... Er hat Maxine umgebracht und will es Louis anhängen. Glauben Sie wirklich, daß er mich unbehelligt durch die Gegend laufen läßt? Ich bin der einzige, der die Puzzleteile zusammensetzen kann, und das bedeutet – ich bin der einzige, der für ihn eine Bedrohung darstellt. Auch wenn ihm das jetzt vielleicht noch nicht bewußt ist, wird es ihm mit Sicherheit irgendwann dämmern, und ich ziehe es vor, nicht zu warten, bis dieser glorreiche Moment gekommen ist.«

»Aber Rusty lebt nicht mehr. Sie haben gesagt...«

Hardy hob die Hand. »Niemand hat Rustys Leiche je gesehen. Ich habe eine Menge Unannehmlichkeiten auf mich genommen, um zu beweisen, wie sie verschwunden sein könnte, weil ich davon überzeugt war, daß er tot sei. Es war möglich, naheliegend, sogar vernünftig, vor allem aber war es das, was ich glauben wollte. Ich hatte eine vorgefertigte Meinung, weil Rusty mich manipuliert hatte, und habe mich daran geklammert.«

Nachdenklich leckte sie das Eis von ihrem Löffel. »Und warum wollten Sie mich sprechen?« fragte sie.

»Weil Sie möglicherweise etwas wissen, von dem Sie nicht wissen, daß Sie es wissen.«

»Worüber?«

»Maxine. Rusty. Alle beide.«

Wieder leckte sie den Löffel ab. Ein wenig Eis blieb an ihrer Unterlippe hängen. Hardy hatte Lust, die Hand auszustrecken und es abzuwischen.

»Ich habe Rusty nicht besonders gut gekannt. Es war ein bißchen problematisch wegen Ray, er war oft bei uns. Ich meine, mit wem waren wir denn befreundet?«

»Aber Maxine kam mit Rusty vorbei?«

»Ja, natürlich. Sie hat in dem Film mitgespielt und wollte sehen, wie er geworden ist.«

»Und sie kam mit Rusty?«

»Anfangs oft, dann immer seltener. Ich glaube, Maxine hatte ihren Traum verloren.« Sie lächelte. »Die Sache mit der Vision, wissen Sie?«

»Nein, eigentlich nicht.«

Sie schob ihre wunderschöne Oberlippe vor. »Früher war es ihr Traum, Filme zu machen...«

Hardy lächelte. »Und keinen Kinofilm?«

»Stop.« Sie hob drohend den Zeigefinger. »Nachdem sie Rusty getroffen hatte, schien es, als hätten sie beide für sich erkannt, daß das, was sie taten, nicht funktionierte. Maxine war dreiunddreißig, und das ist ziemlich alt für eine Schauspielerin, ich meine für die Art von Schauspielerin, die sie war – die Sache mit dem Aussehen, Sie wissen schon. Und Rusty sagte plötzlich, er habe keine Lust mehr, Staatsanwalt zu sein, wolle fortgehen, ein anderes Leben führen, dem ganzen Streß entkommen. Ich glaube, sie haben sich gegenseitig damit hochgeschaukelt.«

»Haben sie gesagt, was sie tun wollten?«

»Das Geld nehmen und abhauen. Am Strand leben, nichts tun, braun werden.«

Hardy schüttelte den Kopf. »Das klingt nicht nach Rusty. Er war verdammt ehrgeizig, wollte immer ganz oben sein, der Star.«

»Deshalb haben sie sich wahrscheinlich Acapulco ausgesucht.« Sie kratzte sorgfältig den letzten Rest Eis vom Boden der Schale. »Rusty wäre beim Spielen der Star, auch wenn ihn das Spielen fertigmachte und nicht entspannte, wie er immer behauptete, und Maxine würde am Strand liegen und *Margueritas* trinken.«

»Gibt es in Acapulco Kasinos?«

»Ja, aber um Kasinos ging es nicht. Sie haben von *Jai Alai* gesprochen, einer Art Pferderennen, nur mit Menschen. Rusty wollte ihren Lebensunterhalt beim *Jai Alai* verdienen.«

»Das hatten sie vor? Warum haben Sie das nicht schon früher erwähnt?«

»Weshalb? Ich dachte, sie wären tot. Was mit ziemlicher Sicherheit bedeutet hätte, daß sie nicht in Acapulco leben, oder? Übrigens war es nicht ihr gemeinsamer Plan, zumindest anfangs nicht. Es war vor allem Maxines Idee. Noch ein Traum von ihr, der sich nicht erfüllt hat.«

23

Hardy fühlte sich wie ein Idiot. Warum zum Teufel wartete er in einem Restaurant auf den Klippen Acapulcos auf den Sonnenuntergang und sah den Jungen zu, die mit Fackeln von den Klippen hinunter in die Brandung sprangen?

Eine Mariachi-Band spielte Serenaden für ein amerikanisches Paar am Nebentisch. Hardy goß *Tecate*-Bier in sein Glas und preßte Zitronensaft darüber. Er mochte *Tecate* nicht besonders, aber *Corona* mochte er noch weniger, und etwas anderes gab es nicht.

Manchmal, dachte er, mußte man einfach was unternehmen. Und er war überzeugt gewesen, daß er recht hatte.

So überzeugt, daß er das Risiko eingegangen war, mit einer .38er *Spezial* unter dem Kotflügel die Grenze zu überqueren. Er wollte nicht daran denken, was geschehen wäre, wenn sie ihn in Tijuana angehalten und den Wagen durchsucht hätten. Aber er war schon mindestens zwanzigmal mit dem Wagen nach Mexiko gefahren und hatte nie Probleme bei der Einreise gehabt. Bei der Rückfahrt würden sie ihn gründlich durchsuchen. Wer nach Mexiko kam und etwas mitbrachte – egal was – wurde mit *bienvenidos* begrüßt. Mexiko war ein armes Land, es nahm alles, was man ihm gab. Dachte jedenfalls Hardy in diesem Moment.

Zweieinhalb Tage war er unterwegs gewesen, hatte nur einmal am Straßenrand eine Stunde im Auto geschlafen, und in dieser Zeit war aus seiner Ahnung mehr und mehr eine Überzeugung geworden: Rusty Ingraham war am Leben, und er war in Acapulco.

Rusty Ingraham war zu ihm gekommen, um ihn dazu zu bewegen, Louis Baker ins Spiel und die Sache ins Rollen zu bringen. Mit Hilfe der anderen cleveren Spielchen – wie zum Beispiel dem Kauf der Waffe, die ihn vor Baker schützen sollte und nie abgeholt worden war – mußte unweigerlich der Eindruck entstehen, daß Rusty tot war. Ermordet von Louis Baker. So würde Rusty der erdrückenden Leihgebühr entkommen und Louis zurück in den Knast wandern, wo er hingehörte. Oder in die Gaskammer. Louis Baker war der Bauer, Dismas Hardy das Werkzeug, und Rusty Ingraham würde den Traum der armen Maxine leben.

Die Sonne küßte den Pazifik. Flammendrote Bougainvilleas bedeckten den Zaun, der den Hof, in dem er saß, umgab. Ein warmer Wind vom Meer machte ihn schläfrig. Er nippte an seinem *Tecate*.

Jenseits der Schlucht, die ihn von den waghalsigen Jungen trennte, ließ einer der Springer sich ohne Fackel fallen. Hardy beobachtete, wie der Junge sich vom Felsen abstieß, in einem weiten Bogen und dann steil den langen Weg in die Tiefe fiel. Es war der vierte Junge, den er seit seiner Ankunft hatte springen sehen, und er verspürte alles andere als das distanzierte Prickeln schaulustiger Touristen. Er beugte sich über das Gitter und vergewisserte sich, daß die Brandung da vorhanden war, um den Jungen aufzufangen. Keine besonders entspannende Freizeitbeschäftigung, fand er.

Er ließ ein Trinkgeld bei seinem Glas und machte sich auf den Weg zurück in die Stadt. Ein halbes Dutzend Taxis warteten in einer Reihe vor dem Restaurant, aber er steckte die Hände in die Taschen und begann, den Hügel hinunterzugehen.

Auf den Straßen lagen noch immer Palmenblätter und -zweige verstreut. Vor zwei Tagen hatte der Hurricane *Carmine* zugeschlagen. Er hatte zwar nicht allzuviel Schaden angerichtet, aber die Aufräumarbeiten gingen langsamer voran als zu Hause. Kein Wunder, wenn man sie nicht bezahlen konnte. Das Telefon in seinem Hotel – zum Beispiel – funktionierte noch nicht wieder. Aber er wohnte schließlich auch nicht im *Princess*.

Er war gestern angekommen und hatte siebzehn Stunden geschlafen, vom späten Nachmittag an und die ganze Nacht hindurch. Am Morgen war er von seinem Hotel, dem *El Sol* – in der Tat nicht das *Princess*, achtzehn Dollar bezahlte er pro Nacht – am Fuß der Berge entlanggegangen, durch die erwachende Stadt zur Esplanade. Er hatte sich auf die Terrasse eines Restaurants mit Blick auf den Strand gesetzt, Ananassaft und einen jämmerlichen Kaffee getrunken und *Huevos Rancheros* gegessen. Er hatte es langsam angehen lassen, gewartet, bis die Sonne heiß herunterbrannte und die Surfer in der Bucht herumschossen wie bunte Ballons.

Sonntag morgen. Kirchenglocken.

Auch zum *Jai-Alai*-Stadion ging er zu Fuß, er wollte ein Gefühl für den Ort bekommen. Er machte bei einer Kirche halt, lauschte von hinten einer spanischen Messe. Das Ritual zog ihn in seinen Bann, aber eine lateinische Messe hätte ihm besser gefallen. An dieser Messe war nichts Allgemeingültiges, fand er, nichts Katholisches, und er fühlte sich wie der Fremde, der er war. Während der Kommunion schlich er hinaus.

Die Sonne brannte heiß. Er kaufte sich einen Hut für einen Dollar und ging weiter.

Hardy liebte Mexiko. Er kam jedes Jahr her, um zu angeln oder zu tauchen, die Sonne zu genießen, sich austrocknen zu lassen oder aufzutanken. In Mexiko war alles möglich. Jane und er hatten die Flitterwochen in Cabo San Lucas verbracht, als es noch ein schläfriges Fischerdörfchen mit einem strohgedeckten Flughafengebäude war. Lange Spaziergänge an leeren Stränden... Riesige, fast kostenlose *Margueritas* im Finis Terra, die leeren Gläser warfen sie über die Klippen hinunter ins Meer... Und Liebe zu jeder Tages- und Nachtstunde.

Jane.

Auf der Fahrt hierher hatte er Zeit gehabt, über sie nachzudenken. Und über Frannie. Natürlich war er wegen Rusty Ingraham nach Mexiko gefahren, aber Janes bevorstehende Rückkehr aus Hongkong hatte ihn in seinem Entschluß bestärkt. Ein paar Tage mehr zum Nachdenken. Er war nicht stolz darauf, aber auch das hatte eine Rolle gespielt.

Sie hatten beide auf eine beinahe unbekümmerte Weise angenommen, daß sie wieder auf eine Ehe zusteuerten. Sie würden nie wieder über ein zweites Kind sprechen, Janes Alter, ihre Karriere, Michaels Tod standen dem unüberwindbar entgegen. Jane sehnte sich nach Trost, Respekt, Harmonie, und Hardy machte ihr keine Vorwürfe deswegen. Ein zivilisiertes Leben. Er machte ihr keine Vorwürfe, aber er wollte nicht das gleiche.

Sie hatte mehr als einmal angedeutet, daß Hardy sicher eines Tages zur Justiz zurückkehren werde, sich ein paar Anzüge kaufen, wieder regelmäßig arbeiten werde. Sie werde ihn nicht drängen, denn es werde ganz von selbst so kommen, und genau das schien jetzt tatsächlich zu geschehen. Hardy fühlte, daß er nach den gedankenlosen Jahren hinter der Bar des *Shamrock* eine bestimmte Richtung einschlug, sich auf einen bestimmten Ort zubewegte, und das war das Problem. Denn was ihn führte und bewegte, war nicht das Bedürfnis nach Alltag und Bequemlichkeit, nach dreiteiligen Anzügen und einer besseren Sorte Brie.

Vor vier, fünf Monaten, angesichts von Eddies Tod,

hatte er plötzlich begriffen, daß ein Mensch, daß auch er, Dismas Hardy, etwas verändern konnte und daß das wichtig war. Jahrelang hatte er diese Möglichkeit geleugnet.

Weshalb war er sonst hier?

Abes Tragiktheorie fiel ihm ein. War er hier, um die Ordnung des Kosmos wiederherzustellen? Er mußte lachen. Falls Rusty Ingraham hier war, würde er ihn sich kaufen. Dann würde er dafür sorgen, daß die Anschuldigungen gegen Baker – die er aufgebracht hatte – fallengelassen wurden. Das war seine Mission.

Frannie würde diese Haltung nie akzeptieren, ihn vielleicht von Zeit zu Zeit hassen, weil er so dachte. Aber Frannie wußte, wer er war, woher er kam. Er war, hatte sie gesagt, was das betraf, wie Eddie.

Jane würde ihn nicht verstehen.

Komm, Diz, ist das fair?

Gut, sie würde es auf einer theoretischen Ebene verstehen, würde zustimmen und sagen, daß die Welt besser wäre, wenn jeder immer das Richtige tun würde. Natürlich. Aber überall, wo man hinsah, warteten Aufgaben, und man mußte herausfinden, welche Aufgaben die eigenen waren. Das ging am besten, wenn man sich überlegte, was unter dem Strich für einen herauskommen würde. Eine Nutzen-Kosten-Analyse. Erwachsene begriffen das. Man konnte nicht losgehen und sein eigenes Leben als einen einzigen Kreuzzug führen. Professionelle Wohltäter, das war bekannt, brachten nicht viel zustande.

Aber er war nicht auf einem Kreuzzug, wollte nur diese eine Sache klären, die in sein Leben gesprungen war. Seine Aufgabe.

Er kannte Janes Reaktion darauf. Warum das Risiko eingehen? Was würde es schon ausmachen, wenn du nichts tun würdest? Louis Baker im Gefängnis, na und, er hat es doch verdient, ist er nicht in mein Haus eingebrochen, hat er nicht versucht, dich zu töten? Und wenn Rusty Ingraham abgehauen ist, laß ihn doch, wen kümmert es? Er ist fort, er ist vergessen.

Aber Jane, er hat Maxine Weir umgebracht.

Tut mir leid. Das ist Sache der Polizei. Nicht deine. Vergiß es...

Er hatte das leere, verlassene Stadion erreicht und warf einen Blick auf seine Uhr. Das erste Spiel begann erst in ein paar Stunden. Er schüttelte den Kopf – schlechte Zeitplanung. Er ging zurück Richtung Stadt.

Er setzte sich in einem der Straßencafés, an denen er vorhin vorbeigekommen war, unter die Markise. Der *Tecate* war warm, nicht einmal mit Zitrone genießbar. Er las die *Los Angeles Times* von vorgestern.

Er hatte die Hoffnung noch nicht aufgegeben. Er war hier, er würde Rusty Ingraham finden. Dann nach Hause fahren und Jane die Lage der Dinge erklären und Frannie sagen, daß er in sie verliebt war, und fragen, was sie diesbezüglich unternehmen wollte.

Als er wieder im Stadion war, war alles anders, der Nachmittag voller Hoffnung war vorbei. Er kickte wieder Palmblätter und fragte sich, wie er Rusty hier jemals finden sollte.

Das *Jai-Alai*-Stadion war bei weitem nicht so groß wie der Candlestick-Park, aber fünfzehntausend Zuschauer paßten schon hinein. Ein vergnüglicher Ort. Hardy war überrascht, daß er niemanden kannte, der je ein *Jai-Alai*-Spiel besucht hatte. Überall gab es Bier und Tequila, außerhalb der Eingangstore standen halbierte Fünfzehn-Gallonen-Ölbehälter, in denen gegrillt wurde. Sie waren mit den verschiedensten Köstlichkeiten gefüllt, eigenartigen Dingen, die aussahen wie geflochtene Kleiderbügel oder Wellblech, beladen mit Shrimps, Krebsen, Chorizo, Bergen von grünen Zwiebeln, Paprika, geheimnisvollen Fleischstücken. Auf der Tortilla damit, Soße drüber, wer fragt, wen kümmert's. Ein fantastisches, überwältigendes Gewirr von verschiedenen Gerüchen, und Hardy, der an einem Shrimpburrito kaute, ging mitten hindurch, mischte sich hinein, nahm es in sich auf.

Das Stadion selbst war gerammelt voll. Die erste große Enttäuschung war, daß es keinen einzigen Wettschalter gab. Hardy verfluchte sich selbst, weil er sich nicht besser informiert hatte. Er hatte einfach angenommen...

Aber das ließ sich jetzt nicht mehr ändern. Beim *Jai Alai* lief es mit den Wetten anders: Für jeden Block gab es zwei Läufer – die Buchmacher, einen mit einer roten, einen mit einer grünen Mütze. Wie die Erdnußverkäufer in den Staaten rannten sie zwischen den Blöcken hoch und runter, riefen die ständig wechselnden Wettquoten aus und warfen den Wettwilligen eine Art Ball zu. Die Wetter steckten ihren Einsatz in einen Schlitz in diesem Ball und zogen einen Wettschein heraus.

Hardys ursprüngliche Idee, bei den Wettschaltern zu warten, bis Rusty auftauchte, war also überholt. Er sah sich im Stadion um. Durch alle Blöcke hüpften und tanzten die Roten und grünen Hüte. Einem von ihnen zu folgen wäre verdammt anstrengend. Er sah sich zwei Spiele an und hoffte – wider besseres Wissen –, daß das Glück helfen würde, wo die Intelligenz versagt hatte, und Rusty sich aus der Menge lösen und einfach in ihn hineinlaufen würde.

Das Spiel gefiel ihm. Mann gegen Mann. Handball ohne Regeln. Ein Haufen Gladiatoren in einem Spiel auf Leben und Tod.

Oben beim Büro der Stadionverwaltung kam ihm die Idee, Rusty ausrufen zu lassen. Eine idiotische Idee. Wenn Rusty hier war und seinen Namen hörte, würde er wissen, daß jemand ihn für keineswegs tot hielt. Er würde sich aus dem Staub machen, und alles wäre vorbei.

Nach zwei weiteren Stunden, fünf Flaschen Orangensprudel und fünfunddreißig Dollar, die er in den letzten Spielen gesetzt hatte, leerte sich das Stadion allmählich. Hardy stand bei einem der insgesamt elf oder zwölf Eingangstore. Eine Menge Leute gingen an ihm vorbei. Zwei ähnelten Moses McGuire. Keiner sah aus wie Rusty Ingraham.

Gut. Als nächstes würde er sich die berühmten Klippenspringer von Acapulco anschauen.

Das hatte er getan. Und nun?

Er fand sich auf der Esplanade wieder. Obwohl am Horizont noch ein dünner, korallenroter Streifen Himmel sichtbar war, leuchteten schon Millionen von Sternen. Gutgekleidete Amerikaner – meistens Paare, jedenfalls sahen sie für Hardy wie Paare aus – setzten sich mit Aperitifs draußen an die Tische. Der Wind hatte sich gedreht, blies jetzt von der Stadt her in Richtung Meer. Die Nacht roch schwach nach Öl und Urin.

Hardy saß am Strand, mit dem Rücken zu den Lichtern, lauschte dem Plätschern des Wassers, das auf dem Sand auslief. Hinter ihm spielten Gitarren, sangen von weither sanfte Männerstimmen.

Auch in Las Vegas, Nevada, gab es *Jai Alai*. In Tijuana, fünfzehnhundert Kilometer näher an San Francisco, aber noch jenseits der Grenze, war ein Stadion. In Puerto Vallarta vielleicht. Oaxaca? Ixtapa? In wie vielen Städten noch?

Falls Rusty in Acapulco war und regelmäßig zum *Jai Alai* ging, müßte Hardy an jedem Eingang mindestens eine Person plazieren, um eine Chance zu haben, ihn zu erwischen. Falls Rusty hier war... Langsam kamen ihm Zweifel.

Die Möglichkeit, ein Dutzend Leute anzuheuern, hatte Hardy natürlich nicht. Er hatte weder genug Geld noch entsprechende Kontakte. Vielleicht konnte Abe die örtliche Polizei informieren, ein Foto von Rusty heruntersenden...?

Richtig, Diz. Hoffe darauf.

Er legte sich im Sand zurück, kreuzte die Hände unter dem Kopf und starrte hinauf zum Mann im Mond.

Das *El Sol* lag ein gutes Stück vom Strand entfernt.

Die Eingangstüren zu den Zimmern der beiden Flügel

des Erdgeschosses gingen zur Straße hinaus, hinten führten gläserne Schiebetüren auf eine rotgeflieste Terrasse mit Blick auf den Pool. Das schmiedeeiserne Geländer der Außentreppe zum zweiten Stock war mit Bougainvilleas bewachsen. Im Innenhof standen Palmen und Bananenbäume, durch ihre Lage vor dem Wüten des Hurricanes geschützt.

Hardy saß mit einer Flasche Brandy – *El Presidente* – auf seiner Terrasse und rauchte, was selten vorkam, eine Zigarre. Er trank nicht wirklich – vor etwa vierzig Minuten hatte er sich ein paar Tropfen in das Saftglas aus dem Badezimmer gegossen, und die Hälfte davon war noch immer darin. Er war oft genug in Mexiko gewesen, um zu wissen, daß man das Leitungswasser wirklich nicht trinken sollte – auch wenn das die Klischees bestätigte. Den Orangensprudel konnte er nicht mehr sehen.

Da ein Telefon in jedem Zimmer zu den ausgewiesenen Leistungen des *El Sol* gehörte – in Neonschrift stand es über dem Eingang der Halle –, hatte Hardy ein Telefon. Er hatte auch einen Fernseher. Die Tatsache, daß beide nicht funktionierten, war nicht weiter überraschend. Es könnte Spaß machen, überlege er, sich eines Tages in Mexiko niederzulassen und ein Luxushotel zu eröffnen – Eismaschinen! Flipper! Kabelfernsehen! Videospiele! Und natürlich Telefon. Nichts davon mußte funktionieren, die Tatsache, daß es da war, genügte.

Er hatte Glück gehabt und vorhin von einer der Telefonzellen bei der Post aus San Francisco erreicht. Er hatte auf Janes Anrufbeantworter gesprochen, wo er sei und daß er in etwa einer Woche zurück sein werde. Der geheimnisvolle, rätselhafte Hardy.

Isaak Glitsky, Abes Sohn, hatte gesagt, daß Abe und Flo seit Freitag in Los Angeles seien. Gespräche wegen des neuen Jobs, vermutete Hardy, und bei der Gelegenheit ein verlängertes Wochenende. Würden sie es wirklich tun? Abe wußte nicht, daß er nach Süden aufgebrochen war. Er hatte keine Lust gehabt, seine vagen Gründe erklären und den .38er unter dem Kotflügel des Samurai rechtfertigen zu müssen. Abe wäre durchgedreht. Aber weil Isaak beauftragt war zu fragen, wo Hardy schon wieder steckte, erzählte er es ihm und sagte, er werde am nächsten Tag wieder anrufen.

Frannie war nicht zu Hause gewesen.

Von einer der anderen überdachten Terrassen drang Lachen herüber. Jemand war in den Pool gesprungen. Er hörte in der Halle leise ein Telefon klingeln. Er zog an seiner Zigarre und nippte am Brandy.

Das Telefon!

Er hatte sein Telefon mit auf die Terrasse genommen und von Zeit zu Zeit den schweigenden Hörer abgenommen. Jetzt war ein Freizeichen zu hören. Er wählte Frannies Nummer, wartete. Wartete noch etwas länger.

»Hallo.«

»Ich kann es nicht glauben.«

»Dimas?«

»C'est moi. Nein, warte, das ist die falsche Sprache. *Soy yo* muß es heißen.«

»Bist du in Ordnung? Abe hat angerufen. Er wußte nicht, wo...«

»Ja. Aber du wußtest es. Ich bin hier. Es geht mir gut.«

Sie sprachen eine Weile zärtlich, gewöhnten sich an die Distanz, die Trennung. Die Fahrt hierher, der Hurricane, die lahmgelegten Telefone. »... deshalb hat es so lange gedauert durchzukommen«, vollendete Hardy. »Wie fühlst du dich?«

»Okay.«

Nicht allzu überzeugend. »Okay?«

Das Summen der Entfernung in ihrem Schweigen.

»Ich bin okay. Ich war am Freitag beim Arzt und habe die Herztöne gehört.« Das Herz des Babys. Sie holte Luft. »Es ist wirklich da und am Leben.« Er konnte fast hören, wie ihre Augen sich mit Tränen füllten. »Ich habe Eddie vermißt, ich habe dich vermißt, ich hatte eine üble Nacht. Ich fürchte, ich bin im Moment ziemlich verwirrt.«

Hardy trank Brandy. »Willst du, daß ich zurückkomme?«

»Ich glaube nicht... Ich wüßte nicht, was ich im Moment mit dir anfangen sollte. Aber ich weiß, daß ich möchte, daß du vorsichtig bist.«

»Ich bin immer vorsichtig. Ich benutze Sonnenschutzmittel, trage einen Hut, trinke kein Wasser, all das.«

»Weißt du schon, was du tun wirst, wenn du zurückkommst.«

Hardy schüttelte den Kopf, als würde sie vor ihm sitzen. »Nein. Im Moment versuche ich herauszufinden, welcher Wahnsinn mich zu der Annahme trieb, ich könnte Rusty Ingraham hier unten finden, wenn er noch lebt und wenn er hier ist.«

»Könnte Abe die Polizei da unten nicht dazu bringen, dir zu helfen?«

»Wer würde einem Zivilisten ohne handfeste Beweise helfen, einen Mann zu finden, den man für tot hält? Abe bestimmt nicht.«

»Vielleicht doch. Als er anrief...« Sie hielt inne. »Er ist dein Freund, Diz. Er klang wirklich besorgt, wollte wissen, wo du hingefahren bist, warum du ihm nichts gesagt hast und so weiter.«

»Er hätte es einfach nicht verstanden. Deshalb wird er für das bezahlt, was er tut.«

»Er hat mich gebeten, dir zu sagen, daß du nach Hause kommen sollst, der Fall sei abgeschlossen.«

In einer der Palmenkronen kreischten Papageien. Hardys Magen zog sich zusammen. »Hat man Rustys Leiche gefunden?«

»Nein, das nicht. Warte eine Sekunde, ich habe es mir notiert.«

Die Zigarre war ausgegangen. Die Wellen, die der Schwimmer verursachte, schwappten über den Rand des Pools. Hardy schwitzte und umklammerte den Hörer.

»Okay«, sagte sie, »bist du noch da?«

Sie berichtete ihm, Glitsky habe wie vorgesehen einen

Mann namens Hector Medina verhört. Am nächsten Tag, dem Tag, an dem Hardy nach Mexiko aufgebrochen war, sei Medina von der Spitze des *Drake* auf eines der unteren Dächer gesprungen. Man habe zwischen zwei- und dreitausend Dollar in bar bei ihm gefunden.

»Abe nimmt an, Medina habe diesen Mann namens Johnny LaGuardia getötet, weil er Johnny dafür bezahlt habe, Rusty Ingraham zu töten.«

»Und das Mädchen, das bei ihm war?«

»Er sagt, er glaube, sie habe einfach Pech gehabt. Und in bezug auf Medina vermutet er, daß dem klar geworden sei, daß man ihn schnappen würde, und das hätte er nicht ertragen.«

»Gab es einen Brief? Hatte er nicht eine Tochter oder so?«

»Ich weiß es nicht. Kein Brief, glaube ich. Abe hätte das erwähnt, oder? Ich meine, in seiner Nachricht für dich.«

»Und Abe hat gesagt, er glaubt wirklich, daß es so gewesen ist?«

»Er hat gesagt, so paßt alles ziemlich gut zusammen.«

Das Schlagen des Wassers, das Kreischen der Papageien, das Summen der Fernverbindung.

»Diz?«

»Er ist in Los Angeles und führt Gespräche über einen Job dort unten. Ich frage mich, ob er nicht einfach nur das Gefühl haben wollte, seine Fälle seien geklärt.«

»Für dich ergibt es keinen Sinn?«

»Nein. Nicht wirklich.«

»Abe hat erzählt, daß du ziemlich sicher warst, daß Rusty tot sei.«

»Ich weiß. Das war ich.«

»Aber jetzt glaubst du es nicht mehr?«

»Vor vier Tagen und zweitausendzweihundert Kilometer von hier entfernt war ich nicht sicher, daß ich es glaubte. Jetzt bin ich hier und kann ebensogut noch einen oder zwei Tage dranhängen, aber ich gebe zu, daß die Chancen, ihn zu finden, selbst wenn er am Leben ist, nicht sehr vielversprechend aussehen.«

»Und was wirst du tun, wenn du ihn doch findest?«

»Keine Ahnung. Hängt davon ab. Feiern, mich betrinken, ihn fesseln und zurück nach San Francisco bringen. Oder ich übergebe ihn gleich hier der Polizei und versuche, eine Auslieferung zu erreichen...«

»Würdest du dich bitte daran erinnern, daß er gefährlich sein könnte?«

»Hab' ich schon getan.«

»Ich meine es ernst, Dismas.«

»Ich auch, Frannie. Was soll ich denn noch sagen?«

Sie zögerte einen Moment lang. »Daß du nach Hause kommst, Daß wir uns wiedersehen.«

»Okay. Das sage ich.«

Wieder eine Sekunde Schweigen. »Wirklich?«

»Wenn Gott einverstanden ist und die Flüsse nicht steigen«, antwortete er.

24

Er öffnete die Augen in der Dunkelheit. Drüben bei der Fensteröffnung, wo später das Licht beginnen würde, war nichts. Langsam nahm er die unterschiedlichen Nuancen der Dunkelheit wahr, die Schattierungen von Schwarz und Grau – die Umrisse des Schreibtischs, das Poster, das Fenster, einen der Stühle. Am schwarzen Himmel flackerten blasse Sterne.

Rusty Ingraham setzte sich auf dem harten Bett auf. Das Mädchen neben ihm schlief, ihr langes Haar lag auf dem Kissen ausgebreitet. Mit seinem unverletzten rechten Arm klopfte er leicht auf die Matratze, als fordere er sie auf, nicht länger so unfreundlich unbequem zu sein. Er stand auf und ging ins Badezimmer, ertastete sich den Weg durch das noch immer ungewohnte Haus. Er schloß die Tür hinter sich, schaltete das Licht ein und betrachtete die Kakerlaken.

Draußen war kein Geräusch, nicht einmal die Vögel ließen sich hören, die sonst die anbrechenden Tage begrüßten, Stunden bevor die Sonne aufging. Also war es sehr früh, besser: sehr spät. Wie lange hatte er geschlafen?

Er schaltete das Licht wieder aus, stand still und lauschte sorgfältig. Immer sorgfältig lauschen, die Augen offen halten. Er hatte es allmählich über.

Er nahm nur die Geräusche des Meeres in der Bucht wahr – das Klatschen des Wassers, das gegen die Boote und Pfähle schlug, das sanftere Rauschen, wenn es auf den Sand lief. Das Haus stand im Norden der Stadt am Strand.

Irgend etwas – eine Eidechse, eine Baumratte? – bewegte sich auf dem Dach. Weiter entfernt startete ein Motor, keuchte auf, verstummte. Ein Auto oder ein Fischerboot. Er schaltete das Licht wieder ein. Die Porzellantoilette hatte keinen Sitz. Das Glas des Spiegels über dem Waschbecken war von Rostflecken überzogen. Vor der Dusche gab es keinen Vorhang.

Nun gut, was hatte er auf die Anzeige hin erwartet? Er hatte Zeit und Geld und würde etwas Besseres finden.

In seinem Arm pulsierte es leicht, und er versuchte sich zu erinnern, ob er die Antibiotika genommen hatte, bevor er ins Bett gegangen war. Mit... wie immer sie auch heißen mochte.

Wer immer sie war, sie war genau das gewesen, was ihm gefiel – hübsch, begeistert, ein Spiel für eine vergnügliche Zeit. Und heute würde sie nach Hause fahren, nach Atlanta. Eine andere würde kommen, war vielleicht schon da, wartete auf ihn. Mit diesen Urlaubsmädchen lief es gut. Keine Versprechungen, kein Theater. Keines der Probleme, die eine Frau einem auf Dauer bereiten konnte.

Er berührte vorsichtig den Verband, versuchte festzustellen, ob das Pochen den Beginn einer Infektion bedeutete und damit Schwierigkeiten, oder nur der Schmerz der zurückstauenden Bandage war. Er versuchte, den Arm zu biegen, aber davon war er noch weit entfernt.

Nein, es war ein guter, solider, dumpfer Schmerz. Er sah in den Spiegel, grinste sein Ladykiller-Grinsen. Seine Augen waren klar. Kein Fieber, also keine Infektion.

Er ging zum Bett zurück und streckte sich neben dem Mädchen aus. Das Fenster war ein schwarzes Loch in der noch tieferen Schwärze. Ein knackender Laut, vielleicht ein brechender Zweig, ließ ihn hochfahren. Das Mädchen neben ihm rührte sich. Dann herrschte wieder Stille.

Es waren nur die Geräusche des Hauses.

Er sank zurück in den Schlaf.

Es war zwar keine Eingebung, aber immer noch besser, als zu rennen und zwölf Ausgänge zu bewachen, fand Hardy.

Er hatte beschlossen, zwei weitere Tage zu bleiben und dann den langen Weg nach Hause anzutreten. Heute morgen hatte er, noch immer müde von der Herfahrt, verschlafen, aber morgen würde er mit den Tiefseefischern hinausfahren. Vielleicht bekam er für das *Shamrock* ein hübsches Bild von sich selbst mit einem Segelfisch.

Als er am Stadion ankam, hatten die Spiele längst begonnen. Vom Parkplatz hörte er die Lautsprecher und den Applaus. In der Straße, die zum Stadion führte, hatte er keinen blauen VW Jetta gefunden. Morgen wollte er – vorausgesetzt, heute ergab sich nichts mehr – einen Taxifahrer glücklich machen und ihn ein paar Kilometer durch die weitere Umgebung fahren lassen. Aber jetzt war erst einmal der Parkplatz dran.

Der Parkplatz war nicht betoniert und bestand aus einem Ring von staubigen, quadratischen Feldern, ohne Gras, übersät mit Schlaglöchern, auf denen die Zuschauer nach dem Zufallsprinzip geparkt hatten. Wer seinen Wagen nah beim Stadion abgestellt hatte, mußte, überlegte Hardy, mindestens eine Stunde warten, bis der Platz sich soweit geleert hatte, daß er hinausfahren konnte. Etwas wie eine Verkehrsführung gab es nicht, auch keine weißen Linien, um die Parklücken zu markieren. Wenn dein Auto nicht zu breit ist, rammst du es hinein.

Fünfundzwanzig Minuten in der heißen Sonne herumzulaufen war ziemlich deprimierend. Volkswagen war in Mexiko eine beliebte Marke – auf den Käfer traf man so häufig wie in den sechziger Jahren in den Staaten, aber auch andere Modelle waren beliebt. Unglücklicherweise auch Jettas. Hardy hatte schon bei seiner ersten Runde am Rand des Parkplatzes entlang zwei blaue Jettas entdeckt.

Wundervoll, dachte er. Ein Dutzend Ausgänge im Stadion, vermutlich ein Dutzend blaue Jettas auf dem Parkplatz. Zwanzig Männer wären eine Woche lang beschäftigt, und auch dann brauchte er noch eine Menge Glück. Und sogar mit Glück...

Er saß auf einem Kotflügel nahe bei der Einfahrt des Parkplatzes, trank eisgekühlte Fanta und versuchte, einen Plan zu entwickeln, der funktionierte. Die Autos glänzten und schimmerten in der Helligkeit.

Kalifornische Nummernschilder.

Acapulco war weit weg von Kalifornien, und nur Wahnsinnige wie Hardy selbst nahmen die Fahrt hierher in Kauf. Er war sicher, auf dem Parkplatz nicht mehr als zwanzig Autos mit kalifornischem Nummernschild zu finden, und die Chancen, darunter nicht mehr als einen blauen VW Jetta zu entdecken, standen gut.

Pfeifend schlenderte er über den Parkplatz.

»Puh, ist mir schwindlig.« Sie schmiegte ihren Körper gegen seine unverletzte Seite. Sie war fantastisch. Groß, langbeinig, mit einem Gesicht, das wie geschaffen schien für den Film. Das Haar kastanienrot, die Augen grün. Sie war Sekretärin in Washington D. C. und trug ein weißes T-Shirt aus dem *Hard Times Café*, auf dem stand: »Ich mag es feucht.« Es war sehr knapp, und ihre Brüste hielten es hoch genug, um den Nabel auf ihrer schlanken Taille zu entblößen. Sie war etwa zweiundzwanzig und hatte bereits ein paar *Margueritas* intus. Mal sehen.

»Paß auf die Schlaglöcher auf.« sagte Rusty. »Lehn dich einfach an mich.«

»Diese Körper, fantastisch, was?« fragte sie.

»Allerdings.«

»Ich habe ja schon einige Sportler gesehen, aber diese Typen...«

Er ließ sie reden. Träum ruhig ein bißchen, dachte er. Er hatte die Männer selbst beobachtet, sie einzuschätzen und zu lernen versucht, worauf man achten mußte. Und er hatte Glück gehabt, erst zwei, dann drei, dann vier in einer Runde richtig getippt, hatte mehr als tausend Dollar gemacht. Das wog die Katastrophe der letzten Woche auf.

Er war froh, daß ihn der Hurricane zur Pause gezwungen hatte, denn er hatte es zu eilig gehabt, hatte es überstürzt. Der Gedanke, daß er unverzüglich seine Wetten machen mußte... Falsch. Er hatte Zeit. Das sagte er sich immer wieder: Er hatte Zeit. Alle Zeit der Welt. Also machte er ein paar Tage blau, lernte Atlanta kennen, blieb im Haus, und das hatte ihm gutgetan. Er war frisch in die neue Woche gestartet und hatte sofort einen Treffer gelandet.

Der Parkplatz war schon beinahe leer. D. C. und er lachten, während sie nach Schlaglöchern Ausschau hielten. Sie würden hinunter zur Esplanade fahren, Schildkrötensuppe und Hummer essen, ein bißchen Geld unter die Leute bringen und dann vielleicht zusehen, wie die Hähne aufeinander losgingen, und wieder ein bißchen wetten. Oder selbst ein bißchen aufeinander losgehen.

Er lächelte. Egal, was sie taten, seine Taschen waren wieder gefüllt. Nach zehn Tagen hier unten waren sie voller als am ersten Tag, und so würde es weitergehen, er würde nicht mehr abstürzen. Das Spiel studieren, vorsichtig wetten, bis er reingekommen war, und dann, wie heute, zuschlagen. Das war das Rezept.

Er konnte schon ein Schema erkennen, einen Weg, ein beständiges Einkommen zu erzielen. Bei den Pferden war es anders, da gab es immer wieder Unbekannte. Pferde waren törichte Tiere. Beim *Jai Alai* traten Menschen an, die man verstand, und man konnte vorhersagen, was geschehen würde.

»He, Rusty! Rusty!« Hardy ging langsam hinüber, verringerte den Abstand. Er nahm die Sonnenbrille ab. »Bist du's wirklich?«

Rusty war gut, das mußte Hardy ihm lassen. Er zeigte kaum eine Spur von Panik.

»Diz!« Rusty streckte den gesunden Arm aus und zog Hardy in eine Umarmung. »He, schön, dich zu sehen.«

»Schön, *dich* zu sehen«, erwiderte Hardy. »Ich dachte, du wärest tot.«

»Tot?« fragte das Mädchen.

»Ach, entschuldige, das ist D. C. – D. C., ein alter Freund von mir, Dismas Hardy.«

Sie nickte. »Was meinen Sie mit ›tot‹?«

Rusty lachte. »Gott sei Dank bin ich nicht tot.«

»Ich auch nicht«, sagte Hardy.

»Das sehe ich. Was treibst du hier unten?«

»Vielleicht haben große Geister dieselben Gedanken. Ich habe auf deinen ersten Anruf gewartet und die Nachrichten gesehen und erfahren, daß da irgendein Mädchen auf einem Lastkahn im China Basin ermordet worden ist, und...«

»Was? Wer ist ermordet worden?«

Hardy zuckte die Achseln. »Ich habe keine Ahnung. Aber weil ich wußte, daß du dort gewohnt hast, bin ich hingefahren, um nachzusehen, und es war tatsächlich dein Boot. Ich wollte nicht warten, bis Louis Baker mich gefunden hatte, also bin ich nach Hause gefahren, habe ein paar Sachen gepackt und bin abgehauen.«

»Es war Maxine...« Rusty lehnte sich gegen den Kühler seines Wagens. Er hob die Hand, schirmte die Augen gegen die Sonne ab.

»Wer ist Maxine?« fragte D. C.

»Eine Freundin, nur eine Freundin.« Rustys Augen glitzerten wirklich, er schien den Tränen nah zu sein. »Gott, Diz, sie muß herübergekommen sein, um mich zu besuchen, und da tauchte Baker auf...«

»Das habe ich mir auch gedacht, und da bin ich durchgedreht. Vor allem, als du nicht angerufen hattest, ich dachte...«

»Ja, ich weiß. Bei mir war's genauso, ich bin auch durchgedreht. Als ich von deiner Bar nach Hause kam, saß ich eine Stunde lang herum, und mir wurde klar, daß ich kurz vorm Ausrasten war... Einfach dazusitzen, bis Baker kommen und mich umbringen würde... Es hatte keinen Sinn, es machte mich bloß fertig. Aber ich hätte dich anrufen sollen. Tut mir leid.«

»Wovon redet ihr Typen eigentlich?«

Rusty kam wieder auf Maxine zu sprechen, schien sich nur langsam vom Schock über ihren Tod zu erholen, aber dann kam er in Fahrt und wurde richtig gut. Er erzählte ihnen eine romantische, beängstigende, aufregende Geschichte, und Hardy und D. C. hörten ihm gebannt zu.

»Und was ist mit diesem Baker passiert?« fragte D. C.

Hardy sah Rusty an und zuckte die Achseln. »Ich weiß es nicht. Ich hoffe, er ist wieder im Gefängnis. Er hat wahrscheinlich Fingerabdrücke hinterlassen, was meinst du, Rusty?« Er wandte sich an das Mädchen. »Tun sie meistens. Ich habe mir gedacht, ich nehme Urlaub und gebe der Polizei einen Monat, die Sache aufzuklären. Wenn sie es nicht schaffen, fahre ich zurück und sage ihnen, was ich denke, und dann nehmen sie ihn fest. Aber ich dachte, es sei sicherer, erst mal zu verschwinden. Also habe ich mich für ein paar Wochen nach Mexiko abgesetzt.«

»Es ist erst mein zweiter Tag«, sagte sie.

»He, hast du schon gegessen, Diz? Wir wollten gerade in die Stadt fahren und etwas von meinem Gewinn verprassen. Kommst du mit?«

»Du gewinnst bei diesem Spiel?«

Jetzt grinste Rusty. Er öffnete die Beifahrertür. »War ein guter Tag.«

Sie verließen den Parkplatz, rumpelten über den Schotter. »Was ist denn mit deinem Arm passiert?« fragte Hardy.

Nachdem er das Auto gefunden hatte, hatte Hardy längere Zeit damit verbracht, einen Plan zu entwickeln. Auch wenn es noch früh genug gewesen war, zum *El Sol* zu gehen, um die Waffe zu holen – wäre das sinnvoll gewesen? Er hatte nicht vor, Rusty zu kidnappen. Es war ein langer Weg zurück nach Hause, und sie würden fahren müssen, mit der Waffe würde Hardy in kein Flugzeug kommen.

Zur örtlichen Polizei konnte er auch nicht gehen. Rusty wurde nicht gesucht, weder hier noch in den Staaten, und selbst wenn – Hardy war kein Polizist. Es gab nur einen Weg: Hardy mußte Abe informieren und die Sache irgendwie offiziell machen.

Aber zuerst wollte er sichergehen, daß Rusty nicht plötzlich zustimmen und nach Hause fliegen wollte, um alles aufzuklären, in der Annahme, er könne damit durchkommen. Er wollte nicht, daß Abe herflog, nur um Rusty sagen zu hören: Klar, Jungs, ich komme mit euch nach Hause. Hardy wollte sichergehen, daß Rusty leugnete. Dann konnte Abe kommen.

Das Risiko, das er einging, indem er sich Rusty zeigte, minimierte er durch sein kleines Spielchen. Sie würden zusammen ein bißchen herumhängen, vielleicht ein, zwei Tage, Hardy immer dicht an Rusty dran, bis Abe hier wäre. Dann würden sie ihn festnageln.

Rusty zeigte ein charmantes Lächeln. »Ich sage dir, langweilig ist mein Leben nicht«, sagte er. »Das mit dem Arm ist mir am dritten Tag hier passiert. Ich war draußen beim Fischen, schwitzte wie ein Schwein und sprang ins Wasser, um mich abzukühlen. Dann wollte ich wieder an Bord und griff nach der Gaffe, um mich hochzuziehen, rutschte ab, und das verdammte Ding fuhr mir in den Arm.«

»Ganz durch?«

»Ja.«

»Autsch«, sagte D. C.

Hardy hatte Rustys Show genossen. Er versuchte, alles so zu sehen, wie Rusty es erzählte, und jedes kleine Stück fügte sich nahtlos ans andere. Wenn er die Wahrheit nicht gekannt hätte, hätte Hardy ihm geglaubt – die Flucht vor dem rachsüchtigen Louis Baker, die Versicherung, durch die er an ein bißchen Bargeld gekommen war, der Unfall mit dem Gaffelsegel. Einmal, beim Abendessen, ein weiterer Flirt mit den Tränen wegen des Todes von Maxine.

Es kostete Hardy einige Anstrengung, sich zurückzuhalten, sich auf die Zunge zu beißen, nie zu vergessen, daß er nicht auf dem Schlepper gewesen war und Rustys Blut auf dem Bett, Maxines Leiche, die die Tür blockiert hatte, nicht gesehen hatte. Ebenso, daß er Louis Baker nicht im Krankenhaus besucht und nie etwas von Johnny LaGuardia und Ray Weir oder sonstwem gehört hatte.

Das Mädchen war fort, sie hatten sie nach dem Abendessen in ihr Hotel gebracht, sie war stockbetrunken gewesen. Sie waren wieder in das Restaurant auf den Klippen gefahren, um sich ein paar Nachtdrinks zu Gemüte zu führen, Tequilas auf Zitrone. Hardy wollte Rusty betrunken machen, ihn nach Hause fahren, die Schlüssel verstecken und dann Abe anrufen.

Sie gingen auf die Seite, wo die Jungen sprangen. Tief unter ihnen grollte die See. Für die Gebete vor dem Sprung gab es eine kleine Grotte mit der Jungfrau Maria darin. Der Petroleumgeruch – von den Fackeln – überlagerte die Seeluft. Hoch über dem Meer hing die Sichel des Mondes. Die Springer waren längst fort.

»Das hat was«, sagte Hardy. »Ich war gestern drüben in dem Restaurant und konnte nicht zuschauen.«

»So ist Mexiko. Ein Leben ist nicht viel wert.« Rusty stand neben ihm. Er hatte eine Flasche mitgebracht.

»Trotzdem. Mit ein paar Worten ist es nicht getan.«

Rusty hob die Flasche, zuckte die Achseln. »Ein paar Spinner weniger. Wen stört's?«

»Nicht gerade die Worte des glühenden Idealisten, der einst für die Staatsanwaltschaft ins Feld gezogen ist.«

Rusty klang, als hätten die Drinks ihre Wirkung getan. »Diz, ich will dir was sagen. Ich wollte einfach meine Fälle gewinnen. Genau wie jeder andere.«

»Ich weiß nicht. Ich rede mir zuweilen ein, daß ich mich ein wenig um Gerechtigkeit bemüht habe.«

»Warum hast du dann aufgesteckt? Bei dieser Leidenschaft für die Gerechtigkeit?« Hardy warf Rusty einen Seitenblick zu und stellte fest, daß er nicht mehr versuchen mußte, ihn betrunken zu machen. Rusty schwankte ein paar Schritte weiter auf den Rand der Klippe zu, und Hardy folgte ihm.

Mit der gesunden Hand hielt Rusty die Flasche an seine Brust gepreßt. Er drehte sich um, stand mit dem Rücken zur Klippe, trank wieder und taumelte ein paar Schritte zurück. »In gewisser Weise hat Baker mir einen Gefallen getan, weil er mir eine Gelegenheit gegeben hat zu verschwinden.«

Hardy trat neben ihn. »Paß auf«, sagte er. »Es ist ein weiter Weg nach unten.« Es war Zeit, ihn zurück zum Auto zu lotsen. Unschuldig fragte er: »Gehst du nicht nach San Francisco zurück?«

Wieder drehte Rusty sich um. Er schien den Mond anzustarren. »Brich die Brücken hinter dir nicht ab, heißt es, erinnerst du dich? Aber ich habe es getan. Ich habe alle Brücken hinter mir abgebrochen. Ich bin tot, Diz. Niemand auf dieser Welt weiß, daß ich lebe. Nur du.«

»Und das gefällt dir?«

»Das ist Freiheit. Mir ist nie bewußt gewesen, wie das, was ich früher getan habe, mich aufgehalten hat. Die Gewohnheiten, die Erwartungen anderer, ich weiß nicht, was schlimmer ist. Jetzt gibt es beides nicht mehr. Es ist, als hätte man eine zweite Chance bekommen. Eine Wiedergeburt.«

»Davon sprechen die Leute, die an Jesus glauben, auch.«

Rusty lachte. »Das hat nichts mit Vergebung zu tun, Diz. Es ist ein sauberer Schnitt.« Er nahm einen Schluck aus der Flasche. »Wie steht's mit dir? Weiß irgendwer, daß du hier bist?«

Hardy entschied sich, sein Spiel fortzusetzen. »Keine Menschenseele«, log er, »aber ich fühle mich noch immer wie Dismas Hardy. Mit einer Menge Gepäck.«

»Nur, wenn du dich nicht davon löst.«

Mit der Flasche in der Hand ging er zum Rand der Klippe. Hardy blieb im Abstand von vier oder fünf Schritten hinter ihm, nahe genug am Rand, um eine glitzernde Welle zu sehen, die sich tief unten mit fernem Donner brach.

»Vielleicht hast du einfach nichts, was dich aufrechthält«, sagte Hardy.

Rusty kicherte. »Darauf kannst du wetten.« Er drehte sich um und sah Hardy an. »Glaubst du denn, es gibt etwas, das einen aufrechthält? Zehn Jahre, Diz, habe ich es damit versucht. Es hat mich fertiggemacht.«

»Ich habe es zehn Jahre lang aufgegeben, und das hat mich fertiggemacht.«

Rusty nahm einen tüchtigen Schluck. »Da hast du's«, sagte er. Er ging zum Rand der Klippe und beugte sich vor, um hinunterzusehen. Dann richtete er sich auf und drehte sich halb um. »Ich will einfach nicht mehr so viel nachdenken. Oder versuchen, etwas zu tun. Mein Ehrgeiz ist den Bach hinunter, vor allem, seit ich hierher gekommen bin. Ich mache meine Wetten, studiere die Spiele, reiße ein paar Hühner auf. Wenn du wissen willst, was es heißt zu leben, dann hör auf mich: Geh nicht zurück nach San Francisco. Blieb hier. Laß dich fallen.«

»Nein.«

Rusty zuckte die Schultern, führte die Flasche erneut an die Lippen. Dann setzte er sich abrupt nieder und hängte die Beine über die Kante. Er klopfte neben sich auf den Boden. »Setz dich, Diz. Nimm einen Schluck.« Er hielt ihm die Flasche entgegen.

»Mir geht's gut«, sagte Hardy. »Was hältst du davon, wenn wir nach Hause gehen?«

Die Versuchung überkam Hardy. Rusty hatte Maxine Weir ermordet und ihr Geld gestohlen. Er hatte dafür gesorgt, daß Louis Baker neun Jahre Rehabilitation im Gefängnis ausradiert waren. Er selbst, Hardy, würde seines Lebens nicht sicher sein, solange Rusty frei war. Rusty konnte ihn nicht zurückkehren lassen, irgendwann würde es sich herumsprechen, daß er hier war. Rusty hatte für das Leben, das er führen wollte, getötet, und Hardy hatte keinen Zweifel daran, daß er es wieder tun würde. Und jetzt saß der Kerl am Rand der Klippe, baumelte mit den Beinen über dem Abgrund und war halb weggetreten. Ein kleiner Stoß, und Abes kosmische Ordnung wäre wiederhergestellt.

Hardy sah sich auf dem Plateau um. Abgesehen von ihm und Rusty war niemand hier. Er atmete ein und machte eine tiefe Kniebeuge, bis er den Boden berührte. »Komm«, sagte er, »ich bin reif fürs Bett.« Er würde ins *El Sol* zurückkehren, Abe anrufen und die Dinge für morgen oder übermorgen in Gang bringen und sich inzwischen überlegen, wie sie Rusty zurück in die Staaten bekommen würden.

Aber Rusty machte keine Anstalten aufzustehen. Stattdessen saugte er wieder an der Flasche und hob den Kopf kaum weit genug, um Tequila in den Mund zu bekommen. Hardy fragte sich, wie er noch funktionieren konnte mit all dem Alkohol, den er in sich hatte. Und er fragte sich, ob er selbst noch funktionierte.

Er trat einen Schritt näher. »Rusty?«

Plötzlich schüttelte Rusty den Kopf wie ein nasser Hund und stellte die Flasche auf dem Fels ab. Er schien zu versuchen, mit dem gesunden Arm sein Gleichgewicht zu halten, sich hochzustemmen, aber die Mühe war zu groß. Schwer sackte er zurück und fluchte.

Hardy wartete.

Rusty sank auf den Rücken, sah hinaus in die Sterne, ließ die Beine über die Klippe hängen. »Ich bin erledigt«, sagte er. Die Worte kamen nur noch lallend aus seinem Mund. »Völlig fertig, nichts mehr zu machen.«

Hardy nickte, näherte sich aber nicht. »Dann fahre ich eben allein«, sagte er. Er drehte sich um und ging los.

Es war Viertel nach zwölf, als er das Auto erreichte. Er setzte sich auf die Kühlerhaube und stützte die Füße auf den Kotflügel. Eine Viertelstunde später überlegte er, ob er nach Hause laufen solle. Aber er wußte noch nicht, wo Rusty wohnte, und wollte seine Spur nicht verlieren. Natürlich konnte er ihn draußen auf der Klippe lassen, hoffen, daß er schlafwandelte und so dem Ganzen selbst ein Ende setzte, aber das war wohl kein sehr vielversprechender Plan. Nein, er mußte Rusty im Auge behalten, seine Rolle als Freund weiterspielen, Abe hierher lotsen und Rusty dann hochnehmen.

Er ging wieder über das Plateau. Rusty hatte sich keinen Zentimeter weit bewegt. Die Flasche glänzte neben ihm im Mondlicht, sein gesunder Arm war ausgestreckt, er atmete schwer und laut. Sein Mund stand offen.

»Verdammt, Rusty.« Hardy trat hinter seinen Kopf und stieß ihn mit dem Fuß an. »Komm schon, gehen wir.«

Rusty bewegte sich nicht. Einen Moment lang dachte Hardy, er sei tot. Dann erinnerte er sich, daß Tote selten so laut atmeten. Er schüttelte den Kopf und überdachte die Situation. Rusty hatte einen verletzten Arm in der Schlinge und war voll wie ein Eimer. Er war keine große Bedrohung, oder, Diz? Er mußte Rusty am gesunden Arm packen, ihn wie einen Sack voller Steine vom Rand der Klippe wegziehen und irgendwie zum Auto schleppen, wenn er nicht die ganze Nacht hier herumsitzen oder nach Hause laufen und ihn möglicherweise aus den Augen verlieren wollte.

Er beugte sich vor und griff den gesunden Arm mit beiden Händen am Handgelenk. Der Arm blieb leblos, leistete keinen Widerstand. Hardy stemmte die Schuhe gegen den Felsen und begann zu ziehen. Endlich gab Rusty ein Geräusch von sich und drehte sich ein wenig. Hardy trat zurück, ließ ihn los. »Komm schon, steh auf.«

Rusty rollte sich wieder auf den Rücken. Es wurde langsam lästig. Verdammt, dachte Hardy und packte Rusty unter beiden Armen, beugte sich vor, um zu ziehen, und verlor für eine Sekunde die Balance.

Da bewegte sich Rusty. Seine Arme schnellten in die Höhe, packten Hardy bei den Schultern und zogen ihn vornüber, in einem Purzelbaum über Rustys Körper hinweg. Hardys Beine schossen ins Leere, er streckte die Arme, versuchte sich an Rusty festzuklammern, an irgend etwas, aber da waren nur noch die Nachtluft und der kalte, ferne Mond. Dann spürte er etwas unter seinem Fuß, einen schmalen Felsvorsprung, und sah einen von Rustys Füßen, der noch immer über dem Klippenrand baumelte, knapp über ihm, in Reichweite. Aber der Fuß bewegte sich, trat nach ihm, traf ihn an der Schulter und stieß ihn hinaus in die Dunkelheit.

25

Eine großartige Idee, die Flasche mit zu den Klippen zu nehmen. So hatte er es leichter vortäuschen können, daß er schwer betrunken sei. Er hatte sie nur alle paar Minuten an die Lippen heben und mit der Zeit ein wenig schwerzüngig sprechen müssen. Es hatte prächtig funktioniert.

Auf der Fahrt nach Hause war Rusty noch nicht sicher, wie Dismas Hardy sich auf sein Glück auswirken würde. Der Plan, ihn in San Francisco zu benutzen, um Baker zu beschuldigen und die Nachricht verbreiten zu lassen, daß er tot sei, hatte offenbar nicht funktioniert, Hardy war zu feige gewesen. Rusty hatte ihn eigentlich als zähen Burschen in Erinnerung und hätte geschworen, Hardy wäre zur Polizei gegangen, hätte seine Geschichte erzählt.

Aber nein, er war abgehauen... Gut, er hatte nicht für alle Eventualitäten Vorsorge treffen können. Wenigstens das hatte das Spielen ihn gelehrt.

Er entschied, daß die Begegnung mit Hardy in Acapulco ein Glücksfall war, ein Zeichen wie die Gewinne heute beim Spiel, daß er auf dem aufsteigenden Ast war. Es tat ihm leid, daß er D. C. hatte aufgeben müssen, aber er wußte, in welchem Hotel sie wohnte, und konnte, wenn er wollte, dort jederzeit vorbeigehen. Aber das wäre vielleicht nicht besonders klug, immerhin hatte sie ihn mit Hardy gesehen. Je weniger man sie miteinander in Verbindung bringen konnte, desto besser.

Er fuhr auf die Straße, an der Bucht entlang, bog dann nach Norden ab. Zu schade. D. C. war wirklich eine Frau nach seinem Geschmack – jung, leidenschaftlich, schön, nicht zu tiefsinnig. Nach Acapulco gekommen, um sich zu vergnügen, und entschlossen, sich das Vergnügen zu verschaffen. Aber mit dem Alkohol hatte sie Probleme.

Rusty bog von der Straße ab und sah auf die Uhr. Fast ein Uhr nachts. Hardy und er hatten D. C. um halb zehn in ihr Zimmer im *Las Brisas* getragen.

Er war in Hochstimmung. Die Dinge liefen perfekt, und das war genau der richtige Moment, um zuzupacken. Verlierer waren die, die nicht losrannten, wenn sie den Ball in die Hände bekamen, und er war kein Verlierer. Nicht mehr. Er war unbesiegbar.

Diesmal nahm er tatsächlich einen Schluck aus der Flasche, dann wendete er und fuhr zurück in Richtung Stadt, Richtung D. C. und dem entgegen, was seinem Gefühl nach jetzt für ihn das richtige war.

Morgen früh würde er sich um die Leiche am Fuß der Klippen kümmern. Er würde zu dem Restaurant gehen, wo sie den Abend begonnen hatten, und fragen, ob jemand seinen Freund gesehen hatte. Die ersten Springer würden ihn finden – wenn die Flut ihn nicht fortgespült hatte.

Er dachte über Hardy nach. Anfangs hatte er eigentlich nicht vorgehabt, seinetwegen etwas zu unternehmen, aber so wie die Dinge sich im Lauf der Nacht entwickelt hatten, war es unvermeidlich geworden. Hardy wäre nach San Francisco zurückgekehrt, hätte jemandem erzählt, er habe Rusty gesehen... Verdammt, der Kerl war Barkeeper, und es war eine großartige Geschichte. Irgendwann würde die Nachricht dann zu Tortoni gelangen oder sogar zur Polizei, was noch ein bißchen schlimmer gewesen wäre.

Manchmal war ihm gar nicht mehr bewußt, daß er Maxine getötet hatte.

Man stelle sich vor – so etwas zu vergessen. Wie die Sache mit Hardy heute nacht war es impulsiv geschehen, aus der Situation heraus. Er hatte Louis einen schönen Schrecken eingejagt, hatte ihm mit der Waffe den Mut genommen. Auch mit einer lächerlichen .22er ließen sich höllische Wunden verursachen. Baker ging, Maxine tauchte auf. Er hatte das Geld in der Aktentasche, fast dreißigtausend, und das hätte ihm auch gereicht, wenn ihm nicht die restlichen sechzigtausend geradewegs ins Gesicht gesprungen wären.

Nein. Die Sache mit Maxine war sowieso zu kompliziert geworden. Er wollte einfach tot sein, für sie wie für alle anderen. Aber dann war die dämliche Kuh einen Tag vor ihrer gemeinsamen Abreise mit ihrem Geld im Seesack erschienen...

Er parkte vor D. C.'s Bungalow. Jeder Gast des *Las Brisas* hatte seinen eigenen Parkplatz. Er trank noch einen Schluck Tequila, dachte wieder an Maxine. Eigenartig, er hatte es sich vorher nicht weiter überlegt. Seine spontanen Reaktionen waren großartig, von einer Sekunde zur nächsten zu entscheiden, das lag ihm. Deshalb hatte er vor Gericht so brilliert.

An jenem Mittwoch abend war Maxine unerwartet gekommen. Sie war unbeschwert, glücklich, endlich San Francisco und diese toten Träume hinter sich zu lassen. Ist das nicht wundervoll, Rusty?

Gewiß, wundervoll.

Aber er erwartete in zwei Stunden Johnny LaGuardia wegen der Leihgebühr, und vorher mußte Rusty Ingraham tot sein, mußte eine Blutspur zur Reling führen, ein Körper in die Bucht treiben.

Sie war in Fahrt, erregt, wild auf ihr neues Leben, fing an, ihn zu necken, und das hatte sie wirklich gut gekonnt. Okay, ein bißchen Sex würde nicht schaden, würde etwas von seiner Anspannung lösen. Es dauerte nicht lange.

Er wartete auf dem Bett, während sie duschte. Das Wasser wurde abgestellt, sie kam heraus, tanzte, posierte mit der Halsstütze, diesem Ding, das ihnen das Geld verschafft, das alles überhaupt erst möglich gemacht hatte. Als sie Rays Waffe in seinen Händen bemerkte, sah sie ihn fragend an. Warum...?

Er öffnete die Autotür. Wenn D. C. noch betrunken war, würde es leicht sein. Hardy und er hatten sie aufs Bett gelegt, die Tür nur zugezogen. Wenn sie noch unverschlossen war, konnte er einfach hineingehen. Selbst wenn D. C., was aber nicht besonders wahrscheinlich war, aufgestanden, zur Tür gegangen war und die Kette vorgelegt hatte, würde er sie spätestens nach zwei Minuten charmanten Geplauders ins Bett bekommen. Er war gut in Form.

Sechsundzwanzig Minuten, sagte Hardy später, habe der Fall gedauert, er habe die Zeit gestoppt.

Bei den Marines hatte er vor langer Zeit gelernt, mit dem Fallschirm zu springen. So drückte er sich, obwohl er das Gleichgewicht verloren hatte und überzeugt war, tot zu sein, im Reflex von dem Felsen ab, sprang irgendwie noch kontrolliert, und das rettete ihn.

Er hatte gesehen, wie die Jungen gesprungen waren, daß es darauf ankam, erst einmal von den Felsvorsprüngen wegzukommen. Sie waren nicht weit geflogen. Die Dauer des Falls war das Eindrucksvolle.

Also bemühte er sich, obwohl er panische Angst hatte, nicht zu zappeln oder sich zu drehen, sondern sich einfach fallen zu lassen, den Blick auf die glänzende Fläche unter sich gerichtet, die immer näherkam.

Er schlug auf, fühlte den Aufprall von den Füßen bis zu den Schultern und wurde sofort von der ankommenden Welle auf den Sand des Grundes gedrückt. Er kämpfte sich in die Richtung, in der er die Wasseroberfläche vermutete, ohne zu wissen, wo oben und unten war, ohne eine Möglichkeit, Atem zu holen.

Salzwasser in den Lungen. Aufprall auf einen Felsen. Wieder unter Wasser.

Dann war er auf dem Sand und erbrach sich.

Das Zeug, das an seinen rechten Arm hinunterrann, fühlte sich warm an und wirkte in der Dunkelheit schwarz. Dort oben stand noch derselbe Mond. Die Kanten der Klippen konnte er vom Strand aus nicht sehen. In seinem Arm begann es zu pochen. Er hatte seinen rechten Schuh verloren. Er griff hinunter und fühlte noch mehr Blut. Er versuchte aufzustehen, aber die nächste Welle kam und warf ihn wieder nieder.

Schwankend kämpfte er sich hoch. Er streifte den anderen Schuh ab, der voller Sand war. Der Schmerz in seinem Arm brachte ihn beinahe um den Verstand, und er hatte Angst, sich den Arm anzusehen. Er setzte sich in die nächste Welle und ließ das Salzwasser das Blut abspülen.

Seine Augen gewöhnten sich langsam an die Dunkelheit, und er erkannte in der felsigen Klippenwand schemenhafte Umrisse – Stufen. Nur ungefähr fünfhundert. Er stellte den Fuß auf die erste Stufe, den anderen auf die nächste. Der rechte Fuß war mindestens verstaucht, aber er stützte sich darauf, und der Fuß hielt stand, auch wenn der Schmerz ihm den Atem nahm. Seine Zähne begannen zu klappern. Er versuchte einen weiteren Schritt.

»Okay, Rusty«, murmelte er. »Du willst es ja nicht anders.«

Auf Hardys Uhr war es Viertel nach drei, als er das *El Sol* erreichte. Das Büro war ein kleiner Raum mit Rattanmöbeln und einer Rezeption aus Bambus, unter deren Glasplatte Sehenswürdigkeiten Acapulcos ausgelegt waren.

Hardy lehnte sich gegen den Bambus, drückte die Klingel und starrte auf einen Mann, der unter dem Glas neben einem zwei Meter langen Segelfisch stand. Er schob die Klingel ein Stück zur Seite, so daß sie einen Teller mit Meeresfrüchten freigab. Er klingelte noch einmal.

Er schloß die Augen, fühlte sich plötzlich schwindlig. Die Schnitte in seinem Arm waren wohl eher schmerzhaft und blutig als tief, und das Blut war schon weitgehend geronnen. Trotzdem fielen ein paar Tropfen auf den Boden. Sein Fuß taub, auch den Schmerz nahm er nicht mehr wahr. Er würde, dachte er, für den Rest seines Lebens hinken.

Noch einmal schlug er auf die Klingel, dann gab er es auf und ging um die Rezeption herum. Dort fand er eine alte, grüne Metallkiste mit einem roten Kreuz darauf, nahm sie mit und hinkte barfuß, auf blutenden Füßen, zwischen Bananenbäumen und Bougainvilleas zu seinem Zimmer.

»Wer war das?« Flo Glitsky setzte sich im Bett auf. »Wie spät ist es?«

Abe war dabei, sich die Hose anzuziehen.

»Wohin gehst du?«

Normalerweise fragte Flo nicht, rührte sich nicht einmal, wenn Abe mitten in der Nacht aufstand und fortging, um – beispielsweise – einen Verdächtigen zu verhören. Aber sie waren erst an diesem Tag aus Los Angeles zurückgekommen, und Abe schien sich für den Job zu interessieren, den sie ihm angeboten hatten – irgendeine Art von Sondereinheit, Koordination, Beratung. Er hatte gesagt, seine aktuellen Fälle seien gut aufgehoben. Wohin also ging er mitten in der Nacht?

»Hardy«, sagte er.

»Was ist mit Hardy? Wo ist er?«

»Er ist in Acapulco. Rusty Ingraham hat versucht, ihn umzubringen.«

Während er ein paar Kleidungsstücke in eine Tasche

warf, berichtete er, was Hardy erzählt hatte. Sie zog die Decke um sich und schlug die Beine unter.

»Was erwartet er jetzt von dir?«

»Daß ich hinfahre.«

»Wozu?«

Abe setzte sich auf das Bett und band sich den Schuh. »Rusty abholen.«

»Rusty abholen«, wiederholte Flo, »in Acapulco? Wie stellst du dir das vor?« Dann fragte sie, als würde sie sich erst jetzt an alles erinnern: »Ist Dismas in Ordnung?«

»Es scheint im gutzugehen.« Er wandte sich zu ihr um. »Würdest du den Flughafen anrufen und fragen, wann die nächste Maschine geht?«

Er ging ins Badezimmer, um sich zu rasieren. Als er zur Hälfte fertig war, trat Flo neben ihn. »Mexicana, zwanzig nach sieben.«

»Gut, dann habe ich noch etwas Zeit. Wie wär's mit einem kleinen Frühstück?«

»Du hast mir noch nicht erzählt, wie du das mit Rusty machst.«

Abe verzog das Gesicht zu Grimassen, als er vorsichtig um die Narbe herum rasierte.

»Weise Voraussicht«, sagte er endlich. Er spritzte sich Wasser ins Gesicht, tastete blindlings nach einem Handtuch. Flo nahm eines vom Haken und legte es ihm in die Hände. »Ich weiß es nämlich nicht. Ich weiß nur, daß wir ziemlich geschickt vorgehen müssen.«

Im Schlafzimmer nahm er ein langärmeliges purpurrotes T-Shirt aus einer Schublade. »Hardy kennt mich ziemlich gut«, sagte er. »Rusty gehört mir.«

»Aber du hast da unten doch überhaupt keine Befugnisse. Warum beantragst du nicht einfach einen Haftbefehl und läßt ihn ausliefern?«

»Weswegen?«

»Wie wär's mit Mord?«

»Mord ist gut«, stimmte Abe zu, »nur daß er nicht wegen Mordes gesucht wird. Wir könnten sagen, wir wollen ihn in einem Mordfall verhören, aber dafür liefern sie ihn nicht aus. Ganz abgesehen davon, daß eine Auslieferung, wenn man Pech hat, ein Jahr dauern kann. Haben wir Fisch? Ein Sandwich mit Frischkäse und Fisch wäre jetzt genau das Richtige. Und ein bißchen schwarzen Tee könnte ich auch vertragen.«

»Abe.«

Er klopfte neben sich auf das Bett, und Flo setzte sich. Er legte den Arm um sie. »Er gehört mir. Er ist am Leben und hat versucht, Diz umzubringen, und das weist stark darauf hin, daß er Maxine Weir getötet hat. Das hast du eben selbst angedeutet. Hätte er nicht versucht, Diz zu töten, wäre ich immer noch nicht sicher. Aber er hat es versucht...« Abe zuckte die Schultern. »Wenigstens meinem Seelenfrieden zuliebe muß ich mit ihm sprechen.«

»Nimmst du deine Waffe mit?«

»Hardy hat eine.«

»In Mexiko? Wie hat er...?«

Er streichelte ihre Schulter. »Er ist ein findiger Bursche, unser Diz. Und erspart mir damit den Ärger mit der Fluggesellschaft, den bürokratischen Mist wegen einer Erlaubnis und so weiter.«

»Aber wie erklärst du, woher die Waffe kommt, wenn du sie benutzt?«

Abe stand auf. »Wir stecken voller guter Fragen heute.«

»Also?«

»Also werden wir darüber nachdenken müssen.«

Hardy hörte in der Ferne einen Hahn krähen. Es war noch dunkel. Die Socke, die er über seinen rechten Fuß zu streifen versuchte, verstärkte den Druck des Verbandes. Der Schnitt an der Seite des Fußes, vom Knöchel bis zum kleinen Zeh, war tiefer, länger und häßlicher als die Schnittwunden am Arm. Die Sohlen beider Füße waren vom Laufen aufgeschürft.

Er war ein bißchen nervös, weil er Abe nicht gesagt hatte, daß er nicht wußte, wo Rusty jetzt war. Beim

Abendessen hatte Rusty geprahlt, er habe ein Haus direkt am Strand, acht Kilometer nördlich der Stadt. Also hatte Hardy beschlossen, die Küstenstraße hochzufahren und nach dem verräterischen Volkswagen Ausschau zu halten. Natürlich konnte der Wagen auch in einem Schuppen, einer Garage oder im Gelände oder sonstwo stehen. Dann mußte er zurück zum Stadion, denn Rusty hielt ihn für tot und würde wahrscheinlich einfach zu seinem gewöhnlichen Tagesablauf zurückkehren. Falls er ihn für tot hielt...

Er hielt inne.

Er überlegte, ob er Abe noch einmal anrufen sollte... Vergiß es. Geh zur örtlichen Polizei, berichte von Rustys Mordversuch, erstatte Anzeige. Die sollen sich darum kümmern. Zum Teufel mit Rusty.

Aber wenn es vorher schon eine persönliche Angelegenheit zwischen ihnen gewesen war, dann war es das jetzt, nach der Begegnung mit Rusty, erst recht. Er wollte ihn kriegen, wollte ihn für seine Intrige dranbekommen, nicht nur für die Verbrechen, die er begangen hatte. Außerdem hatte auch Abe eine Chance verdient, nachdem er sich die ganze Zeit mit Ray Weir und Johnny LaGuardia und Hector Medina und Louis Baker hatte herumschlagen müssen. Hardy würde sich Rusty holen und ihn Abe bringen.

Er hatte Abe gebeten, gleich nach seiner Ankunft ins *El Sol* zu kommen. Abe erwartete wahrscheinlich, Rusty hier im Zimmer vorzufinden, gefesselt und fertig zum Abtransport. Er würde Hardy vergeben, wenn Rusty tatsächlich hier wäre.

Hardy trug trockene Jeans, Turnschuhe, die ein bißchen eng waren, und ein langärmeliges *Armani*-Hemd, das Jane ihm geschenkt hatte. Vermutlich war es für immer von dem Blut ruiniert, das durch den Verband drang, den er sich um den Arm gelegt hatte. Zu schade. Er musterte sich in dem bräunlichen, angeschlagenen Spiegel. Er hätte gut zu *Miami Vice* gepaßt. Er gefiel sich. Auf dem Weg nach draußen schnappte er seine hellbraune Windjacke.

Der Samurai stand ein ganzes Stück den Hügel hinauf an der Straße, die beim Büro des *El Sol* begann. Ein langer Weg durch die stille, dunkle Straße.

Er tastete unter den Kotflügel auf der Fahrerseite. Noch da. Er setzte sich auf den Fahrersitz und schob die Patronen, die er unter dem Boden des Handschuhfachs verborgen hatte, in die Kammern. Er glaubte nicht, daß er auf Rusty schießen würde, wenn er ihn traf, aber es war besser, endlich zu begreifen, daß Rusty sich verändert hatte, und ihn nicht mehr zu unterschätzen. Der nette Bursche von damals, der nur ein bißchen gestolpert war, hätte ihn gestern nacht fast umgebracht, und er hatte nicht vor, das noch einmal geschehen zu lassen.

Der Himmel hinter ihm wurde heller. Er hörte, wie etwas auf das Stoffdach des Autos fiel. Ein langer, dunkler Umriß erschien oben an der Windschutzscheibe, und Hardy klopfte mit der Hand dagegen. Eine Eidechse. Sie flitzte von der Kühlerhaube hinunter in das Laub am Straßenrand. Hardy fröstelte. Fahr endlich los, dachte er, auch wenn du nicht weißt, wohin.

Der Motor sprang sofort an, und Hardy legte den ersten Gang ein. Nur zu sitzen und zu warten, und sei es auch nur für einen kurzen Moment, raubte ihm die Energie. Er mußte eine Menge Blut verloren haben, aber nicht soviel, daß es ihn wirklich schwächte. Er war müde, weil er seit fast vierundzwanzig Stunden auf den Beinen war und in dieser Zeit viel erlebt hatte, mehr als sonst. Aber er war an langes Aufbleiben gewöhnt, denn mindestens einmal im Monat verbrachten Moses und er eine ganze Nacht im *Shamrock* und unterhielten sich bis zur Morgendämmerung.

Jedenfalls hoffte er, daß er daran gewöhnt war.

An der Ecke bremste er, weil ihm eingefallen war, daß es eine Person in Acapulco gab, die vielleicht eine Ahnung hatte, wo Rusty steckte.

Er wußte, wo er sie finden würde. Das Problem war, daß es vielleicht schwierig werden könnte, sie zu wecken.

Wann hörte nur endlich dieses Klopfen auf!

Zwischen den Rändern der Vorhänge schimmerte schwaches Licht hindurch, das dumpfe graue Licht eines frühen Morgens, trotzdem konnte er alles im Zimmer sehen. Er fühlte sich, als hätte er höchstens zwei Stunden geschlafen. D. C., die es hundertprozentig wert gewesen war zurückzukommen, lag neben ihm, auf die andere Seite gedreht, nackt, unbedeckt. Er strich mit der Hand über ihre Taille, und sie gab ein verschlafenes, schnurrendes Geräusch von sich.

Wieder klopfte es. Rusty lauschte. Irgendwer war schon aufgestanden und spielte Tennis, und er hörte das rhythmische *Plopp*, mit dem der Ball geschlagen wurde. Das also war das Klopfen.

Nein, es kam von der Tür. Jemand klopfte an die Tür. Zum Teufel, wie spät war es.

»*Sir?*«

»*Servicio, señor.*«

D. C. rührte sich. »Was ist?« fragte sie.

»Der Zimmerservice.«

Sie murmelte, die hätten sich im Zimmer geirrt. Rusty versuchte, ›falsches Zimmer‹ auf Spanisch zu sagen, aber es klappte nicht. Der Kerl klopfte wieder.

D. C. stöhnte und rollte sich aus dem Bett. »Ich sag's ihm.«

Rusty sah zu, wie sie durchs Zimmer ging, und fragte sich, wie Brüste von solcher Größe so fest sein konnten. Ihm gefiel es, wie sie aussah, als sie nach der Kette griff, sie öffnete, die Tür einen Spalt weit aufzog, um dem Kerl zu sagen, daß ...

Sie trat einen Schritt zurück und schlug die Hände vors Gesicht, und bevor Rusty reagieren konnte, war Dismas Hardy im Zimmer. Er schloß die Tür und richtete eine Waffe auf Rustys Kopf.

»Erinnerst du dich, daß ich dir empfohlen habe, eine .38er *Special* zu kaufen?« fragte er. »Ich dachte mir, du wüßtest vielleicht gern, wie so was aussieht.«

26

»Du kannst mich nicht erschießen.«

»Nein?«

»Um Gottes willen, bitte erschießen Sie uns nicht«, flehte D. C.

Hardy nahm das Laken, das Rusty bedeckte, und warf es D. C. zu. »Wickeln Sie sich ein, und setzen Sie sich hin«, sagte er. Mit dem Kopf deutete er auf einen Stuhl. Die Waffe blieb auf Rusty gerichtet, der sich aufsetzte, nackt, und seine Blöße zu bedecken versuchte. »Entschuldige, wo waren wir gerade?«

»Wie willst du erklären, woher die Waffe kommt?«

»Die hier? Die du mir in San Francisco gestohlen hast?«

»Wovon sprichst du?«

Sie beachteten sie nicht. Hardy fuhr fort: »Du meinst die Waffe, um die wir kämpften und die aus Versehen losging? Diese Waffe?«

»Das wird man dir niemals glauben.«

»Man wird, wenn ein Bulle aus San Francisco ihnen erzählt, daß du ein Mörder bist.«

»Rusty, wovon redet er?«

Hardy sah nach dem Mädchen, das zitternd auf dem Stuhl kauerte. »Vor vier Stunden hat Ihr Freund Rusty mich von einer ziemlich hohen Klippe gestoßen.«

Sie sah Hardy an, als wäre er verrückt. »Nein. Er war die ganze Nacht hier. Ich erinnere mich, Sie sind beide mit mir in dem Auto gefahren und ...«

»Falsch«, unterbrach Hardy. »Sie waren hinüber, und wir genehmigten uns einen Nachttrunk. Dann versuchte Rusty, mich umzubringen.«

Sie blickte zu Rusty. »Wovon redet der?« Rusty zuckte die Schultern. »Diz, gib auf. Was hast du vor?«

Hardy sprach langsam, betonte einzeln jedes Wort. »Ich werde dich erledigen.« Er entsicherte die Waffe. »Es ist mir zuwider, so melodramatisch zu sein, aber du solltest dir jetzt lieber was anziehen, Russ.«

»Sie dürfen das nicht tun«, sagte D. C. »Das ist Entführung oder so was in der Art. Er war hier. Ich weiß, daß er hier war.«

Hardy hielt die Waffe auf Rusty gerichtet, trat einen Schritt näher und schob das Bündel Kleider, das neben dem Bett lag, in die Mitte des Zimmers. »Brauchst du mit deinem verletzten Arm Hilfe?«

Rusty bewegte vorsichtig den verbundenen Arm und zog eine Grimasse. »Ich werde die Schlinge brauchen.«

»Zuerst die Hose«, sagte Hardy. Er befühlte die Taschen, durchsuchte sie nach einer Waffe, dann warf er sie aufs Bett.

Ingraham schwieg.

»Erinnern Sie sich an die Frau – Maxine –, die ich gestern abend erwähnte? Die Freundin von Rusty, nur eine Freundin?«

Sie nickte.

»Unser Rusty hat sie umgebracht. Er hat aus geringer Distanz dreimal mit einer Kleinkaliberwaffe auf sie geschossen. Sie ist noch sieben Meter gekrochen, bevor sie starb. Ich wette, es waren sieben lange Meter.«

Jetzt war es an D. C. zu schweigen.

Hardy warf Rusty das Hemd zu. »Und diese schreckliche Gaffe-Wunde an seinem Arm? Bist du schon mal auf einem richtigen Fischerboot gewesen, Rusty? Kein Seemann im ganzen Universum würde eine Gaffe benützen, um einen Menschen damit aus dem Wasser zu ziehen. Im Prinzip eine gute Idee, wenn man bedenkt, wie spontan sie entwickelt wurde. Kreativ.« Hardy wandte sich wieder an D. C. »Er mußte die Wunde irgendwie erklären, denn in Wahrheit hat er sich selbst durch den Arm geschossen, damit es aussah, als hätte jemand ihn getötet. Sein Blut war in der ganzen Wohnung, und eine dünne Spur führte zum Rand seines Schleppers und verlor sich auf den Schaumkronen.«

»Du hast das Puzzle zusammengesetzt, was?« fragte Ingraham.

»Ja«, erwiderte Hardy kurzangebunden. »Schuhe«, sagte er. Dann dachte er an seine eigenen schmerzenden Füße und korrigierte sich: »Lieber keine Schuhe. Steh auf.«

»Ist das alles wahr?« D. C. hatte die Füße unter sich auf den Stuhl gezogen und hielt das Laken fest um sich.

»So wahr wie das Evangelium«, antwortete Hardy. »Gehen wir, Russ.« Er warf ihm die Schlinge zu, und Rusty legte sie sich um den Nacken. Dann beugte er sich vor und griff nach einem seiner Schuhe.

Hardy zielte schnell, aber sorgfältig und schoß. In dem kleinen Zimmer glich der Schuß einer Bombendetonation. Die Schuhe wurden zerrissen, im Boden war ein Loch, und von der Wand bröckelte Putz, wo der Querschläger durchgeschlagen war. Hardy roch den Pulvergeruch. D. C. schrie auf und verfiel in ein leises Schluchzen.

»Himmel, Hardy, du bist verrückt.«

»Nein, aber ein bißchen verärgert. Keine Schuhe.«

Er ging zur Tür, öffnete sie und richtete die Waffe auf Rusty. »Wir gehen besser. Ich könnte mir vorstellen, das ein paar Nachbarn aufgewacht sind.« Er kicherte und sah zu D. C. »Schrecklich, daß diese Mexikanerkinder zu jeder Tageszeit ihre Knallfrösche in die Luft jagen müssen, was? Haben Sie verstanden?«

Das verschreckte Mädchen nickte. Er hoffte es, sagte Hardy.

Rusty stand an der Tür. Hardy sah sich nach D. C. um. »Das alles geschieht wirklich«, sagte er. »Und ich möchte, daß Sie in diesem Stuhl sitzen bleiben, bis Sie sehr langsam bis dreihundert gezählt haben. Öffnen Sie niemandem die Tür. Machen Sie kein Geräusch. Machen Sie gar nichts. Haben Sie das verstanden?«

Sie nickte wieder, und Hardy schloß die Tür. Andere Türen wurden geöffnet. Hardy hielt die Waffe unter der Windjacke verborgen. Er grinste.

»Das ist ein Spaß, was? Jetzt gehen wir zu dem Auto neben deinem, sieht aus wie ein Jeep, steigen ein und fahren in den Sonnenaufgang hinein. Ist alles klar? Wenn es nämlich nicht klar ist, könnte ein Mißgeschick passieren.«

»Diz, ich habe eine Menge Geld, wir könnten...«

»Vielleicht, aber laß uns das später besprechen. Möglicherweise essen wir ja zusammen zu Mittag.«

Wenn man in Eile ist, kann es vorkommen, daß man sich keine Zeit zum Denken nimmt.

Abe Glitsky war nicht in Eile. Er hatte drei Stunden im Flugzeug verbracht, drei Stunden, um pausenlos die Fakten zu durchdenken. Jetzt, da sie zur Landung in Acapulco ansetzten, trank er ein Glas Papayasaft mit Eis und fragte sich, wie er sich in den letzten Wochen so hatte gehenlassen können.

Vielleicht war es einfach die Konsequenz aus den Problemen im Dezernat – der Ärger, die bürokratischen Gängeleien. Dazu die Frage, ob Laniers Fälle sich mit seinen überschnitten, und der Wunsch, seine Untersuchungen abzuschließen, bevor er ging.

Falls er ging.

Er überlegte, was die Tatsache, daß Ingraham lebte, für sein hübsch verschnürtes Päckchen bedeutete, in dem er den Mordfall Maxine Weir ad acta gelegt hatte.

Nach dem Selbstmord von Hector Medina – der zumindest aussah wie ein Selbstmord – schien alles geklärt zu sein, und er hatte während der vier Tage in Los Angeles keinen Gedanken an diesen Fall verschwendet. Er war so zufrieden gewesen mit dem, was sich offensichtlich abgespielt hatte.

Endlich hatte er sich durchgerungen zu glauben, daß Medinas Haß auf Ingraham durch die Untersuchung gegen Raines und Valenti wieder geweckt worden war. Medina, so die These, hatte Johnny LaGuardia angeheuert, um Rusty zu töten. LaGuardia war irgendwie – wie leicht schlich sich dieses ›irgendwie‹ ein, wenn man um etwas Störendes herumkommen wollte! – an Ray Weirs Waffe gekommen und hatte damit Rusty und Maxine, deren Anwesenheit einfach Pech war, erschossen. Dann hatte Medina Johnny erledigt, weil nur Johnny ihn mit dem Verbrechen in Verbindung brachte. Aber dann tauchte Abe Glitsky auf und verdächtigte Medina. Hector begriff, daß sie erneut wegen Mordes gegen ihn ermitteln würden, daß er seinen Job und seinen Ruf nochmals, wie früher schon einmal, verlieren würde. Das verkraftete er nicht. Also sprang er vom Dach des *Sir Francis Drake.*

Es hatte plausibel geklungen.

Doch jetzt war Ingraham gar nicht tot und hatte noch dazu versucht, Hardy zu töten, und das warf die Frage auf, ob nicht alles ganz anders war. Aber von wem stammten dann die Kugeln in Johnny LaGuardias Kopf? Und was war mit Medina? Vielleicht immer noch Selbstmord, vielleicht auch nicht. Abe kaute Eis, während das Flugzeug landete, und spielte eine andere Möglichkeit durch.

Er selbst hatte Angelo Tortoni den Namen Hector Medina genannt und so einem Mafioso einen Weg gezeigt, um die Exekution seines in Mißkredit gefallenen Revolverhelden zu vertuschen. Schlau, Abe, dachte er verärgert, wirklich schlau. Er hatte Tortoni erzählt, daß er Medina verdächtige. Wie wäre also folgendes, Abe? Tortoni schickt einen seiner Söhne und läßt Medina von einem Dach herunterstoßen. Fall abgeschlossen, dank Ihres San Francisco Police Departments.

Irgendwie – schon wieder dieses Wort – hatte Glitsky beschlossen, eine wichtige psychologische Überlegung im Hinblick auf Medina außer acht zu lassen. Als einzige Beziehungsperson einer leicht zurückgebliebenen Tochter würde er sich niemals umbringen. Er hätte es durchgestanden, ganz egal, was. Abe hatte Medina nicht gemocht. Er war ein schlechter Polizist gewesen, aber niemand, der einfach aufsteckte. Er wäre vor einer neuen Untersuchung nicht geflüchtet. Er hätte sie mit der gleichen Kampfbereitschaft durchgefochten, mit der er sich für Raines und Valenti eingesetzt hatte. Vielleicht spielte er mit miesen Tricks, vielleicht log er, betrog, stahl, war gewalttätig – aber aufstecken würde Medina nicht. Er würde sich nicht das Leben nehmen.

Doch genau das hatte Abe am Ende geglaubt. Es hatte so überzeugend geklungen und seinen Fall abgeschlossen. Ein süßer, süßer Schokoriegel.

Wieder San Francisco und seine Fälle.

Seine Stadt. Seine Heimat.

Er wußte, warum er hier war. Weil er ein Polizist aus San Francisco und Rusty Ingraham, wie er zu Flo gesagt hatte, sein Fall war. Sein persönlicher Fall.

»Wieviel Geld?« fragte Hardy.

Rusty Ingrahams Füße waren an den Pfosten von Hardys Bett im *El Sol* gebunden. Hardy saß in einem Sessel, hatte die Rollos heruntergezogen, hielt die Waffe in der Hand und versuchte wachzubleiben.

Sein Fuß schmerzte, und er wußte, daß er Fieber bekam.

Auch wenn er es eigentlich hatte vermeiden wollen – falls Abe nicht in der nächsten Stunde auftauchte, mußte er die mexikanische Polizei einschalten. Und einen Weg finden, dennoch nicht wegen Waffenbesitzes verhaftet zu werden. Wenn er die Waffe auch nur für eine Minute von Rusty abwandte, würde sich der aus dem Staub machen.

Noch schlimmer war, daß Rusty mehr als zwei Stunden geschlafen hatte, nachdem sie hierher gekommen waren. Mit den Füßen an den Pfosten gefesselt, hatte er sich rücklings aufs Bett gelegt und nach fünf Minuten angefangen zu schnarchen.

Hardy hatte aus der Küche eine Kanne Kaffee bestellt und die Tür einen Spaltbreit geöffnet, um sie entgegenzunehmen. Rusty hatte sich nicht gerührt.

Jetzt lag Rusty auf seinen gesunden Ellbogen gestützt, mit wachen und scharfen Augen. »Fast fünfzigtausend ...«

Hardy staunte. Der Kerl würde seine verstorbene Mutter belügen. »Was ist mit den restlichen fünfunddreißigtausend passiert?« fragte er.

Rusty brauchte eine Minute. »Himmel, du weißt ja alles.«

Hardy nickte. »Ich weiß, daß Maxines Scheck auf fünfundachtzigtausend ausgestellt war und daß ihr Mann davon keinen Cent gesehen hat.« Er benötigte ein paar Minuten, um Rusty von den anderen Dingen zu erzählen, die er wußte, und von dem, was er unternommen hatte, seit Rusty verschwunden war.

»Ich bin beeindruckt. Du hast dich tatsächlich durch den Kanal treiben lassen, um die Strömung zu prüfen?«

»Ich habe eine Menge Zeit verschwendet. Und nicht nur das.«

Rusty schien keine Angst mehr zu haben, sondern wurde zusehends vergnügter, während sie über die Sache sprachen. »Wäre vielleicht besser gewesen, dich aus dem Plan rauszuhalten. Aber ich brauchte eben jemanden, der – nur am Rande – von der Angelegenheit betroffen war. Ich meine, wir beide, du und ich, waren nicht unbedingt die besten Freunde. Man hätte dir geglaubt.«

»Sie wären irgendwann drauf gekommen.«

»Warum hast du es dann nicht dabei belassen?«

Hardy fiel keine Antwort ein. Wie konnte man einem farbenblinden Menschen erklären, was Rot war? Er hörte sich sagen: »Weil es nicht die Wahrheit war. Weil ich fast meinen besten Freund erschossen hätte. Weil ich mich eine Woche lang zu Tode geängstigt habe. Wegen Frannie und Jane...« Er trank den Rest des Kaffees, der bitter und lauwarm war.

»Was soll's?« fragte Rusty trocken.

»Ich begreife nicht«, sagte Hardy statt einer Antwort, »warum du nicht einfach bezahlt hast. Du hattest das Geld, ich meine, auch bevor Maxine kam. Wieviel war's? Fünfundzwanzigtausend? Warum hast du Johnny LaGuardia nicht seine fünf oder sechs Tausender gegeben? Du wärest rausgewesen und hättest die Angelegenheit vergessen können.«

Rusty antwortete sofort. »Du kannst nicht vergessen,

Diz. Du kommst nicht raus, nie mehr. Weißt du, wieviel ich dem verdammten Angelo Tortoni während der letzten fünf, sechs Jahre gezahlt habe? Zwischen fünfhundert und tausend pro Woche, etwa zweihundertfünfzig Wochen lang, und das ist allein die Gebühr. Etwa eine Viertelmillion Dollar... Und diese Leute wissen alles, Diz – nach jedem Fall, den ich gewinne, nach jedem Rennen, das mir was einbringt, steht Johnny LaGuardia da und streckt seine Hand aus. Weißt du, was das für ein Gefühl ist, ihnen jeden Monat ein paar tausend Dollar in den Rachen schmeißen zu müssen?« Er schüttelte den Kopf. »Ich wollte ihm um keinen Preis der Welt auch nur einen weiteren Penny geben. Dann kam Maxine mit dem Geld. Noch mehr Geld... Das Mädchen hatte schon immer ein lausiges Timing.«

»Also hat es sich erst in diesem Moment ergeben? Die Idee, sie umzubringen?«

Rusty zuckte die Achseln. »Mitnehmen konnte ich sie nicht. Erstens kann sie ihren Mund nicht halten, erzählt es ihren Freunden, ihrem Mann, irgendwem, und plötzlich ist Johnny hier und macht mich kalt. Und außerdem, Diz, du weißt doch...«

»Was weiß ich?«

»Frauen. Man kommt an einen bestimmten Punkt...«

»Und dann bringt man sie um?«

Rusty lachte. »He, wichtig ist doch, daß wir hier sind, mit dem Geld. Fünfundzwanzig könntest du schon bekommen...«

»Ich könnte vielleicht alles bekommen, was ich haben will. Ich könnte alles nehmen. Wo ist es?«

»Nein, nein, nein, so nicht. Verstehst du nicht? Ich würde mir meine Chancen vermasseln.«

Hardy entsicherte die Waffe. Der Kerl besaß kolossalen Mut. »Du hast dir deine Chancen schon vermasselt, Russ. Wo ist das Geld?«

Rusty schüttelte nur den Kopf. »Nein. Wenn du mich erschießt, bekommst du nichts. Und wenn du mich vor

Gericht bringst, werde ich alles für meine Verteidigung brauchen.«

»Was für eine Verteidigung? Tortoni wird herausfinden, wo du bist, und dich zu Hackfleisch verarbeiten.«

»Wenn es dazu kommt, werde ich gegen Tortoni aussagen, ein Geständnis ablegen, und alles sieht wieder ganz anders aus.«

Hardy sicherte die Waffe wieder. »Du bist schon erstaunlich, Rusty. Du wirst des Mordes an Maxine angeklagt und hast außerdem versucht, mich umzubringen. Ich habe nicht vor, das alles auf sich beruhen zu lassen.«

»Warum nicht, Diz? Nein, ich meine es ernst. Es war nicht persönlich gemeint, ich mag dich. Also bezahle ich für deine Unannehmlichkeiten. Ich gehe fort, und wir vergessen die ganze Sache.«

»Wir vergessen, daß du versucht hast, mich zu töten?«

»Genau.«

»Wir vergessen, daß du mich dazu benutzt hast, Louis Baker reinzulegen und sein Leben zu zerstören?«

Rusty Ingraham verdrehte die Augen. »Ich bitte dich.«

»Er ist nur ein dreckiger schwarzer Ex-Sträfling, was?«

»Im günstigsten Fall.« Rusty setzte sich auf und beugte sich auf dem Bett vor. »Komm, Diz. Was habe ich dem Kerl getan, das er nicht sowieso verdient hat? Er hätte seine dreizehn Jahre für das Verbrechen absitzen sollen, für das wir ihn damals verurteilt haben. Wenn sie ihn schon nach neun Jahren rauslassen, ist das ihr Problem. Scheiß auf Louis Baker. Nicht mal dreizehn Jahre waren genug. Sie hätten den Schlüssel wegschmeißen sollen.«

»Das werden sie bei dir tun, Rusty. Wie hört sich das an?«

Rusty schüttelte lächelnd den Kopf. »Ich halte das für unwahrscheinlich. Hör zu, Diz. Wer außer dir und mir weiß, was wirklich passiert ist? Ich garantiere dir, Baker war da. Also hat er auf mich und Maxine geschossen. Ich bin verletzt, kann entkommen. Es klappt noch immer. Ich gebe dir die Hälfte des Geldes.«

»Und der weiße Mann kommt davon?«

Rusty hob seine gesunde Hand und gestikulierte, noch immer verschwörerisch lächelnd. »Um Schwarz oder Weiß geht es nicht«, sagte er. »Es geht darum, wer ich bin und wer Baker ist.«

Hardy leerte seine Kaffeetasse in einem langen, langsamen Schluck. »Das ist richtig, Rusty. Genau darum geht es.«

Nachdem er vom Flughafen zu Hardy ins *El Sol* gefahren war, machte Abe sich auf den Weg, um eine Rolle Seil, ein Paar billige Sandalen und – auf dem Schwarzmarkt – ein paar *Tetracyclin* zu besorgen. Mexiko war schwierig in solchen Dingen.

Hardy hatte erklärt, er könne nichts tun, bevor er nicht ein wenig Schlaf bekommen habe, also hatte Abe Ingraham trotz dessen höflicher Proteste an einen Stuhl gebunden, während Hardy seine Kissen nahm und auf das Bett krachte. Ingraham hatte wenig gesprochen, auch er schien ziemlich angeschlagen zu sein. Er hatte keinen Versuch gemacht, den Mord an Maxine Weir zu leugnen. Später war er eingedöst.

Abe hatte den Nachmittag auf der Terrasse verbracht, Loren Estlemans *Bloody Season* gelesen und sich gefragt, wie Wyatt Earp zu so hohem Ansehen hatte gelangen können. Alle zehn Minuten hatte er hinter den Doppeltüren nach dem rechten gesehen.

Kurz nach drei war er am Ende des Buches angelangt und hatte Hardy geweckt. Der hatte Fieber, war aber sonst okay. Er hatte noch ein paar Tabletten genommen, dann setzten sie sich einander gegenüber auf die Terrasse.

»Okay«, sagte Abe, »und jetzt?«

»Ich hatte gehofft, das würdest du mir sagen.«

Abe lehnte sich zurück und sog durch die Vorderzähne Luft ein. »Du willst mit ihm zurückfahren, wir alle zusammen?«

»Drei Tage in einem kleinen Auto, und ich weiß nicht,

wie ich mich fühlen werde«, antwortete Hardy. »Es ist mir schon mal besser gegangen.« Er dachte einen Moment nach. »Besteht keine Möglichkeit, daß sie ihn hier behalten?«

Abe schüttelte den Kopf. »Ich weiß nicht. Ich bin nicht offiziell hier. Festnehmen kann ich ihn nicht.«

»Aber sie können ihn festnehmen, oder?«

Abes Narbe straffte sich. »Hier geht das Gerücht um, jeder könne für alles mögliche verhaftet werden. Ein unterwürfiger, kooperativer Polizeibeamter aus Kalifornien wie ich, zum Beispiel, könnte wahrscheinlich mit den örtlichen Behörden sprechen und etwas arrangieren.« Abe stand auf, gähnte und sah in das Zimmer. »Er ist gut festgebunden, Diz. Laß uns hinunter zum Pool gehen.«

Sie hatten ihn bis jetzt nicht erwischt, weil sie nicht allzu schlau waren.

Gut, sie hatten die Waffe. Aber eine Waffe hat keinen Sinn, wenn man sie nicht benutzen kann. Hardys Schuß heute morgen hatte ihn ein wenig erschreckt und für einen Moment vergessen lassen, wo sie sich befanden. Es war möglich, daß Hardy verrückt genug war, auf ihn zu schießen, und die Konsequenzen wären fatal.

Jetzt aber, wo Glitsky hier war, würde es nicht dazu kommen. Glitsky war ein guter Polizist und würde versuchen, ihn offiziell verhaften zu lassen und eine Auslieferung zu erreichen. Wenigstens hatten sie das draußen bei offener Tür gesagt, in der Annahme, daß er noch schliefe. Nicht allzu schlau.

Es war überraschend bequem mit den Kissen und der Decke. Rusty überdachte seine Möglichkeiten.

Wenn sie ihn losbanden, würden sie ihn vermutlich zu Hardys Wagen bringen und dort wieder verschnüren. Selbst wenn die Fahrt lang war, war es ihre einzige Chance. Aber er hatte keine Lust, drei oder vier Tage in Fesseln zu verbringen und in Richtung Grenze zurückzufahren.

Auf der anderen Seite könnte er vorgeben mitzuspielen, sich zahm verhalten, ihnen erlauben, ihn zur mexikanischen Polizei zu bringen, und dann freundlich darauf hinweisen, daß die Herren Glitsky und Hardy ihn gekidnappt hatten. Schauen Sie sich das an: Unerlaubter Waffenbesitz! Bereitet es Ihnen, den mexikanischen Behörden, nicht das größte Unbehagen, bewaffnete Zivilisten zu begegnen, besonders ausländischen? Und ganz besonders großschnäuzigen nordamerikanischen Polizisten, die sich einen Teufel um die Auslieferungsformalitäten kümmern und die Mexikaner für stinkende Hunde halten? Die sich hier – ohne Absegnung von oben – illegal bewegen? Jeder normale, anständige Chico, der etwas auf sich hielt, würde bei einer solchen imperialistischen Arroganz in Weißglut geraten.

Keine Frage. Sie würden sich Glitsky und Hardy zuerst vornehmen.

Seine Chancen standen in diesem Fall weitaus besser als bei einer Autofahrt in Richtung Grenze.

Sie würden ihn nicht auf Glitskys Aussage hin festhalten. In den Vereinigten Staaten lag nicht einmal ein Haftbefehl gegen ihn vor. Hatten sie vergessen, daß er sich mit dem Kram auskannte? Ich bin Jurist, Jungs, das ist mein Beruf.

Er lächelte unter seiner Decke.

Hardy und Glitsky kamen ins Zimmer zurück.

Hardy sagte: »Riskant ist es trotz allem.«

Glitsky trat ihn mit dem Fuß und zog die Decke weg.

Er rührte sich, stöhnte, zog eine prächtige Show ab. »Das war eine gute Erholung«, sagte er. »Wie spät ist es?«

Am späten Nachmittag saßen sie unter freiem Himmel an einem Tisch an der Esplanade, drei amerikanische Touristen, die hinaus auf die Bucht schauten, auf die Gestalten in den Badeanzügen, die Bettler. Hardy trug seine geladene Waffe im Gürtel unter der Windjacke.

Sie aßen Krabbencocktails und tranken *Heineken* vom

Faß. Rusty sagte, er werde mit seinen Gewinnen vom Vortag bezahlen. Er war erholt und schien in Hochstimmung zu sein.

Hardy entschuldigte sich und ging zur Toilette.

»Ich weiß das letzte Mahl zu schätzen«, sagte Rusty.

Abe nickte gleichmütig. »Geht auf Ihre Rechnung.«

»Ich habe Geschichten über mexikanische Gefängnisse gehört. Soll wie im Hotel sein. Man kauft sich sein Essen, läßt sich Frauen schicken, genau wie im Hotel. Hängt nur davon ab, wieviel Geld man hat.«

Abe saugte das Fleisch aus dem Schwanz einer Krabbe. »Das ist schön«, sagte er. »Und Sie haben Geld, nicht wahr?« Er trank. »Ich glaube allerdings nicht, daß Sie allzulange dort bleiben werden.«

»Ja, vielleicht, aber man muß das Beste aus seinen Karten machen.«

Glitsky widmete ihm nicht viel Aufmerksamkeit. Er aß hungrig. Hardy kam an den Tisch zurück.

»Hast du ihn bekommen?« fragte Abe.

Hardy nickte, und Abe stand auf. »Bis später«, sagte er.

»Gutaussehender Mann«, sagte Rusty und sah hinter ihm her. »Sehr gutaussehend.«

Hardy nahm seine Gabel. »Ich glaube nicht, daß er dich mag.«

Mit zwei Krabbencocktails, zwei Bier und einem Kaffee im Magen fühlte Rusty sich gut, aber Hardy war nicht gerade ein angenehmer Gesellschafter. Abe war seit einer halben Stunde fort. Rusty schob seinen Stuhl zurück in den Schatten des Schirms über ihrem Tisch. Es war noch heiß, aber die Sonne stand jetzt tiefer.

»Wo bleibt er?«

»Machst du dir Sorgen? Hast du's eilig?«

Rusty lächelte. »Nein, ich glaube nicht. Aber er hätte mich doch einfach direkt hinbringen können.«

»So einfach nicht. Er muß vorher ein bißchen was erklären.« Er sah die Straße hinunter. »Da kommen sie.«

Zwei Polizisten in grünen Uniformen, bewaffnet mit Maschinenpistolen, folgten Glitsky in ein paar Schritten Abstand. Neben ihm ging ein sehr großer, magerer Mann in einem schwarzen Anzug und einem weißen Hemd mit stahlblauer Krawatte.

»Eine richtige Party«, sagte Rusty.

Die Polizisten blieben auf dem Bürgersteig stehen, Glitsky und der große Mann schoben sich zwischen den Stühlen hindurch. »Das ist Lieutenant Mantrillo«, sagte Abe. Er wandte sich an Hardy. »Wir hatten ein angenehmes Gespräch.«

Aus der Nähe betrachtet, war Mantrillos Gesicht gelblich und von Narben übersät. Er zog ein Paar Handschellen aus der Tasche und warf sie auf den Tisch. Mehrere andere Gäste sahen zu ihnen herüber.

»Sprechen Sie englisch?« fragte Rusty.

Mantrillo nickte. »Ziemlich gut.«

Rusty lächelte und wies mit dem Finger auf Hardy. »Dieser Mann hat eine Waffe bei sich. Unter der Jacke.«

Mantrillos schwarze Augen flackerten in dem traurigen Gesicht auf. Gut, dachte Rusty, auf diese Reaktion hatte er gehofft. Mantrillo wandte sich zu Hardy, dann wieder zu Glitsky, der müde den Kopf schüttelte.

»Er ist freiwillig mit uns gekommen«, sagte Abe, »wie ich es Ihnen erzählt habe.«

Rusty geriet in Fahrt. Er warf den Kopf vor und zurück. »Nein! Durchsuchen Sie ihn! Ich bin mit ihnen gegangen, weil ich glaubte, das sei meine einzige Chance, ihnen zu entkommen. Sie haben den ganzen Tag eine Waffe auf mich gerichtet!« Rusty sah Mantrillo in die Augen. »Lieutenant, sie haben eine Waffe. Sie brechen Ihre Gesetze, nicht ich!«

Verdammt, dachte er, ich bin gut. Wie vor Gericht. Er sah wieder zu Hardy. »Bitte durchsuchen Sie ihn.«

Hardy machte es Mantrillo leicht. Er stand auf, öffnete ein paar Knöpfe, zog die Jacke aus, drehte sich einmal um sich selbst. »Lieutenant, ich weiß nicht, wovon er spricht«, sagte er mit einem Blick auf Rusty. »Zuviel Bier, Kumpel. Keine Waffe da.«

Mantrillo drängte zur Eile, griff nach den Handschellen. »Gehen wir«, sagte er. »Wir bekommen den...«

Aber das war doch unmöglich! Hardy hatte die Waffe. Er hatte sie den ganzen Tag über bei sich gehabt, außer...

»In der Toilette!« rief er. »Er hat sie in der Toilette gelassen.« Er hatte die Waffe versteckt, um ihn hereinzulegen.

Hardy lächelte ihn an. Rusty wollte sich umdrehen, zur Toilette laufen und selbst nachsehen, aber Mantrillo packte ihn an seinem gesunden Handgelenk.

Er hörte Glitsky sagen: »Der arme Junge ist enttäuscht.«

Mantrillo zog ihn herum, nahm das andere Handgelenk. »Gehen wir«, sagte er barsch.

Rusty riß seine Arme nach hinten, um sich zu befreien. »Nein! Nein, das dürfen Sie nicht tun...«

Ein Gast drehte sich um, als Rusty gegen seinen Tisch stieß. »He, passen Sie auf!«

Hardy kam von der Seite, um ihm den Weg abzuschneiden. Rusty machte einen Schritt nach vorne und ergriff mit seiner gesunden Hand ein Messer, das auf dem Tisch lag. Er kippte den Tisch um, rollte ihn gegen Mantrillo und Glitsky, dann schwang er das Messer in Hardys Richtung. Die Polizisten näherten sich von der Straße. Es gab nur einen Weg für Rusty, und den nahm er – durch den Eßbereich, über das niedrige Gitter, den Bürgersteig entlang.

Die Aufregung in dem Lokal verschaffte Rusty einen guten Vorsprung. Mantrillo blies in seine Pfeife, und die beiden Polizisten rannten mit donnernden Schritten hinter ihm her, ihrerseits auf Pfeifen trillernd, um die Menschenmenge zurückzutreiben. Mehrere Leute gingen zu Boden.

Hardy, der höllische Schmerzen im Fuß spürte, versuchte mit Mantrillo und Glitsky Schritt zu halten. Aus den engen Straßen, die in die Stadt führten, tauchten weitere Polizisten auf.

An der Strandpromenade waren zu viele Menschen. Ein Geräusch wie von Feuerwerkskörpern und ein Schrei ertönten weiter vorn. Die Menschen warfen sich zu Boden, rollten vom Bürgersteig in den Sand. Weit vor ihm war noch immer ein Meer von Leibern sichtbar, das sich teilte, um die Läufer durchzulassen. Jetzt entdeckte Hardy Rusty etwa hundert Meter weiter vorne am Strand, offenbar von der dichten Menge dorthin abgedrängt, oder er hatte überlegt, daß sie ihn zu sehr behindern würde.

Rusty kam ins Stolpern, strauchelte im Sand, warf über die Schulter einen Blick auf die Strandverkäufer und die Badenden. Glitsky und Mantrillo waren zwanzig Meter vor Hardy, auch sie rannten über den Strand. Hardy sprang vom Bürgersteig auf den Sand, während von der Straße ein Dutzend Polizisten kamen.

Rusty lief zu dem festen Sand nahe am Meer, drehte ab und rannte auf Hardy zu, durch eine weitgehend verlassene Zone. Die Leute waren auf die andere Seite geeilt, um nach dem Grund für die Aufregung zu sehen. Als eine dunkle Silhouette vor dem roten Abendhimmel lief Rusty über den nahezu menschenleeren Streifen des Strandes.

Überall schienen Feuerwerkskörper gezündet zu werden. Rusty geriet ins Wasser, rannte wieder nach oben, warf beim Rennen die Beine in die Höhe.

Eine weitere Explosion schlug eine Linie in den Sand, die auf ihn zukam, und er blieb abrupt stehen. Er wollte die verletzte Hand heben, die in der Schlinge. Er wandte sich um. Etwa vierzig Meter oberhalb des Strandes, rechts von Hardy, explodierten kleine rote Feuerblitze.

Rusty Ingraham lag in einer Kuhle. Als Hardy bei ihm ankam, knieten Glitsky und Mantrillo neben ihm im Sand. Der Lieutenant hatte ihn auf den Rücken gerollt, eine Welle ging über ihn hinweg, und als sie zurückspülte, war ihr Schaum rosa.

»Dieser dumme Scheißkerl«, sagte Glitsky.

Hardy verlagerte das Gewicht von seinem verletzten auf den gesunden Fuß und ließ sich auf ein Knie nieder.

Rusty schlug die Augen auf. Er starrte in den Himmel, dann richtete er den Blick auf Hardy. »He, Diz«, sagte er, »laß dir von niemandem einreden, daß Spieler gebrochen sterben.« Er lächelte das Lächeln, das ihm vor den Jurys so großen Erfolg gebracht hatte. »Ich bin obenauf.«

»Wo ist es, Rusty?« fragte Hardy. »Wo ist das Geld?«

Rusty schloß die Augen und öffnete sie wieder. »Ich habe dir gesagt, ich würde meine Chancen vermasseln, wenn ich es dir erzähle«, sagte er. Er begann zu lachen, dann hustete er. In dieser Haltung erstarrte sein Gesicht, und dann sahen seine Augen, die noch immer offenstanden, nichts mehr.

Epilog

Marcel Lanier legte ein Bein über die Ecke von Abe Glitskys Schreibtisch. »Das wird dich freuen«, sagte er.

»Worum geht es?«

»Um Louis Baker.«

Abe legte den Stift nieder. »Louis ist wieder in Quentin.«

»Ja, ist er.«

»Und das soll mich freuen?«

»Nein. Freuen wird dich, daß der Staatsanwalt ihn nicht wegen der Holly-Park-Sache belangen konnte – keine Beweise, daß er Dido umgebracht hat.«

Abe unterdrückte ein kleines Lächeln. »Ja. Die Gerechtigkeit setzt sich durch.«

»Und du glaubst, er hat es wirklich nicht getan?«

Abe zuckte die Achseln. »Beweise sprechen, alles andere schweigt. Nicht, daß ich für Louis Baker eine Kerze anzünde, aber in Maxine Weirs Fall paßte er als Täter besser als in Didos.«

Lanier verteidigte sich ein wenig. »Er hat gut zu Didos Fall gepaßt.«

»Na schön, Marcel, aber wir sind in Amerika. Laß uns annehmen – wenn man es nicht beweisen kann, hat er es nicht getan, einverstanden?«

»Ja. Das ist der Punkt: Er hat's nicht getan.«

Abe lehnte sich zurück. »Kein Witz?«

»Ein anderer Kerl, Straßenname Samson, hat Didos Bereich übernommen und ist offensichtlich auf einen fixen Jungen gestoßen – Lace heißt er. Woher kriegen diese Leute ihre Namen, Abe?«

»Sie denken sie sich aus, Marcel. Was ist passiert?«

»Dieser Junge holt sich die Waffe von Samson, wird fortgejagt und weiß nicht, wo er hingehen soll. Also erschießt er Samson. Das ist kein Geheimnis, er hat es vor etwa vierzig Leuten getan, zwei davon haben etwas gesehen. Zwei ist in Ordnung. Mit zweien kann ich leben.«

»Und?«

»Die Ballistiker sagen, es ist die Waffe, mit der Dido erschossen wurde. Wie gefällt dir das?«

»Lace – der Junge – hat Dido getötet?«

»Nein. Samson hat er getan. Er wollte den Bereich übernehmen. Wählte geschickt den Zeitpunkt und dachte, wir würden es Baker anhängen.«

»Was wir auch taten.«

»Aber wir haben ihn nicht dafür verurteilt, oder? Ein Punkt für die guten Jungs.«

Abe sah aus dem Fenster in den Oktobernebel, klopfte mit dem Stift auf den Tisch. »Wenn du es sagst, Marcel. Wenn du es sagst.«

Die Bäume auf der anderen Straßenseite, dort, wo der Golden-Gate-Park begann, bogen sich im frischen Wind. Hardy zapfte ein *Bass Ale* für einen Kunden und hinkte dann hinüber auf die andere Seite der Theke zu seinem Stuhl. Dort saß Frannie mit einer Club Soda. Sie sah auf die Uhr. »Zehn Minuten. Wo ist mein Bruder?«

Hardy nahm ihre Hand. »Er wird gleich kommen. Er kommt immer.«

Hardy war seit drei Wochen zurück. Er hatte es Jane erzählt. Jane hatte in Hongkong jemanden kennengelernt und es gerade Hardy erzählen wollen. Sie hatten darüber gelacht. Dann waren sie miteinander ins Bett gegangen und hatten geweint und Schluß gemacht. Als Freunde. Zweifellos für immer. Vielleicht.

Er drückte Frannies Hand. Man sah es jetzt. Noch immer sah sie strahlend aus, blühend. Manchmal in den letzten Tagen hatte Hardy nicht gewußt, wie er damit umgehen sollte. »Wie fühlst du dich?« fragte er.

»Okay. Nervös. Meinst du, er weiß es?«

Wieder drückte er ihre Hand. »Ich glaube, er ahnt es.«

»Findest du es zu früh?«

»Nein. Du?«

»Nein«, sagte Frannie.

»Ich bin froh, daß du sicher bist. Irgendwie brauche ich das, daß du sicher bist.«

Hardy sah zu, wie der Wind die Bäume zur Seite bog. Der Nebel vor dem Fenster wurde in die nahende Dämmerung gewirbelt. Aus der Musikbox erklang *'bout last night* von den *Traveling Wilburys*. Hardy dachte an die letzte Nacht in Frannies Wohnung, als er überlegt hatte, ob es ihr gefallen würde, mit ihm verheiratet zu sein.

Er dachte an ihre Antwort, glitt vom Hocker, blieb auf dem gesunden Fuß stehen und beugte sich über die Theke. Er küßte sie. »Ich bin sicher«, sagte er.